La chocolatería más dulce de París

La chocolatería más dulce de París

Jenny Colgan

Traducción de Pedro Fontana

B

GRUPO ZETA

Barcelona • Madrid • Bogotá • Buenos Aires • Caracas • México D.F. • Miami • Montevideo • Santiago de Chile

Título original: *The Loveliest Chocolate Shop in Paris*
Traducción: Pedro Fontana
1.ª edición: enero 2016

© Jenny Colgan 2013
© Ediciones B, S. A., 2016
    Consell de Cent 425-427 - 08009 Barcelona (España)
    www.edicionesb.com

Printed in Spain
ISBN: 978-84-666-5801-0
DL B 26230-2015

Impreso por QP PRINT

¡En el título está la clave! Si te encanta el chocolate y te encanta París (o crees que te encantará algún día; descuida, todo llegará, París no cambia mucho), entonces este libro ha sido escrito para ti.

J.C.

Unas palabras de Jenny

En París hay un sinfín de maravillosas chocolaterías y bombonerías artesanales. Mi preferida es una que se llama Patrick Roger, en la rue du Faubourg Saint-Honoré. Recomiendo calurosamente una visita y probar su chocolate caliente, no importa la estación del año. El dueño es Patrick, que da nombre al establecimiento, un tipo de cabellos rizados, ojos chispeantes y cara de pillo.

Este libro no es sobre ninguna de esas chocolaterías en concreto, sino sobre el principio de que, cuando la gente dedica toda su vida a una sola cosa que ama de verdad y que ha aprendido a fondo, pueden suceder cosas asombrosas.

Alguien dijo que el motivo de que nos guste tanto el chocolate es que se funde a la misma temperatura que el interior de la boca humana.

Los científicos hablan también de que libera endorfinas y demás, pero al margen de cualquier explicación —química o no—, el chocolate es una cosa maravillosa.

Y no se trata de un capricho femenino. Yo no puedo entrar en casa ocultando un paquete de galletas digestivas al chocolate sin que mi marido las olfatee y se lance a por ellas. He incluido, pues, en el libro varias recetas realmente estupendas. Me gusta pensar que a medida que me hago mayor soy capaz de cocinar algo con chocolate en vez de, bueno, simplemente zampármelo como por casualidad tan pronto entra en casa (el chocolate), o sin bajarme del coche.

Cuando hace un tiempo nos mudamos a Francia (por el trabajo de mi marido), me sorprendió ver que los franceses se toman el chocolate tan en serio como cualquier otro alimento. La Maison du Chocolat es una cadena de primera calidad presente en la mayoría de las ciudades francesas; allí uno puede charlar con el chocolatier sobre lo que va a tomar (chocolate y acompañamiento), tal como hablaríamos de vino con un sommelier. Yo, personalmente, soy igual de feliz con una buena tableta de Dairy Milk o un Toblerone, que con mi barrita preferida, Fry's Chocolate Cream. No es necesario que algo sea lujoso para disfrutarlo. Ay, mis hijos han llegado a una edad en que es inevitable confesar quién les ha venido robando los Kinder de la bolsa para fiesta infantil. Chicos, a ver, siento deciros esto: era papá.

Antes de empezar, quisiera hacer una observación sobre el idioma. Según mi experiencia, aprender otro idioma es dificilísimo, a menos que seas de esas personas que en un visto y no visto lo pillan todo. Si ese fuera el caso, yo te diría *¡buuuuh!* (soy yo sacando la lengua), porque soy muy pero que muy envidiosa.

Por otra parte, es tradición indicar en letra cursiva cuando en un libro alguien habla en un idioma distinto de aquel en que está escrito. Bien, pues yo he decidido no hacerlo. Casi todas las personas con las que Anna habla en París le contestan en francés, a menos que yo indique lo contrario. Y ahora tú y yo pensaríamos, jolín, es absolutamente impresionante, qué rápido ha aprendido francés. Es cierto que toma muchas lecciones con Claire, pero si alguna vez has intentado aprender otro idioma sabrás que en clase te sientes más o menos segura de tus conocimientos, pero que tan pronto pisas el país en cuestión y la gente empieza a decirte «wabbawabbawabbawabbawabbbah» a quinientos mil por hora, te da un ataque de pánico porque no entiendes ni una mísera palabra de lo que te están diciendo. Que es lo que me pasó a mí.

Así que, bueno, ten por seguro que eso es exactamente lo

que le ocurre a Anna, pero, por aquello de no repetirme hasta la saciedad y hacerme pesada, he decidido eliminar los millones de veces en que ella dice «¿Qué?», o «¿Le importaría repetírmelo?», o tiene que consultar el diccionario.

Espero que te guste la novela, y ya me dirás qué tal salen esas recetas. Bon appétit!

1

Lo verdaderamente extraño es que aunque yo supe al momento que algo andaba mal —y quiero decir muy mal, algo de verdad grave y muy fuerte; un insulto para mi cuerpo entero—, no pude parar de reír. De reír como una histérica.

Yo estaba allí tumbada, toda cubierta —mejor dicho, empapada— de chocolate derramado, y no podía parar de reír. Ahora había otras caras, algunas de las cuales creí reconocer, y me miraban. Ellos no se reían, qué va. De hecho estaban todos muy serios, lo cual me pareció todavía más gracioso e hizo que me desternillara todavía más.

A cierta distancia oí que alguien decía: «¡Cogedlos!», y alguien más: «¡Ni hablar! ¡Hazlo tú! ¡Ecs, qué asco!» Y entonces otra persona, que pensé que era Flynn, el nuevo aprendiz, dijo: «Voy a llamar al 911», y otro que le decía: «No seas idiota, Flynn, es el 999: tú no eres norteamericano», y alguien intervenía para decir: «Creo que ahora ya se puede marcar el 911 porque hay un montón de idiotas que siguen llamando a ese número», y alguien sacó su teléfono y dijo algo de una ambulancia —cosa que me pareció de lo más cómico—, y luego otro más (estoy segura de que fue Del, el gruñón del conserje) dijo: «Ya, pues seguro que querrán tirar esta remesa a la basura», y la idea de que quizá no tiraran a la basura la enorme cuba de chocolate sino que intentaran venderla pese a que me había caí-

—13—

do toda encima, me hizo mucha gracia también. Menos mal que ya no recuerdo nada de lo que pasó después, aunque más tarde, ya en el hospital, un sanitario se acercó para decir que en la ambulancia yo me había comportado como si estuviera loca de remate y que a él siempre le habían dicho que la gente se comporta raro cuando está en estado de shock, pero que jamás había conocido un caso tan súper raro como el mío. Entonces me vio la cara y dijo: «Ánimo, muñeca, pronto volverás a reír.» Pero en ese momento, la verdad, yo no lo tenía nada claro.

—Oh, vamos, Debs, cariño, si solo es el pie. Podría haber sido mucho peor. ¿Y si llega a ser la nariz?

Esto se lo decía mi padre a mi madre. Siempre veía el lado bueno de las cosas.

—Pues le habrían hecho una nariz nueva. Al fin y al cabo, ella odia la nariz que tiene.

Esto lo decía mi madre, claro. No se le da tan bien ver el lado positivo como a mi padre. Es más, yo la oía sollozar. Pero por alguna razón mi cuerpo no quería saber nada de la luz; era incapaz de abrir los ojos. Me parecía que no era una simple luz; como si se tratara del sol o algo así. Quizás estaba de vacaciones. Pensé que no podía estar en casa; el sol nunca luce en Kidinsborough, mi pueblo natal, ganador durante tres votaciones seguidas del premio al peor pueblo de Inglaterra, hasta que presiones políticas lograron quitar de antena aquel programa de televisión.

Dejé de oír a mis padres, como si alguien hubiera girado el dial de la radio. Yo no tenía ni idea de si estaban realmente allí. Sabía que no me estaba moviendo, pero tenía la sensación de estar agitándome todo el tiempo, atrapada en una cárcel con forma de cuerpo en la que alguien me había metido. Podía gritar, pero nadie podía oírme; intenté moverme y no pasó nada. El resplandor viraba a negro y luego otra vez al sol y nada tenía el menor sentido mientras yo soñaba —o vivía— grandes pesadillas sobre dedos de los pies y sobre padres que de repente desaparecían y si me estaba volviendo loca y si en realidad no habría soñado mi otra vida, esa en la que yo me llamaba Anna Trent, edad treinta años, de profesión probadora en una fábrica de chocolate.

Bueno, ya que estamos, he aquí mis respuestas a las diez mejores preguntas sobre «probadora en una fábrica de chocolate» que suelen hacerme en Faces, el club al que vamos siempre. No es un local muy bonito, pero los otros son mucho peores todavía:

1. Sí, os regalaré unas muestras.
2. No, no estoy tan gorda como sin duda esperabais.
3. Sí, es exactamente como en *Charlie y la fábrica de chocolate*.
4. No, nadie ha hecho caca nunca en la cuba.*
5. No, eso no me convierte en una persona muy popular, ya que tengo treinta años, no siete.
6. No, no me entran arcadas cuando me enseñan chocolate; yo es que adoro el chocolate, pero si te sientes mejor pensando que tu empleo es mejor que el mío, allá tú.
7. Oh, qué interesante que debajo del calzoncillo tengas algo más sabroso aún que el chocolate. (N.B.: Me gustaría ser lo bastante valiente para decir eso, pero por regla general me limito a hacer una mueca y mirar para otro lado. Cath, mi mejor amiga, suele salir rápidamente al quite. A veces incluso les baja los calzoncillos.)
8. Sí, les pasaré tu sugerencia de un chocolate con sabor a cacahuete/cerveza/vodka/mermelada, pero dudo que nos hagamos tan ricos como tú crees.
9. Sí, sé hacer chocolate de verdad, aunque en Brader's Family Chocolates se procesan todos de manera automática en una enorme cuba, y yo de hecho soy solo una especie de supervisora. Ojalá mi cometido fuera un poco más complejo, pero los jefes dicen que a nadie le gusta que le toquen los chocolates, que

---

* Aunque a Flynn le veo capaz de hacerlo.

deben mantener siempre el mismo sabor y durar un montón. O sea que en realidad se trata de un proceso sintético.

10. No, qué va a ser el mejor empleo del mundo. Pero es el mío y me gusta. Bueno, me gustaba, hasta que dejé de trabajar allí.

Después normalmente suelo decir, un cubalibre de ron, gracias por preguntar.

—Anna.

Había un hombre sentado a los pies de mi cama. No pude enfocar la vista. Él conocía mi nombre pero yo no el suyo. Me pareció injusto. Intenté abrir la boca. La tenía llena de arena. Alguien me había metido arena en la boca. ¿Por qué?

—Anna.

De nuevo la voz. Era real, desde luego, y estaba claramente ligada a la sombra a los pies de mi cama.

—¿Me oyes?

Hombre, pues claro que te oigo, estás sentado en mi cama gritándome. Es lo que quise decirle, pero solo conseguí emitir una especie de graznido.

—Estupendo, estupendo, me alegro. ¿Quieres un poco de agua?

Asentí con la cabeza. Me pareció más fácil así.

—Bien, bien. No muevas mucho la cabeza o desconectarás los cables. ¡Enfermera!

No sé si la enfermera vino o no; de repente desconecté por completo. La última cosa que pensé fue: ojalá no le importe que le griten, a la enfermera. Y no conseguía recordar nada; ¿habían dicho mis padres que me pasaba algo en la nariz...?

—Aquí está.

Era la misma voz, pero no supe cuánto tiempo había transcurrido. La luz había cambiado. Noté un repentino chispazo de dolor en todo el cuerpo. Boqueé.

—Bueno. Se pondrá bien.

Mi padre.

—No me gusta la pinta que tiene esto.

Mamá.

—Mmm... ¿me pasáis el agua? —dije, pero de hecho sonó algo así como «¿Mpa sa gua?»

Por suerte a alguien se le encendió la bombilla, porque al momento me acercaron un vaso de plástico a los labios. Aquel vasito de agua tibia del grifo fue lo mejor que me haya llevado yo a la boca en toda mi vida, y aquí incluyo la primera vez que probé un Crème Egg. Me la bebí toda y pedí más, pero alguien dijo no y ahí terminó la cosa. Quizá me habían metido en la cárcel.

—¿Puedes abrir los ojos? —dijo la voz autoritaria.

—Claro que puede.

—Ay, Pete, no sé. De verdad que no sé.

Curiosamente, fue en parte por fastidiar a mi madre y su escasa confianza en mi capacidad de abrir los ojos que me esforcé en hacerlo. Tras un breve parpadeo, apareció ante mi vista la silueta de la persona que yo sabía que había estado sentada a los pies de la cama (maldita la gracia), y luego vi dos figuras que me resultaban tan familiares como mis propias manos.

Distinguí el pelo castaño rojizo de mi madre, que ella misma se teñía en casa pese a que Cath se había ofrecido a hacérselo en la peluquería casi gratis, por más que mi madre lo considerara un precio extravagante (también pensaba que Cath era una mujer de vida alegre, y no le faltaba razón, pero eso nada tenía que ver con que fuese buena o mala peluquera, aunque es cierto que de lo primero tenía bastante poco), así que una vez al mes mi madre lucía esa especie de extraña franja de color henna en la parte alta de la frente por no haberse aclarado lo suficientemente bien. Y mi padre llevaba puesta su mejor camisa, lo cual me preocupó. Solo se ponía guapo para bodas y funerales, y yo estaba casi un cien por cien segura de que casarme no me iba a casar... a menos que Darr se hubiera reencarnado en alguien con un físico y una personalidad completamente diferentes, lo cual no se me antojaba probable.

Dije «Hola...», y al hacerlo tuve la sensación de que las dunas retrocedían un poco; que la divisoria entre lo que era real y lo que era una movediza y arenosa pelota de confusión y dolor empezaba a desaparecer; que Anna había vuelto y que la piel que cubría mi cuerpo era la mía después de todo.

—¡Cariño!

Mi madre rompió a llorar. Mi padre, poco dado a estallidos de afecto, me apretó suavemente la mano; la mano, según pude ver, de la que no salía ningún tubo horrible a flor de piel. Porque en la otra sí había uno; la cosa más horrible que haya visto jamás.

—¡Aj! ¡Uf! —exclamé—. ¿Qué es esto tan repugnante?

La persona que estaba a los pies de mi cama sonrió, un tanto paternalista.

—Creo que la cosa te parecería mucho más repugnante si no tuvieras eso ahí —dijo—. A través de ese tubo te administran analgésicos y demás.

—Vale, ¿y no podrían ponerme un poco más? —dije yo. La descarga de dolor me traspasó de nuevo, desde la punta del pie izquierdo hasta la coronilla.

Entonces fue cuando advertí que había otros tubos, cosas que entraban y salían de partes de mi cuerpo que no quería mencionar delante de mi padre. Me quedé quieta y callada. La sensación era muy, pero que muy extraña.

—¿Te da vueltas la cabeza? —preguntó el que no se levantaba nunca—. Es normal, no te preocupes.

Mi madre seguía sorbiendo por la nariz.

—Mamá, no pasa nada, tranquila...

Lo que dijo ella a continuación me dejó helada.

—Sí que pasa, cariño, sí que pasa.

En los días que siguieron, me quedaba dormida en el momento más insospechado, o eso me pareció. El doctor Ed —pues sí, tal parece que era su nombre; a mí me sonaba a personaje de serie televisiva— venía y se sentaba a los pies de mi cama (otros médicos no lo hacían) y me miraba a los ojos como si hiciera un gran esfuerzo por empatizar conmigo. Creo que me gustaba más el estirado especialista que venía una vez por semana, no me miraba apenas y les hacía a sus alumnos preguntas de lo más comprometido.

En fin, gracias a mis charlas de colega con el doctor Ed, estaba empezando a recordar muchas cosas. Resulta que pegué un patinazo en la fábrica; se produjo una agitación colectiva pues la gente se preguntó si la fábrica no habría pasado por alto alguna norma sobre seguridad y estaríamos todos a punto de ser millonarios, pero el hecho es que la culpa fue toda mía. Ese día hacía mucho calor, para ser primavera, y yo decidí estrenar mis zapatos nuevos, zapatos que resultaron ser risiblemente inapropiados para el tipo de suelo de la fábrica; el caso es que resbalé y, muerta de miedo, le di un golpe a la escalera de una cuba y la cuba se vino abajo. Después me llevaron al hospital y me puse mala.

—¿Un bicho intentó comerme? —le pregunté al doctor.

—Pues por ahí va la cosa, sí —respondió con una sonrisa, y vi unos dientes muy blancos, tan blancos que supuse que se los había hecho blanquear. Quizás estaba ensayando para salir en televisión—. Pero no un bicho muy grande, más bien tipo araña.

—Las arañas no son bichos —dije, de mal talante.

—¡Ja, ja! No. —Se apartó el pelo de la frente—. Bueno, son bichitos muy pequeños, los que te digo, no podrías ver ni a mil de ellos juntos aunque los tuviera montados en la punta de este dedo.

A ver si en mi ficha médica se habían equivocado con la edad, y en vez de poner casi treinta y uno ponía que tenía ocho años.

—Me da igual el tamaño —dije—. El caso es que me siento fatal.

—¡Por eso tratamos de combatirlos con todas las armas a nuestro alcance! —dijo el doctor Ed, como si fuera Superman o qué sé yo. No mencioné el hecho de que, si todo el mundo hubiera hecho la limpieza a fondo, yo probablemente no habría pillado ningún bicho de esos.

Pero, Dios mío, hay que ver lo mal que me encontraba. No tenía ganas de comer ni de beber otra cosa que agua (papá me trajo unos malvaviscos y mamá casi le da un tortazo porque estaba completamente segura de que me atragantaría y acabaría muriéndome delante de sus narices); dormía horas y horas, y cuando no estaba durmiendo me sentía tan mal que no me apetecía mirar la tele ni leer ni hablar por teléfono con nadie. Tenía un montón de mensajes en Facebook, según mi móvil (lo miraba sin que se dieran cuenta), que alguien —yo suponía que había sido Cath— había conectado junto a mi cama. Pero ni ánimos tenía para mirar mensajes.

Me sentía rara, como si hubiera despertado siendo otra, en un país extranjero donde nadie hablaba mi idioma, ni mis padres ni mis amigos. Era la lengua de unos días brumosos en los que nada tenía sentido, días de dolores constantes, de no querer pensar siquiera en moverme pues me resultaba muy difícil hacerlo, aunque fuera para pasar un brazo de lado a lado. El país de los enfermos parecía un lugar muy diferente, te daban de comer, te movían, todo el mundo te hablaba como si fueras un niño de teta, y el cuerpo te ardía todo el rato.

En mis sueños febriles aparecía muy a menudo la escuela. Yo la odiaba. Mamá siempre había dicho que ella no era de estudiar y que yo tampoco lo sería, y ahí se acababa el percal, cosa que, vista en retrospectiva, me parece una estupidez absoluta. Durante mucho tiempo, cuando tenía alucinaciones y veía la cara de mis viejos profesores a un palmo de mi nariz, no me lo tomaba muy a pecho. Pero luego, un día, me desperté muy temprano; en el hospital todavía hacía fresco y estaba todo en silencio, cosa nada habitual, y al mover lentamente la cabeza hacia un lado me topé con alguien que era real, no una alucinación: la señora Shawcourt, mi antigua profe de francés, que me miraba con gesto sereno.

Parpadeé, por si con eso lograba ahuyentarla. No hubo suerte.

Me hallaba en una sala lateral de solo cuatro camas, lo cual me pareció extraño; ¿me habrían puesto con los infecciosos? Yo creía que no. Las otras dos camas estaban desocupadas en ese momento, aunque durante el tiempo que yo llevaba allí había habido un rápido ir y venir de mujeres muy ancianas que no parecían hacer otra cosa que llorar.

—Hola —me dijo—. Te conozco, ¿verdad?

Noté que se me subían los colores, como si no hubiera hecho los deberes.

Bueno, yo nunca hacía los deberes. Cath y yo solíamos saltarnos la clase —¿francés? Bah, qué tontería, ¿a quién le interesaba el francés?— y pasar el rato en el campo que había detrás, lejos de la vista de los profes. Nos poníamos a hablar con falso acento de Manchester sobre lo espantoso que era Kidinsborough y hacíamos planes para largarnos a la primera oportunidad.

—Anna Trent.

Asentí.

—Te tuve dos años en mi clase.

La miré con más detenimiento. Siempre había destacado por ser la profe mejor vestida de toda la escuela; la mayoría eran unas dejadas. La señora Shawcourt solía llevar unos conjuntos ajustados que la daban un aire un poco diferente; estaba claro que ella no se los compraba en Matalan. En aquella época tenía el cabello rubio...

No sin sorpresa, me fijé de repente en que no tenía pelo. Y en que estaba muy flaca. Ella siempre había sido delgada, pero esto de ahora...

Solté la cosa más estúpida que se me ocurrió: en mi descargo diré que no me encontraba nada bien.

—Entonces ¿está usted enferma?

—No —respondió la señora Shawcourt—. De vacaciones.

Hubo un pequeño silencio. Yo sonreí. Me acordé de que era muy buena profesora.

—Siento lo de los dedos de tus pies —dijo ella.

Me miré el pie izquierdo; o, más bien, la venda que lo cubría.

—Oh, no es nada —dije—. Una pequeña caída. —Entonces,

al ver la cara que ponía ella, caí en la cuenta de que a nadie se le había ocurrido contarme toda la verdad desde que estaba rodeada de gente hablando de mi fiebre y de no sé qué accidente.

Pero no podía ser. Yo notaba los dedos.

La miré de hito en hito y ella me aguantó la mirada sin pestañear.

—Los noto —dije.

—Es increíble que nadie te lo haya dicho. Malditos hospitales —se lamentó.

Volví a mirarme el vendaje. Me entraron ganas de vomitar. Y luego vomité, en una cuña grande de cartón, de las que había todo un surtido junto a mi cama.

Más tarde entró el doctor Ed y se sentó a los pies de mi cama. Le miré mal.

—Veamos... —Echó una ojeada a sus notas—. Anna, siento mucho que no fueras consciente de la gravedad de la situación.

—Ya, porque usted no paraba de hablar de «accidentes» y de «desgracias» —dije yo, enfadada—. No sabía que me había quedado sin dedos. Y además es que los noto. Me duelen.

El doctor asintió.

—Sí, me temo que eso es bastante normal.

—¿Por qué no me lo dijo nadie? Todo el mundo hablaba de la fiebre y de bichos y qué sé yo.

—Bien, porque eso es lo que nos tenía preocupados. Perder un par de dedos difícilmente puede matar a nadie.

—Ah, pues qué bien. Pero no son «un par de dedos». Son mis dedos.

Mientras hablábamos, una enfermera me estaba quitando el vendaje del pie con mucho cuidado. Tragué saliva, pensando que iba a vomitar otra vez.

¿No habéis jugado nunca en el cole a eso de tumbarse boca abajo con los ojos cerrados y que alguien te estire los brazos hacia arriba y luego los vaya bajando lentamente para que parezca que se te caen por un agujero?

Pues esa era la sensación. Mi cerebro no procesaba lo que estaba viendo, lo que podía sentir y sabía que era verdad. Los dedos estaban allí. Sí, estaban. Pero frente a los ojos había un curioso corte en diagonal; dos pequeños muñones arrancados de cuajo como si alguien hubiera dado un tajo con una cuchilla de afeitar.

—Debes saber —estaba diciendo el doctor— que has tenido mucha suerte, porque si hubieras perdido el dedo gordo y el meñique, habrías tenido serios problemas de equilibrio...

Me lo quedé mirando como si al hombre le salieran cuernos de la cabeza.

—Le aseguro que no me siento afortunada en lo más mínimo —dije.

—Pues ponte en mi lugar —dijo una voz desde detrás del biombo de al lado, donde la señora Shawcourt esperaba su próxima sesión de quimioterapia.

De repente, y sin previo aviso, las dos nos echamos a reír.

Estuve ingresada tres semanas más. Vinieron a verme montones de amigos. Me dijeron que había salido en la prensa, preguntaron si podían echar un vistazo (no, porque yo misma no me atrevía a mirármelos cuando me cambiaban el vendaje), y me pusieron al día de cosas que a mí, de repente, habían dejado de interesarme. De hecho, la única persona con la que podía hablar era la señora Shawcourt. Bueno, ella me dijo que la llamara Claire, cosa que a mí me costó bastante esfuerzo y me hizo sentir un poquito demasiado adulta.

Claire tenía dos hijos varones que venían a verla de vez en cuando y siempre parecían tener prisa por marcharse, aunque sus respectivas esposas eran la mar de amables y solían pasarme revistas de cotilleo porque a Claire no le interesaban nada. Un día se presentaron con dos niñas, y ambas alucinaron con aquel despliegue de cables y el olorcillo y los pitidos de las máquinas. Es la única vez que vi a Claire verdaderamente triste.

El resto del tiempo charlábamos. Bueno, hablaba yo, sobre todo de lo aburrida que estaba, y de que nunca aprendería a caminar bien otra vez. Para cosas en las que jamás había pensado —salvo cuando me hacían la pedicura, pero tampoco mucho—, los dedos de los pies eran fastidiosamente útiles. Lo peor de todo era que me hacían ir al mismo gabinete de fisioterapia que pacientes con traumatismos horrorosos, gente en silla de ruedas y tal, y eso me hacía sentir como una impostora cuando caminaba entre las barras paralelas con una herida que a la mayoría de ellos les parecía bastante divertida. Pero, a pesar de que no tenía derecho a quejarme, me quejaba.

Claire lo comprendía. Era muy agradable tenerla al lado; a veces, cuando se encontraba muy mal, yo le leía. Claro que la mayor parte de sus libros estaban en francés.

—No soy capaz de leer esto —le dije un día.

—Pues deberías poder. Fuiste alumna mía.

—Sí, más o menos —balbucí.

—Eras buena estudiante —insistió—. Me acuerdo de que mostrabas talento para los idiomas.

De repente me vino a la memoria las notas del primer año de francés. Entre frases tipo «no se esfuerza» y «podría hacerlo mejor», me acordé de que la nota era buena. ¿Por qué no me había esforzado?

—El colegio me parecía una estupidez —dije.

Claire meneó la cabeza.

—Pero he conocido a tus padres y son encantadores. Tienes una familia estupenda.

—Usted no vive con ellos —repliqué, y enseguida me sentí culpable por hablar mal de mis padres. Habían venido a verme todos los días a pesar de que, como papá no dejaba de comentar siempre, el precio del aparcamiento era escandaloso.

—¿Todavía vives en casa? —preguntó ella, sorprendida, y yo me puse un poco a la defensiva.

—Bueno, estuve un tiempo viviendo con mi novio, pero resultó ser un imbécil, así que volví a casa.

—Entiendo. —Claire se miró el reloj. Eran solo las nueve y media de la mañana. Llevábamos despiertas más de tres horas y la comida la servían a las doce.

—Si quieres... —dijo—. Yo también me aburro. Quizá podrías leerme si te enseño un poco de francés. Así me sentiría menos como una vieja calva y enferma que no hace más que hablar del pasado y sentirse inútil y estúpida. ¿Te gustaría?

Miré la revista que tenía en mis manos. Salía una foto enorme del trasero de Kim Kardashian. Ella tenía cinco dedos en cada pie.

—Sí, vale —dije.

1972

—No es nada —estaba diciendo el hombre en voz alta, para hacerse oír sobre la fuerte brisa marina, las sirenas de los transbordadores y el traqueteo de los trenes—. Fíjate, qué pequeña. La Manche. Se puede cruzar a nado.

No pareció que esto pudiera contener el torrente de lágrimas que bañaba las mejillas de la niña.

—Yo lo haría —dijo ella—. Cruzaré a nado por ti.

—Tú —dijo el hombre— volverás a casa y terminarás el colegio y harás cosas maravillosas y serás muy feliz.

—No quiero —gimió ella—. Yo quiero quedarme aquí contigo.

El hombre hizo una mueca e intentó detener el llanto de la niña a besos. Las lágrimas le caían sobre el uniforme, que era nuevo y tenía un brillo extraño.

—Pero si me van a tener todo el día desfilando como un mono, de acá para allá —dijo—. Me volveré idiota, sin nada que hacer ni otra cosa en que pensar salvo en ti. Vamos, bout de chou. Chist. Pronto estaremos otra vez juntos, ya lo verás.

—Te quiero —dijo la niña—. Nunca querré tanto a nadie en toda mi vida.

—Yo también te quiero —dijo el hombre—. Te quiero con

locura y volveré. Te escribiré cartas y tú terminarás el colegio y, ya verás, todo irá bien.

Los sollozos de la niña fueron menguando.

—Es que... —dijo—. No puedo soportarlo.

—Ah, mi vida —dijo el hombre—. Pues de eso se trata; de soportar cosas. —Sepultó la cara en los cabellos de la niña.

—Alors, mi vida. Vuelve pronto.

—Así lo haré —dijo ella—. Volveré pronto, claro que sí.

2

Mis dos hermanos dejaron de venir a verme tan pronto quedó claro que yo no iba a estirar la pata. Yo los quería, pero a los veintidós y veinte años tienes mejores cosas que hacer que ir al hospital y hablar con la rara de tu hermana mayor sobre su raro accidente. Suerte de Cath, Dios la bendiga, que se portó de fábula; no podía estar sin ella, pero la pobre trabajaba un montón de horas en la peluquería y eran tres cuartos de hora de autobús desde allí hasta el hospital y por eso no podía venir muy a menudo, pero yo se lo agradecía muchísimo. Cath me hablaba de quién había ganado el premio al peor peinado de la semana, de sus vanos intentos por convencerlas de un cambio de estilo, pero ellas estaban empeñadas en emular a Cheryl Cole o a algún personaje del culebrón de moda, a pesar de tener el pelo grasiento, corto y castaño (lo peor para hacer extensiones), así que a la semana siguiente volvían a la pelu desgañitándose y amenazando con denunciarla porque el poco pelo que les quedaba se les caía a mechones.

—Y mira que se lo digo —me explicó Cath—. Pero no me escuchan. A mí nadie me hace caso.

Hizo que me mirara en el espejo del baño y que me dijera a mí misma que todo iría bien. La pinta que yo tenía era espantosa: los ojos inyectados en sangre y un tanto amarillentos por culpa de los antibióticos; mi pelo rizado —normalmente rubio, con ayuda de Cath, pero que ahora me crecía de cualquier manera— estaba todo crespo, un mechón por aquí y otro por allá, parecía una loca, y mi piel tenía el mismo color y la misma textura que las gachas de avena que me daban en el hospital. Cath procuraba decir cosas para animarme, en parte porque ella es así, pero también porque le toca decir esas mismas cosas en la pelu a señoras de sesenta y pico, gordas de noventa kilos, que entran allí empeñadas en parecerse a Coleen Rooney. Pero ella y yo sabíamos que su esfuerzo era inútil.

Total, que la mayor parte del tiempo estaba a solas con Claire. La situación era peculiar, pues acabamos conociéndonos la una a la otra mucho más rápido de lo normal. Pero, al mismo tiempo, y no sin sorpresa, me di cuenta de que en el fondo me alegraba de no estar ya con Darr. Sí, era buen tipo y tal, pero no tenía mucha conversación. Si hubiera tenido que venir a verme todos los días, habría sido un desastre; a los tres días no habríamos hecho más que hablar de patatas fritas y del Manchester United. Sin la posibilidad de darnos el lote (todavía tenía un tubo en el brazo y otro en el agujero de mear —perdón—, pero incluso sin ellos, lo de haberme quedado con ocho dedos en lugar de diez me ponía muy difícil pensar en mí como una mujer potencialmente sensual), no sé cómo lo habríamos aguantado. Eso de estar mala me daba mucho margen para pensar. Yo lo había pasado fatal cuando nos separamos (Darr insistía en serme infiel, y en un pueblo como Kidinsborough no hay secreto que dure mucho. Que él adujera en su defensa que no había tenido éxito, no diré que ayudara mucho), pero ahora lo único que realmente añoraba era el pisito que habíamos alquilado.

Lo que hizo Darr fue darle a mi hermano Joe una caja de bombones de chocolate para que me los llevara (Joe se los zampó antes, tiene veinte añitos), y mandarme un sms preguntando qué tal estaba. Yo creo que hasta habría vuelto conmigo, a pesar de lo de mis dedos. Me habían contado que el pobre no había tenido suerte tampoco como soltero, pero podía ser que Cath solo intentara hacerme sentir mejor al respecto.

Creo que sin Claire me habría muerto de aburrimiento. Seis

meses antes me había comprado un smartphone de los baratos y ahora maldecía mi suerte por no tener una máquina con opciones más divertidas para entretenerse. Leía mucho, pero una cosa es leer un libro cuando estás cansada después de trabajar todo el día y te mueres de ganas de darte un baño y disfrutar de unas cuantas páginas con un té al lado aunque el bruto de tu hermano de veinte años esté aporreando la puerta pidiendo a gritos el gel para el pelo... y otra muy distinta leer un libro porque no hay otra cosa que hacer.

Aparte de eso, estaba tan medicada que no me resultaba fácil concentrarme. Al fondo, en un rincón, había una tele, pero todo el día estaba sintonizada en el mismo canal y era cansadísimo ver cómo gente gorda y vulgar se hablaba a gritos todo el rato, así que me encasquetaba los auriculares para no oírla. Supongo que era estupendo ver a las personas que venían de visita, salvo que yo no tenía nada que decirles aparte de la cantidad de fluido que supuraba mi herida y otras lindezas parecidas, o sea que no disfrutaba charlando.

Las enfermeras eran muy divertidas pero siempre llevaban prisa, y los médicos parecían hechos polvo, pobres, y en general yo no les interesaba; lo que les interesaba era mi pie, pero a juzgar por la atención que prestaban a lo que había más arriba del tobillo, podría haber sido tranquilamente un gato o algo así. Y las demás pacientes eran todas viejas. Y cuando digo viejas, quiero decir muy viejas. Alguna de ellas pensaba que estábamos en la Segunda Guerra Mundial. A mí me daban pena, lo mismo que los extenuados parientes que venían cada día a verlas... para que luego les dijeran que todo estaba igual, sin cambios. Pero yo no podía comunicarme con mis compañeras de sala. Había olvidado que los jóvenes —bueno, o así— raramente están tan enfermos. O, en todo caso, los llevaban al quirófano para extirparles juveniles trocitos de esto o de aquello, o bien en trauma o en urgencias tras una noche de farra que se les fue un poco de las manos; pero no aquí, donde todo eran pacientes de mucha edad con un millón de cosas que ya les funcionaban mal y no tenían otro sitio adonde ir.

Así pues, era todo un alivio poder estar tranquilamente con Claire y repetir continuamente los verbos avoir y être y recordar la diferencia entre passé recent y futur proche y practicar las erres (ella siempre me decía, «tienes que trabajar mucho el acento. Tienes que ser francesa para que tu acento sea el más francés de todos. Lánzate por la ventana como el inspector Clouseau y agita los brazos». «Me siento como una imbécil», le decía yo. «Y así será mientras no hables un poco de francés y un oriundo te entienda»).

Estuvimos trabajando con libros infantiles y fichas y fragmentos de exámenes. Me sentó bien percatarme de que Claire también disfrutaba, mucho más que con las breves y tan incómodas conversaciones que mantenía con sus hijos; más adelante supe que estaba divorciada desde hacía muchos años.

Por fin, al cabo de muchos días, como el músico que hace sus primeros pinitos con un instrumento, empezamos a hablar un poco —torpemente, parando a cada momento— en francés. A mí me resultaba más fácil escuchar que hablar, pero Claire tenía una paciencia de santa y cuando me corregía lo hacía con tanto cuidado que me parecía increíble no haber estado más atenta en clase años atrás, teniendo a una profesora tan maravillosa como ella.

—¿Viviste en Francia? (Est-ce que tu habitais en France?) —le pregunté una húmeda mañana de primavera. Los brotes verdes de los árboles de fuera parecían gozar de la lluvia, pero eran los únicos. De todos modos, en el interior del hospital la temperatura era siempre la misma, como en un barco herméticamente cerrado y desconectado del mundo exterior.

—Hace muchos años —respondió Claire sin llegar a mirarme—, y no durante mucho tiempo.

1971-1972

Era una forma muy tonta de rebeldía, y eso no se le escapaba a Claire. De hecho, ni rebeldía siquiera. Pero así y todo... Sentada a la mesa del desayuno, miró fijamente su Ready Brek. Era demasiado mayor, a sus diecisiete años, para tomar cereales, y ella lo sabía. Hubiera preferido un café y nada más, pero esa era una pelea para la que no estaba preparada. Sin embargo, para lo otro...

—En mi iglesia no quiero que lleves puesta esa cosa.

«Esa cosa» quería decir unos pantalones acampanados que Claire había comprado con sus ahorros después de trabajar por Navidad en Chelsea Girl. A su padre le había costado un gran esfuerzo reconciliarse con el hecho de que, aunque ella estuviera dispuesta a asumir la responsabilidad de trabajar duro (algo en lo que él creía firmemente), la cosa tuviera lugar en un antro de iniquidad donde vendían ropa para rameras. La madre de Claire, como tantas veces, debía hablar con ella a escondidas; jamás se había atrevido a contradecir al reverendo Marcus Forest en público. Muy pocos se atrevían.

Claire se miró los tejanos. Toda su vida había ido en dirección contraria a la moda. Su padre creía que la moda era un pasaporte a la perdición eterna. Su madre, en cambio, le había hecho faldas largas y pichis y faldas con peto para los domingos.

Pero trabajar le había hecho sentirse más madura, le había abierto los ojos. Las otras dependientas tenían veinte años o más y estaban al cabo de la calle. Hablaban de clubs y de chicos y de maquillaje (algo estrictamente prohibido en casa de Claire), y la vida de Claire les parecía patética (todo el mundo conocía al reverendo). Las más mayores y sofisticadas la tomaron bajo su tutela, le hicieron poner ropa a la última, halagaron su esbelta figura y su cabello rubio claro natural, que ella siempre había pensado que le daba un aspecto deslucido (tampoco es que hubiera muchos espejos en casa para mirarse). Ningún chico de la escuela le había pedido para salir. Claire se decía a sí misma que era por su padre, pero en el fondo temía que el motivo pudiera ser otro; que ella fuera demasiado callada y sosa, y sus cabellos y cejas tan claros la hacían sentir a veces como si apenas existiera.

Con el tiempo se volvió más osada. La cosa terminó muy mal un fin de semana, cuando su padre estaba intentando redactar su sermón de Navidad y ella llegó del trabajo con los ojos muy pintados: una gruesa línea de un tono verde esmeralda y alrededor sombreado marrón, y —lo más chocante— las cejas pintadas de marrón oscuro con un lápiz que le había dado una de las chicas. Claire se había mirado y remirado en el espejo, contemplando aquella enigmática criatura en que acababa de convertirse; ya no era pálida e insulsa. Ya no parecía flaca ni demacrada; ahora era esbelta y guapísima. Cassie le había apartado el infantil flequillo rubio y eso le había añadido años. Sus compañeras se habían puesto a reír e insistido en que saliera con ellas aquel sábado.

Claire lo dudaba mucho.

Su padre se puso de pie, furioso.

—Quítate eso —dijo—. En mi casa, no.

El reverendo no se enfadó ni le gritó. Nunca lo hacía, no era su estilo. Se limitaba a decir cómo tenían que ser las cosas y basta. Para Claire, la voz de su padre y la voz imaginada de Dios, en quien creía firmemente, eran prácticamente iguales.

Su madre entró detrás de ella en el baño de paredes color aguacate y le dio un abrazo para consolarla.

—Estás monísima, hija —le dijo, mientras Claire se limpiaba furiosa con una manopla marrón—. Tú piensa que dentro de un año o dos te puedes matricular en la academia de secretarias o en magisterio, y así podrás hacer lo que quieras. No es mucho tiempo; paciencia, cariño.

Pero a Claire se le hacía una eternidad. Todas las demás chicas se engalanaban para salir, se echaban novio, y el novio tenía un coche viejo chiquitín o una moto que daba miedo.

—Ese empleo... yo pensé que era buena idea, pero... —dijo su madre, meneando la cabeza—. Ya sabes cómo es él. Esto le está desquiciando. A mí me pareció que necesitabas un poquito de independencia...

Más tarde, aquella noche, Claire los oyó hablar en voz baja. Por el tono, supo que estaban hablando de ella. Ser hija única era difícil, a veces. Su padre la trataba como si ella no deseara otra cosa que meterse en problemas gordos, cosa que a Claire le sacaba de quicio. Su madre hacía lo que podía, pero cuando el reverendo se enfurruñaba, como era frecuente en él, la cosa podía durar varios días y el ambiente en casa se volvía muy desagradable. Él estaba acostumbrado a que las dos mujeres de su vida se plegaran sin chistar a sus desginios. Pero si algo anhelaba Claire, por encima de todo, era un poquito de libertad.

El trabajo terminó con el nuevo año. En la tienda le dijeron que podían contratarla para los sábados, y Claire se moría de ganas de aceptar, pero sabía que su padre diría que no. Así pues, siguió esforzándose todo lo posible en la escuela, pese a ser consciente de que no iba a ir a la universidad; Marcus no era partidario de que las mujeres estudiaran y prefería tenerla en casa a que se marchara a York o a Liverpool. A veces, por la noche, cuando sus padres ya estaban acostados, Claire se ponía a mirar la película que daban en BBC2 y sentía como si se le encogiera el corazón solo de pensar en la posibilidad de tirarse toda la vida en Kidinsborough viendo cómo sus padres envejecían.

Dos meses después, a primeros de marzo, su madre se sentó un día a desayunar poniendo cara de traviesa. Tenía una carta en la mano; el sobre era de correo aéreo, con franjas azules y rojas en los bordes y el papel de un azul muy claro, y la caligrafía era barroca y con un toque exótico.

—Bueno, está todo decidido —dijo ella. El reverendo levantó la vista de su zumo de pomelo.

—¿El qué? —rezongó.

—Lo de este verano. A Claire la han invitado a trabajar de au pair en Francia.

Claire desconocía por completo aquella expresión.

—Vas a hacer de niñera —le explicó su madre—. En casa de mi amiga.

—¿Esa francesa? —preguntó Marcus, doblando su *Daily Telegraph*—. Pensaba que no os conocíais personalmente.

—Y así es —dijo Ellen, ufana.

Claire miró alternativamente a sus padres. Ella no sabía nada.

—¿Quién es esa señora?

—Se llama Marie-Noelle y nos carteamos desde el colegio —dijo Ellen, y de pronto Claire se acordó de aquellas felicitaciones navideñas que llegaban cada año con el mismo mensaje: «Meilleurs Voeux»—. Nos hemos seguido escribiendo; bueno, tampoco muy a menudo. Pero sé que ahora tiene dos hijos pequeños, y un día le escribí preguntándole si le gustaría acogerte en su casa durante el verano. ¡Y ha dicho que sí! Tú le cuidarás a los niños; tienen mujer de la limpieza; y aquí dice que... ¡santo cielo! —Hizo una pausa, y se la vio un poco tensa—. Espero que no sean muy pijos —continuó, mirando a su alrededor la agradable pero espartana vicaría. Los emolumentos que ganaba un clérigo no daban para más, y Claire siempre había sido consciente de que no podía esperar cosas nuevas.

—A mí no me importa que sean pijos, mientras sean gente decente —dijo Marcus.

—Pierde cuidado —dijo Ellen, muy animada—. Tienen un niño y una niña; Arnaud y Claudette. ¿Verdad que son unos nombres encantadores?

A Claire se le había acelerado el pulso.

—¿Y dónde... en qué sitio de Francia?

—Huy, perdona, qué cabeza la mía. En París, naturalmente —dijo Ellen.

3

No se puede decir que el acuerdo con la fábrica de chocolate —en realidad, un gesto conciliador mínimo por su parte— me cambiara la vida. Bueno, ni la vida ni casi nada en cuanto liquidé la deuda de mi tarjeta de crédito. Por supuesto, me pregunté si no habríamos podido sacarles más, habida cuenta de que yo ahora caminaba cojeando visiblemente (aparte de haber estado a punto de morir y tal), pero la fábrica dijo que eso había sido culpa de los médicos, y en el hospital me dijeron que yo estaba mejor y que su cometido no era otro, técnicamente hablando, que hacer que estuviera mejor. Yo, cómo no, le mencioné al doctor Ed que si ellos no me hubieran dejado enfermar hasta ese punto, habrían podido implantarme los dedos de los pies, y él sonrió y me dio unas palmaditas como sin duda había visto hacer a los médicos en la tele y luego me dijo que si alguna vez tenía una duda que le preguntara (yo me quedé boquiabierta porque precisamente acababa de preguntarle una cosa). Después me guiñó el ojo y fue a aposentarse en la cama de Claire.

Había llegado el momento de volver a casa. Después de tanto soñar con que me dieran el alta, me di cuenta de que en realidad no quería irme de allí. Mejor dicho, que me costaría desacostumbrarme a las semanas de medicación y comida gratis y fisio y a no tener que pensar en nada más que en ponerme mejor.

Ahora tenía que enfrentarme de nuevo al mundo y encontrar otro trabajo (el acuerdo estipulaba, entre otras cosas, que yo no podía volver a Braders, presumiblemente por si se daba el caso de que sufría otro extrañísimo accidente. Yo, en cambio, hubiera pensado que estadísticamente hablando tenía menos probabilidades que cualquier otra persona de que eso me ocurriera).

E iba a echar de menos a Claire. Cada vez hablábamos más en francés, para fastidio de casi todo el mundo, y era una de las pocas cosas que daban alegría a mi vida, eso de demostrar que era capaz de aprender algo. Todo lo demás pintaba muy mal. Sabía que conseguir empleo estaba dificilísimo. Cath me dijo que podía ir a barrer a la peluquería, pero el sueldo era ridículo y además yo no podía doblarme aún por la cintura sin tener la certeza de que no me iba a caer. Por otra parte, había adelgazado muchísimo. Era lo único bueno de mi experiencia hospitalaria. Claro que yo no recomendaría a nadie este sistema.

Le comenté a Claire mis preocupaciones.

—He estado pensando —me dijo, un momento después.

—¿Sí?

—Verás, yo... Yo conocía a una persona que trabajaba en una chocolatería de París. Pero te hablo de hace muchos años. No sé a qué se dedica él ahora.

—Ajá. ¿Era algún novio, quizá?

Sus flacas mejillas cobraron un poco de color.

—Creo que eso no es de tu incumbencia.

—¿Estabas locamente enamorada?

Nos conocíamos lo bastante bien como para que yo pudiera tomarle un poco el pelo, pero Claire aún conservaba cierto brillo profesional en la mirada. Así me miró entonces.

—No se le da muy bien escribir cartas —musitó, y dirigió la vista hacia la ventana—. Pero lo intentaré. Cuando venga Ricky le pediré que me deje enviar un email de esos. Ahora es fácil encontrar a cualquier persona, ¿no?

—Así es —dije—. Pero si ese hombre era amigo tuyo, ¿cómo es que no has vuelto a París en tanto tiempo?

Claire frunció los labios.

—Bueno, yo estaba formando una familia. Tenía un empleo. No podía subirme a un avión así por las buenas.

—Ya —dije, escéptica. De repente Claire se había vuelto susceptible.

—Pero tú sí podrías —dijo—. Tú puedes hacer lo que te venga en gana.

Me eché a reír.

—Lo dudo. ¡Anna Trent, la supercoja!

El accidente —me refiero a su impacto emocional— no hizo realmente mella hasta que volví a casa de mis padres. En el hospital me había sentido alguien especial, supongo. Me traían flores y regalos y era el centro de toda la atención; la gente se interesaba por mi salud, y aunque la cosa era un tanto insoportable, admito que me sentía cuidada por todos.

Pero en casa era simplemente eso: volver a lo de siempre. Los chicos entrando a altas horas de la noche, haciendo ruido, refunfuñando porque tenían que compartir habitación otra vez; mamá haciendo aspavientos porque según ella yo no iba a encontrar trabajo, preocupada por si nos quedábamos sin el subsidio por invalidez, a lo que yo le decía, no seas tonta, no estoy minusválida, y entonces las dos mirábamos mis muletas y ella soltaba otro suspiro. Me miraba en el espejo y mis ojos azul celeste me parecían exangües, mi pelo rubio claro —sin las mechas que solía hacerme Cath— se veía mortecino; había perdido unos kilos, sí, pero al no haber hecho el menor ejercicio, toda yo parecía fofa y desgarbada. Si antes solía maquillarme un poco cuando salía de noche, ahora lo tenía casi olvidado, y con tanta medicación, mi cutis estaba reseco.

Fue entonces cuando me puse triste de verdad. Lloré en mi pequeña cama de la infancia, me levantaba cada día más tarde, iba perdiendo el interés por hacer mis ejercicios diarios, y lo que me contaban mis amigas sobre novios nuevos y quién había roto con quién y cosas así me parecía de lo más intrascendente. Sabía que mis padres estaban preocupados por mi bienestar, pero yo me sentía bloqueada, no sabía qué hacer. El pie se me iba curando poco a poco, lo que no quitaba que siguiera notando los dedos que me faltaban. Sentía escozor, picor, dolor, y por las noches me quedaba mirando el techo de mi cuarto y escuchando los ruidos que la caldera venía haciendo desde que yo era pequeña, y pensaba: ¿Qué hago?

1972

Su madre quería acompañarla y pasar el día con ella en Londres, «mano a mano», pero al reverendo no le había hecho ninguna gracia la idea y empezó a decir que si esto y que si lo otro. Por lo visto, los antros de perdición parisinos no debían de ser tan malos como el pozo de iniquidad que era Londres; el reverendo, pensó Claire, no acababa de enterarse del año en que vivían. Había exigido garantías en repetidas ocasiones, tanto de mi madre como de Madame Lagarde por teléfono, garantías de que la familia fuera de lo más estricta y tradicional y que Claire no hiciera allí otra cosa que cuidar niños y aprender otro idioma, algo que sí le parecía bien en una señorita. Y por fin, tras interminables listas e imprecaciones sobre cómo debía comportarse ella —Claire estaba aterrorizada pensando que Madame Lagarde sería de lo más pijo, una mujer muy rica y exigente, y no sabía cómo iba a arreglárselas con dos niños pequeños sin poder comunicarse bien con ellos—, el reverendo la había llevado en coche a la estación del ferrocarril bajo un cielo que amenazaba diluvio.

Rainie Collender, la matona de la escuela, había acorralado a Claire antes de terminar el curso.

—¿Qué? ¿Te largas para volverte todavía más estirada? —dijo con aire desdeñoso.

Claire se limitó a hacer lo de siempre, agachar la cabeza mientras las compinches de Rainie se echaban a reír y luego alejarse lo más rápido posible de sus miradas. Casi nunca lo conseguía. Estaba impaciente por que llegaran las vacaciones. Por más que temiera tener que cuidar de los dos críos franceses, seguro que era mejor que quedarse en Kidinsborough.

Cuando el tren partió de Crewe, Claire abrió su tupperware; estaba nerviosa porque se marchaba ella sola de viaje y tenía la sensación de que iba a ser algo de la mayor importancia en su vida.

Dentro del tupper había una nota de su madre.

«Que te lo pases muy bien.» No «pórtate bien» o «no olvides de limpiar lo que ensucies», o «no salgas por ahí sola». Simplemente «que te lo pases muy bien».

Claire era bastante infantil para tener diecisiete años. Nunca se había parado a pensar que su madre pudiera tener una vida aparte de estar en casa, preparar la comida, lavar la ropa y mostrar su aquiescencia cada vez que el reverendo decía algo nuevo sobre los jóvenes peludos y hippies cuyos valores habían llegado incluso a Kidinborough. No se le había pasado por la cabeza que su madre pudiera tenerle envidia.

A Claire le daba apuro subir al barco, le aterraba no saber qué hacer. El transbordador era enorme. Solo había estado a bordo de una embarcación, y era un pédalo, en Scarborough. Aquel barco grandioso y blanco le pareció muy romántico; el olor a gasoil, el ruido de la sirena cuando desatracó lentamente del muelle de Dover, y todo aquel gentío expectante y sus grandes automóviles con las bacas repletas de tiendas de camping y sacos de dormir, y también aquellos exóticos Citroën 2CV con franceses auténticos desplegando sus meriendas (mucho más exóticas que los emparedados de carne que llevaba Claire), con botellas de vino y vasos de verdad y largas barras de pan. Estuvo un rato embobada, mirando a su alrededor, y luego subió hasta la proa misma del navío —soplaba mucho viento y unas nubes blancas cruzaban rápidamente el cielo— y miró hacia atrás, hacia Inglaterra (era la primera vez que abandonaba el país) y luego hacia Francia. Nunca se había sentido tan plena de vida.

Claire me había dejado un mensaje en el teléfono: «Ven a tomar un café.» Le habían dado el alta, provisionalmente, y su voz sonaba un poco entrecortada, vacilante. La llamé —eso sí me veía capaz de hacerlo— y quedamos en vernos en el pequeño bar de la librería, donde pensé que ella se sentiría más cómoda.

Su simpática nuera, Patsy, la acompañó en coche y le hizo prometer que no compraría demasiados libros. Claire puso los ojos en blanco cuando ella se fue, y dijo que adoraba a Patsy pero que la gente pensaba que estar enfermo te convertía en un crío de cuatro años. Pero luego se dio cuenta de que a mí no tenía que decírmelo porque ya lo sabía e intercambiamos unas risas imitando al doctor Ed sentado en la cama y jugando a empatizar con el paciente.

Luego se produjo una pausa; en una conversación normal alguien habría dicho: «Oye, te veo muy bien» o «Te has cortado el pelo, ¿no?» o «Tienes buen aspecto» (que en realidad, como todo el mundo sabe, significa «¡Jo!, has engordado»), pero ni ella ni yo fuimos capaces de decir nada. En el hospital, con las almidonadas sábanas blancas y el inmaculado pijama de color crema, Claire no tenía muy buen aspecto pero parecía estar a gusto. En la cafetería, como yo la estaba viendo ahora, tenía una pinta horrorosa. Tan delgada que parecía a punto de quebrarse, la cabeza diestramente envuelta en un pañuelo que no hacía sino proclamar a los cuatro vientos: «Tengo cáncer desde hace tantos años, que me he vuelto una experta en atar pañuelos», y un vestido elegante que le sobraba de aquí y de allá. En fin, su aspecto era de... de persona enferma.

Me levanté para ir a buscar café y unos brownies para las dos, aunque ella había dicho que no quería, pero yo insistí en que probara los pastelillos caseros y al final esbozó una sonrisa y aceptó diciendo vale, estupendo, pero no habría engañado ni a un caballo. Noté que me miraba cuando me alejé cojeando un poco; no me sentía nada segura todavía con mi bastón y en el fondo había decidido prescindir de él. Cath insistía en decir que saliéramos, que todo el mundo se moría de ganas de que les contara cosas, pero la sola idea me llenaba de terror. Sin embargo, lo que sí necesitaba era arreglarme el pelo con urgencia. Y ropa nueva. Llevaba puestos mis vaqueros más tirados y un top a rayas que no ceñía nada de lo que suelen ceñir, y eso se notaba.

—Bueno —dijo Claire cuando volví a la mesa. La señora que atendía la barra había accedido a traer ella la bandeja, menos mal. Cruzamos una mirada.

—Mujeres marcadas —dije, y Claire sonrió un poco. La señora, no. Debía de estar preocupada pensando que de un momento a otro vomitaríamos o nos caeríamos en su bonito local. Eso sí, el brownie de chocolate estaba delicioso y nos compensó de todas las miradas raras que estábamos recibiendo.

—Bueno —dijo otra vez Claire. De repente se ruborizó un poco, visiblemente agitada—. He recibido una carta.

—¿Una carta de verdad? —dije, impresionada. Yo nunca recibía cartas, solo mensajes de móvil de Cath sobre el último tío que le había gustado.

—De hecho —dijo—, es más bien una postal... Pero, bueno, que sí, que necesitan otro empleado. Y hay un piso que podrías ocupar.

Me la quedé mirando, absolutamente estupefacta.

—¿Qué? —dijo.

—Bueno, yo no... No pensaba que le fueras a escribir. —Estaba emocionada, además de perpleja—. Quiero decir, no sé, tomarte tantas molestias y eso...

—Han sido dos cartas —dijo Claire—. Espero que eso no sea lo que tú consideras trabajar mucho. Te he puesto bastante por las nubes...

—Oh —dije.

Claire sonrió.

—Ha sido... bonito, saber de él después de tantos años.

—O sea que sí, que fue un idilio.

—Lo único seguro es que fue hace mucho tiempo —dijo ella, volviendo a su tono distante y profesoral.

—¿Tú no quieres ir? —le pregunté.

—¿Yo? No, no —respondió al punto—. Esa época de mi vida

quedó atrás para siempre; y tengo ya suficientes cosas en las que pensar. Pero tú todavía eres joven...

—Tengo treinta años —protesté.

—Pues por eso lo digo: muy joven.

—Y ¿cómo es, la fábrica? —pregunté, cambiando de tema. Los hijos de Claire eran bastante más mayores que yo y ambos estaban casados y tenían un buen empleo. Yo difícilmente habría podido compararme con ellos.

—Supongo que habrá cambiado un poquito —dijo, con aire soñador, pero enseguida se recompuso—. Además, no es una fábrica exactamente, sino más bien un atelier, un taller. Le Chapeau Chocolat, se llama.

—¿El Sombrero Chocolate? —dije—. Suena un poco... ¿O es que hacen realmente sombreros de chocolate?

Claire fingió no haberme oído.

—Te contratarán en calidad de empleada para todo, horario normal. Te he buscado una habitación donde podrás hospedarte. Esa zona de París es carísima, ni te lo imaginas, o sea que te vendrá muy bien. Él dice que hasta octubre o así tendrán bastante trabajo, de modo que podrías quedarte hasta esa fecha. Para cuando regreses, las tiendas de aquí ya estarán preparando la campaña de Navidad y seguro que encontrarás algún trabajo.

—¿Es que en Francia no celebran la Navidad?

—Sí, claro —dijo Claire con una sonrisa—, pero no al nivel obsesivo de aquí. Unas ostras y un ratito con la familia, poca cosa más.

—Me parece mezquino —dije, un tanto enfadada. Tenía la sensación de que me presionaban, no de que alguien me estuviera mimando o preocupándose por mí.

—Es una preciosidad —dijo Claire, de nuevo con expresión soñadora—. La lluvia salpica las aceras y las luces se ponen brumosas en los puentes, una se acurruca frente a la chimenea...

—Y se come unas ostras —dije yo—. Puaj.

Claire se quitó las gafas para frotarse los ojos, que parecían muy irritados.

—Bien —dijo, esperanzada—, yo creo que es una oferta muy generosa, teniendo en cuenta que él no te conoce.

—¿Y el idioma? —pregunté, con el miedo en el cuerpo—. No voy a entender nada de nada.

—Qué tontería, si estás avanzando mucho...

—Pero hablando contigo. Los franceses de verdad seguro que hablan a toda pastilla, veinticinco mil palabras por segundo.

Claire se rio.

—El truco es no dejarse llevar por el pánico. Confía en tu instinto para entender lo que dice la gente. Además, las tonterías son las mismas, en francés como en inglés. La gente se repite todo el rato, igual que aquí. Tú no te preocupes.

Parpadeé antes de preguntar:

—¿Él habla inglés?

—Que yo recuerde —dijo Claire, con una sonrisa tímida—, ni una palabra.

1972

Lo primero que a ella le llamó la atención fue el bigote, no en sí mismo —muchos hombres llevaban bigote en esa época, además de largas y pobladas patillas, como lucía él también—, sino porque tenía chocolate en las puntas. Ella se había quedado mirándolo como una boba.

—¿Qué? —dijo él, enarcando las cejas—. ¿Qué pasa? Dime, ¿no acabas de creerte que un hombre tan extraordinariamente guapo haya cruzado la puerta?

Ella sonrió sin poder evitarlo. Con aquella espesa mata de cabellos rizados castaño oscuro, sus maliciosos ojos castaños y su fornido cuerpo, era sin duda muy atractivo, pero no guapo. No desde luego al estilo tradicional francés de hombres pulcros y peripuestos, tirando a flacos y refinados. Aquel hombre no tenía nada de refinado; más bien parecía un oso, un oso lejos de su entorno.

—¿Te ríes? Te hace gracia que no sea guapo, ¿eh? Pues yo no le veo la gracia. —Fingió estar extremadamente dolido.

Claire llevaba casi una hora de plantón cerca de la puerta de barrocas cornisas, esperando a que Madame Lagarde quisiera marcharse. Sus anfitriones eran el colmo de la cortesía, no los tiranos que ella tanto había temido (y como su padre esperaba que fueran), pero al mismo tiempo consideraban todo un privilegio para ella el poder formar parte de su vida social.

Sin embargo, a Claire le resultaba todo aquello de una sofisticación incomprensible y estaba tremendamente nerviosa. No sabia qué decir. Unos jóvenes tocados con boina discutían acaloradamente sobre comunismo; unas mujeres delgadísimas fumaban cigarrillos y de vez en cuando los miraban levantando una ceja o mencionaban lo aburrida que había sido tal o cual exposición. Claire no era muy de fiestas, incluso entre gente conocida. París la tenía anonadada con su deslumbrante belleza, pero sus habitantes le causaban auténtico pavor.

Decidió tomárselo como una extensión de sus clases de francés y captar el máximo posible, pero todas aquellas personas le parecían gente inequívocamente adulta. Y ella, inequívocamente también, no lo era. A sus diecisiete años, no se sentía ni una cosa ni otra; y todo aquel glamour la hacía sentirse cada vez más una pueblerina semianalfabeta. Bastante trabajo le costaba seguir la conversación, de tan rápido como hablaba la gente; a cada momento quedaba deslumbrada por lo elegantes que iban todos, nada que ver con el estilo casero de su madre; y por si fuera poco, la gente no paraba de hablar de exposiciones que habían visto, de escritores que habían conocido... y sobre todo de comida. Era realmente agotador.

La gente parecía mostrar interés por la chica inglesa de los Lagarde —era bonita y parecía simpática—, pero ella no hacía más que quedarse callada como una boba. Se dio cuenta de que esta actitud no le hacía mucha gracia a Madame Lagarde, tan hermosa y tan arreglada ella, pero es que viniendo de Kidinsborough y la rectoría, la Ciudad Luz tenía a Claire absolutamente abrumada.

En cambio, aquel individuo era otra cosa. Tenía un brillo de malicia en los ojos que no podía ocultar.

—No iba en serio —dijo Claire, tapándose la boca con la mano para que él no viera la sonrisa que se le escapaba.

—¡Oh, vaya! ¡Una inglesa! —dijo él al momento, echándose hacia atrás como presa del mayor asombro—. Enchanté, mademoiselle! Muchísimas gracias por ofrecerse a visitar esta insignificante ciudad de provincias.

—Me está tomando el pelo —dijo ella, tratando de responder con el mismo tono humorístico.

—¡Eso es imposible, mademoiselle! Yo soy francés y, por lo tanto, no tengo el menor sentido del humor.

—¿Qué es eso que le cuelga del bigote?

Él puso cara de chiste al intentar mirárselo.

—Ni idea. ¿Será el sentido del humor?

—Es marrón.

—Ah, pues claro... ese es mi trabajo.

Claire no le vio el sentido, pero justo en ese momento el anfitrión de la fiesta volvió en redondo y se fijó en el recién llegado. Con una gran sonrisa se acercó a ellos y se llevó al hombre para presentárselo a todo el mundo; la gente pareció mucho más encantada de conocerle a él que a la nueva au pair de los Lagarde.

—¿Quién es? —le preguntó Claire en voz baja a Madame Lagarde.

—Oh, es Thierry Girard. Ahora mismo no se habla más que de él —respondió Madame Lagarde, mirándole con afecto—. Dicen que es el chocolatier con más talento desde Persion.

A Claire no le pareció que fuera una gran noticia, o noticia importante siquiera. Claro que, por otro lado, eso explicaba lo que el hombre tenía en el bigote, lo cual al menos estaba bien.

—¿Cree usted que tendrá mucho éxito? —preguntó con indiferencia.

Madame Lagarde estaba observando a Girard, que en ese momento hablaba con un destacado crítico de gastronomía, engatusándolo al insistir en anotarle en un papel su última receta.

—Yo creo que sí —dijo—. Estudió en Suiza y en Brujas. Yo creo que va a ser tremendamente bueno, sí.

Después de pasearse por la estancia y de aceptar una segunda copa de delicioso champán, Claire retomó su faceta observadora y reparó en que Thierry era el foco de atención, y de las risas. Parecía que hubiera un rebaño de gente a su alrededor. Claire, como persona en la que nadie se fijaba (la maldición de ser tan callada), estaba traspuesta. Aunque la cara de oso de Thierry impedía que se le pudiera considerar guapo, reflejaba tanta alegría y contento que era casi imposible negarse a contemplarla o no desear que el haz de su luminosa atención se posara en uno. Se fijó en varias de las hermosas mujeres que un rato antes mostraban una actitud huraña y altiva; ahora se deshacían en risas y aspavientos delante de él.

Se mordió el labio. De buena gana habría tomado una copa más de aquel champán tan frío —nunca había probado el champán—, pero sospechó, acertadamente, que a Madame Lagarde no le habría parecido bien. De hecho, en ese momento estaban a punto de marcharse. Claire miró a ver si veía su chaqueta, pero luego recordó que se la había cogido una sirvienta nada más entrar.

—No me diga que se marcha —dijo a su espalda una voz, casi un rugido. Al volverse ella, el corazón le dio un vuelco. Allí estaba Thierry, aparentemente alicaído—. ¿Adónde va?

—Mañana tengo que trabajar —tartamudeó Claire—. Y Madame Lagarde me... me lleva a casa. Debo irme con ella.

Thierry movió las cejas.

—Ah, mademoiselle, no había visto que es usted una niña.

—Yo no soy una niña —dijo ella, muy seria, y al hacerlo se dio cuenta de lo infantiles que sonaban sus palabras.

—Alors, pues la acompaño yo a casa.

—No, señor —dijo Madame Lagarde, que había aparecido como por arte de magia, y fulminó a Thierry con la mirada.

—Enchanté —dijo él, sin alterarse lo más mínimo. Hizo una

venia y besó la mano de Madame Lagarde—. ¿La señorita es su hermana?

Madame Lagarde puso los ojos en blanco.

—Es mi au pair, y mientras esté aquí, mi pupila también —dijo ella con sequedad—. Claire, es hora de irse.

—Claire. —Thierry pronunció lentamente el nombre, como si lo saboreara—. Cuento con que vendrá a visitar mi nueva tienda, ¿no?

Claire comprendió al momento que eso ponía en un aprieto a Madame Lagarde. El todo París iba sin duda a pasarse por la nueva chocolatería, pues ¿cómo admitir en la próxima soirée no haberlo hecho? Madame Lagarde la miró de soslayo, y Claire supuso que buscaba la manera de apartarla de aquel ser tan fascinante.

De hecho, acertó de lleno.

Marie-Noelle Lagarde era una mujer de mundo que opinaba que a Claire la habían protegido y mimado en exceso, que en casa la habían reprimido a la manera burguesa típicamente británica. Si no abría pronto los ojos, acabaría cayendo en una fría tumba inglesa, como su madre, y nunca sabría lo que era divertirse en la vida. Marie-Noelle confiaba más bien en que fuera alguno de los encantadores y bien educados hijos de sus amigas el que la llevara de la mano y le enseñara a vivir un poco, para que así pudiera volver a Inglaterra con estupendos recuerdos de París y un horizonte más amplio que el de la rectoría y los arreglos florales. Presentía que la muchacha tenía algo dentro, y, como mujer de mundo que era, Madame Lagarde consideró una obligación dar alas a ese algo; no solo por ella, sino también por su madre, aquella mujer tan llena de vida que sin duda maldecía la hora en que se casó con aquel joven y carismático clérigo. Pero debía ser la persona adecuada; no quería mandar a la chica de vuelta a Inglaterra embarazada de un cocinero gordo.

—Bien sûr, desde luego —le dijo a Thierry, al tiempo que indicaba por señas a la sirvienta que les trajera las chaquetas.

Mientras volvían en coche en la todavía cálida noche estival, Claire, al volver la cabeza y mirar por la ventanilla trasera del taxi, divisó los enormes puertas cristaleras del piso donde había estado, abiertas de par en par, despidiendo el rumor de la música y las conversaciones y el humo de cigarros puros que se elevaba lentamente hacia el brumoso cielo nocturno.

4

Papá no subía nunca a mi cuarto, dejó de hacerlo a partir de mis doce años o así. Aquel era mi santuario particular, donde me refugiaba de mis hermanos. Aparte de que él no es de esos padres que entran en tu cuarto para charlar largo y tendido; no, él es de los que cuentan chistes espantosos a tus amigas, procura que la cadena de tu bici esté siempre bien engrasada, se achispa un poco el día de Navidad y no se quita el gorro de fiesta en todo el día. Dudo que haya dicho «te quiero» en toda su vida, ni siquiera a mamá. Pero sé que la quiere, o sea que eso no importa. Y se pasa la vida llamando sinvergüenzas a los chicos, pero sé que se sintió orgulloso de mí cuando me ascendieron en Braders.

En fin, mi madre no paraba de cotorrear sobre qué iba a hacer yo, cuáles eran mis planes, qué futuro se me presentaba, y la verdad es que me tenía agotada de tanto escuchar. Yo no estaba paralítica ni en silla de ruedas, solo había perdido dos dedos de un pie; ni siquiera podía ponerle una pegatina de minusválida al coche de papá (y juro que eso a mamá le sentó fatal). Pero un día parece que leyó algo en una de sus revistas y decidió que yo estaba deprimida y se puso a dar la lata para que fuera a algún terapeuta, y eso también era un fastidio porque la depresión es una enfermedad horrible, no una manera de describir que te sientes un poquito triste a causa de haber perdido una puntita de tu cuerpo, lo cual en mi opinión es una reacción de lo más natural y no hay que darle más vueltas. Ahora bien, era innegable que un poco deprimida sí que me sentía. ¿Alguna vez habéis tenido una de esas resacas que duran dos días? Pues, lo mismo que el segundo día, yo era incapaz de reunir las fuerzas suficientes para ponerme a hacer el millón de cosas que sabía que debía hacer: eran demasiadas.

Papá llamó flojo con los nudillos, cosa curiosa, pues mamá nunca llama antes de entrar y los chicos no entran nunca, se limitan a chillar desde la escalera.

—Hola, cariño —dijo, ofreciéndome una taza de té. Yo no diría que fuésemos una familia muy chapada a la antigua, pero una cosa sí sabía: que papá jamás preparaba el té.

—¿Lo has hecho tú? —dije, mirándole con recelo.

—Sí —se apresuró a responder—. ¿Dos de azúcar?

Se lo habrá preguntado a mamá, deduje.

—¿Puedo pasar?

—Estás en tu casa —dije, sorprendida. Él parecía nervioso; peor aún, antes de sentarse se sacó del bolsillo dos galletas de chocolate envueltas. Le miré—. ¿Qué pasa?

—¿Pasar? Nada.

—Lo dudo, si es necesaria una galleta de chocolate. Venga, dímelo.

Él meneó la cabeza.

—Simplemente he pensado que te apetecería una.

Me lo quedé mirando, nada convencida.

—Verás —dijo—, me acaba de llamar tu amiga la profesora y...

—Ya no es mi profesora —le corté.

—Bien, parece ser que te ha estado enseñando algunas cosas —continuó papá, sentándose ante mi tocador blanco. No pegaba con él. El espejo devolvía la imagen de la parte posterior de su cabeza; se estaba quedando calvo por detrás.

—Bueno —dije, quitándole importancia—, fue por hacer algo.

Dirigió la vista hacia mi cama, donde descansaban varios libros en francés que Claire me había prestado y que yo había intentado leer con ayuda de un diccionario descomunal. El proceso no podía ser más lento y fastidioso, pero poco a poco se iba haciendo la luz.

—Pues ella dice que te ha encontrado trabajo —anunció.

Negué con la cabeza.

—En realidad, no. Solo conoce a alguien... o le conocía hace siglos. Me ha dicho que cree que en verano podría echarles una mano.

—Ella dice que es un empleo que tiene que ver con lo tuyo.

—Ya, en otro país. Imagino que será para barrer suelos.

Mi padre se encogió de hombros.

—¿Qué tiene de malo trabajar en otro país?

—¿Ahora resulta que quieres que me marche de casa?

—No —dijo él, sin alterarse—. Pero tienes treinta años, hija, no hay nada que te ate, eres joven todavía... ¿No te apetece viajar un poco, ver mundo?

Fui yo quien se encogió de hombros ahora. No se me había ocurrido enfocarlo así. A decir verdad solo había pensado en mi situación para decidir que era un gran fastidio y que la gente debería tenerme más lástima aún, no para meditar sobre qué hacer en el futuro inmediato. Había perdido dos cachitos de mi persona; con eso tenía de sobra para todo un año.

Pero tal como lo planteaba mi padre, por un segundo llegué a pensar que sería muy bonito ir a algún sitio en donde nadie supiese lo que me había pasado y que la gente no me mirara con preocupación y un interés casi lascivo. Los chavales de la urbanización hablaban de mí cuando me veían pasar, eso desde luego. La única vez que había salido con Cath hasta el momento, Mark Farmer me había acorralado —borracho a la una de la madrugada— para implorarme que le enseñara el pie. Después de eso se me pasaron las ganas de volver a salir de noche; no quería convertirme en el monstruo circense local. Y sabía muy bien cómo las gastaban en mi pueblo. Una vez, en cuarto, Sandy Verden se había hecho caca encima, y la gente se lo recordaba todavía ahora.

Papá me miró con afecto.

—Cariño, tú ya sabes que no me gusta dar consejos.

—Sí. Y es algo que agradezco. Mamá suele darme ración doble.

Sonrió con cierta tristeza.

—Francamente, a tu edad, la oportunidad de ver lugares nuevos, de vivir experiencias diferentes aunque solo sea una temporadita... Yo no me lo pensaría dos veces. Creo que luego te arrepentirías.

Jamás había visto a mi padre tan entusiasmado por algo, ni siquiera cuando los Wanderers de Kidinsborough ganaron la liga en 1994 y todo el mundo enloqueció durante un mes y medio (la temporada siguiente descendieron de categoría, así que la alegría duró poco).

—Por favor —dijo, y luego suspiró—. Los chicos, ya lo sabes, no dan un palo al agua. En los viejos tiempos habrían trabajado en la mina o habrían hecho algo de utilidad, pero ahora se pasan la mitad del tiempo mano sobre mano, esperando que salga trabajo de albañil en alguna obra. Me parece vergonzosa, la situación. Pero tú...

Me miró con una expresión tan llena de sentimiento que me resultó difícil aguantarle la mirada.

—Tú ibas muy bien en la escuela, Anna; no dábamos crédito, cuando decidiste dejarlo. La señora Shawcourt nos llamó por teléfono, ¿sabes?

Sí, lo sabía. Ella les había recomendado que siguiera, que estudiara en la universidad, pero yo no le veía ningún sentido. Había decidido trabajar en el ramo de la alimentación y quería ganar algún dinero cuanto antes. Realmente no entendía que hubiera podido estudiar una especialización, pasar un par de años aprendiendo de verdad, en vez de ir picoteando en cocinas industriales... Y si no lo hice después, fue por orgullo. Mi padre insistía en decir que aún estaba a tiempo, pero para entonces yo ya estaba acostumbrada a un sueldo y no quería volver a ser estudiante. Además, los estudiantes eran unos perdedores, o eso decía la gente en la fábrica de chocolate. A mí, de todos modos, me parecía divertido cuando los veía pasar camino de la facultad de agricultura, siempre riendo y despreocupados, con sus carpetas y sus portátiles, mientras nosotros íbamos hacia el tajo arrastrando los pies cada mañana. En fin.

La señora Shawcourt les había dicho a mis padres que yo tenía mucho talento para los idiomas y que lo que debía hacer era seguir estudiando. Yo me había mofado, porque ¿qué sentido tenía estudiar? Eso de la cultura era perder el tiempo, con los adolescentes. Al menos el tipo de adolescente que yo había sido.

Papá continuó hablando.

—Yo estoy convencido de que podrías hacerlo —dijo—, totalmente convencido.

Esbocé una sonrisa.

—Pero también me dijiste que de mayor podía ser Spiderman...

—De eso también estoy convencido —respondió, poniéndose de pie con mayor lentitud de la habitual en él (últimamente me fijaba mucho en cómo se movía la gente), y luego me besó suavemente en la coronilla.

5

Dos meses después

Decidí que gritaría a la mínima que alguien me dijese lo afortunada que era. Yo no creía que lo mío fuera tener suerte, en absoluto. En la colosal estación de París repleta de gente donde paraba el Eurostar, todo el mundo había salido disparado hacia acá o hacia allá como si quisiera demostrar lo bien que conocía la capital francesa. Yo me quedé allí plantada sintiéndome muy vulnerable, pero entonces comprendí que así solo conseguía parecer muy vulnerable y convertirme por tanto en blanco de carteristas. Juro que es por eso que mis padres habían ido a Scarborough cada año durante ciento setenta años. Pero al menos en Scarborough sabías qué parte del muelle había que evitar, y uno se daba cuenta de si aquello era un uniforme de policía de verdad o el tipo se había comprado la gorra en una tienda de artículos de broma. En París ni siquiera entendía los letreros, y no me atreví a tomar un taxi. Mientras bajaba cojeando por una escalera mecánica con mi maletita de ruedas y acordándome de toda la gente que me había dicho qué suerte tienes, ¡París!, lo bien que te lo vas a pasar, yo no hacía más que pensar, sí, bueno, seguramente me tiraré seis semanas metida en una habitación viendo cómo gira el mundo y sin enterarme de nada. Era una posibilidad muy real. Y encima no me gustaría la comida.

Eché un vistazo al mapa del Métro. No entendí nada de nada. Me lo quedé mirando, la cartera y el pasaporte a buen recaudo dentro de una mano. Por mí, como si el mapa hubiera estado cabeza abajo. Las líneas de metro no tenían nombre, solo número, pero los rótulos de la estación sí tenían nombres. Al final deduje que debían de ser los de los lugares que había al final de cada línea.

Me armé de valor y fui a pedir un billete. Luego le pregunté al hombre, en mi mejor francés, cómo llegar hasta el andén. Me dio un torrente gigantesco de complicadísimas indicaciones. Yo no entendí ni papa, pero le di las gracias y me alejé. Oí que me llamaba a gritos, di media vuelta, presa del pánico, y entonces me dijo que estaba yendo en la dirección contraria. Di las gracias otra vez, muerta de vergüenza y casi llorando.

En el andén había infinidad de gente de todos los tipos habidos y por haber, la mayor parte hablando en francés en voz alta a mil millones de kilómetros por hora como si se jactaran de ello, y unos pocos con cara de andar perdidos y ser turistas, igual que yo. Nos evitamos como si fuéramos víctimas de una plaga, aterrados ante la posibilidad de revelar nuestra ignorancia y nuestra vulnerabilidad. Si hubiera podido dar media vuelta y meterme otra vez en el bonito y confortable Eurostar, lo habría hecho en un abrir y cerrar de ojos. Me miré el reloj. Eran las cuatro, o sea las tres en Kidinsborough. Pausa para el té. En Braders yo habría estado tomando una taza y una bolsa de patatas fritas con sal y vinagre. Me entró la nostalgia, pese a que odiaba y aborrecía esa fábrica y siempre echaba pestes de ella. En el hospital a esta hora estarían sirviendo natillas.

Miré nerviosa por las ventanillas pintarrajeadas del ruidoso tren conforme íbamos dejando atrás estaciones, presumiblemente también la mía. A los pocos minutos estábamos ya en descampado, alejándonos de la ciudad. Fuera cual fuese mi punto de destino, no podía estar por allí. Con el corazón a cien, me bajé en la primera estación. Varias personas me miraron divertidas desde el vagón y eso me puso más nerviosa aún, y de muy mal humor. Monté en el primer tren que pasaba en sentido contrario. Menos mal, este paraba en todas las estaciones. Me instalé en un diminuto asiento de plástico color naranja, cerca de la puerta, empeñada en detener el tren por la mera fuerza de mi voluntad cada vez que veía aparecer un letrero o una indicación.

Cuando por fin llegamos a Châtelet-Les Halles, se me atascó la maleta en la barrera y tuve que ser asistida por un hombre muy elegante que pasaba por allí a toda prisa. Cuando me volví para darle las gracias, él me lanzó una mirada como diciendo que más valía que no volviera a interponerme en su muy transitado camino. De nuevo con los pies en tierra firme, sucia, acalorada y refunfuñando, intenté orientarme con el escueto mapa que llevaba conmigo. Maldito París y maldito el Métro, que no había quien lo entendiera, malditos sus refunfuñones usuarios y sus siempre vociferantes funcionarios, malditos los hombres elegantes... De un momento a otro iba a echarme a llorar. Y los dedos del pie me estaban matando.

A poca distancia de la parada de metro había un bar con mesas y sillas en la acera, a pesar de que cerca había coches (el aire apestaba a tubo de escape) y una floristería cuyos productos se derramaban sobre las sillas, y también debajo. Después de palparme la cartera por enésima vez aquella tarde, me dejé caer en una silla. Un hombre menudo con camisa blanca y pantalón negro acudió rápidamente dándose aires.

—Madame? —dijo, con mucho aspaviento. Yo en realidad no sabía lo que quería. Tal vez estar sentada un rato y nada más. Y dado el precario estado de mis finanzas, de buena gana habría pedido un simple vaso de agua, pero me imaginé que eso no iba a caer bien. Miré hacia la mesa de al lado. Un hombre mayor, con un perro tan mayor como él dormitando a sus pies, me miró alzando una ceja. Frente a él tenía un vaso alto lleno de cerveza fría. El camarero siguió la dirección de mi mirada—. Comme ça? —dijo, o gritó. ¿Una como esa? Asentí agradecida. Vale. Estupendo. Un poquito pronto para tomar alcohol, pero llevaba en pie desde las cinco de la mañana y estaba sudando, cansada y enfadada. Fue un alivio, durante dos segundos, no tener pánico a meter la pata, a perder el billete o el pasaporte o a despistarme un momento y que me robaran la maleta.

Me recosté en la silla y levanté la cara hacia el sol. No me esperaba que luciera, ya que por la mañana en Inglaterra estaba lloviznando. Mientras intentaba hacer memoria de dónde había guardado mis gafas de sol, inspiré hondo y mi cerveza llegó. Eché un traguito —estaba helada y deliciosa— y miré a mi alrededor.

Se me escapó una sonrisa. Nada que ver con el Métro, tan sucio y traicionero. Me hallaba en un chaflán donde convergían dos calles adoquinadas; un poco más lejos, a mi derecha, había un puente jorobado sobre el Sena, y al fondo la parte posterior de una iglesia enorme. El corazón me dio un vuelco: era Notre-Dame, seguro. A mi izquierda había largas hileras de edificios blancos de siete u ocho pisos de altura, una en dirección al embarcadero y la otra en sentido contrario, repleta de tiendas. Era una vía de varios carriles, con toldos y marquesinas a rayas hasta donde alcanzaba la vista.

Pese al cansancio y a los nervios (sí, ya sé que hay gente que viaja sin preocuparse por nada, gente que monta tan tranquila en trenes y aviones y se lo pasa bien y se despierta en un lugar desconocido sin parpadear siquiera. Yo no soy así, siempre estoy preocupada), mis hombros empezaron a descender lentamente, y un nuevo sorbo de cerveza levantó un poquito mi ánimo. Un joven bastante guapo con el pelo engominado salió de la floristería cargado con un gran ramo de lirios y lanzó miradas ligeramente furtivas a un lado y a otro. Me pregunté para quién serían las flores; y en eso estaba cuando él se fijó en mí y me guiñó un ojo. Eso me hizo sonreír también.

Empezaba a salir gente de las oficinas; a mí me parecía un poco temprano para ser la hora punta, pero el caso es que la gente se marchaba. Me fijé en que todas las mujeres parecían recién salidas de la peluquería; el maquillaje era sutil, dominaban los cabellos oscuros (y no parecían teñidos), y me mordí mentalmente los labios al pensar en los reflejos que me hacía Cath cada seis semanas y que me costaban una fortuna (incluso a precio de amiga). Casi todas vestían con gran discreción, prendas de color negro, azul marino o gris; muy pocos pantalones, me fijé. Las jefas de Braders casi siempre llevaban traje pantalón, el trasero a punto de reventar bajo el pantalón ceñidísimo y la chaqueta supercorta colgando de las delanteras. Yo siempre pensé que les sentaba bastante mal. Aquí, si veías a una mujer con pantalón era porque el trasero pasaba desapercibido y el corte era airoso, en un estilo más elegante y un poco de chico. Ah, claro, pensé. Si así era como vestía la señora Shawcourt, es decir Claire. Sin duda lo había aprendido de aquí. ¿Y cómo?, me pregunté.

El viejo de la mesa de al lado inclinó el cuerpo hacia mí.

—Anglaise? —dijo.

Pues sí, aunque yo hubiera preferido que no se notara tanto. Asentí con una sonrisa.

—¿Había estado antes en París? —preguntó. Y al ver que yo negaba con la cabeza—: Oh. Créame, le va a encantar. Joven y en París por primera vez... Ah, mademoiselle, cómo la envidio.

Intenté responder con una sonrisa, como si no me muriera de ganas de darme un baño y no me sintiera muchísimo más vieja que las bellas jovencitas francesas, y por un momento quise creer que el hombre tenía razón, que ante mí, Anna Trent, natural de Kidinsborough, se abría aquí todo un mundo de aventuras y excitación. Una idea tan ridícula como absurda. Lo más excitante que me había ocurrido hasta entonces era encontrar las botas que tanto me gustaban un setenta por ciento más baratas en las rebajas de los almacenes Debenhams. Pero mientras me bebía el resto de la cerveza rubia y contemplaba la suave luz de la media tarde parisina, me pregunté por un momento si no podría ser verdad.

6

La Île de la Cité era, efectivamente, una isla; había dos, justo en medio de París, conectadas por una serie de puentes. Casi todo eran edificios grandes —un hospital enorme y los juzgados y comisarías de policía, todo de piedra, formidable, con la catedral de Notre-Dame en el lado de poniente—, pero detrás de los elegantes edificios había sinuosas callejuelas adoquinadas, la parte más antigua de la ciudad, y a una de ellas acabé yo yendo a parar, la rue des Ursins; había que bajar unos escalones y estaba cerca de un puente y frente a una zona adoquinada en torno a un diminuto jardín de forma triangular.

Los números de la calle saltaban de cualquier manera, no había forma de entenderlos, y zonas llamadas arrondissements surgían del modo más caprichoso. La primera vez que vas a un sitio es muy especial; tardas en llegar y te fijas en pequeños detalles que ya no olvidas nunca, como las farolas de hierro forjado que iluminaban el camino conforme caía la noche. Pero al final lo encontré. Era en el sexto piso de un viejo edificio de piedra de color dorado, con macetas de pensamientos en los balcones y ventanales muy altos.

Al verlo, el corazón me dio un vuelco. Luego, al acercarme, vi que la piedra parecía un poco deteriorada; que los pensamientos estaban mustios o eran de plástico; que los bellos ventanales tenían el marco viejo y no eran de doble cristal; más que un edificio de pisos elegantes, era una casa vieja compartimentada y un tanto dejada de la mano de Dios. Suspiré. La casa donde yo vivía en Inglaterra era pequeña y olía a chico y a aftershave y a bocaditos de pescado, e incluso a los pedos que se tiraba nuestro achacoso perro, pero mi cuarto era cómodo y acogedor —a mamá le gustaba tener la calefacción a tope; papá siempre la reñía porque eso salía muy caro—, tenía cristal doble y era una habitación moderna. Yo nunca había vivido en un edificio antiguo. Era casi imposible adivinar de qué color había sido en tiempos la enorme puerta principal; el tono predominante era un rojo claro, pero... Había un montón de timbres con letras por todas partes, y los escalones de la entrada estaban muy gastados. Como no veía el nombre que yo estaba buscando, tanteé la puerta. No estaba cerrada. Soltó un chirrido siniestro cuando la empujé para entrar.

—Bonjour? —dije en voz alta. No hubo respuesta—. Bonjour?

Nada. Al fondo había una puerta acristalada a través de la cual pude distinguir polvorientas pilas de correspondencia sobre un suelo de parquet deteriorado y una maceta con una planta medio pachucha junto a una escalera que subía hacia lo oscuro. Tanteando un poco, encontré un interruptor de la luz, lo accioné y empecé a subir, pero no había llegado todavía al rellano cuando me quedé a oscuras. Maldije en voz baja y pasé la mano por la pared hasta dar con otro interruptor. Pero resultó que no era el de la luz, sino un timbre que sonó como un pistoletazo.

—Allô? —gritó una voz de anciana. Yo sabía que tenía que ir al piso más alto, de modo que rápidamente exclamé: «Pardon, madame», y continué subiendo.

¿Qué demonios pasaba con la luz, que se apagaba sola? Hube de apresurarme mientras estaba encendida. La escalera era casi de caracol, y cuando por fin llegué arriba del todo acarreando mi maleta, estaba sin resuello y sudando a mares. Más abajo, la señora cuyo timbre había tocado yo por error estaba chillando como una posesa, diciendo cosas que no entendí, aunque me pareció distinguir la palabra «Police!». Maldije una vez más en la mejor tradición anglosajona.

Había llegado a un descansillo y, gracias a Dios, una sucia claraboya me permitió ver dónde estaba. Era un espacio muy reducido, una especie de torreón. Alguien había dejado una pequeña estantería repleta de libros en lo alto de la escalera, de modo que no pude pasar con la maleta. En las otras plantas había dos pisos por rellano, allí solamente uno. Avancé unos pasos hacia una puerta baja pintada de blanco. Había una pequeña placa de latón donde decía SAMI, en letras muy menudas. Expulsé el aire, aliviada. No me apetecía revivir la escalera de la muerte. Pero entonces caí en la cuenta de que, si iba a hospedarme allí, tendría que transitar cada día aquella escalera sobre mis pies de ochos dedos. Decidí no pensar más en ello de momento y llamé fuerte a la puerta con los nudillos.

—¿Hola? —dije.

Oí que alguien se movía dentro. Menos mal. No sé qué habría hecho si hubiera tenido que dar media vuelta; probablemente subir otra vez al tren. No, bueno, eso sí que no, por nada del mundo.

—J'arrive! —gritó alguien, con un deje de pánico en la voz. Se oyeron ruidos metálicos. Qué debía de estar pasando...

Por fin la puerta se abrió y me vi ante un hombre de estatura gigantesca. Tenía la piel de un tono aceituna oscuro, las cejas negras y pobladas, el mentón puntiagudo y mal afeitado. Llevaba puesta una bata estampada, y aparentemente nada debajo. Me miró sin el menor indicio de saber qué hacía yo allí.

—Bonjour —dije—. Anna Trent. De Inglaterra, ¿sí?

Se me ocurrió de pronto que Claire no hubiera podido organizarlo, o que hubiera habido algún malentendido, o que el hombre hubiera cambiado de idea...

Entornó los ojos.

—Attends! —me ordenó. Esperé sin moverme donde estaba.

Volvió dos o tres segundos después con unas gafas enormes de montura negra. Noté un olor peculiar. El hombre olía a sándalo. Con las gafas puestas, me miró otra vez.

—La petite anglaise! —dijo, y en su rostro apareció una sonrisa. Continuó en inglés—. ¡Bienvenida! ¡Adelante! Pasa, por favor. Yo digo, se me ha olvidado. Tú dices, ¿pero cómo te has olvidado? Y yo digo... yo digo... ¡bienvenida a París!

Tan pronto puse un pie dentro, vi que no me engañaba: se le había olvidado por completo. Más allá de un pasillo que no era tal, pues apenas cabía un sombrerero del que colgaba una colección de sombreros esotéricos (vi un fez, un *trilby* y la cabeza de un disfraz de gorila), había una habitación. No era grande, pero estaba atiborrada de cosas; capas y telas, plumas, tijeras, estolas de piel, fundas de almohada, ceniceros, botellas de champán vacías y un enorme sofá rojo con cojines grandísimos encima y por el suelo. En un rincón había una cocina americana que a todas luces no había utilizado nadie. Aquel hombre peculiar se enderezó, pese a que el techo era mucho más bajo de lo que yo esperaba y apenas si podía estar completamente erguido; debía de medir un metro noventa, por lo menos.

—Oui —dijo, contemplando con aire triste el desorden general—. Se me ha olvidado. —Al momento se volvió hacia mí como si nada hubiera ocurrido—. Pero, bueno, ¿y si yo digo bienvenida, Anna Trent —lo pronunció «An-ná Tron»—, mi casa es siempre preparada para visitas lo mejor? ¿Qué te parece?

Le indiqué con un gesto de cabeza que no colaba.

—Estás enfadada conmigo —dijo—. Estás triste.

Negué otra vez con la cabeza. No estaba ni lo uno ni lo otro, simplemente un poquito abrumada y llorosa y extenuada por el viaje, y tan lejos de casa como no lo había estado en toda mi vida; solo deseaba sentarme a una mesa y tomar una taza de té, no aquel follón de taller de un bohemio chiflado, por favor.

—¿Qué es todo esto? —dije, gesticulando.

—Oh, es que me traigo trabajo a casa. Mi problema es que trabajo demasiado.

Ese día le creí, pero más adelante descubriría que Sami tenía problemas más graves que ese.

Resulta que Sami trabajaba en la sección de vestuario de l'Opéra de París, ganando una miseria a cambio de hacer vestidos con un ejército de costureras. Había llegado a París para trabajar en una importante casa de alta costura, pero la suerte se le había puesto en contra y ahora ejercía su profesión haciendo corsés para cantantes y quejándose de los tenores gordos y las sopranos hurañas que insistían en necesitar espacio en sus trajes para poder cantar, pero que, según me confió él, eran todos unos glotones y nada más.

Eso fue después. De momento, yo solo veía el follón.

—¡Tengo una habitación para ti! —exclamó—. Muy diferente a esto. —Su cara registró una expresión de pánico—. Espera aquí. —Desapareció por una puerta. Hice un rápido recuento de las puertas y deduje, con cierto alivio, que debía de haber otro dormitorio y un cuarto de baño. Durante un espantoso momento, había llegado a pensar que en el piso no había más que aquella habitación y que tendría que compartirla con un gigante despistado.

Al cabo de un rato, y con cara de estar escondiendo algo, Sami regresó.

—Está prête, puedes venir —dijo, haciendo una exagerada venia. Agarré mi equipaje y fui hacia donde me indicaba.

El cuarto que yo tenía en Kidinsborough era muy pequeño, de modo que no es que no me lo esperara, pero tienes treinta años y de repente te ves metida en un sitio más pequeño que un calabozo y... Era absolutamente minúscula, la habitación. Había una cama individual (a saber cómo la habrían metido dentro) y una pequeñísima cajonera al lado; aparte de eso, nada. No había sitio para más. Parpadeé una vez, dos. No pensaba echarme a llorar. De entrada, porque no había dónde hacerlo en privado. Confieso que había alimentado fantasías, por mínimas que fueran, sobre una pequeña suite con baño incorporado, o quizás una habitación amplia y diáfana como la que había visto en revistas; al fin y al cabo París tenía todos aquellos enormes pisos con habitaciones elegantes y chimeneas de mármol y techos altos y esto..., bueno, esto era poco más que un féretro. Debía de haber sido la alcoba donde dormían las criadas. Estaba pintado de blanco, el suelo era de gastados tablones marrón oscuro.

—¿Qué te parece? —dijo Sami—. Increíble, ¿no?

Saqué la cabeza del umbral. «¿Increíble?» ¿Cómo debía de ser su habitación?

—¡Increíble! —repitió. Yo le miré pestañeando—. Oh, Anná Tron está muy enfadada conmigo —dijo, haciendo un puchero—. ¿Quieres tomar alguna cosa?

—¿Un té? —dije, tentando la suerte.

—No tengo té.

—¿Café?

—Mais bien sûr!

Se puso a trajinar tan contento en la cocina mientras yo penetraba en mi monacal celda con la maleta de color morado. La dejé encima de la cama —no sé dónde más podría haberla dejado— y trepé a la cómoda para llegar hasta la ventana. Ahogué un grito cuando vi lo que vi.

La ventana se abría hacia un lado y era muy alta. Por un momento pensé en la cantidad de niños que se habrían precipitado al vacío. Pero no me demoré en esos pensamientos porque, al descorrer el visillo y abrir el picaporte, descubrí dos cosas extraordinarias: un balconcito, la mínima expresión, con apenas espacio para una pequeña mesa de hierro forjado y dos sillas, pero a pleno sol; y, a una altura de seis pisos sobre la Île de la Cité, París. Los tejados de los otros edificios en la orilla opuesta, con mesas fuera en el lado que miraba al sur. Los puentes a lo largo del Sena. En dirección noroeste, a mi izquierda, asomaba la siniestra punta negra de La Défense, el corazón del barrio de negocios. Y por todas partes el bullicio y la vibrante vida de la ciudad, pero sin el ruido, gracias a la distancia en vertical; la furgoneta de la frutería abriéndose paso a trompetazos; una serie de personas sumamente atractivas saliendo de un elegante automóvil negro para dirigirse a un club de postín en la misma calle; dos hileras de colegiales caminando muy educaditos y cogidos de la mano por la calle adyacente. Y si estiraba mucho, pero mucho, el cuello hacia la izquierda, es decir hacia el este, podía ver la única, la inimitable Torre Eiffel.

Me quedé rato y rato contemplando el horizonte urbano, teñido de rosa oscuro, como si fuera agua y yo estuviera sedienta. No notaba ya el pie, me había olvidado de las ganas de ducharme, incluso del cansancio general.

—El café —dijo Sami, entrando sin molestarse en llamar—. ¿No te gusta de verdad?

—No había visto el balcón —dije con una sonrisa—. Es increíble. Increíble.

Sami me había traído una taza minúscula de una cosa negra con un terrón de azúcar al lado. Yo normalmente tomo café con leche o nescafé. Me lo quedé mirando.

—¿No tendrás leche para el café? —dije, como pidiendo disculpas.

—¿Leche? No. La leche es repugnante. ¿Tú le chuparías la teta a una vaca? No, ¿verdad? ¿Leche? No.

—Bueno —dije.

—¿Coñac? —sugirió él—. Creo que tengo un poco de... brandy.

Como el atardecer era espléndido, le dije que sí, por qué no, y nos sentamos en mi pequeño balcón (él también tenía el suyo, al otro lado de la salita; por las mañanas podríamos decirnos hola) a tomar café con un poquito de brandy mientras contemplábamos la ciudad. Y si alguien hubiera mirado hacia arriba y me hubiera visto (imposible, porque estábamos en los aleros, donde pasaban volando palomas y donde el cielo se volvía rosado y amarillo y lavanda y no había nadie más que los pajaros), habría pensado que yo era tan de París como el que más, y contemplando el extraño y extraordinario paisaje foráneo me pregunté si tal vez...

1972

A Claire le encantaron sus pupilos, Arnaud y Claudette. Eran ambos increíblemente educados, el acento de ella les resultaba de lo más cómico y la ponían a prueba con palabras que sabía y que no, extasiados ante la forma que tenía de decir «Mickey Mouse».

Ella, a cambio, les dejaba marcar la pauta de las largas jornadas estivales; por la mañana solían ir a dar un paseo por el parque infantil de las Tullerías, a la sombra de la Torre Eiffel; luego tomaban un goûter, un tentempié, a base de cruasanes calientes, sentados en un banco, y más tarde volvían a casa para almorzar. Los niños aún hacían la siesta, y Claire podía dedicarse a leer o a estudiar gramática francesa (Madame era muy estricta al respecto). Los viernes los niños iban con su madre a clase de natación y Claire tenía la tarde libre.

Al principio, indecisa sobre qué hacer cuando libraba, se dedicó a visitar los museos que le parecían más importantes, como si siguiera las recomendaciones de una guía turística. Madame Lagarde le hacía preguntas cuando volvía, e incluso alguna vez le pedía que llevara a los niños a alguna exposición. Pero a Claire le costaba disfrutar de la visita; se sentía muy sola en medio de familias numerosas y enamorados y colegiales en fila de a dos que parloteaban sin dificultad en aquel idioma que a ella tanto le costaba dominar. No conocía a nadie, y Kidinsborough parecía estar en otro planeta.

Pero a medida que fue ganando confianza, empezó a alejarse un poco más de la casa y advirtió que sus temores iban quedando atrás conforme visitaba nuevas zonas de la ciudad. Montmartre, con sus caprichosas callejuelas, la extraña iglesia en lo alto y sus escalones de color caramelo, le robó el corazón casi al instante, y muchos días volvía allí y observaba a las jóvenes que pasaban en sus motocicletas, sin casco, la bufanda enrollada en torno a sus espesos cabellos, charlando y riendo con chicos en los escalones, casi siempre fumando tabaco. Otros días se iba con un libro a los jardines de Luxemburgo y dejaba que el sol bronceara sus piernas tumbada en la hierba. Parecía que por todas partes había parejas besándose, charlando, gesticulando sin cesar, o compartiendo una merienda regada con vino de botellas sin etiquetar. Sentirse sola a los diecisiete años es sentirse sola de verdad, y aunque esperaba con ilusión las horas libres que tenía a la semana, a veces el viernes por la tarde se le hacía muy largo. Cuando su francés empezó a mejorar, para ella fue un alivio meterse en algún cine del Boulevard Montparnasse, porque allí daba igual que estuviera sola, o no importaba tanto. Sabía que en París había sitios donde se reunían jóvenes ingleses, pero Madame Lagarde le había dejado claro que no le parecía una buena idea si quería que su experiencia en Francia fuese completa, y Claire siempre se plegaba a sus recomendaciones.

Tenía ganas de ver otra vez a Thierry, en parte porque le había caído bien (o así lo pensaba), pero sobre todo porque él había mostrado cierto interés por su persona, y en ese momento nadie mostraba el menor interés por ella; todos estaban demasiado ocupados siendo fantásticos y glamourosos y ocupados en mil y una cosas, mientras que ella no. Dos viernes después de la fiesta, se sorprendió a sí misma vagando cada vez más cerca de la parte de la isla donde había oído decir, espiando con ardor en uno de los almuerzos de Madame (en casa de Claire cuando acudían las amigas de su madre, el almuerzo consistía en una bandeja de emparedados caseros de jamón con pan blanco y margarina y después un paquete de digestivas de chocolate, todo ello acompañado de litros de té cargado; para las amigas de Madame había siempre cuatro platos, champán a espuertas y varios trayectos urgentes a la pescadería a primera hora de la mañana), que abriría la nueva tienda, la primera en su género en París. Estaba Persion, que venía operando en la misma calle desde 1794 y eso contaba mucho, pero se decía que sus productos no habían cambiado en siglos y que acumulaban tanto polvo como los estantes de arriba del todo.

Pasar la tarde en la Île de la Cité, en pleno mes de julio, quería decir mucho calor, un calor pegajoso, y montones de turistas. Lejos de la ordenada distribución de los grandes bulevares y calles adyacentes, este barrio hablaba bien a las claras de su origen medieval: tortuosas callejuelas surgiendo de aquí y de allá; o bien calles que se estrechaban hasta casi desaparecer, cuando no terminaban bruscamente en el muro de uno de los grandes templos. El fin de semana anterior Claire había tenido que acompañar a la familia a una boda y se había puesto un vestido veraniego traído de Inglaterra. Madame Lagarde había arrugado la nariz, diciendo que no le sentaba demasiado bien, y había desaparecido para regresar al poco rato con un vestido de seda marrón y verde, muy holgado, que casi no pesaba nada.

—Era mío —explicó—. Pero después de tener los niños, bah. Ya no puedo ponérmelo.

Claire dijo que ella la veía muy delgada. Pero Madame Lagarde hizo un gesto desdeñoso.

—No, si lo que importa no es mi tipo —dijo—, sino mis años. Es la edad la que no me lo permite. —Se quedó un momento callada, triste—. Bueno, no siempre me veo igual —dijo.

Claire apenas había conocido al marido de Madame Lagarde; Bernard viajaba constantemente por asuntos de trabajo y cuando aparecía en casa siempre estaba cansado y como distraído. Pero los Lagarde, para ella, eran muy adultos, mucho más que su propia familia. Eran gente de mundo, sofisticada, se vestían de etiqueta para cenar y tomaban cócteles. Claire llegó a la conclusión de que todo cuanto hacían era correcto.

Aquel vestido estaba muy anticuado; las mujeres elegantes de París, todas altas y delgadas, llevaban tejanos acampanados, el pelo crepado, gafas de sol enormes, sombreros de fieltro y pañuelos de Hermès. Pero el suave estampado floral y la cintura ceñida parecían pensados para el tipo de Claire; sacaban buen partido de su delgadez y, al hacerla parecer delicada y menuda, convertían su estatura más bien baja en un atributo positivo; con tejanos, la mayoría de las veces pasaba desapercibida.

—¿Lo ves? —dijo Madame—. Mucho mejor así.

Varios hombres la piropearon después al pasar, lo cual era un cambio notable respecto de los gritos y los silbidos que las chicas tenían que soportar en Inglaterra, y eso hizo que caminara con más desenvoltura. El nerviosismo subsiguiente tiñó de rosa sus mejillas y aportó chispa a su mirada.

Naturalmente, pensó Claire, era muy difícil que él se acordara de alguien a quien había conocido brevemente en una fiesta. Y sin duda estaría ocupadísimo; no iba a tener ni un segundo para ella, dado que la tienda iba a ser todo un éxito. Y, en cualquier caso, ¿qué podía decirle ella, suponiendo que él se dignara a atenderla? Podía ser que no estuviese siquiera en la tienda, sino ocupado en otra parte con su creatividad.

Decidió fingir para sus adentros que allí solo encontraría muestras de excelente chocolate, nada más, e intentó concentrarse en la cara que pondrían Arnaud y Claudette cuando llegara a casa y les mostrara lo que había traído. Sí, eso era todo.

Al llegar a la tienda vio que había un montón de gente fuera; estaba claro que había corrido la voz. No pudo evitar una sonrisa; eso la complacía mucho. Era muy atrevido proclamar a los cuatro vientos que uno había hecho algo maravilloso e invitar a todo el mundo a pasar por allí y pagar a cambio de probarlo. No fue capaz de imaginarse qué podía hacer ella para recabar tanta atención.

Atraída por el escaparate, se acercó un poco más. La gente estaba allí de pie, mirando, y cuando estuvo más cerca Claire entendió el porqué: era una hermosa puesta en escena, un castillo de cuento de hadas con una carroza de la que se apeaba una princesa. En lo alto flotaba un globo aerostático. Todo estaba hecho de chocolate. El vestido de encaje de la princesa lucía ribetes blancos hechos con manga de repostería, las ventanas del castillo eran de chocolate negro. Los árboles tenían hojas de chocolate, y el globo llevaba unos dibujos de chocolate blanco. En mitad del patio del castillo había una fuente de la que manaba alegremente chocolate.

Era tan infantil, tan adorable e ingenioso, que Claire no pudo evitarlo: su rostro se iluminó con una gran sonrisa y empezó a batir palmas. Y mientras hacía esto, tuvo la sensación de que alguien la miraba y levantó la vista. Al otro lado de la luna del escaparate, sin duda enfrascado en una conversación con otra persona, estaba Thierry, que se había quedado repentinamente paralizado, mirándola como si no pudiera apartar los ojos de ella. Claire notó que se le desvanecía la sonrisa y, nerviosa, se mordió el labio. Fue como si todo el gentío, la clientela, el bullicio de la tarde estival en la ciudad, se hubieran desvanecido. Levantó una mano a modo de tímido saludo y apoyó la palma en el cristal. Thierry, dejando por un momento a su cliente con la palabra en la boca, levantó su manaza de oso. Claire reparó en algo que no había visto la primera vez: las espesas cejas de Thierry eran exageradamente largas y sobresalían sobre sus vivaces ojos castaños de gruesos párpados. Tuvo la sensación, incluso desde el otro lado del cristal, de que podía ver todos sus pelos y hasta la más pequeña célula.

De pronto, alguien la empujó tratando de ver mejor lo que había en el escaparate, y fue como si el hechizo se rompiera. Claire se tambaleó un poco hacia un costado y, al momento, Thierry salió por la puerta y empezó a abrirse paso entre la gente.

—¿Te encuentras bien? ¿Te han hecho daño? ¿Quién ha sido? —exclamó.

La pequeña multitud se fue apartando de un individuo que pareció sentirse un tanto incómodo.

—¡Tú! —dijo Thierry, agitando un dedo frente a las narices del hombre—. No quiero verte por aquí nunca más. ¡Lárgate!

El otro se puso muy colorado, balbució una disculpa mirando a Claire y se perdió de vista.

—Bon! —dijo Thierry—. Los demás pueden ir entrando. Es decir, si desean probar el mejor chocolate del mundo. En caso contrario, lo que hagan me trae sin cuidado.

La gente empezó a entrar, precedida por Thierry, que había pasado un grueso brazo sobre los hombros de Claire. Y ella pensó que, al lado de Thierry, los demás hombres parecían enclenques.

Se dejó conducir hacia la zona de ventas, con sus rótulos originales de los años treinta y sus vitrinas de cristal pulido. Vio que las paredes estaba repletas de tarros antiguos con diferentes variedades de azúcar: avainillado, demerara, de violetas, de cítrico o glas. En la trastienda, un hombre mayor y cejijunto se ocupaba de una gran cuba de cobre. Thierry le hizo señas de que fuera a la parte de delante y el hombre obedeció, malhumorado.

Claire apenas si se fijó. Estaba absorta mirándolo todo. Para ella, la pared del fondo era como un jardín florido. Muchas de las hierbas y plantas no pudo identificarlas; en su casa comían muy sencillo. Su madre había intentado una vez hacer espaguetis a la boloñesa y a todo el mundo le había parecido de una audacia casi peligrosa. Madame Lagarde era partidaria de las comidas ligeras y poco especiadas, así que normalmente había pescado al vapor e ingentes cantidades de ensalada y hortalizas. Pero aquí era diferente. Aquellas hierbas y verduras perfumaban el ambiente, sumándose al sólido y reconfortante aroma del chocolate que todo lo dominaba; era, como Claire advirtió después, a lo que olía Thierry.

—¿Te gusta? —preguntó él.

Ella estaba radiante de felicidad y no pudo disimularlo.

—¡Me encanta! —exclamó, sincera. Vio que eso le complacía a él en gran manera; Thierry no sabía esconder sus sentimientos.

—Ven, ven —dijo, yendo hacia la cuba. Introdujo el largo cucharón, lo sacó para mostrárselo a ella y luego se detuvo—. No —dijo—. Cierra los ojos.

Claire le miró con recelo, notando que el corazón empezaba a latirle con más fuerza.

—¿Por qué? —dijo.

—Oh! Coquette! —exclamó él, sonriendo—. Pues para secuestrarte y venderte a la trata de blancas. Después haré pedacitos tu cuerpo y los disimularé dentro del chocolate. —Se sacó un pañuelo del bolsillo—. Está limpio, lo juro por Dios. —Le vendó los ojos con el pañuelo. Luego, acercándose inquietantemente al oído de ella, dijo—: Esto es para que puedas saborearlo de verdad, para que nada más te distraiga.

Claire, los ojos cerrados tras el pañuelo, que olía igual que Thierry a chocolate y tabaco, se sintió tan distraída como nunca en toda su vida.

—Solo así podrás apreciarlo de verdad.

Claire notó su aliento en el cuello, y una fracción de segundo después el cucharón en sus labios, empujando para separarlos.

—Toma —dijo Thierry, y ella abrió un poco más la boca mientras él introducía una buena cantidad de chocolate recién fundido; caliente hasta lo cremoso, la misma temperatura que su cuerpo. Era absoluta y extrordinariamente sensual, exquisito. Mientras lo probaba, se dio cuenta de que él, por una vez, estaba callado, observando su reacción.

Una vez lo hubo tragado, se pasó la lengua por los labios en busca de más. Cuando él habló, lo hizo con voz más grave, sin el menor artificio.

—¿Te gusta?

—Muchísimo —dijo ella.

7

Sami, según me enteré, había llegado de Argelia a los seis años de edad, gracias a una beca que le había proporcionado un generoso tío abuelo suyo que había hecho cierta fortuna en Francia. Asistió a buenos colegios y se esperaba de él que ingresara en una buena universidad; sin embargo, él parecía más interesado en mirar revistas de moda y elegir ropa. Aquella fue una época difícil para todos, me dijo, con encomiable comedimiento para alguien tan extravagante.

Había trabajado para pagarse los estudios en la escuela de diseño de moda, y ya desde entonces se las apañaba solo, más pobre que Job, según sus propias palabras; había alquilado esa pequeña aguilera para no tener que ir y venir desde muy lejos, y limitado todo ejercicio físico a subir y bajar los seis tramos de empinada escalera (algo que yo misma iba a aprender en muy breve plazo). Trabajaba hasta muy tarde, dijo, pero que no me preocupara porque era muy difícil despertarlo por las mañanas.

El primer día amaneció glacial. Cuando sonó el despertador en mi pequeña celda, al principio no supe dónde me encontraba, pero el entusiasmo enseguida se abrió paso: ¡estaba en París! Me llegaron sonoros ronquidos desde el otro lado de la salita; aunque hubiera querido dormir un poco más, el ruido no me habría dejado. Me levanté, me di un baño (en la media bañera no cabía mucha agua; confié en que se calentara otra vez para cuando Sami se despertara) y luego consulté mi mapa de París. Debía presentarme a las 5.30 de la mañana, lo cual era absurdo y probablemente nada más que para la prueba, o así quise creerlo. Fuera, era de noche todavía. No sabía cómo funcionaba aquella extraña cafetera que Sami había dejado encima de los fogones, y no quería ponerme a hacer ruido a los cinco minutos de estar allí, de modo que me lavé los dientes a toda prisa, me puse un jersey extra e inicié el descenso de la siniestra escalera tratando de aprovechar al máximo el rato que duraba la luz encendida entre interruptor e interruptor. Sin querer, volví a darle al timbre del primer piso y tuve que salir corriendo cual gato escaldado antes de que la voz se pusiera a gritar.

La tienda estaba en el número 63 de la rue de Chanoinesse. Era un edificio grande de una piedra similar a la del edificio donde yo vivía ahora, pero el aspecto era mucho menos destartalado. Los bulevares, dos calles antes de llegar, ya eran un poco más anchos. Había una bonita plaza muy cerca de una iglesia, y pequeños comercios y cafeterías con toldos listados. El sol empezaba apenas a asomar sobre el horizonte y la gente iba a sus cosas; camionetas rumbo a mercados y restaurantes repletas de puerros, bulbos de flores, langostas; gente arrebujada camino de sus respectivos empleos de limpieza; conductores de autobús bostezando y desperezándose en sus cabinas suavemente iluminadas. Por mi lado iban pasando silenciosas bicicletas. En casi cada esquina había una panadería; el olor a pan caliente era embriagador, pero, qué pena, todavía no habían abierto. Me sentí como una cría, la nariz pegada al escaparate, el estómago vacío; no había tenido fuerzas la noche anterior para ponerme a preparar cena y me había apañado con bocadillos que quedaban en la maleta.

Después de torcer un par de veces por donde no era, de repente me lo topé de cara. Primero lo vi, y un momento después percibí el olor. LE CHAPEAU CHOCOLAT DE THIERRY GIRARD, ponía en letras de color rosa sobre la pared pintada de marrón.

No era algo muy llamativo, clamando a los cuatro vientos que eran la mejor chocolatería del mundo, sino una manera de anunciar suavemente que estaban allí, casi desapercibidos, lo cual decía mucho en su favor. Frente a la puerta había un joven fumando un cigarrillo. Le estaba yo mirando cuando apareció otro hombre, más bien gordo, que gesticuló dirigiéndose a él, y como en respuesta el joven tiró su cigarrillo. Yo no sabía francés suficiente para adivinar si el hombre le había afeado que estuviera fumando o si solo movía mucho los brazos. Se habían vuelto ya para entrar cuando yo, tímidamente, crucé la calle y les llamé.

—Esto... bonjour —dije. Supuse que el famoso Thierry Girard sería el mayor de los dos.

Se me quedaron mirando, intercambiaron después una mirada, y entonces el joven se dio una palmada en la frente. No necesité mucho francés para entender que eso quería decir «me había olvidado por completo de que venía hoy». Ese gesto era internacional.

—J'arrive... d'Angleterre —dije, torpe de mí.

—Oui, oui, oui, oui —dijo el más joven, que parecía furioso consigo mismo. El otro le lanzó un chorro de invectivas, pero el joven hizo oídos sordos. Tenía el pelo negro y rizado como un gitano, la nariz muy grande y una expresión intensa, y miraba con anhelo el cigarrillo que acababa de desechar. Finalmente, su cara pareció decantarse por algo—: Bienvenida... —dijo en voz alta, en inglés, y luego movió un brazo hacia mí; estaba claro que no sabía mi nombre, lo cual empezaba a adquirir visos de pauta local.

—Soy Anna... Anna Trent —dije.

El otro hombre parecía al borde de la rebelión. Era grande como un jugador de rugby, fuerte y compacto como un toro.

—Anná Tron —dijo, de mal humor—. Bonjour, madame.

Y sin más historias dio media vuelta y se metió en la tienda. El otro, el joven, no pareció ver nada raro ni grosero en esa actitud. De hecho, me estaba sonriendo.

—Es hombre de pocas palabras —dijo, mirando un instante hacia el interior—. Creo que es todo lo que va a decir por hoy.

—¿Usted es... Thierry? —pregunté, indecisa. El joven se rio; tenía los dientes muy blancos.

—Non... non. Je ne suis pas Thierry. Me llamo Frédéric. Y soy mucho más guapo. —Bajó la vista a la acera—. Bueno, Anná Tron, ¿entramos a ver si hay algo que pueda hacer?

—¿Se han olvidado de que venía?

—Non, non, non. Bueno, sí. Sí, me olvidé. —Me miró con una sonrisa encantadora—. Comprenda... Pasan muchas cosas... son tantas noches... No puedo acordarme de todas las chicas guapas.

Aunque no eran ni las seis de la mañana y yo sabía que tenía una pinta horrible, y que él estaba un poco paliducho y no sabía qué diantres hacía yo allí, no hay duda de que el joven se sentía obligado a intentar ligar; no en plan serio, sino simplemente como quien pasa por allí. No me sedujo la idea, pero confieso que quedé impresionada.

La tienda, desde fuera, dejaba bastante indiferente: una fachada pequeña y discreta daba paso a la zona de ventas, que era del tamaño de una habitación normal y corriente. No había nadie en ese momento, pero las vitrinas de cristal estaban ya en perfecto orden de revista. La luz de las farolas de hierro forjado, al colarse por el escaparate, se volvía anaranjada en el interior; el suelo era de madera, y detrás del mostrador había una estantería llena de cajas pequeñas. Y, presidiéndolo todo, aquel aroma intenso a chocolate negro, un olor denso como el del humo de tabaco. Parecía que estuviera incrustado en la madera; como si el edificio entero estuviera sumergido en él. Me pregunté cuántos días lo seguiría yo notando. Era un aroma casi embriagador, incluso en la estancia desierta.

Frédéric se había colado ya por una puertecita en la pared del fondo. Era una puerta de vaivén con una ventanilla semicircular, como en las antiguas cocinas de restaurante. Procuré que no me diera en las narices cuando batió hacia mí.

—¡Ta-ta-tachán! —exclamó Frédéric—. ¡Willy Wonka existe!

Sonreí, porque era verdad; jamás había visto una habitación tan extraña. Bueno, de hecho no era una habitación. En Braders, todo se hacía en grandes cubas industriales de acero inoxidable, algo que siempre decepcionaba a cuantos niños había yo conocido. (O tal vez es que se negaban a creerme.) Aquí, sin embargo, la estrecha fachada del edificio se agrandaba considerablemente hasta formar una especie de almacén de paredes acristaladas, algo así como un gran invernadero. Se venía abajo, de viejo que era, e imaginé que debían de haberlo construido en lo que antaño fuera un jardín. La estructura era de madera, parecía endeble, pero pude notar la vibración de un ionizador, lo cual quería decir que la atmósfera estaba perfectamente controlada en cuanto a temperatura y humedad. Frédéric señaló con la cabeza hacia un fregadero de tamaño industrial que había junto a la puerta, y yo me acerqué rápidamente para lavarme las manos con gel bactericida.

La cálida iluminación procedía de lámparas, no de tubos fluorescentes. Al fondo, jardineras con hierbas frescas poblaban el alféizar: romero, lavanda, hierbabuena y un arbolito de chile. Eso aumentaba la sensación de estar en un invernadero. Tres grandes recipientes de cobre —para chocolate negro, con leche y blanco, imaginé— ocupaban el centro de la sala, y vi que había un montón de quemadores, tubos de ensayo, hornos y utensilios que yo no había visto en mi vida. El olor era divino, pero aquello parecía el cobertizo de un jardinero loco.

El chocolate brillaba por su ausencia. No vi ni una gota por ninguna parte. Los cacharros de cobre estaban vacíos, los brazos no giraban. Aparte del denso olor a chocolate, bien podría haberme encontrado en un museo. Frédéric se acercó con una tacita llena de untuoso café solo, que yo acepté agradecida y me tomé rápidamente.

—Han venido los elfos —dijo, sonriendo al ver mi cara de asombro—. Pues sí, para Thierry Girard es preciso empezar de nuevo cada día.

De pronto se me vino a la mente un pensamiento desagradable.

—¿Quiere decir que lo friegan todo a diario?

Frédéric asintió con gesto solemne.

—... Y ahora estoy yo aquí.

De repente su cara de pícaro dio paso a una expresión solemne. Fue entonces cuando caí en la cuenta de que no se me había ocurrido pensar qué clase de «trabajo» iba a tener que hacer yo. En Braders mi empleo consistía en aconsejar sobre esencias y aromatizantes, colaborar en el control de calidad, ir de un lado para otro con una tablilla haciendo anotaciones. Supongo que me había permitido la pequeña fantasía de ayudar e incluso inspirar al más grande chocolatier de su generación; o tal vez, quién sabe, aportar mis propias y brillantes recetas, formar parte del núcleo creador de la famosa tienda...

Bajando de la nube, me pregunté cómo se diría en francés «guantes de goma».

—Es una gran experiencia y un privilegio —dijo Frédéric, muy serio.

—¿Eso es lo que le dijeron cuando empezó usted aquí? —dije.

—Oui —respondió, y no parecía lamentarlo en lo más mínimo. Su actitud no era la de un esclavo. Vi que me miraba las manos—. Yo no gastaría mucho dinero en manicura, ¿sabe?

Me había hecho arreglar las manos especialmente para la ocasión; laca francesa, además. Me entraron ganas de arrancarme las uñas a mordiscos.

—Pero esa es solo una de las muchas cosas interesantes que tendrá que hacer durante la jornada —continuó Frédéric, alzando las cejas—. Venga, se lo mostraré.

Y, sí, desde luego, fue interesante. Nunca se me había ocurrido que el chocolate fuera algo que había que consumir fresco. De hecho, una de sus grandes ventajas es que se puede almacenar, que puede viajar lejos. No como la leche, o los huevos.

—Thierry se lo explicaría mejor —dijo Frédéric—, pero a él no le gusta demasiado hablar con la gente pequeña. Quiere que todo el mundo lo considere un genio inventor como el Mago de Oz, que no necesita a hormigas como nosotros correteando por su casa. Bueno, pues yo, Frédéric, se lo voy a explicar.

»El chocolate fresco es de la mayor importancia —empezó diciendo, como si recitara la lección—. La frescura le da ligereza, mantecosidad, y una delicadeza que no va a encontrar en una tableta grande que se tira tres meses en un estante, perdiendo tamaño pero ganando peso. Non! Eso es malo. El chocolate debe ser tratado como un manjar; imagínese que lo arranca directamente del árbol.

El hombre corpulento, que me presentaron como Benoît, había bajado una caja grande de granos de cacao y acababa de encender un gran horno industrial.

—Empezamos por lo básico —dijo Frédéric. Los granos olían de maravilla. Benoît los echó en un enorme tambor giratorio que me recordó al de una lavadora. El ruido fue fenomenal.

Frédéric lo hizo parar al cabo de quince minutos. En ese rato yo había estado mirando y oliendo las deliciosas hierbas que había al fondo del invernadero. Entonces Frédéric dijo algo que no comprendí; me hizo señas de que le copiara y, con tanta furia como rapidez, se puso a partir granos de cacao con un martillo para extraer sus calientes entrañas chocolateras. Uno de cada cuatro lo desechaba.

—¿Pero usted no hacía chocolate? —me dijo, desconcertado, al ver que le miraba sin dar crédito a lo que estaba viendo.

—Sí, a máquina —respondí—. Digamos que me encargaba de darle al interruptor.

Hizo un puchero que me pareció muy francés, mientras que, por su parte, Benoît apenas levantó la cabeza y continuó picando con su martillo. Aquello me pareció extraordinario; era como hacer chocolate en la Edad Media.

—Aquí todo el proceso es manual —dijo Frédéric, armándose de paciencia. Noté que había abandonado el deje seductor de antes. Quizá solo le gustaban las chicas que sabían hacer chocolate a mano; si ese era el caso, las candidatas debían de ser muy pocas.

Señaló con la cabeza un martillo que sobraba. Lo cogí y probé a partir un grano. Nada. Golpeé con más fuerza. ¡Plaf! Lo había chafado. Benoît cogió el grano y lo tiró al cubo sin decir nada. Tragué saliva. No veía nada claro qué iba a poder hacer yo en aquel taller.

—Quizá mejor que de momento se dedique a observar —dijo

Frédéric. Y mientras lo decía, yo me fijé en un leve movimiento de las muñecas que hacían él y Benoît antes de despanzurrar los granos de cacao. Tuve la impresión de estar viendo a dos expertos en el juego del whack-a-mole.

Una vez hubieron terminado, Frédéric sacó una preciosa aspiradora de mano y dio cuenta de todos los hollejos. Yo me tragué el café, escaldándome la lengua; me supo menos a café que a un purgante de los fuertes. Era imposible beber aquella asquerosidad de brebaje; jamás me acostumbraría.

—Ahora introducimos los granos aquí —dijo, indicando un molinillo de tamaño industrial.

—O sea que sí utilizan máquinas. —No perdí la oportunidad de meterles un gol. Frédéric me fulminó con la mirada.

Benoît volvió a entrar con unas cajas enormes de leche, mantequilla y nata, todo ello en frascos de cristal reciclado. Yo hacía mucho que no veía leche en botella de cristal. Benoît le estaba diciendo adiós a alguien que salía por la puerta de atrás. No era de día aún, pero el cielo ya no estaba tan oscuro.

—Solamente utilizamos una lechería, Oise —dijo Frédéric—. Nos traen el material cada mañana. Sería mejor leche suiza, claro, pero aquí el tiempo es oro.

Puso en marcha la máquina de moler y poco a poco fue introduciendo los preciosos granos, con mucho cuidado. En la parte del fondo empezó a formarse un líquido oscuro y muy espeso, resultado de pasar por el cedazo en la boca del recolector. Frédéric lo miraba satisfecho. Cuando la máquina se detuvo por fin, yo me enderecé y dije:

—¿Y ahora qué? —En Braders habríamos empezado con el líquido y le habríamos ido tirando cosas, pero no iba a confesar semejante pecado.

—A conchear —dijo Frédéric.

Era la misma palabra, más o menos, que empleábamos nosotros. El concheado consistía en mezclar y agitar los diversos ingredientes, los niveles, para hacer el chocolate negro, light, con leche y aromatizado. Un pequeñísimo error en el proceso podía volverlo repugnante, o demasiado dulce, granuloso o cristalino.

En Braders las máquinas estaban calibradas para hacerlo todo igual cada vez; allí empleábamos leche en polvo barata, aditivos y conservantes.

—Naturalmente, esto es cosa de Thierry —dijo Frédéric, bajando la cabeza—. Es la parte más importante y más sagrada.

Conchear a mano tenía que ser sumamente difícil; luego, además, habría que refinar y templar, para que todo quedara bien unido. Puse cara de sorpresa.

—Esto es para mañana —explicó Frédéric; en efecto, Benoît estaba ahora vertiendo un espeso amasijo que había en un cazo, templándolo a base de pasar una espátula al tiempo que, con la otra mano, removía suavemente otro cazo que tenía sobre el fuego. Normalmente, para hacer esto se utilizaba un termómetro, pero Benoît se había criado casi en la tienda (según me enteré más tarde) y conocía la consistencia igual que un músico sabe cuándo su instrumento está desafinado. Si estaba feliz, se ponía a tararear; si no, volvía a meterlo todo en la cazuela para repetir el proceso hasta que quedara perfecto.

—Rien plus! —gritó Frédéric entre el ruido infernal del molinillo cuando el otro hubo terminado—. Nada más. Los mejores granos procedentes de Costa Rica, la mejor leche cremosa de las vacas mejor alimentadas a este lado de Normandía, la mejor caña de azúcar jamaicana, todo batido a la perfección siguiendo el método tradicional, no con esas máquinas enormes llenas de grasa y de conservantes y de cachitos de esto y de aquello, incluida alguna tirita, ¿verdad?

Los colores al mezclarse y llenar los moldes eran preciosos, todo un espectáculo; de hecho, viendo aquello uno difícilmente podía discrepar de la filosofía de Thierry según la cual el chocolate debe consumirse fresco, no menos que el café o un cruasán. Y el aroma era más cálido, más intenso, más puro que nada de lo que yo había olido en Inglaterra, donde utilizábamos una buena dosis de grasas vegetales para realzar la mezcla (razón por la cual muchos amantes del chocolate británico no acababan de adaptarse a los productos «de boutique»; lo que en realidad les gustaba eran las grasas).

—No meta los dedos —me previno Frédéric; pero yo jamás de los jamases tocaría alimentos en proceso de fabricación; eso me había quedado más que claro después de innumerables y tediosos cursillos sobre salud y seguridad, tampoco era tan boba. Sin embargo, Frédéric me estaba pasando un cucharón largo que parecía hecho de una sola pieza de metal curvo, con una minúscula cucharilla en el extremo. Benoît se apartó de mi camino.

—Attention —me advirtió—. Tenga cuidado.

Frédéric meneó la cabeza pero no dijo más, limitándose a observarme con tanta curiosidad como interés. Estaba mirando fijamente mis labios. Eso me resultó un tanto molesto, aunque no desagradable. Introduje con sumo cuidado el cucharón y volví a sacarlo con una muestra del líquido marrón claro.

Soplé un poco para enfriarlo, a todo esto observada atentamente por Frédéric, y me llevé el extremo a los labios.

Muchos adictos a la heroína dicen que, en el fondo, lo que persiguen es ese primer impacto, el momento en que notan que todas las preocupaciones quedan atrás y se sienten como envueltos en algodones. Yo no diré que fuera tanto, pero en cuanto aquella sustancia todavía caliente y que se espesaba por momentos entró en contacto con mi lengua, es cierto que llegué a pensar que iba a caerme dentro de la cacerola; no, peor aún, que me lanzaría de cabeza para beber hasta la última molécula de aquel dulce —pero no demasiado—, cremoso (pero no empalagoso), denso, intensamente aromatizado, suculento, suave y maravilloso chocolate. La sensación fue de haber recibido un cálido abrazo. No bien hube tragado semejante delicia, deseé notar otra vez en mi boca su sabor, atiborrarme hasta no poder más. De repente me dio vergüenza y me puse colorada al notar que Frédéric seguía pendiente de mis labios. Mi mano fue a hundir automáticamente el cucharón por segunda vez, pero en el último momento comprendí que eso sería un gesto impulsivo, poco profesional, una muestra de avidez, de gula. Levanté el cucharón, pero vacío. Frédéric arqueó las cejas.

—Es... —¿Qué podía yo decir?, ¿que le daba cien vueltas a

todo lo que había probado antes?, ¿que era tan bueno que daban ganas de llorar?, ¿que no querría comer nada más hasta el día de mi muerte? Y eso que no estaba ni siquiera cuajado—. Es muy bueno —dije por fin.

Frédéric miró de reojo a Benoît, y este se encogió de hombros. Justo cuando la sala empezaba a calentarse demasiado, el aire acondicionado se puso en marcha y oí un refrescante zumbido. Allí todo era viejo y anticuado, las cosas se aguantaban a fuerza de cinta adhesiva. Pero no hay duda de que funcionaba. No solo eso, sino que funcionaba mucho mejor de lo que nadie en Braders habría podido soñar, más allá de lo que ningún comedor de chocolate habría podido soñar.

—Es mejor que «muy bueno», ¿no cree? —me preguntó Frédéric, como si mi respuesta fuera un insulto.

—Lo siento. Es... es el estilo inglés.

Esta vez pareció más satisfecho. La típica flema británica no contempla apasionamientos de ninguna clase, supuse que debió de pensar él. La verdad era, sin embargo, que no quería decirle lo impresionada que estaba. Habría quedado como una pueblerina, como si no tuviera ni idea de chocolate, cuando se suponía que estaba en París para ayudarles un poco. La diferencia entre lo de Inglaterra y lo de aquí era la que había entre un cohete hecho con una botella de plástico y la misión a Marte de la NASA. Por eso decidí mantener la boca cerrada; al menos mientras no pudiera llenármela de aquel increíble chocolate. En secreto, claro.

Más animado, Frédéric me enseñó el lugar donde guardaban los utensilios de limpieza y me explicó cuál sería mi cometido. Después me puso a martillear un montón de granos de cacao hasta que dejé de estropearles las existencias, me enseñó a aventar para que no quedaran restos de cáscara y me hizo un resumen de la programación del taller. Para cuando hubimos terminado, eran casi las diez de la mañana y el sol iluminaba las largas macetas de hierbas, haciendo que aquello pareciese todavía más un invernadero. Me pregunté si estarían a punto de abrir, pues Frédéric y Benoît se miraban nerviosos los respectivos relojes, pero resultó que esperaban otra cosa. Cinco minutos más tarde, la puerta de la tienda se abrió con gran estruendo. De repente, Benoît se volvió completamente invisible mientras la expresión jovial y picarona de Frédéric era sustituida por una de servil vigilancia. Cuando miré a mi espalda, vi que se abría pesadamente la puerta de vaivén de la pequeña fábrica.

—Allons-y! ¡Vamos! —clamó una voz estentórea.

De todas las sorpresas, de todas las perplejidades que Claire me había pronosticado, aquella fue sin duda la más rara de todas.

Por el modo en que había hablado y por cómo se le habían coloreado las mejillas al mencionarle, no me cupo duda de que había sido alguien importante en su vida, mientras que cuando decía algo de Richard, su ex marido, lo hacía siempre con afligida cortesía.

Sus facciones conservaban algo de la joven de antaño; Claire había sido muy guapa. Lo era aún, según la luz, cuando los años de dolor no se reflejaban tanto en las arrugas de su frente.

Yo me había imaginado, no sé, alguien con clase, de cabellos grises, las cejas tal vez muy negras, vestido con el delantal blanco de chef o quizás un traje de buena confección. Elegante y con estilo, igual que ella; sofisticado y un poquito distante. Tal vez sonreiríamos cuando saliera a la luz el nombre de Claire; o, quién sabe, también podía ser que él apenas se acordara de aquella chica que se había pirrado por él hacía tantísimos años; un verano de cuando ambos eran jóvenes, pero nada que ver con su vida real. Romántico y apuesto, sin duda, tal vez un poco triste...

Nada de eso le cuadraba a Thierry Girard.

No sé si Thierry hablaba algo de inglés. No podía imaginarme cómo, si no, había podido viajar a Australia y Norteamérica, donde lo agasajaban como al personaje famoso que era. Pero nunca le oí hablar ni una sola palabra. Era enorme; nunca pasó un momento en la tienda sin dar la impresión de que allí no cabía nadie más que él. Su barriga, ceñida normalmente por un enorme delantal blanco, parecía un ente completamente separado de su persona; entraba antes que él en todas partes.

—¿Quién es esa? —tronó nada más echar un vistazo a la cocina—. Frédéric, ¿otra vez trayendo chicas de vida alegre por aquí?

Yo todavía era lenta en entender lo que decían cuando hablaban en francés, de modo que hasta un momento después no me di cuenta de que acababa de insultarme. Menos mal, porque si me hubiera ido de la lengua, seguro que me habría quedado sin empleo dos milisegundos más tarde.

—No, es Anná Tron —respondió el aludido—. La nueva ayudante de cocina.

Thierry me miró desde sus oseznas alturas. Llevaba un bigote aparatoso; sin él, la cara estaba tan hundida en grasa que prácticamente habría carecido de facciones. Sus ojillos negros eran como granos de uva en una magdalena gigante. Tenía el cutis blancuzco, y de las ventanas de la nariz sobresalían pelos. Me miró de hito en hito.

—Mujeres aquí, entre mi chocolate... —dijo—. No lo veo claro.

Me quedé estupefacta. Allá en Inglaterra nunca oías esas cosas. Cuando ya estaba por enfadarme de verdad, vi que sus hombros de gigante se ponían a temblar, al tiempo que soltaba una carcajada brutal.

—¡Lo digo en broma! ¡Es broma! ¡Es broma! —Me volvió a mirar, y de repente chasqueó los dedos—. ¡Ya sé quién es!

Yo no estaba muy segura, francamente.

—Usted es la amiga de Claire.

Asentí en silencio.

—¿Son amigas?

—Sí. Bueno, ella fue mi profesora.

—¿De francés?

Asentí de nuevo.

—¡Ja, ja! Claire hablaba francés como un perro comiendo ensalada.

Me puse en guardia otra vez.

—Era una profesora estupenda —dije.

Le vi parpadear dos veces, muy deprisa.

—Ya. Bien, supongo que sí. Me la imagino de profesora. Eso sí, como niñera era espantosa... aunque, alors, eso quizá fue por mi culpa...

Se quedó in albis, y de repente me sentí incómoda. No sabía si él estaba al corriente de la grave enfermedad de Claire, o hasta qué punto.

—¿Y estuvo usted mala, entonces?

—Me encuentro bien —respondí con firmeza. No estaba de humor para dar explicaciones detalladas sobre mi problema, a no ser que fuera absolutamente imprescindible.

—Bien para trabajar duro, ¿sí?

—Por descontado —dije, tratando de enseñar mi sonrisa más convincente.

—Bon, bon. —Otra vez pareció alejarse de allí—. Y Claire... ella también está mala.

Asentí con la cabeza; no me decidía a contarle nada. Pareció que Thierry iba a preguntar algo más, pero se contuvo y dijo:

—Alors. Bienvenida, entonces. ¿Entiende usted de chocolate?

Miré de hito en hito aquella cara de gigante bueno. Tenía respuesta para su pregunta.

—Sí, señor. He trabajado diez años en el chocolate.

Se me quedó mirando, a la expectativa.

—El suyo es el mejor —añadí sin más, desconfiando de poder explicarme con mi escueto francés. Thierry dejó pasar un momento, y de pronto lanzó otra carcajada de las suyas.

—¡La oís bien! —bramó—. ¡Alice! ¡Alice! Ven a oír esto, ven. Hay una paisana tuya.

Una mujer lánguida e increíblemente flaca que debía de rondar los cincuenta, aunque, eso sí, muy bien llevados —los labios pintados de rojo en su boca grande, el pelo un perfecto casco negro con un elegantísimo mechón blanco delante—, entró en la sala de atrás. Vestía un pantalón pitillo y una americana de hombre y tenía una pinta impresionante, se mirara por donde se mirase. Era inglesa de nacimiento, pero, como supe enseguida, ella siempre decía que como había vivido tantos años en París, prácticamente había olvidado el inglés; en realidad lo que quería decir era que no quería perder el tiempo con una paleta como yo ni con cualquiera de los expatriados ingleses que merodeaban por la zona de la librería Shakespeare o por el Frog o el Smiths de la rue de Rivoli. La mejor manera de fastidiar a Alice era adivinar su origen británico antes de que hubiera abierto la boca, cosa que yo fomenté más de una vez. Sí, ya sé, una niñería, pero es que Alice fue muy grosera conmigo.

Miró a Thierry levantando una ceja.

—Chéri?

—¡Tenemos una chica inglesa!

Alice me sometió a un repaso visual y de pronto fui muy consciente de mi falda tan sosa, de mis zapatos planos, mi bolso Gap, mis cabellos mañaneros...

—Se nota —dijo. Yo no podía creer que aquella presumida fuera inglesa. Bueno, poder sí que podía, pero su aspecto era tan francés como si hubiera llevado boina, bigotito retorcido, camiseta a rayas y una ristra de cebollas alrededor del cuello, y a todo esto montada en bicicleta y capitulando al término de una guerra.

—Hola —dije en inglés.

—Bonjour —contestó ella, e inmediatamente miró hacia otro lado como si mi persona la aburriera soberanamente. No sé muy bien por qué Thierry decidió cambiar a Claire por aquello, pero no me extrañó que se pasara el día comiendo.

Él me hizo una seña. Primero echó un vistazo al cacao fresco. Frédéric lo metió en una cuba grande y Thierry, con inesperada destreza para ser un hombre tan corpulento, accionó un grifo. De pronto, la cuba se llenó de un espeso líquido que humeaba ligeramente, seguido por la leche; luego añadió una fina lluvia de azúcar, parando, probando, parando, probando otra vez, tan deprisa que a mí me costaba seguir sus movimientos.

—Sí, no, sí, no, más, ¡rápido! —gritaba Thierry, y los otros se apresuraban a seguir sus dictados hasta que por fin se declaró satisfecho—: Ahora vamos bien. ¡Lavanda! —ordenó, y rápidamente Frédéric fue a cortar un poco del arriate que había al fondo.

Thierry procedió a picarla en pedacitos increíblemente pequeños, a tanta velocidad que temí se cortara un dedo, y a continuación pidió un frasquito de esencia de lavanda; era tan potente que nada más abrirlo toda la sala quedó permeada del aroma, como si estuviéramos en un prado en primavera. Delicadamente, con el meñique levantado, dejó caer dos, tres gotas en un cuenco, removiendo sin parar con la otra mano. Las motitas moradas de lavanda quedaron ocultas casi por completo mientras iba de un lado a otro de la sala (tres veces seguidas) batiendo furiosamente con la mano izquierda el cuenco que sostenía con la otra. De vez en cuando se detenía, metía un dedo, lo chupaba y reanudaba la labor, añadiendo una gotita más de nata o una pizca de chocolate negro de la otra cuba. Finalmente se dio por satisfecho y se apartó unos pasos del cuenco. Benoît lo llevó al horno, donde tomaría forma y se fundiría y quedaría templado hasta el día siguiente.

—¡Moldes! —gritó entonces Thierry, y de inmediato Frédéric se acercó con el chocolate recién elaborado. Thierry lo vertió con mano experta en los pequeños moldes, sin derramar una sola gota, e introdujo después la bandeja en los estantes para enfriar. Dio media vuelta; Benoît le había dejado ya a mano una caja grande de gelatinas, y Thierry empezó a cortarlas en diminutos rombos idénticos entre sí. Cuando terminó, el chocolate estaba ya duro. Lo sacó del refrigerador y puso el molde boca abajo; treinta y dos bombones perfectos cayeron sobre la superficie de trabajo. Finalmente presionó la parte superior con los rombos de gelatina de fruta y, mediante apenas una mirada, ordenó que me dieran a probar uno.

—A ver qué le parece —dijo.

Di un mordisco. El suave toque dulzón del cítrico —supuse que era lima, recién cortada— atemperaba un chocolate perfectamente equilibrado; el sabor era tan ligero que le habría gustado a cualquiera, experto o no. El aroma no desaparecía en la boca, sino que se intensificaba todavía más. El puntito ácido impedía que el dulzor estropeara el resto del bombón. Era absolutamente exquisito, magistral. Sonreí de pura felicidad.

—Ajá —dijo Thierry—, eso es lo que me gusta ver. Esa es la

cara que me gusta. Sí, señor, la cara que más me gusta. Hoy haremos cuatrocientos de lavanda, romero y confitura, menta... —Se volvió hacia Alice—. ¿Quieres probar?

Ella le miró de mala manera.

—Es broma —me dijo Thierry—. Alice no come. Es como un robot.

—Claro que como —protestó ella con gesto gélido—. Pero comida, no veneno.

De repente el saborcillo del bombón en mi boca se tornó ceniza y me entraron ganas de toser. Thierry me miró con gesto travieso, guiñando exageradamente un ojo, y yo le devolví la sonrisa, pero tampoco estaba muy segura de querer que me metieran en el saco de las gordas.

—¿Aprobado? —dijo Thierry.

—Sobresaliente —dije yo, sincera. Frédéric me miró con una sonrisa, y tuve la sensación de que por ahora no lo estaba haciendo tan mal.

Thierry chasqueó los dedos y Benoît le pasó un espresso, dentro del cual echó una considerable cantidad de azúcar. Se hizo el silencio mientras Thierry se lo tomaba. Luego dejó la tacita y proclamó:

—¡Listo!

Salió con Alice de la sala de trabajo. Los otros dos se pusieron rápidamente en movimiento. Frédéric me pasó un mocho y básicamente me dijo que limpiara todo lo que viera sucio. Una vez que estuvieron en marcha, los vi actuar con asombrosa rapidez, vertiendo la creación de Thierry en aquellos moldes enormes: la lavanda primero, después romero y confitura, que a mí me sonó raro hasta que me dejaron probarlos; y ya no me cupo en la cabeza que a nadie se le pudiera ocurrir comer otra cosa.

A las once en punto, Frédéric se quitó el delantal sucio, se puso uno limpio y más formal con el nombre de la tienda y el suyo propio bordados en el bolsillo y fue a abrir. Las persianas hicieron mucho ruido, ruido que contestaron en eco otras persianas de comercios y cafeterías de la calle que en ese momento estaban abriendo también. Por las empañadas ventanas de la sala de trabajo, yo ya había visto que el sol estaba alto, pero cuando sus rayos traspasaron el escaparate de la fachada me hizo parpadear.

Empezaba a dolerme la espalda de tanto agacharme para limpiar los rincones y recovecos del taller, pero Benoît me indicó que me pusiera con la cuba de cobre, junto a la cual había una extraña caja con productos de limpieza de olor muy potente. No se había equivocado Claire, cuando me dijo que aquí se trabajaba de firme.

Antes, sin embargo, Frédéric me hizo una seña para que saliéramos a fumar un cigarrillo en la parte de delante. Yo no fumaba, pero le hice compañía mientras él saludaba y bromeaba con la gente de otros comercios; la pequeña librería estaba sacando a la calle tenderetes con libros de bolsillo, algunos de los cuales, según pude ver, estaban un poco manoseados; había una imprenta-copistería con mapas antiguos de París metidos en fundas de plástico y en las paredes algunas reproducciones grandes —Monet, Klimt— para que los turistas picaran. En otra tienda no parecían vender más que diferentes clases de té en cajitas metálicas de vivos colores: lo había con menta, cardamomo, pomelo, caramelo... La tienda olía a hojas, un olor seco y refinado, nada que ver con los intensos aromas a tierra del taller de Thierry. Pero por el modo en que Frédéric saludó campechanamente al propietario —un hombre alto y delgado que parecía tan reseco como las hojas que vendía, como si al menor soplo de viento pudiera salir volando—, deduje que ambas tiendas se complementaban y se llevaban bien. Justo al lado de la nuestra había una que vendía desde escobas y recogedores hasta mochos, clavos y tornillos.

Los vecinos iban abriendo ventanas; las callecitas eran tan estrechas que la gente vivía un tanto amontonada. Unos tomaban café, otros abrían periódicos —Le Matin, Le Figaro— y por todas partes aquel suave parloteo en francés, reducido en este caso a una mezcolanza de fondo. Casi no me lo podía creer: allí estaba yo, de charla con un francés auténtico en una calle repleta de profesionales franceses, trabajando en un comercio francés, bebiendo café espeso y observando el ir y venir. Estaba un poquito ida, entre la falta de sueño y el pequeño subidón de azúcar (para qué negarlo), pero dentro de mí sentía viva la burbuja de excitación pese a que, bien mirado, iba a tirarme el resto de la jornada fregoteando una gigantesca cuba de metal. Me dejaron claro que debía ser extremadamente cuidadosa y no estropearla con los agresivos productos de limpieza; la pátina de la cuba era sagrada porque era lo que confería a la mezcla su intensidad. Benoît me lo repitió tantas veces, que al final yo ya le miraba bizca. En fin, que eso era lo que me esperaba. Pero en ese momento me sentía feliz allí fuera, en la calle, oliendo el humo del Gauloise que estaba fumando Frédéric mientras observaba a un perro vivaracho que recorría la calle con un periódico en la boca y a un terceto de palomas que revoloteaba sobre una azotea, y de fondo las campanas repicando en la otra orilla del río.

—Le has caído bien —me dijo Frédéric—. Ten cuidado. Con Alice no lo tendrás nada fácil.

—A Alice puedo manejarla —dije, lo cual, además de ser mentira, era un farol. En el fondo, la gente descaradamente segura de sí misma me impresionaba—. ¿Es la novia de Thierry?

Frédéric soltó un bufido.

—Sin Alice, Thierry se pasaría todo el día en la cama comiendo sus propios productos. Es ella la que le incita, y la que le ha hecho famoso. Siempre está preocupada por que alguien le robe.

Pero si Thierry parece un cerdo gigante, pensé (pero no dije, por supuesto). Y, por otra parte, cómo iba a quitarle yo el sueño a alguien tan absolutamente glamourosa y sofisticada como Alice.

Los primeros turistas del día empezaban a llegar por la calle adoquinada, comentando con aspavientos lo pintoresco que era todo. Uno o dos iban consultando sus guías, y cuando vieron el rótulo de nuestra tienda, sus rostros se iluminaron.

—Ahí están las horas —dijo Frédéric, y tras lanzar la colilla al suelo, regresó a la tienda con una gran sonrisa petrificada en sus labios—. Bonjour, messieurs et dames!

Desde el interior, donde me encontraba yo limpiando, poco a poco, con un cepillo de dientes la gigantesca cacerola —especie de tortura—, podía ver la coronilla de la gente que deambulaba por la zona de ventas. De vez en cuando Frédéric asomaba por la puerta de vaivén y le gritaba algo a Benoît, el cual, metódico a más no poder, iba pasando bandeja tras bandeja de bombones recién hechos. Por lo visto, se vendían casi al momento pues apenas si le daba tiempo a ponerlos en la nevera, y eso que los precios eran escalofriantes (yo casi no me lo podía creer). Más adelante Frédéric me explicó que, en efecto, salía muy caro hacer chocolate con el sistema de Thierry —siempre utilizando lo mejor de lo mejor— pero que ni siquiera las hierbas de calidad excelente costaban tanto dinero. No obstante, Alice había dicho que si los clientes no veían unos precios altísimos, no valoraban tanto la mercancía; por lo demás, cada vez que la tienda subía precios, entraba más gente todavía y recibían más reseñas en las mejores revistas. Así fue como empezaron a acudir curiosos de todas partes del mundo para visitar la famosa, y única en su género, chocolatería de la rue de Chanoinesse. Thierry seguía a lo suyo pero pagando una miseria, según Frédéric, al personal, mientras que Alice se embolsaba dinero suficiente como para comprarse bolsos de Chanel. Probablemente había solo una parte de verdad en sus comentarios, el resto tal vez fueran especulaciones anti-Alice.

A las doce en punto, Frédéric cerró la puerta y bajó las persianas. Benoît apagó todas las máquinas y se alejó en una desvencijada bicicleta que parecía demasiado pequeña para su corpachón.

—¿Adónde va? —pregunté.

—A hacer la siesta, claro —respondió Frédéric—. Y a comer.

—¿Cuánto rato tenemos para almorzar? —En la fábrica nos daban cuarenta y cinco minutos (la hora original se había reducido a cambio de dejarnos salir antes del trabajo), y era un fastidio porque no daba tiempo para ir al pueblo, hacer alguna compra o quedar con alguien.

—Volveremos a abrir a las tres —dijo él, encogiéndose de hombros.

—¿Tres horas?

A Frédéric no le pareció tanto.

—Pues claro, hay que hacer la comida y a lo mejor echar un sueñecito...

Cuando lo dijo, me pareció la mejor de las ideas; yo llevaba en pie desde hacía muchas horas. Frédéric me sonrió alegremente y echó a andar. Alice salió con paso militar, no me dijo nada y montó en una furgoneta cargada de cajas recién preparadas. Thierry le dijo adiós con la mano y luego dio media vuelta y me lanzó una mirada la mar de cómica.

—¿Comemos juntos? —dijo.

8

Aparte de chocolate, yo no había tomado nada sólido en toda la mañana, y me había levantado cuando aún era de noche. Thierry me ofreció el brazo —caminaba a paso más bien lento—, y después de cruzar el puente Louis-Philippe nos metimos en un laberinto de travesías pobladas mayormente por turistas y algún que otro parisino, que reconocía a Thierry y le saludaba con un movimiento de cabeza. Paseamos por calles anchas con un sinfín de cafés y restaurantes; había mesas en las aceras y los menús anunciados en pizarras con fotos. Thierry no se detuvo, y cuando ya terminaba el barrio del Marais, torció rápidamente por un pequeño callejón de adoquines parapetado entre dos grandes bloques de pisos con postigos blancos y ropa colgada frente a las ventanas superiores. Habría pasado desapercibido salvo para los que sabían que existía; al final del callejón había un pequeño rótulo de madera con una cacerola que se bamboleaba con la brisa. Me recordó el Londres de Harry Potter. Miré inquisitivamente a Thierry, y él se limitó a guiñarme un ojo.

De hecho, era un restaurante, y cuando abrimos la vieja puerta de color marrón nos recibió una oleada de ruido y olores y aire caliente. Dentro, todo era marrón y de madera; había marmitas colgadas de la pared y hacía un calor tremendo. Mesas y bancos de madera —tan pequeños que se me ocurrió que los habrían construido para generaciones anteriores, cuando la gente era más delgada— estaban puestos casi tocándose entre sí y en diferentes niveles. Parecía que la gente gritaba, en vez de hablar, y no pude ver ni una sola mesa libre. Una mujer obesa con un delantal blanco muy sucio y gafas se nos acercó al momento, besó a Thierry en ambas mejillas, dijo algo que no pude entender y nos condujo hacia el fondo, desde donde pude ver un enorme horno de obra encendido detrás de la barra.

Nos instalamos en sendos asientos, pegados a dos hombres que parecían discutir acaloradamente pero que, de vez en cuando, se echaban a reír a carcajadas. Acababa yo de aposentarme cuado la mujer regresó y arqueó una ceja. Thierry me dijo al oído: «Para ti pediré pato»; yo asentí con la cabeza y él simplemente le hizo una seña a la mujer, que al momento nos envió a un muchacho muy menudo y flaquísimo con agua, pan, servilletas, cubiertos, una jarra de un vino muy oscuro y dos vasos chiquitos, cosas que el chaval depositó sobre la mesa a velocidad de vértigo. Thierry me sirvió a mí un dedo de vino —deduje que era para probarlo— y él casi llenó su vaso. Luego mojó un trozo de pan en un platillo con aceite de oliva y se puso a masticar con aire contemplativo. Parecía lo bastante satisfecho como para no interrogarme sobre mi vida o sobre qué estaba haciendo yo en París. De repente me sentí muy nerviosa.

—Bueno —dije—, entonces ¿siempre ha tenido esa tienda?

Thierry negó con la cabeza.

—Siempre, no. También fui soldado.

—¿De veras?

No pude imaginármelo como un hombre delgado y capaz de matar.

—Bueno, de hecho fui cocinero en el ejército.

—Ah, ¿y qué tal era eso?

—Espantoso —dijo—. Pero luego regresé a mi tienda. Allí fui mucho más feliz.

—¿Por qué se llama Le Chapeau Chocolat?

La pregunta le hizo sonreír, pero no llegó a contestarme porque en ese momento llegaron nuestros platos.

Yo nunca había probado el pato, salvo en creps en el chino

cuando Cath y yo íbamos fuertes de dinero. Pensé que sería una pieza pequeña. Lo que tenía en el plato era una pechuga enorme, como de un gigantesco pavo navideño. Por arriba tenía la piel gruesa y crujiente. Venía acompañado de ensalada verde, pequeñas patatas asadas y una salsa amarilla. Vi que Thierry cortaba su pato por la mitad y lo hundía en la salsa, e inmediatamente hice lo mismo.

La jugosa y crujiente piel del pato explotó en mi boca. Solo puedo decir que el sabor era increíble; picante, salado y tierno, todo a la vez. Miré a Thierry.

—Está riquísimo —dije.

Él levantó una ceja:

—Oh, sí, está bueno.

Eché un vistazo a mi alrededor. Casi todo el mundo estaba comiendo pato. Era la especialidad del local: pavo al horno. Increíble. Sonreí y me limpié un poco de grasa que empezaba a resbalarme por el mentón. Las patatas eran más bien saladas y la ensalada iba cargada de pimienta. Todo se complementaba a la perfección. Era uno de los mejores platos que había comido nunca. La gente se lo tomaba con mucha calma, charlando tranquilamente, como si el pato fuera la cosa más normal del mundo. Tal vez lo era, si uno vivía en París.

Thierry se puso a explicar, muy entusiasmado, que la temperatura del horno debía ser exactamente la deseada, y elogió la perfecta combinación de sabores. Me hablaba fascinado de cómo conseguían los mejores ejemplares (los patos tenían que vivir felices, pues por lo visto en caso contrario no daban para un plato tan excelente); parecía verdaderamente interesado, completamente metido en el tema que estaba glosando, y dejé de verle como un tipo grandote y sin resuello para fijarme solo en su generosa risa y su sincera obsesión. Puede que en ese momento entreviera algo, solo un atisbo, de lo que Claire había visto en él.

Después de agitar su cuchillo en el aire asegurando que podía notar, por el olor, que el vino de su vecino sabía a corcho, paró en seco y se echó a reír.

—Ay, siempre hablo más de la cuenta —dijo—. Me dejo llevar por el entusiasmo.

—A mí me parece bien —dije yo. Thierry levantó las cejas.

—No, no, debería prestar más atención... Bueno, dígame, ¿así que ha dejado a su novio en Inglaterra?

—Yo no tengo novio —respondí sin más. Él levantó de nuevo las cejas.

—Pero una mujer como usted...

No supe si había querido decir «una mujer tan agradable como usted» o bien «una mujer tan mayor».

—¿Sí...?

—Pensaba que tendría novio.

—Ya —dije. Quizá me estaba llamando gordita, como si hubiera sentado la cabeza y renunciado a novios—. Pues no.

Thierry volvió a su plato y, al verlo vacío, el semblante se le entristeció.

—Bueno. No se enamore de Frédéric; tiene nueve o diez novias.

Dado que yo podía aplastar a Frédéric un día de mucho viento, eso me pareció improbable. Terminé el pato e hice lo que Thierry acababa de hacer: rebañar el plato con un trozo de pan. ¡Qué rico estaba!

—¿Qué me cuenta de nuestra amiga Claire?

Desde mi llegada, no había podido abrir todavía el correo electrónico ni le había dicho nada a ella. Seguro que Sami conocería algún bar cercano que tuviera internet, aunque no sé si era la persona adecuada para saberlo; seguro que lo enviaba todo por paloma mensajera...

—¿Era fascinante, el París de los años setenta? —pregunté, saliendo por la tangente.

—París siempre lo es, ¿no?

Asentí con la cabeza. Me pareció que Thierry se alejaba mentalmente unos instantes.

—Fuimos buenos amigos, Claire y yo —dijo, y luego miró mi pan y sonrió—. Es muy sexy, una mujer que come. Estoy seguro de que le saldrá novio en menos de cinco minutos. Pero aléjese de la Bourse, allí los hombres son todos malos.

La bolsa de valores. Sin venir a cuento, Thierry se lanzó a echar pestes contra los privilegiados banqueros. Fue muy cómico. Después se recostó en la pared con cara de satisfacción y pidió otro café para los dos, que nos sirvieron acompañado de una pequeñísima flauta de un licor transparente.

—Eau de vie —dijo Thierry—. Imprescindible.

Se lo zampó de un trago y yo hice otro tanto; era tan ridículamente fuerte que los ojos se me anegaron y empecé a toser. Él se rio.

—Me alegro de haberla conocido —dijo.

Tardé un momento en poder responder.

—Lo mismo digo.

—Bueno, y ahora ¡una siesta!

Durante una fracción de segundo pensé si no sería algún tipo de técnica de seducción —confié en que no lo fuera—, pero no, Thierry echó a andar de nuevo hacia la tienda y a mí me tocó subir todos aquellos peldaños hasta el piso de Sami; el último tramo lo hice casi doblada, y en cuanto entré me fui directa a la cama y me quedé dormida no bien hube apoyado la cabeza en la almohada.

Menos mal que estaba Sami. A eso de las tres salió de su habitación cantando a voz en cuello un aria de ópera que le quedaba demasiado alta de tono, y se puso a hacer café. Cuando aparecí yo, pestañeando a la cálida luz de la tarde y todavía medio ebria de comida y eau de vie, no tenía ni idea de dónde me encontraba.

—Chérie! —exclamó él al verme. Se miró el reloj—. Tú tenías un trabajo, ¿no?

El corazón se me subió a la boca de golpe.

—¡Cielos! —dije, presa del pánico—. Me van a echar. Mierda.

—Arrête! ¡Basta! —dijo Sami. Se acercó a mí, me alisó el pelo con las manos y me limpió bajo los ojos, donde, supuse yo, se me había corrido el rímel—. No te preocupes tanto, chérie. Solo llegarás un poquito tarde.

—¡Pero es mi primer día! —lloriqueé. En la fábrica tenías que fichar al entrar y al salir, de lo contrario te descontaban el dinero. Aparte de que había sido una gran metedura de pata por mi parte; qué tonta, no haber puesto el despertador.

Sami me miró de arriba abajo.

—Es la siesta —declaró—, no una invitación a quedarse completamente roque.

Alguien, un ser humano delgado, se escabulló del cuarto de Sami en dirección al pequeño cuarto de baño. Le sonreí a Sami, que no hizo el menor caso.

—Allons, vete —dijo—. Date prisa. Y no digas que lo sientes. Los británicos os pasáis el día diciendo «I'm sorry». ¿Por qué, si no es verdad? En realidad no lo sentís. Hay que reservar esa frase para cuando lo sientes de verdad; si no, no tiene sentido.

—Lo siento —dije, sin pensar. Él me miró muy serio.

—Vamos. Vete. Y no te emborraches.

—Si no estoy borracha —dije, ofendida.

—No, pero eres inglesa. Eso te puede pasar en cualquier momento, sin previo aviso. No te des prisa en volver. Puede que vengan unos amigos.

Bajé casi volando la escalera, sin encender la luz de rellano en rellano por aquello de ganar tiempo, pero no fue muy buena idea porque en el último peldaño casi me torcí el pie. Mientras salía a toda prisa del portal, oí que la puerta del primer piso se abría y se cerraba. Uf, qué fisgona era aquella mujer...

Nada más torcer por la rue de Chanoinesse, el alma se me fue a los pies; la tienda estaba ya abierta, el toldo desplegado, la fachada reluciendo al sol de la tarde, y una cola de turistas felices esperando fuera. Pero lo peor de todo fue que Thierry estaba ya allí, en compañía de Alice. Ella hizo una mueca cuando me vio. ¿Por qué diantre tenía que ser tan estirada?

—Ah, eres tú —dijo, sin molestarse siquiera en recordar mi nombre—. Pensábamos que el trabajo te parecía excesivo y habías decidido volver a Inglaterra.

—Me he quedado dormida —dije, notando las mejillas coloradas a más no poder. Con los otros habría podido reírme de mi pifia, pero esta mujer era como la peor de las amas de llaves. Me miró mal.

—Pues no creo que al negocio artesano más próspero de esta ciudad le convenga tener gente que se queda dormida —dijo, fría como el hielo—. Me parece que esto no va a funcionar.

Me mordí el labio. Estaba insinuando que me despedían, ¿no, verdad? Pero si acababa de empezar...

—Lo siento de veras —dije—. No volverá a pasar.

Thierry se volvió con una gran sonrisa mientras yo me escabullía bajo la mirada de témpano de Alice.

—¡Creíamos que te habías escapado! Y que te llevabas todos mis secretos para chivárselos a Patrick Roger. ¡Lo que le gustaría poder echar un ojo a mi taller!

Negué enérgicamente con la cabeza, casi llorando.

Thierry se dirigió a Alice:

—La he llevado a Le Brûlot —dijo, con gesto fingidamente contrito, como si fuera un niño—. Ya ves, ha sido culpa mía.

—¿Quién ha pagado? —preguntó Alice de inmediato. Ni Thierry ni yo respondimos. Yo no había visto la cuenta en ningún momento.

—Es nueva en París —dijo Thierry—. Tiene que saber lo que es el almuerzo, ¿no?

Alice continuaba de morros.

—Tú también pasaste por eso una vez, ¿no es verdad? —le dijo Thierry, suavizando la voz.

—Yo no almuerzo —replicó Alice. Pero su agresividad había desaparecido; chasqueó la lengua y miró a Thierry meneando la cabeza. Él me lanzó una mirada de disimulado triunfo. No pude evitar sonreír.

Por la tarde, Thierry mostró su otra faceta, lejos del perfeccionista que era en el taller de la tienda. Mientras yo iba de acá para allá limpiando y fregoteando, observé su comportamiento con los clientes. Thierry los seducía, los engatusaba, les permitía probar un poquito; a los niños les daba sorbitos de chocolate caliente. Era un genio allí como lo era en la trastienda; y cuando presentaba sus cuantiosas facturas a los clientes, los miraba a los ojos con valentía para que sacaran la tarjeta de crédito sin rechistar. Era un auténtico personaje. Creía hasta tal punto en su producto que no podía evitar transmitir ese entusiasmo, y las colas que se formaban frente a la tienda iban a verle a él tanto como a todo lo demás.

A las siete en punto bajaron las persianas. Vi que en la tienda no había casi nadie, como en una panadería al final de la jornada. Lo que no se había vendido se tiraba al momento, y tuve que limpiar como una posesa. Finalmente apareció Thierry en la parte de atrás y sonrió al verme sacando brillo a los dorados.

—Ça va? —dijo.

Asentí con energía, deseosa de ganarme su favor. Él miró a su espalda; por una vez, no estaba allí Alice.

—¿Cómo se...? —No terminó la frase; su exuberancia innata parecía haber menguado de repente—. ¿Cómo está Claire?

Seguí limpiando para que él no me viese la cara, consciente de que mis facciones reflejarían lo peor. En Inglaterra, mientras yo recibía las atenciones de los mejores fisios que la Seguridad Social podía ofrecer, Claire había tenido una discusión con su oncólogo. Ella le decía que quería una fecha tope para la quimioterapia, y a partir de ahí dejarlo estar. Él se había enfadado mucho y le había recordado que no era tan vieja. Claire había sido muy brusca con él, y al insinuar yo que tal vez no era buena idea que me marchara a París, ella me había contestado muy malhumorada. Fue la única vez que se enfadó un poquito conmigo. ¿Qué sentido tenía la vida, me dijo, si ni siquiera podía hacer eso? Que no me preocupara, que ella iba a estar perfectamente, aunque solo fuera para fastidiar a su maldito oncólogo.

Me encogí de hombros.

—Pues... bien, está mejor.

—Cuéntame más cosas de ella —dijo él, tuteándome.

—Estuvimos juntas en el hospital y, bueno, nos hicimos más

o menos amigas. Fue ella quien me dijo que me marchara de Inglaterra. —Y, al recordarlo, añadí—: En realidad, casi me obligó a hacerlo.

—Así me gusta —dijo Thierry—. ¿Y Claire está...? ¿Tiene marido, familia?

—No. Está divorciada. —Al instante vi en sus ojos una tristeza, quizá también algo más.

—¿En serio? Bueno, pero ella era una chica muy hermosa. Sí, muy hermosa.

No pude estar más de acuerdo; en nuestro pueblecito, antes de que enfermara, Claire se hacía notar sobre todas las demás.

—Pero se pondrá bien, non? No es tan mayor. Bueno, todos somos mayores —dijo, como para sí mismo—. Pero Claire... ella era tan guapa...

—¿Quién era tan guapa? —La voz de Alice, articulando perfectamente las vocales, en su acento todavía un pequeño deje del inglés aristocrático que sin duda había sido el suyo.

—Nadie, nadie, querida —dijo Thierry, volviéndose hacia ella con un rictus de sonrisa profesional en la cara—. Vámonos. ¿El plan para más tarde es tranquilo?

Alice me miró entornando los ojos y luego dijo:

—Sí, querido. Habrá que pasar por la fiesta de François, quedaste que irías. Y luego a casa del embajador. Puro trámite.

—Es tan aburrido todo... —dijo Thierry, molesto—. La gente ha dejado de ser divertida. En los viejos tiempos todo era maravilloso, podíamos bailar y fumar, pero ahora la gente está de pie, con cara de preocupación y siempre hablando de dinero y nada más que de dinero.

—Si no bebieras y comieras tanto, te lo pasarías mejor.

—No, para pasármelo mínimamente bien necesito comer y beber.

Salieron a la calle. Frédéric se había marchado ya en su velomotor; Benoît estaba esperando a que yo terminara, haciendo saltar las gruesas llaves en la palma de su mano pero sin decir ni mu. Le dediqué una sonrisa jovial al marchar, pero él no se inmutó.

—¡Bueno, adiós! —dije alegremente en inglés. Benoît no se volvió siquiera.

Cansada todavía y un poco aturdida —practicar francés con Claire era una cosa, pero pasarme todo el día hablando en otro idioma me dejaba agotada, aparte de poner en evidencia lo espantoso que era mi francés—, empecé a subir la escalera. Los dedos que me faltaban en los pies me producían dolor y eso me desquiciaba. Cuando los tenía todos, reconozco que no les hacía el menor caso; ahora que había perdido un par, no pensaba casi en otra cosa. Eran como un barómetro; me decían cuándo estaba un poco cansada o echa polvo o forzando la máquina, tres cosas que yo podía haber previsto que me iban a pasar.

Pensaba constantemente en esos dedos. Se acabó llevar sandalias en verano, se acabó que te hicieran la pedicura para ir de vacaciones, cuando los pies se ponen tan bonitos y morenos y te sigues sintiendo bien aun después de volver a casa. Ahora, en cambio, me veía obligada a llevar zapatones; el tacón alto también era un problema, porque las punteras afiladas me retorcían los otros dedos de mala manera y la quiropodista me había aconsejado pasar de tacón alto. También me dijo que no me preocupara; al fin y al cabo nadie pasea por la playa contando los dedos que la gente tiene en los pies; cantidad de personas tenían seis dedos en un pie y nadie se fijaba, y cosas por el estilo; yo había sonreído fingiendo que me lo tragaba... pero jurando interiormente no volver a enseñar los pies nunca más.

Cómo me lo haría si alguna vez conocía a alguien, eso no quise planteármelo. Demasiado trabajo tenía con la convalecencia y con pensar cómo iba a sobrevivir en adelante si la única empresa medio decente de todo el distrito ya no necesitaba mis servicios y la indemnización de la fábrica se agotaba por momentos. Pero, bueno, mi deformidad no la iba a ver nadie. Y que no se hablara más del asunto.

Mientras subía penosamente los últimos peldaños, vi que Sami estaba arriba esperándome con una botella verde en la mano. Llevaba un albornoz multicolor de seda que le quedaba demasiado corto. Intenté no mirar hacia arriba mientras subía.

—Alors!! —gritó—. Empieza la noche.

—Para mí, no. Estoy agotada.

Sami me miró, dolido, y dijo:

—¿No quieres conocer a mis amigos?

¿La verdad y nada más que la verdad? No. Para empezar, mi francés estaba acabado. Finito. The End. La idea de salir con dudosos, y vistosos, amigos de Sami para ir a un sitio con mucho ruido y después volver hecha una calamidad, era deprimente. Lo que de veras tenía ganas de hacer era apoltronarme delante del televisor, pero entonces vi que la tele ya estaba encendida y me acordé —menuda estupidez; cómo no iba a ser así— de que era todo en francés, y la cosa parecía consistir en cuatro tíos gritándose unos a otros sentados alrededor de una mesa. Suspiré. Habría dado cualquier cosa por ver a un perro hacer volteretas en *Britain's Got Talent*, a ser posible con acompañamiento de pizza. Durante el almuerzo había pensado que con el pato tendría suficiente para todo el día, pero al parecer mi estómago discrepaba. Debería haber comprado algo, pero es que no sabía muy bien dónde. Y seguro que en el piso no había a qué hincarle el diente. Olía a gel de baño exótico y a tabaco, y a sándalo de una vela extragrande.

El accidente, aparte de lo de Claire, me había cambiado mucho. Yo antes me apuntaba a un bombardeo, y el darme cuenta de que, de hecho, no era invulnerable, fue bastante doloroso. Yo lo llamaba «mejorar», pero en realidad era más bien esconder la cabeza.

9

Como descubriría en el transcurso de muchas, muchísimas noches, intentar escabullirse de Sami era absolutamente inútil. Y, además, salir de noche con Sami era una experiencia única. Por ejemplo, cuando Cath y yo íbamos por ahí, intercambiábamos montones de sms con otra gente hablando del bar donde estaríamos, aunque luego acabáramos siempre en Faces porque allí había pista de baile, y la última parada solía ser en Pontin Ali's para comer un kebab. Es lo que hacía todo el mundo. Cada noche era casi igual a la anterior, unas más divertidas que otras. Por regla general había alguna bronca; de vez en cuando Cath se metía a repartir.

Ah, pero con Sami era diferente. Sami tenía la habilidad (lo mismo que con sus vestidos para la ópera) de coger lo cotidiano, lo soso, lo hortera y, sin apenas dinero pero sí un poco de imaginación, convertirlo en algo mágico.

Siempre se enteraba de dónde había una exposición, o dónde estaba prevista una quedada. Una vez el gran circo de Mónaco acababa de llegar a la ciudad y nos instalamos en la pequeña terraza en la azotea de un restaurante barato donde servían la mejor bullabesa de París, y vimos desfilar a los elefantes y los tigres. Otra vez, Sami dijo que nos pusiéramos todos alguna prenda azul, y luego consiguió colarnos en una inauguración privada de un joven y espectacular artista; después de bebernos todo el vino y de hablar de las esculturas en plan esnob y presuntuoso, nos pidieron que nos largásemos. Su círculo de amistades nocturnas estaba en constante transformación: camareros y barmans, gente que atendía taquillas de cine, carniceros, panaderos, actrices, guitarristas... cualquiera que tuviese un horario raro, que terminara cuando los restaurantes y los bares echaban el cierre y necesitara conocer a alguien que supiese cómo pasarlo bien a esas horas.

Pero yo aquella noche no sabía nada de todo eso. Lo único que sabía era que, a pesar del cansancio, deseaba tener compañía, estar con gente que no supiera casi nada de mí, que no me hiciera los mismos chistes semana tras semana (Pirata Pata Palo, me decían; ya no usaba bastón, total, me lo dejaba olvidado en cualquier parte...). La larga siesta tras el almuerzo y la adrenalina de tantas experiencias nuevas me tenían pasada de vueltas; comprendí que, si me metía en la cama, no iba a poder dormir de ninguna de las maneras.

—Venga, pues arréglate.

Me puse un sencillo vestido negro que Claire me había sugerido comprar después de verlo en internet. Yo lo encontraba muy soso; prefería cosas un poquito más llamativas, pero ella insistió en que para París sería perfecto; yo me puse de morros pero luego accedí cuando rebajaron el precio. El vestido tenía buena caída, me sentaba bastante bien, y la única —recalco: la única— ventaja de haber pasado por el hospital es que ahora pesaba menos que nunca desde que era mujer adulta, o sea que se ajustaba a mi cuerpo sin los bultos y michelines de rigor (solía tener dos mollejas al final de la espalda y había pensado en un lifting de esos, pero pensé que un par de semanas de duro trabajo en una bombonería tendrían el mismo efecto).

Sami vino a mi cuarto.

—¿Nos vas a maquillarte un poquito? —dijo. Me encogí de hombros y luego le miré. Se había dado una sombra de ojos color azul pavo real que parecía brillar. Curiosamente, su aspecto no era menos masculino por ese motivo; la sombra únicamente realzaba sus cautivadores ojos azules y le daban un aspecto muy peligroso.

—¿Eres travesti? —le pregunté. Otro de los problemas de tener que expresarse en un idioma ajeno: siempre iba al grano, a falta de habilidad para sutilezas u otros preámbulos.

—No. —Se echó a reír—. Pero me gusta estar bello. —Se miró en el espejo, sin duda confirmando su opinión de que lo estaba.

Yo nunca había oído hablar a un hombre en esos términos. Sami llevaba un traje negro superceñido (debía de ser muy caro), una camisa blanca recién estrenada, corbata color turquesa y un pañuelo de un tono turquesa subido que hacía juego con su sombra de ojos.

—Estás muy guapo —le dije. Sami era para mí como una exótica ave del paraíso. Él me tomó por los hombros y me situó frente al espejo.

—Pareces medio gitana —dijo, alabando mis cabellos rizados, que siempre se negaban a dejarse peinar—. Arrête!

Salió a toda velocidad para volver enseguida con un estuche de maquillaje profesional repleto de ungüentos y pociones.

—No te muevas.

Decidí plegarme a sus designios y cerré los ojos. Cuando los abrí otra vez, lo que vi me dejó pasmada.

Sami había trazado una gruesa línea de kohl en la parte superior de mis pestañas hasta más allá del rabillo de cada ojo, lo cual les daba una gran definición, y encima de eso había dado unos toques de purpurina y añadido rímel; rímel en cantidades industriales. Ahora mis ojos se veían enormes.

—Labios sin pintar —dijo—. Así estás mejor. Te queda un aspecto misterioso, y como si vistieras de negro adrede y no porque te dé pereza pensar en qué vas a ponerte.

—¡Si a mí no me da pereza! —protesté. No tenía sentido comprarse cosas bonitas si a) no podía permitírmelo, y b) en la fábrica de chocolate me hacían llevar uniforme, así que solía tirar de tejanos y un top. Era más rápido y más sencillo, aparte de que así me quitaba una preocupación de encima. A Cath y a mí nos gustaba emperifollarnos para salir los fines de semana, pero eso quería decir ropa nueva cada dos por tres, motivo por el cual siempre compraba lo más barato que encontraba; de ese modo no me veía obligada a ponerme siempre lo mismo. No era por pereza, intentaba yo convencerme, sino por ser práctica.

Pero con aquel vestido negro ceñido (normalmente elegía prendas que disimularan las cosas que no me gustaban de mí, sobre todo de la parte trasera), y con aquellos ojos enormes... de repente parecía otra persona. No la joven, despreocupada y un poco pasota Anna; tampoco la Anna más reciente, con aquella expresión un tanto conmocionada y las arrugas de cansancio y cautela en torno a los ojos. No, ahora parecía una persona completamente extraña y nueva. Intenté sonreír y comprobé que no le pegaba nada a mi nuevo «look», que era más enigmático y menos amistoso.

Sami se echó a reír.

—¿Estás haciendo un mohín?

—¡No! —Me puse colorada.

—¡Es verdad! Te está encantando mirarte al espejo.

—¡Que no!

—¡Estupendo! —dijo él—. Así me gusta. Venga. Vamos. Nos espera un martini.

Salimos al crepúsculo de la ciudad. Los turistas, con sus vistosas mochilas y los mapas boca abajo, habían ido discurriendo hacia sus hoteles y los grandes restaurantes que sitiaban la Place de la Concorde. Teníamos la noche para nosotros solos. Montamos en un autobús que cruzó el puente y enfiló una larga cuesta hacia el norte, hacia Montmartre.

Claire solía hablar de ese barrio; era su lugar preferido de París. Decía que cuando hacía mucho calor, a veces era el único sitio donde soplaba un poco de brisa, en lo alto de la escalinata. Me dijo que a veces aparcaban allí el utilitario que tenían —qué suerte, pensé yo, viendo lo difícil que era ahora estacionar en Montmartre— y merendaban en los escalones.

Sami se apeó del autobús y me llevó por una callejuela y luego otra. Yo no tenía ni idea de dónde estábamos. De vez en cuando oía tintineo de vasos y retazos de animada conversación, o me llegaba un olor a sofrito de ajo y cebolla, o el delicioso aroma del pan recién hecho en las panaderías que no cerraban por la noche. Por fin se detuvo y señaló hacia un edificio grande que estaba completamente en silencio. Había como un pasadizo, y hacia allí nos encaminamos; en uno de los lados se abría una pequeña puerta, detrás de la cual brillaba una fuerte luz amarilla.

Sami golpeó la puerta con fuerza, tres veces, y una chica vestida de cigarrera tipo años cincuenta acudió a abrir. Se nos vino encima una oleada de calor y luz y ruido, y yo di un paso atrás. Sami le dio algo de dinero a la chica y esta nos franqueó el paso.

Bajamos por un largo tramo de escaleras hasta una enorme cripta. Debía de haber sido una bodega o algún tipo de almacén. En cualquier caso, lo habían transformado en un club. Al fondo había un escenario improvisado, sobre el cual un grupo estaba tocando música muy rápida como si en ello les fuese la vida: un trompetista, un tipo muy alto con sombrero tocando el contrabajo, un batería que me recordó al animal de los Muppets y una mujer alta con un vestido fucsia que cantaba scat por el micrófono. Había gente bailando, otros sentados a mesas plegables de madera. La mayoría iba vestida al estilo de los años cuarenta. Para mi consternación, vi que muchos de ellos fumaban; yo sabía que en Francia también estaba prohibido fumar en lugares públicos, pero casi nadie hacía caso, y en aquel sótano sin salidas de incendio ni otra escapatoria que una desvencijada escalera, me pareció peligroso.

En un rincón servían grandes jarras de vino y nada más; había también asientos un poco más alejados del escenario, y Sami enseguida vio a gente que conocía y se acercó para presentármelos. Una camarera vino a preguntar si queríamos vino, pero Sami exigió que nos preparara un martini de los buenos y ella, no sin antes poner los ojos en blanco, accedió.

Yo nunca había probado el martini. En todo caso, un martini «de los buenos», eso seguro que no. Me supo como si lo hubieran sacado de un depósito de gasolina, no de una coctelera. Me entró la tos, pero al ver que la gente miraba, tuve que fingir que todo estaba bien.

A poco de sentarnos, empezó a venir gente. Sami, cosa que

no me extrañó, conocía a todo el mundo; la gente muy simpática, según he podido comprobar, suele serlo con todo el mundo. Yo me sentí como una tonta, la verdad, pues había pensado que el hecho de que quisiera llevarme a algún sitio tenía que ver con un supuesto interés hacia mi persona. Y no; resulta que Sami era así de bueno con el común de los mortales. Mientras me tomaba el martini, vi que saludaba a todo el mundo con idéntico entusiasmo. Deduje que Sami era de esas personas a las que les cae bien la gente en general; le gustaba tener público y le daba más o menos igual quiénes fueran.

Bueno, pensé, mejor para mí; así nadie se molestaba en mirarme siquiera. Cosa que tampoco me sorprendió; las chicas eran todas fascinantes, los ojos muy maquillados con un tipo de sombra que en Inglaterra había pasado de moda hacía años; la piel muy pálida en contraste —aquí el bronceado de mentira no estaba en boga— y todas muy delgadas, como se llevaba ahora. Con los chicos otro tanto, e incluso vestían mejor que ellas. Usaban gafas de montura gruesa, y nadie excepto Sami reía o sonreía siquiera; lo único que hacían era gesticular. Al cabo de un rato uno de los flacos sacó a una de las flacas a bailar. Ella hizo un mohín más exagerado que los que ya venía haciendo, queriendo decir que sí. Vi cómo se metían entre el gentío, los dos tan sinuosos y elegantes y un tanto como de otra época.

Tomé otro sorbo de martini —de hecho, era ya el segundo combinado; por lo visto me había terminado el primero— y me sentí extrañamente trastocada y como en una nube. Lo curioso fue que, aunque en cierto modo era consciente de hallarme en un sitio interesante, guapo y diferente —que era lo que se suponía debía encontrar allí—, sabía también que yo no era yo. Me di cuenta de que no encajaba en aquel lugar. Yo no era parisina ni sofisticada ni flaquísima, ni iba superbién vestida. En cambio, era demasiado mayor y demasiado pueblerina. Pensé que valía la pena haber venido, mientras miraba a Sami participar en cuatro conversaciones a la vez, tomando su martini y fumando con boquilla. Pero todos aquellos bohemios... Me pareció que no tenía mucho sentido intentar congraciarse, incluso si hubiera pillado una sola palabra de lo que decía alguno de ellos. Miré el reloj. Era tarde. Me levanté.

—Tengo que irme —le dije a Sami.

Él puso cara de sorpresa. No creo que lo que estaba fumando fuera solo tabaco; tenía las pupilas dilatadas.

—¿Irte? ¡Pero si acabamos de llegar! Y hay una fiesta por todo lo alto a la que tendríamos que ir sí o sí, dentro de un ratito...

—Gracias, pero yo mañana tengo que trabajar.

—¿Sabrás volver a casa?

—Iré en taxi —respondí, temeraria. No tenía la menor idea de cómo volver.

Sami hizo un gesto perezoso con la mano.

—Muy bien, mi petite anglaise, que es tan trabajadora. Decidle todos adiós a Anna.

Un hombre a quien no me habían presentado y que estaba allí de pie se volvió hacia Sami y le dijo algo al oído.

—Claro que sí —dijo Sami, como enfadado—. Querida, más martinis, por favor. —Y entonces parpadeó y dijo—: Por supuesto. Tenéis que conoceros.

Sami agarró al hombre, que era alto y un poquito más corpulento que la mayoría de los guapos jovencitos que había por allí. Se había abrazado a una de aquellas chicas delgadísimas con pinta de modelos y no le hizo ninguna gracia que le molestaran.

—Te presento a Anna.

El otro pareció totalmente desconcertado por la información. En lugar de darme un beso en cada mejilla o decir «enchanté», como la mayoría de la gente que me habían presentado, adelantó una mano con cierta brusquedad y sin mirarme a los ojos.

—Pues hola —dije yo, cortada.

Él seguía hablando con Sami; parecía enojado.

—No va a encontrar ningún taxi —le estaba diciendo.

—Claro que sí —replicó Sami—. Y si no un autobús. O un amigo.

El hombre puso los ojos en blanco.

—No os preocupéis —dije yo. Estaba cansada y un poco bebida por culpa de los martinis, y de repente me entraron muchas ganas de acostarme. Me fastidiaba que unos extranjeros hablasen de mí como si fuera un mueble. Además, el Métro seguro que funcionaba todavía. Sonreí de circunstancias.

—Buenas noches.

Resultó que aquel chico un poco gruñón estaba en lo cierto. No pasaba un alma por la calle. Pues qué bien, pensé yo, y eso que estoy en una ciudad donde la noche es una fiesta perpetua. A Londres había ido un par de veces, y que yo supiera en Soho y Trafalgar Square siempre había movimiento por la noche. Aquí, sin embargo, reinaba un silencio casi absoluto.

Los taxis que pasaban a ratos parecían llevar la luz encendida, pero ninguno paraba. Empecé a asustarme un poco. Quizás era que en París funcionaba diferente; a lo mejor la luz quería decir lo contrario, que el taxi no estaba libre. Probé con unos cuantos que llevaban la luz apagada, pero tampoco hubo suerte, hasta que un coche normal con un hombre al volante fue aminorando la marcha al llegar a mi altura, y yo di media vuelta y empecé a subir rápidamente por unos escalones. ¿Era París una ciudad peligrosa?, me pregunté mirando nerviosa hacia atrás. Al menos diez personas me habían prevenido contra los carteristas. Pero ¿y los atracadores?

Oí una pisada detrás de mí, no muy cerca. Las farolas, aunque eran preciosas, de hierro forjado al estilo antiguo, arrojaban una luz pintoresca pero bastante mortecina. Yo, en ese momento, hubiera preferido la cegadora luz de una estación de servicio en la autopista. Apenas si veía por dónde iba y no tenía la menor idea de hacia dónde me dirigía. Apreté un poco el paso. Las pisadas aceleraron también.

Mierda, pensé. Dios mío. Qué tonta, mira que salir yo sola. Bueno, tonta por salir, y encima con un compañero de piso al que apenas conocía. Debería haberme quedado, zamparme un paquete de fideos chinos y, qué sé yo, llorar un buen rato o algo.

Aceleré el paso tratando de llegar a una calle un poco más ancha y donde quizás hubiera alguien más, pero todas parecían igual de estrechas y misteriosas. ¡Virgen santa!

Justo enfrente vi la silueta de la iglesia tan grande, el Sacré-Coeur. Decidí ir hacia allí, no empujada por anticuadas ideas sobre refugios y demás, sino con la esperanza de que hubiera un bonito claustro, un lugar con mucha luz (la iluminación del templo se veía desde el otro extremo de la ciudad). Subí más escalones. A todo esto, las pisadas habían acelerado también y se aproximaban cada vez más. El corazón se me salía por la boca. Metí la mano en el bolso en busca de algo que pudiera servir de arma y encontré la vieja llave de hierro del portal de Sami; trataría de clavársela en un ojo.

—¡Oiga!

Era una voz honda y un poco ronca, y las pisadas me indujeron a pensar que era alguien corpulento. Mierda. O sea que había llegado la hora. Los pasos se acercaban. Yo había llegado a una especie de pequeño patio adoquinado, todavía lejos de la iglesia, y alrededor todo eran comercios cerrados o pisos con las persianas bajadas. ¿Abriría alguien? Lo dudaba mucho, pero tomé aire y...

—¡¡¡¡Aaaarrrgggh!!!

Lanzando un grito feroz, salté sobre la silueta que me perseguía e intenté clavarle la llave que empuñaba en una mano. Él no se lo esperaba y cayó de mala manera al suelo, momento que aproveché para lanzarme encima de él, todavía con la idea de apuñalarlo con la llave, al tiempo que profería las peores obscenidades que se me vinieron a la cabeza.

Al principio no me percaté de que el hombre inmovilizado en el suelo estaba gritando también, y tan aterrorizado como yo misma. Dos brazos extraordinariamente fuertes intentaban alejarme de su cara. Yo había pasado al inglés —en su versión más anglosajona— para imprecarlo, y de repente él me habló también en inglés.

—Por favor, por favor, basta... se lo ruego... No quiero hacerle ningún daño. Por favor.

Mi cerebro no procesó enseguida sus palabras; la adrenalina me tenía tan enloquecida que no sé cómo habría acabado aquello de no ser porque una persiana se levantó de repente y alguien, sin previo aviso, nos lanzó un cubo de agua encima desde un piso alto.

Eso me hizo reaccionar. Jadeando a más no poder, comprobé que estaba sentada encima del tipo joven del bar, el que era un poco gruñón. Me tenía sujeta la mano en una llave de lo más dolorosa, pero pude ver que yo había conseguido darle un buen tajo en la frente. La vista de la sangre me hizo tambalear un poco.

—Oh —exclamé, conmocionada y a un paso de desmayarme. Iba a derrumbarme encima de él, pero el hombre me sujetó rápidamente por las caderas y me sostuvo.

—¿Se... se puede saber qué demonios pretendía? —conseguí decir un momento después, mientras me ponía de pie. Estaba empapada.

—Le he gritado. ¿No me oía? Perdone, no entendí bien su nombre de pila.

—¡No se puede seguir así a una mujer!

—Pues no vaya usted a una ciudad extranjera si no sabe cómo volver después a casa. Sami es muy divertido, pero para él la fiesta es siempre más importante que las personas.

Me alisé el vestido mientras él se ponía trabajosamente de pie. Hablaba muy buen inglés, con apenas un leve deje de acento francés.

—Entonces usted...

—Iba en su busca. Estaba hecho polvo, y además llevo el mismo camino que usted. Las fiestas de Sami son demasiado para mí.

—Me lo imagino. —Era lo más parecido a una disculpa que me veía capaz de ofrecer en ese momento, con el corazón a cien mil—. Oh, cielo santo, está herido.

Como si él no se hubiera dado cuenta aún, se llevó una manaza a la cara y notó que tenía sangre. La retiró para mirársela.

—Qué horror —dije, consternada. Busqué un kleenex en mi bolso, pero no llevaba ni uno encima.

—Es horroroso —dijo, y me pareció que él también podía desmayarse en cualquier momento—. ¿Me ha clavado una navaja?

—Naturalmente que no —dije, chula yo—. Le he clavado una llave.

No lo entendió hasta que le mostré el objeto en cuestión. De repente, en medio de todo el nerviosismo, me entró pánico a que pudiera ponerse furioso. Con enorme y abrumador alivio, vi que meneaba la cabeza, mostraba una sonrisa de blanquísimos dientes y se echaba a reír.

—Venga conmigo, vamos —dijo, y me llevó por un callejón muy estrecho y amenazadoramente oscuro. El terror me acometió de nuevo, pero él añadió—: Por favor. Le aseguro que ahora no le haría nada.

—Claro, tengo mi llave salvadora —dije yo con una risita nerviosa, mientras la adrenalina empezaba por fin a abandonar mi cuerpo.

La callejuela, sorprendentemente, daba a una avenida profusamente iluminada, con bastante tráfico, y vi que había algunos bares abiertos. Me condujo hasta una cafetería, un local muy pequeño donde había varios turcos fumando de un narguile y una mujer de ojos negros y profundas ojeras —supuse que era la dueña—, que levantó una ceja pero asintió bruscamente cuando él pidió dos cafés solos y el servicio.

Yo me quedé allí sentada hasta que volvió sosteniendo unas toallas de papel contra la herida que le había hecho en la frente.

—Lo siento —dije otra vez, en voz queda. Llegaron los cafés. Ardía, y el cincuenta por ciento era azúcar. Justo lo que yo deseaba.

Él meneó la cabeza y luego se miró el reloj.

—Uf —dijo.

—No quiero ni saberlo. Dentro de pocas horas he de ir a trabajar.

—Ya lo sé —dijo. Le miré.

—¿Quién es usted?

Él sonrió, y en ese momento noté algo, algo en la expresión de su rostro.

—Me llamo Laurent —respondió—. Y tú eres Anna; acabo de acordarme. Trabajas para mi padre.

1972

Thierry trabajaba desde primera hora de la mañana, por eso decidió cerrar a mediodía durante tres horas, y no las dos de rigor. Cuando su ayudante, Benoît, expresó su opinión de que eso sería un suicidio comercial, Thierry le dijo que en Italia muchos comercios cerraban cuatro horas, y la gente no se hacía ningún problema.

Claire acostaba a los niños para que hiciesen la siesta, siempre bajo la supervisión de Inez, la criada, y luego se marchaba entre miradas significativas de Madame e Inez.

Thierry y ella paseaban por los puentes de París, a cuál más hermoso. Un día de niebla, que había convertido la ciudad en una foto en blanco y negro de Doisneau, paseaban por el Pont Neuf y Claire pensó que todos aquellos adoquines habían sido pulidos por el paso de enamorados a lo largo de cuatro siglos.

Él siempre hablaba mucho —de aromas y planes, de lo que había aprendido en Innsbruck, Ginebra y Brujas—, y de vez en cuando se acordaba de preguntar a Claire qué opinaba de esto o lo otro, pero ella no se lo tomaba a mal; era feliz escuchándole, cada vez entendía mejor el idioma, y feliz de tenerlo para ella sola, porque en cuanto Thierry volviera a la tienda, se vería rodeado de gente, reclamando su atención ya fuera para un asunto de negocios, una palabra, una idea, para felicitarlo por su buen gusto o solicitar su opinión sobre una noticia del periódico. Cuando estaban en público, Thierry era de todos, pero cuando inventaban sus propias rutas por la ciudad, él le pertenecía a ella por entero, y eso a Claire parecía bastarle y sobrarle.

En la vida de Claire el tiempo no volvería a correr tan rápido como en aquellos paseos y aquellos almuerzos. Tres horas le pasaban en un abrir y cerrar de ojos, y durante el resto de la tarde le parecía estar flotando. Tan contenta y de buen humor estaba, que Arnaud y Claudette no se separaban de ella mientras les hacía repetir la letra de canciones en inglés, como aquella de «Honey... oh! Sugar, sugar....», a la que los niños aplicaban sus erres francesas.

Madame Lagarde no le quitaba ojo de encima, y cuando consideró que había llegado el momento, una noche entró como si tal cosa en el cuarto de Claire y se sentó en la cama.

—A ver, chérie —empezó, en tono afable—. Dime que conoces los métodos anticonceptivos, por favor.

De todas las cosas chocantes que le habían ocurrido a Claire en Francia, ninguna tan estrambótica como que una mujer elegantísima y mundana le preguntara por... bueno, por eso. Ella, Claire, tenía una vaga idea, claro; cosas que había pescado trabajando en Chelsea Girl; sabía, más o menos, qué era un condón, y había oído a algunas chicas decir que tomaban la píldora. Pero la idea de ir a ver al bueno del doctor Black, que la conocía desde que ella era un bebé, y pedirle una receta de pastillas para poder hacer el amor estaba absolutamente descartada, y por supuesto hablar de semejantes asuntos en casa del reverendo era del todo imposible.

Que el asunto se planteara en otro idioma era un alivio, desde luego que sí, pero la indiferencia y seguridad con que Madame Lagarde se puso a hablar de higiene sexual como si fuera ni más ni menos importante que la higiene normal (y así era, en efecto, a juicio de Madame Lagarde), le abrió los ojos a Claire en más de un sentido. De entrada, rechazó el ofrecimiento de preservativos, pero dijo que se aseguraría de que se utilizaran. Al mismo tiempo, almacenó en alguna parte de su cerebro la manera absolutamente tranquila y práctica con que la señora había abordado la cuestión. Años más tarde Claire acabaría dando todas las clases de educación sexual en el instituto, visto que ningún otro profesor se sentía con ánimos. Las expertos en estadística siempre subrayaban el bajo índice de enfermedades de transmisión sexual y de embarazos adolescentes en Kidinsborough, una zona por lo demás con muchas carencias, como una cosa accidental. Y no era nada de eso.

Me di cuenta enseguida, no bien lo hubo dicho. Pues claro que era su hijo. La complexión robusta, los ojos castaño oscuro; mucho más guapo que Thierry en su mejor época (supuse que la habría tenido), pero básicamente muy parecidos, incluso en las largas pestañas negras y el brillo travieso de los ojos... ahora que el miedo se había retirado de ellos.

—Pareces...

—No, por favor, no digas que soy como mi padre pero en delgado. —Bajó la vista y se palmeó la escasa barriga con gesto cansino—. Vale, no tan delgado.

En realidad no estaba gordo para nada; simplemente era grande, fornido y ancho de espaldas.

—Tan parecido a él no puedes ser —dije—, porque entonces no te habría clavado esa llave en la cabeza.

—Ya, a menos que mi padre sea un patrón difícil, claro —dijo Laurent, apurando su café—. Ah, ya me siento mejor. ¿Estoy seco?

El pelo le había quedado todo raro, un rizo por aquí y otro por allá, y el mentón pedía a gritos un afeitado.

—¿Hoy tienes alguna reunión importante? —le pregunté.

—¿Tan mala pinta? Vaya por Dios.

—¿Y por qué ha insistido Sami en presentarnos? —dijo.

—Bueno, es que a Sami le gusta pensar que conoce a todo el mundo. —Laurent reflexionó sobre su propia respuesta y quiso añadir algo—: De hecho, conoce a todo el mundo, es verdad. Le habrá parecido divertido, supongo.

—¿Y por qué?

—Pues porque...

—Vamos, di.

—Porque sabe que mi padre y yo... no nos llevamos muy bien.

Me resultó difícil imaginar que alguien no se llevara bien con Thierry, tan paternal como era.

—¡No me digas! ¿Pero por qué?

Laurent hizo un ademán de impotencia.

—Cosas de padres e hijos... nada del otro mundo. ¿Qué tal está?

—Pues no sé. Yo le veo bastante feliz.

Laurent se exaltó un poco.

—¿Ah, sí? —dijo—. ¿Será por eso que pesa trescientos kilos o poco menos? ¿Ese es el aspecto que tiene un hombre feliz?

—Bueno, da la sensación de que tu madre lo tiene bastante a raya —dije, sin saber por dónde salirme.

Laurent me lanzó una mirada glacial.

—No es mi madre.

Pensé que ya había dicho bastante por una noche. Él se terminó el café, y cuando volvió a mirarme, su sonrisa estaba otra vez allí.

—Perdona —dijo—. Me temo que no he dado una buena primera impresión...

—A pesar del intento de atraco y de esos terribles conflictos paternofiliales —dije—, parece que te va bastante bien. ¿Quieres que pague también el café?

Me miró un tanto desconcertado, hasta que comprendió que lo decía en broma.

—No —respondió—. ¿Se te da bien eso? Quiero decir el chocolate, no lo de atacar a desconocidos.

Me encogí de hombros.

—Mi antiguo jefe decía que tengo buen olfato, pero tu padre hace las cosas de manera muy distinta. Intentaré esmerarme. Se lo debo a... a alguien —dije—. Me refiero a estar aquí y hacer este trabajo. —Eché un vistazo alrededor; había muchos noctámbulos por la calle—. Claro que lo de venir a París me parece un poco...

—Un peu trop? —dijo Laurent en francés. «Un poco demasiado.»

—Ha sido un día muy largo.

—Bueno, entonces nos vamos. Te acompaño a casa, que es lo que pretendía hacer.

Echamos a andar, y yo me pregunté dónde tendría él el coche. Pero no había tal. Escondida bajo un puente de la vía férrea, como a cien metros de distancia, vi una preciosa Vespa de color azul cielo.

—Para ir por la ciudad es lo único que funciona —dijo Laurent, al ver que yo miraba el ciclomotor.

—Me gusta, es chula —dije.

—Imprescindible, diría yo. —Abrió el sillín y me pasó un casco de un color azul casi idéntico al de la moto. El de él era negro, de los antiguos, con unas gafas grandes pasadas de moda.

—Esto qué es, ¿el casco de la chica? —bromeé, antes de darme cuenta de que olía a laca. Claro, seguro que Laurent tenía novia. O miles de ellas. Me sentí un poco rara al ponérmelo.

—¿Has montado antes en una de estas? —me preguntó.

—No, qué va. Nunca —dije—. ¿Es como una bici?

—Pues no —dijo él, rascándose la cabeza—. La verdad es que no. Bueno, según se mire. En fin, tú muévete según me vaya moviendo yo, ¿vale? O sea, si me inclino hacia un lado...

—Yo me inclino hacia el otro, para compensar —dije.

—Madre mía.

—¿No?

—Justo lo contrario. Yo me inclino y tú también.

—¿No nos caeremos?

—Puede que sí —dijo Laurent—. ¿Tú rebotas bien?

Recorriendo París de noche, agarrada a un hombre corpulento, a horcajadas de una motocicleta (él con un bolso de hombre a la espalda; me fijé en que todos los franceses llevan uno; les queda muy bien), intenté seguir sus instrucciones sobre cuándo y cómo inclinarme. No era fácil de predecir ya que él no me hacía señales, e incluso más de una vez no esperó a que el semáforo se pusiera en verde. Los primeros minutos los pasé con la cara pegada a su cazadora de piel suave. Después, viendo que todavia estaba viva, traté de confiar en el piloto y me fijé un poco en la ruta que seguíamos.

Enfilamos los Champs-Élysées con sus anchas aceras y sus altos edificios blancos, que refulgían a la luz de la luna. Y cada vez que girábamos un poco hacia la izquierda, la podía ver, siguiéndonos como la luna e iluminada por grandes reflectores: la inconfundible Torre Eiffel. No le podía quitar la vista de encima, tan llamativa en el horizonte. Nada de cuanto había alrededor podía menguar su impacto visual.

—¿Qué haces? —refunfuñó el conductor al notar que yo giraba el cuerpo.

—Mirar monumentos —respondí, y mi voz se perdió a medias en el viento.

—Pues olvídalo y limítate a hacer lo que yo.

Me agarró la rodilla derecha y la apretó todavía más contra su cadera. Yo me así a él, dejando que las vistas de París vinieran hacia mí a su manera: una iglesia, con su campanario torcido; los grandes escaparates de las tiendas, relucientes a la luz de las farolas; retazos de música africana de algún coche que pasaba; y, en la esquina de una calle, una pareja bailando un lento que solo ellos podían oír. La luna a medio crecer, un aroma a flores al pasar por la Place des Vosges, el aire fresco pero no helado en mi cara, Laurent delante conduciendo a lo que me parecía una velocidad de vértigo, las viejas farolas pasando como una exhalación...

Y de pronto, aun sin saber del todo dónde me encontraba ni qué estaba haciendo, y supongo que gracias a los dos martinis, me sentí la mar de bien. Nadie, absolutamente nadie —aparte de Laurent, que no contaba, pues acababa de conocerle—, nadie conocía mi paradero ni mis andanzas. Yo no sabía lo que me esperaba, ignoraba qué iba a hacer el resto de mi vida, si tendría éxito o fracasaría, si iba a encontrar a alguien o si seguiría soltera, si viajaría o volvería a mi país...

Parece una estupidez, habida cuenta de que tenía treinta años, cero dinero, ocho dedos en los pies, que compartía una buhardilla de alquiler con un gigante fiestero y que mi empleo era temporal. Pero, así de pronto, me sentí libre.

10

1972

—Espaguetis a la boloñesa.

—No.

—Es imposible.

—Probé aros de espagueti —dijo Claire, tumbándose de espaldas en la hierba.

—No sé qué es eso.

—Están bastante bien.

—Bastante bien... ¿Para qué meterse en la boca algo que solo está bastante bien?

Claire rio. Estaban merendando en el Jardin du Luxembourg. A Claire le parecía casi mágico que solo unas semanas atrás se hubiera dedicado a mirar a las parejas de jóvenes enamorados, tan felices y contentos con sus cestos de mimbre, sus bicicletas tiradas por allí de cualquier manera, sus botellas de vino vacías. A primera vista parecía todo muy sencillo; Claire había sentido mucha envidia.

Y allí estaba ahora, tumbada a medias en una estera, a medias en la hierba, bajo un resplandeciente cielo azul. Los señores Lagarde habían ido con los niños a pasar una semana en la Provenza. La primera idea había sido que Claire los acompañara, pero cuando Madame Lagarde dijo que no la iban a necesitar, Claire tuvo miedo de haber hecho algo mal. No habría podido soportar que la devolvieran a casa del reverendo por mala conducta.

Madame se había reído, al verla tan preocupada. De hecho, quería darle a Claire la oportunidad de tener una aventura amorosa por su cuenta. No se le había escapado que Claire empezaba a abrirse cada vez más; se mostraba encantadora y despreocupada con los niños y más dispuesta a sincerarse. Sus mejillas estaban sonrosadas y su piel empezaba a adquirir un tono dorado; tenía buen apetito, le brillaban los ojos, su francés mejoraba a buen ritmo. Estaba ya bastante lejos de aquella chica preocupantemente pálida y tan introvertida que se presentara en casa de los Lagarde dos meses atrás. Ahora, pensó Madame, se merecía también unas vacaciones.

Primero se la llevó de compras.

«A modo de agradecimiento», le dijo, desechando las protestas de Claire cuando esta adujo que ya habían ido de compras antes.

La llevó a su propio atelier, sito junto al Marais. Era un local pequeño, con una solitaria máquina de coser en el escaparate y ningún tipo de señalización. Las recibió una mujer ataviada con un inmaculado vestido negro de punto cortado a ras de rodilla y con un cuello blanco almidonado.

—Marie-France —dijo Madame Lagarde. Se besaron en la mejilla, pero sin cariño aparente. Luego, la modista volvió sus ojos azul cielo hacia Claire, que se sintió empequeñecida bajo el peso de aquella mirada.

—Tiene las piernas cortas —dijo de mal talante Marie-France.

—Ya lo sé —dijo Madame Lagarde con atípica humildad—. ¿Podrás hacer algo?

—Es que la parte inferior de la pierna debería medir lo mismo que el muslo...

Marie-France carraspeó teatralmente y le indicó a Claire, sin decir nada, que la siguiera. Enfiló una escalera de caracol peligrosamente estrecha.

El primer piso, en contraste con la diminuta planta baja, era un ala espaciosa y bien ventilada, con grandes ventanales en ambos lados. Dos costureras, ambas menudas y encorvadas y entradas en años, siguieron trabajando en sus máquinas de coser situadas en un extremo. Otra mujer, menuda también, estaba colocando con alfileres una tela preciosa —un gran manto de tafetán gris claro que rielaba como agua de arroyo al reflejar la luz— en un maniquí, frunciendo la tela a la altura del busto y ciñéndola en la parte del talle, a todo esto clavando diminutos dardos casi invisibles de los muchos que sujetaba entre los labios, tan deprisa que era casi imposible ver lo que estaba haciendo. Claire se la quedó mirando, totalmente fascinada.

—Quítate la ropa —dijo Marie-France con absoluta frialdad. Si a Madame Lagarde le pareció raro, desde luego no se lo hizo notar a Claire. Claire se despojó de su barato vestido veraniego de algodón y se quedó allí de pie, en combinación y sujetador. Marie-France puso los ojos en blanco para dar a entender que debía quitarse también la combinación, lo cual molestó a Claire, que se sintió un poco intranquila. ¿Por qué tenía que ser tan grosera aquella mujer? Jamás se había quitado la ropa delante de desconocidos. Eso le hizo pensar en Thierry, y se sonrojó.

Marie-France la miró con impaciencia y luego tiró de la cinta métrica que llevaba colgada al cuello como si fuera una serpiente blanca y, a la velocidad de la luz, empezó a tomarle las medidas, gritándole las cifras —en centímetros, claro, se fijó Claire, dos segundos antes de preguntarse si había engordado mucho sin ella darse cuenta— a la mujer que antes estaba ocupada con los alfileres y el maniquí. Después empezó a anotar cosas en una libreta grande azul marino repujada en piel.

—Bonito pecho plano —le dijo a Madame Lagarde. Claire, desde luego, nunca había oído describirlo de esa manera—. Y el talle es pequeño. Bien.

La modista miró a Claire y se dirigió a ella en un inglés perfecto, a pesar de que Claire había dado a entender que la entendía en francés.

—Así es como deberá tener la cintura hasta que se muera. Queda anotado en el libro.

Madame Lagarde sonrió. Claire la miró sin comprender.

—Eso es bueno —le dijo en voz baja Madame Lagarde—. Si queda anotado, quiere decir que a ella le parece bien.

Marie-France soltó un bufido.

—No he conocido todavía a ninguna chica inglesa que pueda mantener esa medida. —Levantó la vista—. Llega un embarazo y piensan, ajá, ahora me tumbaré en un campo como una vaca gorda y esperaré a que me den de comer.

Claire pensó en su madre, con sus bonitos senos redondeados y sus robustos brazos. Siempre le había parecido que su madre era una mujer hermosa. Pero no era fácil creer que ella y Madame Lagarde hubieran sido colegialas en la misma época, que tuviesen la misma edad. Madame parecía mucho más joven.

—Levanta los brazos...

Después de tomar nota de todo, Marie-France le hizo una seña a su ayudante, y esta las condujo por una escalera al piso de más arriba. La sala estaba a oscuras y repleta hasta el techo y de pared a pared de todo tipo de tejidos. Parecía la cueva de Aladino; había cintas doradas y sedas de tonos intensos: turquesa, rosa, rojo. Había muchos matices diferentes de negro en telas de todas clases, desde la lana mohair más suave hasta la gasa más etérea; y azul marino también. Estampados con motivos florales, grandes y pequeños, algunos tan chillones que Claire no creyó que nadie pudiera lucirlos, pero también margaritas diminutas sobre tela de algodón que apenas si se distinguían. Había asimismo voile y grandes rollos de percal para cortar patrones; rayas y franjas de todas las variedades imaginables; y, al fondo, en un rincón, protegidos del polvo mediante una funda, los encajes y el raso para las novias, en tonos blancos, ostra y crema. Claire se quedó boquiabierta. Al verlo, Marie-France casi permitió que sus labios se crisparan.

—Veo que está haciendo planes —murmuró, y Claire se ruborizó de nuevo y tuvo que darle la espalda.

—Bueno —dijo Madame Lagarde, volviendo a la tarea—. Nada que sea muy apagado. Ella no es francesa; va a parecer una inglesita tosca camino de un funeral.

Claire apenas prestaba atención, pues continuaba absorta en

el color y el tacto de las telas que se amontonaban en aquella especie de cueva del tesoro textil. Los ruidos de fondo de París habían desaparecido, Claire se sentía en otro mundo.

Marie-France sorbió por la nariz y dijo:

—No puede ser chic.

—Si yo no quiero que lo sea —le espetó Madame Lagarde—. Lo chic es para chicas malcriadas que no han dado un palo al agua en toda su vida. Quiero que ella sea lo que es: joven, bonita y no malcriada.

—¿Hasta cuándo? —dijo Marie-France, y Claire se preguntó cómo alguien tan grosero podía levantarse cada mañana sin que todo el mundo quisiera asesinarla, pero no dispuso de tiempo para meditarlo pues Madame Lagarde, que entendía de moda, eligió una muestra de popelín de un tono crema claro con una franja azul marino y una seda de color verde con flores silvestres amarillas en los bordes.

Segundos después, para su pesar, Claire se hallaba de nuevo en el atelier principal, donde aquella mujer menuda con la boca ocupada por un montón de alfileres empezó a vestirla a gran velocidad, mientras Marie-France y Madame Lagarde discutían sin parar y alargaban o acortaban.

Claire no tenía un espejo delante, de modo que dejó vagar sus pensamientos... ¿qué diría Thierry cuando la viera tan puesta?, y luego, ¿qué haría ella, qué podría hacer cuando al cabo de una semana tuviera toda la casa para ella sola? El corazón empezó a latirle a gran velocidad. Naturalmente, Thierry le había pedido que fueran a su piso y, naturalmente también, ella se había negado. No le parecía correcto.

Tampoco, a decir verdad, le parecía bien en casa de sus anfitriones, pero Madame Lagarde se había mostrado tan práctica al respecto, tan abierta sobre lo que en su opinión era una saludable fase en su desarrollo como persona que... bueno, Claire no creía que a ella le importara. Se mordió el labio, nerviosa. ¿Sería acaso demasiado atrevimiento? ¿Una grosería imperdonable?

Pero, por otro lado, lo que sentía cada vez que Thierry le tocaba la mano o la tomaba del codo yendo por la calle... Eso le impedía concentrarse, abrumada como estaba, sintiendo ahora frío, ahora calor. Estaban en agosto, y dentro de unas pocas semanas tendría que volver a Kidinsborough, a su casa, al instituto y más adelante a la academia de secretariado, o a aquel sitio tan lúgubre donde enseñaban magisterio, y no a la universidad que sus profesores habían insistido tanto en que debía ir.

¿Se atrevería?

—Bon —dijo finalmente Marie-France, sin sonreír—, ya está. Has aguantado.

—Le has caído bien —dijo Madame Lagarde cuando salieron a la calle. Intercambiaron una mirada y, apenas un instante después, ambas se echaron a reír, durante un breve momento más como amigas que como patrona y empleada. Claire no recordaba haber visto reír a Madame de aquella manera; eso la hacía parecer aún más joven.

Apenas una semana más tarde, los vestidos estaban listos. Claire entró nerviosa en la tienda, donde la costurera que nunca decía nada estaba haciendo los últimos ajustes. Marie-France levantó una ceja, la saludó con un bonjour muy poco amable y se fue escaleras arriba. Esta vez Claire había aceptado a regañadientes que tendría que desvestirse en público y se había puesto su ropa interior más blanca. El primer vestido pasó sobre su cabeza como una suave cascada de seda. Mientras la costurera muda le subía la cremallera del costado, Claire pudo notar que el vestido le quedaba perfecto. Durante una fracción de segundo Marie-France y Madame Lagarde la contemplaron en absoluto silencio, hasta que Claire dedujo que era porque algo no estaba nada bien, o simplemente que no era vestido para ella. Entonces Marie-France suspiró, apenas un poco, y dijo en voz muy baja: «Ah, quién fuera joven otra vez», y con un gesto indicó a la costurera que acercase un espejo alargado que había en un rincón. Con el sol entrando a raudales por las ventanas de la parte de atrás, Claire se vio reflejada un momento, y lo que vio no fue lo que estaba acostumbrada a ver en el espejo del cuarto de baño: una chica inglesa paliducha y un tanto demacrada, con la nariz colorada como si se la hubiera frotado y el gesto un poco triste, el pelo sin vida, los hombros estrechos.

El sol del verano había dado un leve tono dorado a su piel y realzado las muchas diminutas pecas de su nariz. El verde del vestido daba vida a sus ojos, una intensidad que nunca habían tenido. Sus cabellos mostraban suaves reflejos aquí y allá (ahora lo llevaba largo hasta los hombros), y de repente su delgadez, que ella había asociado siempre a la palabra «enclenque», quedaba hermosamente realzada y le sentaba bien; su estrecho talle le daba elegancia, y la falda larga añadía curvas a sus caderas; no era una falda a la moda, pero daba igual porque le sentaba de maravilla. Y el ribete de flores amarillas enfatizaba el bonito perfil de sus finas pantorrillas sin destacar el hecho de que siguiera siendo un poco más baja de lo normal.

Era precioso. Claire Forest, la flaca y tímida hija única del temible reverendo Forest, jamás había recibido elogios por su aspecto físico —ufanarse del propio aspecto era, según su padre, casi una maldad—, pero ahora Claire se sentía literalmente bella.

Las siguientes semanas fueron de adaptación. El trabajo era durísimo y no había tregua, pero me gustaba, e incluso le estaba cogiendo el truco al descascarillado y al concheo. Frédéric era gracioso y siempre coqueteaba (cada semana aparecía una chica nueva preguntando por él, pero todas ellas hacían mohínes y miraban con desdén, pues así es como le gustaban a Frédéric; él decía que le encantaba postrarse frente a una mujer fuerte que lo controlara todo; no es de extrañar que entre él y yo la cosa no progresara). Por lo demás, era voluble y extremadamente purista en todo lo relacionado con la elaboración del chocolate. Benoît seguía enfocando su trabajo como una vocación monacal. Alice no abandonaba su rictus de desagrado cada vez que me veía aparecer por allí, pero yo a Thierry le caía muy bien y él siempre se ponía a charlar —suerte que soy de las que les gusta escuchar—, y pontificaba sobre la vida o sobre el chocolate (lo segundo, evidentemente, le importaba más que lo primero). Muchas veces me llevaba con él a almorzar mientras Alice seguía trabajando y me enseñaba el mejor croque-madame, o cómo había que comer marisco. Después del trabajo salía muchas veces con Sami, que resultó ser el compañero de piso argelino y omnisexual más gracioso que he tenido nunca, excepto cuando se lamentaba de la excesiva gordura de los cantantes de ópera y la excesiva delgadez de los presupuestos. No supe gran cosa de Laurent después de aquella noche; Sami me dijo que era el típico boulevardier, siempre con una modelo diferente colgada del brazo. Supuse que Thierry habría sido más o menos igual, de joven. Pobrecita Claire.

Al cabo de dos meses, descubrí que me encantaba levantarme al despuntar el día; darle unas palmaditas a *Nelson Eddy* —el perro que iba a buscarle el periódico a su dueña, que vivía unas puertas más allá—; ver cómo cobraban vida los adoquines recién regados, el agua discurriendo hacia las alcantarillas; las furgonetas (yo las encontraba divertidas, tan pequeñas) que repartían bebidas y alimentos frescos; aquel olor a pan reciente que había en todas partes; el ir y venir del personal de cocina (era increíble la cantidad de restaurantes con que contaba París, y Thierry parecía empeñado en visitarlos todos); y mirar hacia lo alto, más allá de los tejados y las palomas, para ver las nubes pasajeras y adivinar si iba a hacer otro día espléndido. Y es que aquel verano todos los días parecían buenos. Lo que más me gustaba, sin embargo, era vestirme y salir a mi balconcito. Ante mí se desplegaba la ciudad como una enorme fuente de macarrones, toda ella de un rosa intenso, y entonces me acordaba de la calle mayor de Kidinsborough, con todas las tiendas cerradas, la de todo a un euro y la de «Se compra oro»; de cuando llovía mucho y el canal se desbordaba y las bicis viejas salían del camino de sirga flotando a la deriva, y me sentía tan lejos de casa como si hubiera aterrizado en la luna. Sami y yo solíamos cruzarnos hacia las cuatro de la mañana; él volviendo de alguna fiesta y yo a punto de irme a trabajar, y parábamos a tomar un café (con un chorrito de brandy para él; el mío solo, pues cada vez que me quedaba sin leche tenía que bajar seis oscuros tramos de escalera para comprar un poco, y como el esfuerzo resultaba desproporcionado, aprendí a tomarme el café sin nada). A veces Sami iba con algún tipo, otra veces con chicas; unas veces solo y otras con todo el grupo. Era una suerte que yo tuviera un horario poco normal, porque de lo contrario habría sido un desastre. La buhardilla no podía ser más pequeña, en la «cocina» no podías preparar más que café, no había ducha, y en la bañera había que sentarse con las rodillas pegadas al mentón.

A mí me encantaba.

Supe que la cosa había tomado ese cariz cuando Cath y yo intercambiamos emails. Supongo que estaba tan entusiasmada que necesitaba contárselo a alguien. Pensándolo ahora, me doy cuenta de que Cath no fue una buena elección.

¡Hola, C! Acabo de regresar de una fiesta increíble a bordo de un barco en mitad del Sena. Había malabaristas (me ha llevado mi compañero de piso, que solo conoce a gente que hace estupideces de este tipo) que prendían fuego a copas de combinado, y la gente tenía que saltar por encima. Luego han aparecido dos chefs; uno es el hijo de mi jefe, pero parece que no se llevan bien. En fin, la cosa consistía en lanzar creps por encima de las llamas, pero se les caían todo el rato. ¡Qué histeria!, pero ha sido diver. Espero que estés bien,

ANNA

Querida Anna:
El martes pasado me tiré cuatro horas poniéndole extensiones a «Ermine» McGuire (ella antes se llamaba Sal, ¿te acuerdas? ¡Será mema!) para su prueba en X Factor. No paró de fumar en todo el rato. Ella las quería en rojo, blanco y azul, y no hacía más que repetir que se ligaría a Simon Cowell. La cosa duró toda la tarde, ya digo, y tuve que abrir la puerta de la pelu porque ella insistía en fumar. Creo que

tengo bronquitis. Y encima me hice polvo una de mis nuevas uñas piel de serpiente. Yo le dije que de qué iba, si pensaba ser la nueva Michelle McManus o qué. Y ella me contestó que cerrara el pico, pero es que yo llevaba de pie todo el maldito día. Y luego se me presenta ayer con los ojos rojos de tanto llorar diciendo que nadie la recibió, que estuvo nueve horas esperando bajo la lluvia y que se le habían corrido los colores y que le devolviera el dinero porque la culpa era mía. Yo le dije que se fuera a freír espárragos y ella dijo que o la pasta o me machacaba la cabeza a porrazos. Saqué las tijeras grandes...

Dice la policía que no presentarán cargos, pero tengo que devolverle el pelo en una caja. Yo he dicho que no pensaba ni tocarlo, que seguramente ya tendría bichos dentro. El agente Johnson ha sonreído y luego me ha dicho que plegaba a las nueve. O sea que voy para allá.

Vuelve pronto.

CATH

Yo no pretendía dorarle la píldora a Cath, pero lo cierto es que fue una noche de buena diversión. En realidad, empezó de madrugada. Thierry había entrado resoplando por no sé qué de la refrigeración (estaba furioso; aunque lleváramos muchísimo retraso, sus cosas no había que meterlas jamás en la nevera, porque entonces perdían ese brillo satinado característico). En fin, que había llegado la factura de la luz y Alice estaba que se subía por las paredes y vino a decir que deberíamos trabajar a oscuras o así, y cuando Frédéric mencionó las neveras, Thierry se puso a resoplar y cada vez estaba más colorado, hasta que al final no sé qué le indicó a Benoît y este salió rápidamente a la calle para volver al cabo de un rato con dos docenas de huevos.

—¡Anna! ¡Ven conmigo! —chilló Thierry, quien de alguna manera se había convertido en mi custodio. Yo feliz, claro está, porque eso significaba que no me mandarían de vuelta a casa para fastidio de Claire, pero al mismo tiempo no me quitaba de encima en todo el día la mirada glacial de Alice—. Cazos para chocolate —dijo Thierry—. En vista de lo que pagamos por tanta electricidad... —Lanzó una mirada torva a los frigoríficos y luego agarró los huevos y empezó a separarlos en dos recipientes, con tal rapidez y destreza que era un espectáculo verle. Me enseñó a batir las claras a velocidad de vértigo y luego me pasó uno de los recipientes.

—¿No podemos hacerlo con la batidora? —pregunté tímidamente cuando noté que la muñeca empezaba a dolerme.

—Podemos comprarlos en el súper —me espetó él—. ¿Te gustaría eso, eh?

A continuación empezó a fundir con cuidado parte del chocolate normal del día en un artefacto enorme pensado para el baño maría, a todo esto removiendo sin parar. Añadió leche en polvo y chocolate en polvo, después las claras (aunque yo le miré arqueando las cejas).

—Si uno quiere —dijo—, puede hacer que no se separen. No cuestiones mis métodos.

Pero vi que sonreía, de modo que no me preocupé. Hizo con todo ello una especie de pasta y luego se puso a mirar la hilera de hierbas que había al fondo del invernadero, tarareando todo el rato. Después de cambiar varias veces de opinión y descartar una bolsa grande de almendras, se decidió por mitad jengibre y mitad lima, espolvoreó ambas cosas y cató primero una cuba y luego otra. Acto seguido me indicó que me ocupara yo de una mientras él vertía el contenido del baño maría en dos docenas de potecitos individuales. Yo, para no correr riesgos, utilicé un cucharón de los grandes. Luego los fuimos colocando en bandejas y Thierry abrió las puertas del frigorífico.

—¡Tachán! Y ahora te voy a utilizar a ti, ¡diosa tragadinero! —Pero, claro, la nevera estaba repleta de leche y mantequilla, de modo que Benoït tuvo que despejar parte de un estante para que colocáramos «les petits pots».

Thierry se tomó un rato libre a media mañana para un digestif y, cuando volvió, los potecitos ya habían cuajado y tenían una pátina oscura. Thierry hizo un mohín, murmuró algo y dijo que aquellos trastos, las neveras, solo servían para eso y para tragarse su dinero. Cogió una cucharilla de plata y me dejó probar el de sabor a lima. Era extraordinariamente delicioso. Más ligero que el aire, se fundía en la lengua como si nada, dejando una sensación oscura e intensa, y muchas ganas de comer otro; de hecho, casi ni lo comías; era más bien como el sueño de un sabor.

Thierry les puso unos precios exorbitantes. Se vendieron en menos de un cuarto de hora, y yo le hice prometer que me supervisaría otra vez mientras los hacía, pero me dijo que él no disponía de cuarenta años para enseñarme en qué me equivocaba. Yo, a pesar de ello, me sentí satisfecha.

Cuando volví a casa, encontré a Sami echando humo. Estaba haciendo vestidos para una producción de *La Bohème* (lo dijo en un tono que daba por hecho que yo no sabía qué era; y llevaba razón, pero asentí con la cabeza para darme importancia. Imagino que para él habría sido como si alguien dijera que no ha escuchado nunca a Michael Jackson), y entonces me explicó que sus bohemios se habían vuelto todos demasiado bohemios y que no había manera de hacerlos venir para probar y ajustar, de modo que tendría que desplazarse él. El problema era que vivían en una barcaza.

Fue una noche fabulosa; la luz de París era como oro derramándose del cielo.

—Supongo que tú no... —empezó a decir Sami con cierto sarcasmo, porque siempre me decía que saliera con él por ahí y casi nunca aceptaba, en parte por mi timidez, pero sobre todo porque estaba siempre hecha polvo, aparte de la vergüenza que pasaba con mi pobre francés—, supongo que no vas a venir.

Pero ese día me sentía especialmente animada tras la lección práctica de Thierry y por el hecho de que me hubiera hecho sentir aceptada, así que, para gran sorpresa de Sami, y aprovechando que no estaba demasiado cansada, le dije que sí.

La barcaza donde vivían los cantantes estaba repleta de gente disfrutando del anochecer, tomando copas, charlando y bromeando. Puse mi mejor sonrisa artificial cuando Sami fue engullido por un centenar de amigos suyos y me busqué una copa de champán (me impresionó que no tuvieran dinero suficiente para alquilar un piso pero que no escatimaran en bebidas). Estuve un rato en la pequeña cocina de a bordo y cuando volví a cubierta, alguien había puesto en marcha los motores y estábamos zarpando. Yo no tenía claro que eso fuera legal y miré recelosa a mi alrededor cuando la barcaza esquivó por poco a uno de los yates de placer —los bateaux mouches— que recorrían el Sena. Fuimos aguas arriba, pasando bajo los puentes sucesivos, y a cada lado las orillas estaban repletas de gente. Entre el cabeceo del barco acerté a ver Notre-Dame y la Torre Eiffel. La fiesta se fue animando. Cuando atracamos junto a la Île de la Cité, dos hombres, entre vítores y aclamaciones, sacaron dos enormes antorchas. Al principio me entró pánico; pensé que iban a prender fuego a la embarcación y moriríamos todos. Pero luego me dije, a ver, estoy en un país extranjero, viviendo una experiencia de lo más estrambótica, y además no puedo bajar a tierra, conque más vale que les siga la corriente. Eso sí, procuré alejarme todo lo posible de ellos.

Desnudos hasta la cintura, los dos hombres encendieron las antorchas y empezaron a hacer malabares. El barco se bamboleaba mucho, pero ellos mantenían perfectamente el equilibrio; era divertido verlos, aparte del miedo que daba. Poco a poco se fue formando una aglomeración de espectadores en ambas orillas. Sami hacía las veces de maestro de ceremonias, gritando y gesticulando con ambos brazos.

De repente vi una cara que me sonó; el hombre estaba agachado conversando con una chica, pero me dio la impresión de que no hacía el menor caso de lo que estaba oyendo. Vi que recorría el barco con la mirada, y entonces me vio y sonrió un momento al reconocerme; luego, saludó con el brazo. Sin darme cuenta de lo que hacía, le devolví la sonrisa y el saludo. Era Laurent, el hijo de Thierry. Me sentí culpable al momento, como si mi presencia fuera una traición a lo bien que me había tratado su padre en el trabajo. Me mordí el labio y Laurent sonrió y se volvió hacia la chica, pero justo en ese momento Sami lo agarró del brazo y empezó a gritarle. Al principio Laurent negaba con la cabeza —no, no, que te digo que no—, pero de golpe y porrazo alguien le puso una sartén en la mano y un gorro blanco de chef en la cabeza y la música subió de volumen y todo el mundo empezó a batir palmas. Laurent hizo un gesto de rendición y, ¡qué casualidad!, empezó a romper huevos y a tirarlos en un recipiente, sus fuertes y expertos dedos eran la imagen especular de los de su padre. Me quedé hipnotizada. Alguien le llevó harina y luego leche, y él se puso a batir la mezcla —de nuevo como lo había hecho Thierry—, y entonces los malabaristas bajaron sus antorchas y empezaron a lanzárselas más despacio mientras, para mi mayúscula sorpresa, Laurent fundía un poco de mantequilla en la pequeña sartén y empezaba a hacer creps sobre las llamas. Cada nueva crep se elevaba por los aires casi al mismo tiempo que las antorchas, entre aplausos y vítores, sobre todo cuando una de ellas voló tan alto que una enorme gaviota que pasaba por allí la trincó al momento.

   ¡Qué espectáculo! En un momento dado, al ir a coger una crep que acababa de lanzar con la sartén, Laurent estiró un brazo por encima de mi cabeza, perdió el equilibrio y aterrizó casi en mi falda.

   —Uf —exclamó—. Bonsoir, mademoiselle.

   —Hola, Laurent —dije. Él se había enderezado casi al instante.

   —¡La espía! —dijo, pero sus ojos brillaron traviesos, como la otra noche.

   —¿Qué espía? ¡Yo no soy ninguna espía! ¿Qué voy a robar, una receta de creps?

   —Le chivarás a mi padre que solo sirvo para ir de juerga —respondió, taladrándome con sus chispeantes ojos casi negros.

   —Bueno —dije yo—, eso depende más que nada de si la próxima crep es para mí o no.

   Él la miró, una crep perfecta, y luego agarró una botella de Grand Marnier que había a mano y roció la crep con el anaranjado licor. Cuando el alcohol se hubo quemado del todo, un delicioso aroma ascendió de la sartén. Laurent cogió una servilleta y, de un solo movimiento que me hizo pensar en el arte de la prestidigitación, volcó en ella la crep y la envolvió como en un sobre para que yo pudiera comérmela.

—Le diré a tu padre que te portas muy bien —dije. La crep estaba ardiendo, ¡pero qué delicia!

En ese momento vi que se le descomponía el gesto, era por algo que nada tenía que ver con sus eternas ganas de juerga; el recuerdo de algo doloroso.

—No —dijo, en voz baja—. No. Mejor que no le digas nada.

Le miré a los ojos, preguntándome a qué podía deberse que estos dos auténticos personajes hubieran reñido hasta tal punto.

—Ven a verme —dije, un poco achispada, sin darme cuenta realmente de lo que estaba diciendo; un momento después, horrorizada, me corregí—: No, no quería decir eso. Quiero decir pasa por allí a verme y así podrás ver a tu padre. Pero no así.

Él sonrió, adelantó una mano callosa y, sin venir a cuento, me tocó la mejilla. Yo me puse más colorada que un tomate maduro.

—Conque así no, ¿eh?

Me acordé de Frédéric y de que los franceses, al menos los varones, eran unos ligones incorregibles. Ligones hasta lo absurdo. Jo, pensé, y vaya si se les da bien. Tuve que reprimir las súbitas ganas de tocarle yo el mentón, o los espesos rizos.

—¡Laurent! ¡Laurent! ¡Queremos más creps!

Unas chicas le estaban llamando desde el otro extremo de la embarcación; las antorchas seguían encendidas. Me miré el reloj; era tarde y yo tenía que levantarme muy temprano. Alguien arrimó el barco a un malecón para que yo pudiera bajar y al mismo tiempo un grupo de gente disfrazada de arlequín subiera a bordo.

Laurent sonrió como si supiera exactamente lo que yo tenía en la cabeza, me plantó un beso en cada mejilla —yo sabía que era lo habitual allí, una costumbre perfectamente francesa, de modo que esta vez no se me sonrojaron las mejillas— y se perdió de vista entre el gentío mientras yo, mitad aliviada y mitad lamentándolo, empezaba a bajar por la pasarela y volvía a tierra firme en la Île de la Cité. Las luces, el fuego, las risas y la música de la barcaza iluminaron mi camino hasta que llegué a casa.

11

Eran apenas las ocho de la mañana y yo estaba barriendo la tienda cuando oí el tintineo del timbre. Frédéric y Benoît se miraron, confusos. Tenían puesta la radio a todo volumen y sonaba música pop francesa, que a mí empezaba a gustarme. Al momento, Frédéric bajó el volumen y dijo en voz alta:

—Bonjour.

Pero en el portal, sin Alice y sin el ajetreo ni los aspavientos de rigor, estaba Thierry, silueteado contra la luz brumosa de la puerta delantera. Esta vez no había rastro de su amplia sonrisa.

—Anna —dijo—. Ven a dar una vuelta conmigo.

Salí. Iba a hacer buen día, pero el aire conservaba aún el fresco de la primera hora. No había turistas todavía por la calle, solo los tenderos y el habitual ruido de persianas, agua sucia de los cubos de fregar colándose en las alcantarillas, y por todas partes el aroma a café y pan recién hecho.

—Caminemos —dijo sin más.

Yo le miré enseguida, preguntándome si sus rodillas aguantarían el trote; no parecía que Thierry hiciera ningún tipo de ejercicio. Al ver que yo le miraba, sonrió, aunque de un modo más apagado que el habitual.

—Antes me encantaba caminar —dijo—, solía ir a pie a todas partes. Era mi actividad favorita. ¡Mira!

Me guio hacia la callejuela que desembocaba en la Île Saint-Louis y luego cruzamos el bello Pont Neuf, que estaba repleto de candados de enamorados. La gente los deja allí como símbolo de su amor, y las autoridades municipales hacen la vista gorda. Son muy bonitos. Un bateau mouche se puso perezosamente en camino aguas abajo y una bandada de gaviotas echó a volar justo enfrente de nosotros. Más adelante estaban los imponentes y lúgubres muros de la vieja Bastilla.

—París está cambiando demasiado —dijo; yo, en cambio, estaba pensando precisamente lo contrario. Señaló hacia un campo de banderas en la orilla izquierda—. Fíjate, eso es una feria de alimentación; participan países de todo el mundo.

—¿Por qué no montamos un puesto? —dije sin pensar. Él me miró.

—¡Porque no nos hace falta! Somos demasiado buenos.

—Muy bien —dije—. Era solo una idea.

—¿Tú has visto que Chanel tenga parada en el mercado?, ¿o Christian Dior?

Preferí no mencionar que esas marcas las encontrabas ya en cualquier parte del mundo y cambié de tema.

—¿Cómo es que ya no andas tanto como antes?

—Porque tengo mucho que hacer, porque a Alice no le gusta andar; le parece una ordinariez.

—¿Cómo va a ser una ordinariez andar? —No pude aguantarme de decirlo.

—Pues porque no puedes llevar zapatos bonitos, y porque se diría que no tienes dinero para un coche.

No recordaba haber oído mayor estupidez en toda mi vida, pero como ya le había molestado una vez hacía un rato, decidí no hacer comentarios.

—A mí me gusta —dije, en cambio—. Es una buena manera de conocer los sitios.

—¡Claro que sí! —Thierry no pudo estar más de acuerdo. Habíamos llegado al otro extremo del puente; en la rotonda, los coches de la hora punta se afanaban en buscar aparcamiento, pero no hicimos el menor caso. Thierry se volvió para señalar hacia lo que yo consideraba ya mi casa: la Île de la Cité y, asomando entre otros edificios, las torres cuadradas de Notre-Dame.

—¡Fíjate! Una perfecta ciudad estado en miniatura. Todo cuando puedas desear está ahí.

Excepto un supermercado que abra a la hora de comer, pensé (y no dije).

—Puedes vivir en esa isla toda la vida, sin salir para nada. De hecho, así fue históricamente; es la primera zona habitada de París. En el ombligo del mundo.

Su certeza absoluta me hizo sonreír. Me apresuré para alcanzarlo, pues había echado a andar y se movía con extraña ligereza, para ser tan corpulento.

—He recibido otra carta de Claire —dijo, mirándome ahora—. Está muy enferma.

Salirle ahora con evasivas no tenía ya sentido.

—Es verdad —dije, y me sentí culpable al momento. Sami tenía el portátil más antiguo del mundo y a veces podíamos conectarnos al wi-fi del vecino, pero yo no había mantenido contacto con Claire, o no tanto como hubiera debido. Seguro que a Claire le habría gustado que le contara cosas, dado que tenía muy poco en qué ocuparse. Más adelante me dijo que le emocionó saber que yo estuviera tan ocupada y feliz como para escribir, y casi llegué a creerla. Yo llamaba por teléfono a mis padres cada domingo y les explicaba las cosas nuevas que había probado y ellos hacían lo posible por mostrar interés, pero dudo que nada de lo que les contaba les interesara mucho. Ellos me hablaban del perro (se había pillado una pata en una alambrada) y de Joe (estaba de aprendiz en otro sitio, se había echado una novia gorda). Y Cath me mandaba sms o un email de cuando en cuando. Pero yo estaba muy enfrascada en mi nueva vida. Me juré a mí misma esforzarme al menos en hablar con Claire.

—¿A ti qué te pasó? —dijo Thierry.

—Perdí dos dedos de los pies.

Él hizo una mueca, imaginándose el dolor.

—Ah, mira —dijo.

Me enseñó el dedo meñique. Lo tenía un poco deforme; seguro que se había cortado con un cuchillo.

—Así es como supe que lo mío eran los dulces, ¿entiendes? Se acabó dedicarme a la carne; se acabó cocinar para soldados hambrientos en pleno desierto. Uf.

Asentí, solidarizándome con él.

—Bueno —dijo—. Y ella... ¿ella conserva todos los dedos?

—Claire tiene cáncer —respondí.

—Ya.

Estábamos caminando por encima del muro de contención, junto al río, cuya corriente era aquel día más rápida y de un azul más oscuro. Había mucho tráfico de embarcaciones; llevaban mercancías y carbón.

Thierry contempló el agua como si no la estuviera viendo.

—Ah, el cáncer —dijo—. Es el francotirador. Todo va bien, la gente la mar de contenta, y de golpe... ¡pum! —Se produjo un silencio entre los dos—. Ahora hay tratamientos muy avanzados para el cáncer —dijo después.

—Puede. Claire lo tiene en tres focos. Eso es muy duro. Aparte de que ella es tenaz.

Thierry me miró, pero apartó la vista enseguida.

—O sea que la cosa está así de mal —dijo.

—Puede. —No quise pensar en ello.

—¿Y su familia la apoya?

—Sus hijos se portan muy bien.

—¿Tiene hijos?

—Dos chicos.

—Ah, los hijos —exclamó, y supuse que pensaba en Laurent—. ¿Son buenos? ¿La cuidan?

—Son maravillosos —dije.

Él emitió un «ejem».

—El mío no llamaría a los pompiers aunque yo me estuviera quemando vivo. —Se mordió el labio. De repente, como si yo no estuviera allí, exclamó—: ¡Oh, mi pequeña Claire! Mi pajarillo inglés. Mi pequeña Claire.

1972

—Estás... estás guapísima.

A Claire se le escapó la risa. Nunca había visto que Thierry se quedara sin palabras, le parecía casi imposible. Su ansia de palabras, de ideas, de nuevos chistes y nueva información era tan grande como su ansia de comida, de vino, de chocolate, de París, de ella.

Estaban en el jardín de los Lagarde, la familia se había marchado a la Provenza dejándola a ella sola en París. La sensación era de que se hubiera marchado todo el mundo, en masa. La ciudad estaba casi desierta, sus habitantes habían partido en busca de la suave brisa marina y las mimosas del sur. Muchos negocios habían cerrado, numerosos restaurantes no servían. París era como una ciudad fantasma... O el patio del recreo.

Con osadía rayana en la proeza, Claire había dejado una nota en la tienda, por la mañana, antes de que él llegara. Lo había meditado mucho. Había ido a la famosa Papeterie Saint Sabin y se había gastado una ingente cantidad de dinero en papel y sobre exquisitos. Todos eran tan bonitos que le costó mucho elegir. Al final se había decidido por un papel verde pálido con flor amarilla, muy del estilo de su vestido nuevo. El grueso sobre de color crema llevaba unas franjas verde claro y doradas. Era una exquisitez. Con el corazón en la boca, Claire había entrado en el despacho de Monsieur Lagarde —todo butacas de piel y muebles de madera noble— para coger una de sus plumas estilográficas. Y, tratando de no dejar ningún manchón de tinta pese a que la mano le temblaba de excitación, había escrito simplemente una hora y la dirección.

Él había acudido, claro está; la había encontrado en la parte de atrás, como ella tenía previsto. Thierry se quitó el sombrero; estaba un poco acalorado y se secó el sudor de la frente. Unos árboles frutales circundaban el jardín y le daban privacidad. Sobre el césped perfectamente recortado, Claire había dispuesto una merienda: queso Morbier del mejor (sabía que a él le encantaba); un poco de pâté y un pan de masa fermentada que había comprado en el pequeño horno meridional que había en la esquina; uva de granos gordos y relucientes, repletos de semillas —a él le gustaba partirlos con una navaja y luego ir sacando las semillas; para tener aquellas manazas, su destreza era extraordinaria—; jamón serrano de la charcutería en la que nunca quería entrar por el miedo que le daba el carnicero; y, enfriándose en un cubo con hielo, una botella de Laurent Perrier '68. Madame le había dicho que podía coger lo que quisiera; esto era pasarse un poco de la raya y Claire lo sabía, pero se dijo a sí misma que ya les compensaría de alguna forma.

El sol, enorme en el cielo, apretaba de firme, colándose entre los árboles bajo los que ella había buscado un poco de sombra. La luz era espesa y ambarina mientras Claire aguardaba, nerviosa, incapaz de concentrarse, toqueteándose el pelo y el vestido nuevo, recolocando otra vez la delicada porcelana que había sacado con sumo cuidado del armoire del comedor, o el jarroncito con flores frescas recién arrancadas, las que crecían detrás de otras plantas en los arriates, para que nadie se diera cuenta. Él rodeó la casa hasta la puerta que comunicaba con el callejón de detrás, entre la avenida y la calle de al lado, llamó rápidamente con los nudillos y entró.

Claire se puso de pie. El sol iluminó sus pajizos cabellos, haciéndolos brillar como el oro. La seda verde de su vestido parecía de agua; era como una sirena salida del mar, o una ninfa bajada de los árboles.

—Claire. Estás... estás guapísima —dijo Thierry, casi sin aliento, por una vez mermado de palabras. Ella se le acercó despacio y él la atrajo hacia sí. Luego la hizo sentar en su regazo a la sombra. No probaron bocado. Las palabras dejaron de ser necesarias. Un rato después, los pájaros alzaron el vuelo hacia el diáfano cielo azul.

Thierry me llevó hasta la esquina de la calle, donde había una pequeña y abarrotada boulangerie con unas pocas mesas y sillas, todas muy juntas. Desde allí ya no se veía el Sena y tampoco la Île de la Cité, que se alzaba en mitad del río como un trasatlántico. Thierry pidió algo al camarero y este acudió enseguida, zigzagueando entre los clientes, con dos minúsculos cafés, en cada platillo cuatro terrones de azúcar y dos enormes profiteroles, uno más pequeño que el otro, recubiertos de chocolate y con crema dentro, lo que hacía que recordaran a pequeñas monjas o curas. Thierry se puso a comer el suyo y enseguida levantó un brazo para pedir otro, como si fueran vasitos de whisky y él un cowboy de película.

Después se quedó mirando cómo daba yo cuenta de mi profiterol. Estaba absolutamente delicioso.

—Fue difícil —dijo—. Su padre..., bueno. Ella y yo éramos muy jóvenes. Estábamos en verano. Claire tenía que regresar a Inglaterra, y a mí me llamaron para hacer el servicio militar...

Me miró a los ojos, y en ese momento entreví toda la tristeza que escondían su carácter jovial y su corpachón de oso.

—Cuando se es joven —continuó—, se piensa que habrá muchas oportunidades para el amor. Actúas a la buena de Dios, gastas tu juventud y tu libertad y tu amor porque piensas que esas tres cosas van a durar toda la vida. Y no es así, claro. Uno lo gasta todo, y solo después ve si ha sabido gastarlo sabiamente.

Hizo una pausa y dio un mordisco más reflexivo a su segundo pastelillo.

—Yo pensaba... siempre pensaba que tendríamos tiempo, que el verano duraría toda la vida, que las cosas no iban a cambiar... Porque soy un viejo idiota, Anna. No hagas como yo.

—Las cosas no te van tan mal —dije al instante. Él sonrió.

—Ja, ja. Gracias, muy amable. —Se inclinó hacia delante—. ¿Tú crees... tú crees que podría hablar con Claire?

Chasqueé la lengua y dije:

—¿No sabes que existe una cosa llamada teléfono? Puedes hablar con ella siempre que quieras.

—Por teléfono me siento incómodo —dijo Thierry—. Además, no estaba seguro; ¿y si ella no quiere hablar conmigo?

—Sois peor que dos quinceañeros —dije, y me acordé de cuando mi hermano Joe se pirró por Selma Torrington y no salió de su cuarto durante una semana. Mi otro hermano, James, encontró un poema que Joe había escrito, y tan impresionados nos dejó la absoluta seriedad de lo que decía, que ni siquiera le hicimos broma al respecto—. Sois dos personas adultas —continué—. Llámala, Thierry. O escríbele una carta.

Volvió a torcer el gesto.

—Es que... no se me da muy bien escribir.

—Pues algo tendrás que hacer.

—De acuerdo, haré eso —dijo—. ¿Crees que se alegrará de saber de mí? —preguntó otra vez, haciendo señas para que trajeran la cuenta.

—¡Que sí, hombre, que sí! —dije, exasperada, y él sonrió.

De regreso junto al río, Thierry parecía imbuido de nuevas energías, sudaba un poco mientras me iba señalando tal o cual monumento; me preguntó si pensaba que Claire estaría en condiciones de viajar y si le gustaría venir a París, y meditaba en voz alta sobre lo mucho o lo poco que habría cambiado en cuarenta años, haciendo preguntas que yo no podía responder. Por ejemplo, que cómo era su marido.

—Por cierto —dije. Hacía rato que esperaba el momento propicio para abordar ese asunto, pero no había visto la ocasión hasta el momento—. He conocido a tu hijo.

Thierry se detuvo y me miró.

—¿Por qué? —inquirió—. ¿Cómo le has conocido?

No le dije que pensé que su hijo me iba a agredir y a robarme el móvil.

—Oh, pues por ahí.

Thierry entrecerró los ojos.

—¿No dijiste que era tu primera visita a París?

—Sí, sí, claro —tartamudeé—, pero mi compañero de piso es muy sociable y le gusta mucho salir.

Mi respuesta no pareció complacerle.

—Ya. Mi hijo es un haragán.

—¿No trabaja? —dije, bastante sorprendida. Yo pensaba

que sí. Tal vez era por eso que llevaba una moto tan pequeña.

—Bueno, hacer postres ridículos para una gran empresa que no es la empresa de tu padre y todo el mundo dice, ah, veo que no trabaja con el malvado de su padre...

La cara se le puso morada de indignación.

—Lo siento —dije yo—. De verdad. No sabía que las cosas estuvieran tan mal.

—Él dice que no he sido un buen padre. Por su culpa, Alice fuma demasiado.

Pensé en el carácter de Thierry, siempre obsesionado consigo mismo, siempre tan criticón con los demás, y me dije que probablemente no era la persona ideal para hacer de padre.

—Quizá lo que pasa es que sois muy parecidos —dije.

—En absoluto —respondió—. Él no escucha.

—¿Volvemos? —dije. No quería que Benoît me cogiera más ojeriza de la cuenta; dentro de un rato cerrarían para ir a comer y me quedaban cacharros por limpiar.

—Nunca me escucha, a mí, que soy su padre —se lamentó Thierry mientras empezaba a cruzar la calle. Un coche tuvo que dar un frenazo y girar para no atropellarlo, y los dos retrocedimos asustados—. ¡Imbécil! —gritó Thierry, rojo de ira, agitando un puño contra el Peugeot gris que se alejaba—. ¡Papanatas! ¡No tienes ni idea de conducir! ¡Dónde te habrán dado a ti el carnet!

El semáforo había cambiado y yo le tomé del brazo para atravesar la calle adoquinada, mientras él continuaba profiriendo amenazas y gesticulando.

—¡Hijo de mala madre! ¡Por qué no miras por dónde vas, idiota!

La cosa ocurrió cuando acabábamos de enfilar el Pont Neuf. Había mucho ajetreo, gente que iba a trabajar al enorme edificio del Ministerio de Justicia o a visitar la catedral, y más de uno se encontró con el paso cortado cuando de repente aquel hombretón paró en seco en mitad de la acera agarrándose el pecho y el brazo izquierdo.

12

1972

Los Lagarde regresaron de la Provenza a mediados de agosto, morenos y relajados. Los niños se lo habían pasado en grande sin otra cosa que hacer que remar en el arroyo que pasaba por detrás de la casa, intentar atrapar serpientes con fundas de almohada y dormirse en los restaurantes, la pequeña Claudette a menudo debajo de la mesa, mientras los padres charlaban con amigos —los mismos amigos, comentó Madame con gesto divertido, a quienes veían frecuentemente en París, solo que vestidos de una manera un poco más informal y hablando con relativo apasionamiento de la gastronomía local—. Más de una vez se había puesto a pensar en Claire, y en si habría hecho bien dejándola a solas con aquel oso de hombre. Concluyó que sí. La chica tenía casi dieciocho años y no había podido gozar ni de un gramo de libertad en toda su vida.

Claire era una niña sensible, él un hombre bondadoso. Eso sería bueno para ella.

Madame Lagarde paseó la mirada por la casa. Todo estaba inmaculado, todo en su lugar perfecto; evidentemente Claire había pasado la noche en vela asegurándose de que así fuera. En la nevera había un pastel de patata (poco consistente) que ella les había hecho, y Madame pudo constatar, con la experiencia que le daban los años, que Claire tenía buen aspecto; se la veía feliz y verdaderamente enamorada.

Por su parte, Claire estaba en una nube. Había pensado que cuando ella y Thierry estuvieran juntos —si es que llegaba ese momento; no había sido capaz de creer que su sueño pudiera hacerse realidad—, sus nervios desaparecerían, que la calma invadiría su alocado corazón. Pero a la postre, su nerviosismo no había hecho sino agravarse. La suavidad de los rizos de Thierry; el fuego y la ternura en su mirada; su corpulencia... Pasaron juntos todos los momentos que pudieron, comiendo, charlando, haciendo el amor, todo ello con el enorme apetito que Thierry mostraba hacia la vida. Claire se sentía como si hubiera vuelto a nacer, como si hasta entonces hubiera llevado una existencia en blanco y negro y, a partir de la llegada del exuberante francés, todo hubiera explotado en colores; la casa del reverendo era Kansas, y París para ella era Oz.

Madame Lagarde pudo hablar tranquilamente con ella al cabo de un par de días. Claire se había esmerado muchísimo con los niños, había escuchado con enorme paciencia todas las anécdotas que le contaban (sobre peces, paseos al borde de la playa, hamacas, abejas...), jugando y pintando con ellos y llevándolos a las nuevas exposiciones. Pero su alma solo despertaba a las cinco en punto, cuando acudía corriendo a la tienda y él se la llevaba al cuarto que había detrás de las grandes cubas para besarla apasionadamente como si no la hubiera visto en meses, insistiendo en hacerle probar esto o aquello: un nuevo sabor, un nuevo aroma. Después iban a algún restaurante, donde él la inducía a probar caracoles, o foie gras, o linguini con diminutas almejas que había que sacar con cuidado de sus conchas, o langosta thermidor; después la llevaba al piso que tenía en lo alto de la Place des Arts (abajo quedaban el ruido de la calle y las farolas encendidas, el parloteo en francés a toda velocidad y algún que otro coche que pasaba), y volvían a hacer el amor, varias veces, hasta que él se vestía y la acompañaba de vuelta a casa, para despedirse de ella antes de medianoche con un beso y la certeza de que al día siguiente podían repetirlo todo otra vez.

—Querida —dijo en voz baja Madame Lagarde mientras Claire se preparaba para salir, esta vez con el vestido crema claro a rayas. Claire se puso tensa, como le ocurría siempre. Había algo muy dentro de ella que le hacía pensar que no se merecía tanta dicha, que estaba haciendo algo malo. A ojos de su padre, por supuesto, así era. Las cartas que les escribía semanalmente, siempre educadas y frías, comentando lo que habían hecho los niños, las cosas que había visto en París, dejaban entrever tan poco que su madre llegó a temerse que Claire lo estuviera pasando muy mal, triste y sola, aunque si tan mal estaba, seguro que habría buscado la manera de poner una conferencia. Ellen procuraba contestar siempre ella al teléfono, por si acaso la operadora les pedía que aceptaran una llamada a cobro revertido y el reverendo decía que no.

—No pasa nada —dijo Madame cuando Claire se disponía a salir. Estaba poniéndose unos diminutos pendientes de esmeralda que Thierry le había comprado. Ella se había reído, diciendo que no tenía por qué comprarle nada, y él contestó que le habría gustado comprar diamantes, como llevaba Elizabeth Taylor, pero que solo estaba empezando y no podía permitirse esos lujos. Las esmeraldas eran apenas dos astillas verdes, pero hacían juego con los ojos de Claire y estaban engastadas en plata antigua. A ella le habrían encantado igual, porque era él quien los había elegido. El hecho de que, además, fueran de muy buen gusto, hizo que le entrara un calorcillo de felicidad—. No estás en ningún aprieto —dijo Madame Lagarde, y Claire se sintió aliviada. Era absurdo tener tanto miedo. A Thierry le resultaba cómico y así se lo había dicho. Ella era toda una mujer; ¿quién podía echarle en cara su felicidad? Pero Claire no lo tenía muy claro. Dios lo veía todo. Y en cierto modo, tanta dicha, tanto placer, no le parecía correcto. En algún rincón de su cabeza, una vocecita se empeñaba en repetirle que estaba siendo mala.

Claire se volvió.

—Usted sabe que sus hijos son una maravilla de niños. Los ha educado muy bien.

Madame desechó sus elogios con un ademán. En su opinión,

que compartía con tantas francesas, los hijos salían mejor cuanto menos interfirieran los padres.

—Solo quería decirte, querida, que en este tiempo te hemos tomado mucho cariño.

Claire notó que se ruborizaba. ¿Cómo podía caerles tan bien cuando había sido... cuando había estado saliendo todas las noches como un gato callejero?, le dijo la vocecita, y le sonó como si lo hubiera dicho su padre.

—Lo sentiremos mucho cuando te marches de aquí... dentro de dos semanas. —Madame Lagarde estaba haciendo lo posible por ser afable—. Vas a volver a estudiar, non? Yo creo que es lo mejor para ti. Deberías hacerlo, tienes mucho potencial. Encajarías muy bien en la universidad.

—No creo —dijo Claire, meneando la cabeza con gesto compungido. Gran parte de su energía estaba concentrada en no pensar en la partida. Dos semanas era mucho, una eternidad. Ya se preocuparía por ello más adelante—. Según mi padre, la universidad es perder el tiempo. Él ha pensado en la academia de secretaría, o quizá magisterio...

—Bueno —dijo Madame Lagarde frunciendo el entrecejo—, es verdad que se te dan bien los niños, pero ¿no te parece que podrías hacer otras cosas?, ¿conocer a otras personas? —Madame era una mujer muy pragmática.

Claire tragó saliva, de repente triste. Fijó la vista en el suelo de parquet, temiendo abrir la boca. Madame le levantó suavemente la cabeza y la miró a los ojos.

—Confío en que aquí hayas sido feliz —dijo, con mucha claridad—, y que cuando vuelvas a Inglaterra te lleves muy buenos recuerdos.

Claire lo comprendía, naturalmente que sí. No era más que una niña. Thierry acababa de cumplir veintidós, estaba en el inicio de su carrera. ¿Qué se había pensado, tonta de ella, que iba a quedarse en París y casarse con él?

Claro que, en lo más hondo de su ser, era eso precisamente lo que pensaba. Le vino a la cabeza una imagen tonta, infantil, de los dos, ella vestida con un modelo de los especiales que Marie-France tenía en su taller, juntos en un hermoso parque en la Île de la Cité... Bueno, no, claro, eso era absurdo, no podían casarse en un parque público. Además ella no podía permitirse un vestido de novia. Y, por si fuera poco, se conocían desde hacía apenas unas semanas. No, era totalmente imposible y ella lo sabía, incluso si Thierry hubiera hecho alguna referencia a qué pasaría a partir de agosto. Y no había hecho ninguna.

Claire no se imaginaba a Thierry en Kidinsborough, cogiendo el autobús de la línea 19, yendo a buscar unos Pot Noodles al chino de la esquina para la cena. No lo veía apoyado en un rincón del pub The Crown, bebiéndose una pinta de cerveza y hablando muy serio de quién marcaría un gol el sábado. Aparte de que él no hablaba inglés. ¿Y cómo se iba a tragar los yorkshires de su madre, aquellas obleas que se astillaban como el cristal, o sus verduras, que casi siempre parecían una masa informe? La primera vez que Claire probó zanahorias glaseadas en Maxim's se negó a creer que fuera la misma hortaliza que comían en casa. No, él no podía mudarse a Kidinsborough; era una idea absurda.

Pero Arnaud y Claudette irían otra vez al colegio; allí no necesitaban a Claire. Ella también debía volver a sus estudios. Y aunque Thierry pudiera permitirse el lujo de descuidar su negocio en agosto, puesto que no había galas ni fiestas particulares, en septiembre las cosas cambiarían; tendría que trabajar más horas que nunca para salir a flote. Y Claire era consciente de que no habría lugar para ella.

Todo esto lo pensó en la fracción de segundo que tardó en levantar la cabeza.

—Seguro que sí —dijo, mirando a su vez a Madame Lagarde—. Seguro que tendré buenos recuerdos.

Thierry se tambaleó hacia atrás. Los transeúntes se apartaron. Yo le cogí del brazo y, menos mal, un hombre con barba y aspecto fuerte me ayudó a tumbarlo en el suelo. Thierry emitía unos sonidos horribles. Saqué el móvil y marqué el 999 una y otra vez, pero nadie lo cogía, y tuve la sensación de estar inmersa en una pesadilla. El hombre de la barba me cogió el teléfono y me dijo que tenía que marcar el 112 —ni se me había ocurrido que en Francia el número para urgencias pudiera ser diferente—, pero al oír que contestaban en francés me quedé muda de golpe. Por suerte, el hombre me arrebató otra vez el móvil y rápidamente les dijo dónde nos encontrábamos.

Detrás de mí, una mujer que dijo ser enfermera puso una bufanda bajo la cabeza de Thierry, el cual parecía haber perdido el conocimiento. Me agaché junto a él y le tomé la mano, susurrándole en inglés que todo iría bien, pese a no tener la menor certeza de que fuera a ser así. Alguien se acercó entonces, gritando «¡Thierry Girard!» —solo mucho más tarde caí en la cuenta de que solo en París podía alguien reconocer por la calle a un fabricante de chocolate—, y muchas personas se detuvieron al oír su nombre y se miraron compungidas, murmurando entre sí. Alguien sacó una foto con su móvil; el hombre de la barba puso mala cara y le insultó de mala manera, hasta que el otro se alejó cabizbajo. Entonces la enfermera se inclinó sobre Thierry y le practicó compresiones torácicas, y yo me juré por mis muertos que haría un curso de primeros auxilios en St John's Ambulance, tal como cada año nos recomendaban en la fábrica. La idea de tener que practicarle el boca a boca al señor Asten, el monitor, era tan repulsiva que todos hacíamos muecas y nos reíamos cada vez que el tema salía a relucir. Pero me juré, como digo, hacer ese cursillo y comunicárselo a todo el mundo, siempre y cuando... siempre y cuando Thierry se recuperara. Tenía que ponerse bueno.

Unos minutos más tarde oí llegar la ambulancia. La enfermera nos había dicho que Thierry respiraba y que los sanitarios sabrían exactamente lo que había que hacer, pero cuando saltaron de la ambulancia y miraron a Thierry, y luego a la camilla, menearon la cabeza y parlamentaron entre ellos en voz baja. Yo quería gritarles que hicieran algo de una vez, pero luego vi que el problema era que no se veían capaces de trasladarlo a la camilla.

Al final, uno de los sanitarios y el hombre de la barba eligieron de entre los mirones a seis hombres robustos. Entre todos llevaron la camilla hasta la ambulancia, la aseguraron bien y luego metieron dentro el enorme corpachón de Thierry. Yo, mientras, sollozaba de alivio, y al mismo tiempo molesta porque entre Alice y Laurent no hubieran sido capaces de poner freno a la glotonería de Thierry. Pero entonces recordé que esa misma mañana yo le había visto zamparse cuatro bollitos de crema y fumarse tres cigarrillos. Impedírselo me habría sido tan difícil como volar hasta la luna.

El sanitario me indicó por señas que montara en la ambulancia. Yo me quedé anonadada, porque debía volver a la tienda y explicarles a todos lo ocurrido, aparte de ponerme en contacto con Laurent (eso iba a ser lo peor). Pero alguien tenía que acompañar a Thierry, y naturalmente solo yo podía hacerlo.

En todos los países los hospitales huelen más o menos igual. Los sanitarios habían avisado de que íbamos para allá, y cuando llegamos vi que nos esperaban con una camilla más grande. Yo les seguí inútilmente hasta que alguien de administración me paró porque necesitaban los detalles del seguro de Thierry, que yo naturalmente desconocía por completo. Ni siquiera había advertido que en Francia la sanidad funcionaba de otra manera, que no podías presentarte por las buenas. La mujer me dejó bien claro que yo era una oportunista y un cero a la izquierda, que no tenía ningún derecho a fastidiarle la mañana con el inoportuno infarto de mi jefe; me sentí profundísimamente agradecida por el hecho de que, pese a sus defectos, la Sanidad británica te curara sin antes reclamar a gritos unos papeles. Me aterró pensar que fueran a pedirme una tarjeta de crédito, pero uno de los enfermeros vino con la cartera de Thierry y la auxiliar malhumorada la registró con mano experta hasta dar con una tarjeta verde que era sin duda lo que estaba buscando. Luego me miró con total frialdad, como si yo ya supiera de qué iba y no me hubiera dado la gana de facilitarle la tarea.

Después de eso poco podía hacer salvo ir en busca de una conexión de internet o un listín de teléfonos o algo para ponerme en contacto con la tienda. Pero tampoco quería alejarme mucho de Thierry por si había novedades, o por si necesitaba una mano a la que agarrarse. En varias ocasiones un médico joven se me acercó para preguntar en inglés si yo conocía el grupo sanguíneo de Thierry, o si podía firmar una hoja de autorización. Fue horroroso. No tenía ni idea de cuál era el número del servicio de información telefónica, y después de intentarlo a la buena de Dios, solté un suspiro y a punto estuve de tirar el maldito teléfono. Aparte de que me estaba quedando sin batería...

Al final, recurrí a la única posibilidad que me quedaba.

Claire parecía medio dormida y grogui cuando descolgó el teléfono de su casa, pero fue un alivio encontrarla allí, aparte del hecho de que hubiera conseguido dormir un poco. A veces, durante el tratamiento, la pobre no podía pegar ojo.

—¡Anna! —exclamó, contenta de oír mi voz—. ¿Cómo va todo? ¡He pensado mucho en ti! ¿Cómo te has ido adaptando?

—Te lo contaré todo con detalle —dije rápidamente—, pero ahora mismo estoy en un pequeño aprieto y necesito preguntarte una cosa. Después te vuelvo a llamar, ¿vale?

—Sí, sí, de acuerdo —dijo ella, un tanto sorprendida—. ¿Va todo bien?

—Te lo cuento más tarde. Mira, por favor, ¿tú sabes el número de teléfono de la tienda? Es que... he salido sin él. ¿Crees que podrías encontrarlo?

La respuesta no tardó ni un segundo.

—67-89-12-15 —recitó.

No podía colgarle así como así.

—¿Te lo sabes de memoria, Claire? —pregunté.

—Desde luego. —Me pareció como si se hubiera puesto a pensar. Luego reaccionó—. En aquella época no había móviles, ya sabes. Tenías que aprenderte todos los números de memoria.

—¿Y los que memorizaste todavía los recuerdas ahora?

Hubo una pequeña pausa.

—Bueno, no todos.

Tragué saliva y dije:

—Claire, tengo que dejarte. Te prometo que llamaré en cuanto pueda.

Y colgué antes de que ella pudiera hacerme alguna otra pregunta incómoda.

El teléfono sonó tanto rato en la tienda que temí que hubieran cerrado ya para ir a comer. Recé para que no fuera así, y para que contestara Frédéric, no Benoît.

Gracias al cielo, mis plegarias fueron atendidas. Frédéric se quedó conmocionado al escuchar el relato de lo sucedido; mi francés parecía haber vuelto a sus orígenes, como si algo se me hubiera aflojado en el cerebro y yo ya no recordara qué había que hacer para hablar. Me di cuenta, cuando Frédéric preguntó en qué hospital estaba ingresado Thierry, de que ni siquiera lo sabía; tuve que preguntárselo a la secretaria malhumorada, que me miró como si yo fuera el ser humano más cretino que jamás hubiera hollado la Tierra.

—L'Hôtel-Dieu —dije.

—Estupendo —dijo Frédéric—. Queda cerca. Voy a cerrar la tienda y les explicaré a todos que... —Hizo una pausa, y su voz sonó más tímida cuando añadió—: Oye, se pondrá bien, ¿verdad? Le van a curar...

—No lo sé —respondí—. Te lo digo en serio.

Los médicos me invitaron a entrar mientras lo preparaban para el quirófano. En cierto modo me parecía absurdo estar tan preocupada por alguien a quien solo conocía desde hacía unas semanas, pero al ver a aquel hombretón que desplegaba tanta vitalidad, inconsciente en la cama como una morsa gigante, las puntas del bigote caídas y tristes y con aquel tubo insertado en la nariz... rompí a llorar sin poder remediarlo.

—Vamos a hacerle un bypass —me explicó en inglés la joven

cirujana—. Esperamos que... funcione. No es un paciente de los más fáciles.

—¿Quiere decir por el tamaño?

La doctora asintió.

—Sí, no resulta fácil hacer lo que tenemos que hacerle.

No la envidié: ¡tener que ahondar entre aquellas capas de grasa!

—Pero él... —me oí decir— tiene un gran corazón. Merece la pena intentarlo.

Ella asintió de nuevo, seria, y luego dijo con brusquedad:

—Siempre merece la pena.

Después de apretarle la mano una vez más y ver cómo se lo llevaban a quirófano sobre una camilla extragrande, me quedé sentada en el vestíbulo y me puse a hojear una revista sin enterarme de lo que estaba mirando. Intenté no tocar el móvil, porque ahora sí que iba a quedarme sin batería de un momento a otro. Cuando llegaran los otros, pensaba ir a telefonear a Claire y explicárselo todo. Pero estaba preocupada; Thierry había sido amigo suyo durante mucho tiempo, eso era avidente; ¿le afectaría más a Claire por ese motivo? Podía poner cualquier excusa, que me había perdido, o algo así. Pero ¿sería justo? Claro que, por otra parte, era bastante raro que no se hubieran visto en tantísimo tiempo; eso quería decir que tampoco eran tan buenos amigos, ¿no?

Vigilé la entrada, a la espera de que llegara alguien de la tienda. Creo que nunca me había sentido tan sola en toda mi vida.

1972

Thierry lo veía sencillo a más no poder.

—Tú eres mi chica —dijo—. Pues vuelve, ¿de acuerdo? Cuando yo tenga libre. En Navidad, por ejemplo. Lo pasaremos en grande, ya verás; París está espléndido en esas fechas. Iluminan los bulevares con cientos de velas diminutas, y la Torre Eiffel se tiñe de rojo y verde. Probablemente nevará, así que nos refugiaremos en mi buhardilla para que no cojas frío. Y te prepararé mi chocolate caliente especial. Hay que removerlo hasta mil veces y lleva nata dentro, para que se deslice por tu garganta con la suavidad de un abrazo de tu amado. ¿Qué me dices, chérie?

Ella intentó sonreír mientras apartaba del camino con el pie la primera hoja que el otoño había hecho caer. Dentro de cuatro días estaría poniéndose un uniforme que sin duda alguna ya le vendría pequeño, al cabo de todo un año. Su cuerpo había crecido. Tenía color en las mejillas. Había llegado a París siendo una adolescente y ahora se sentía, sin ninguna duda, una mujer hecha y derecha.

—No sé —dijo. La Navidad en Kidinsborough entrañaba ayudar al reverendo en su ajetreo habitual por esas fechas: visitar a los enfermos en el hospital, regalar biblias a familias pobres (que probablemente hubieran preferido comida o juguetes). Y deberes de la escuela, por supuesto. Exámenes. Claire había llevado consigo un montón de libros de texto pensando que podría estudiar un poco mientras los niños dormían. No había sido así, desde luego.

Agarró la manaza de Thierry al notar que la fría brisa traspasaba su fina chaqueta y la hacía tiritar. Por más que intentasen fingir que el verano no había terminado, ambos sabían que sí.

Thierry la miró.

—Estás helada, pajarillo mío —dijo—. Tengo una nueva receta de chocolate caliente, y tú vas a ser la primera en probarlo. Ven.

Claire se quedó sentada en el mostrador, allí donde Thierry la había aposentado, mientras él se ocupaba de elaborar la receta. Sin dejar de remover todo el tiempo, añadió a la mezcla un poco más de nata, luego un chorrito muy discreto de ron, dejando que se evaporara antes de añadir un poquitín más... No permitió que ella lo probara hasta después de haber incorporado una pizca de esto y otra de aquello, de haberlo meditado bien, entrando y saliendo en tromba de la trastienda, gritando a Benoît, a punto de empezar de cero otra vez, para decidirse por añadir una pizquita de sal. Finalmente, se dio por satisfecho.

Claire sorbió un poco y tuvo que darle la razón. El chocolate se desparramó por su cuerpo calentando hasta la última vena y haciéndole levantar de gusto los dedos de los pies. Le supo a lo que la Bruja Blanca pudo haberle dado a Edmund para que este traicionara a su familia, seguramente logrando el efecto deseado.

—Thierry —dijo, casi sin voz.

—Sí, ya lo sé —dijo él, distraído. Estaba haciendo anotaciones en un papel cualquiera (nunca tomaba notas como el resto de los mortales) y había buscado un tarrito con tapón de rosca donde verter un poco del preciado líquido—. ¡Benoît! —gritó luego, y el fornido joven acudió a la carrera—. Haz esto hasta que iguales el sabor. Y después guardas la receta en la caja fuerte.

Benoît asintió rápidamente y tomó un sorbo del chocolate. Se quedó inmóvil al instante, mirando fijamente a Thierry.

—Chef —dijo, en tono de asombro.

—Ya lo sé. —Un gesto fugaz de satisfacción iluminó su cara—. Lo he conseguido.

Claire le sonrió.

—¡Gracias a ti! —dijo él—. ¡Eres mi musa! —La besó en los labios, lamiendo el resto de chocolate—. Dios mío, mezclado con tu sabor es todavía más delicioso —dijo, y la besó de nuevo—. ¿Lo ves? Es preciso que vuelvas. Te necesito. Me has inspirado la que probablemente sea mi mejor creación.

Uno de los clientes que había en ese momento en la tienda se volvió hacia nosotros y preguntó:

—¿Puedo probarlo?

Thierry le miró, muy serio.

—No sé. ¿Es usted una buena persona? Porque hasta el momento, este chocolate solo lo han probado buenas personas.

—Buena persona no sé —dijo el caballero, que llevaba un sombrero de fieltro y una bufanda de tonos amarillos para protegerse del tiempo, cada vez más frío—, pero soy periodista y trabajo en *Le Monde*.

Thierry llenó una taza grande hasta el borde y se la ofreció.

—¡Beba, amigo mío! Y sea feliz.

El periodista bebió. Acto seguido sacó su libreta.

Thierry miró a Claire con afecto.

—¿Ves? Me has convertido en un genio.

Mientras reía feliz, Claire nunca estuvo tan cerca de romper el billete de vuelta, mudarse a la buhardilla con Thierry y vivir en pecado. Echó la cabeza hacia atrás y probó un poco más de aquel extraordinario chocolate caliente. Su dicha fue casi absoluta.

De no ser porque se acordó de la última carta de su madre, donde le preguntaba si había crecido mucho, le transmitía buenos deseos de parte de amigos y parientes y le comentaba con entusiasmo la inauguración de un nuevo club juvenil, pegado a la iglesia, y el cóctel que habían organizado, y Claire —al menos en parte, en un rinconcito de su cabeza— supo que tendría que volver a casa. No había más que hablar.

La puerta de la sala de espera se abrió con estruendo. Levanté la cabeza; me di cuenta de que había estado dormitando. Parecía una reacción extraña, con tanta tensión, pero llevaba ya en el hospital más de dos horas, la batería del móvil se había agotado por completo y no me quedaban alternativas.

Yo había ido viendo a Laurent, normalmente en compañía de jóvenes chefs y modelos, gente muy gritona y desinhibida. Sami prefería a artistas y músicos porque eso le daba la oportunidad de mostrarse un poquito arrogante con ellos. Laurent solía aparecer con una chica colgada del brazo (no siempre la misma, pero del tipo flaco y con morritos, eso sí) y se limitaba a saludarme con un gesto de cabeza. Decidí encasillarlo en la categoría de personas irritantes y, desde luego, banales. Pero cuando llegó, su aspecto no era el de una persona banal sino de alguien preocupado hasta la locura.

Su cara me recordó más que nunca a la de su padre, pero sin el exceso de carnes. Tenía el cutis aceitunado, unos ojos enormes y expresivos que ahora parecían tremendamente alarmados, y una boca grande y sensual. Me seguía pareciendo mucho más alto que otros franceses que yo había conocido, y con una corpulencia que resultaba agradable, nada que ver con la obesidad. Me levanté de un salto, notando la boca pastosa. Ojalá hubiera tenido a mano un paquete de chicle.

—¿Qué pasa? ¿Qué ha ocurrido? ¿Dónde está? —preguntó a gritos Laurent, furioso, como si la culpa fuera mía.

—Está en el quirófano —respondí, tratando de ser afable y aportar consuelo—. Han dicho que quizá tardarían.

—¿Por qué? ¿Por qué tienen que tardar?

—No sé. Por lo visto es difícil en el caso de... cuando el paciente es un poco más grueso de lo normal.

—¿Ha sido porque está gordo? El muy idiota. ¡Qué burro que es!

Miré a mi alrededor, escandalizada.

—¿Y Alice?

—¿Frédéric no la ha llamado?

—Puede que no —dijo Laurent—. La odia a muerte.

—No será para tanto —dije.

Laurent hizo caso omiso.

—¿Qué hacía mi padre? ¿Qué estabas haciendo tú con él?

—¿Con él? Yo no estaba haciendo nada —respondí, muy indignada. No era culpa mía que casi se matara a comer—. Me ha pedido que le acompañara a dar una vuelta, eso es todo.

—¿Todo? ¿No ha parado a tomarse un coñac?

—Si yo tuviera la obligación de impedir que tu padre tomara coñac, creo que alguien debería habérmelo dicho un poco más claro —casi le grité.

Se quedó de una pieza.

—Perdona —murmuró—. Lo siento, he sido injusto. Es que... estoy muy preocupado.

—Ya lo sé. Es lo más lógico. Esperemos que nos digan algo pronto.

Miró con ojos desorbitados a su alrededor.

—No puede... no puede morirse... —dijo, pasándose las manos por el pelo—. Hace meses que no nos hablamos, ¿sabes?. No quiero que... no puede morirse.

—Esta mañana hablaba de ti —le dije.

—¿Y qué ha dicho? ¿Que soy un analfabeto?

—Más o menos. Pero lo decía con cariño.

Vi que la cara se le ponía gris.

—Mierda —dijo, mirando el reloj—. ¿Dónde están los médicos?

Tragué saliva.

—¿Y qué más? —preguntó él de sopetón—. ¿Qué más cosas te ha dicho? A ti, una chica inglesa que acaba de llegar... —De repente sus ojos se agrandaron—. Porque tú no tendrás algo que ver con...

Asentí despacio con la cabeza.

—Claire me facilitó el contacto.

Laurent se encendió tanto que pensé que escupiría.

—Esa mujer —masculló.

—Ella no ha hecho nada malo —dije yo al punto.

—Eso cuéntaselo a mi madre —replicó él—. Mi padre la abandonó por una arpía inglesa que le recordaba a la primera.

—Alice no se parece en nada a Claire —afirmé rotundamente.

—Pues parece que él lo descubrió un poco tarde, ¿no? —dijo Laurent—. Después de destrozar a nuestra familia. Tuvo miedo de meter la pata otra vez. Menos mal que no tuvieron hijos. —Soltó un bufido y luego bajó de nuevo la vista al suelo, como si eso ayudara a que las cosas fueran más deprisa.

Cuando la puerta se abrió finalmente, Laurent ya estaba casi de pie antes de ver que era Alice quien entraba. Vi que estaba blanca como la cera, el pañuelo negro que llevaba era como un tajo negro sobre su cuello pálido, no se había pintado los labios y se la veía desnuda y escuálida, la cara tirante. Una vena sobresalía de su garganta. Por una vez, pensé, parecía vieja.

—¿Qué has hecho? —fue lo primero que dijo, o más bien masculló. No quedó claro a cuál de los dos se dirigía.

—¿Y qué has hecho tú? —le espetó Laurent, levantándose del todo esta vez—. Tú fuiste quien lo llevó por ahí a centenares de comidas para lucirlo delante de tus compinches del beau monde, y como él se aburría tanto, no le quedaba más remedio que hartarse a comer y beber. No podías dejarle en paz, ¿verdad?, y que se dedicara a lo que se le da mejor: crear cosas y divertirse.

—¿Qué sabrás tú? —replicó Alice—. Si nunca se te ve el pelo... Claro, estás tan ocupado «montándotelo por tu cuenta», eso sí, qué coincidencia, resulta que llevas un apellido que te facilita las cosas.

Laurent parecía a punto de echarse encima de Alice, pero al cabo de un par de segundos dio media vuelta.

—Oh, sí, ahora estamos todos muy preocupados por su salud —dijo Alice, en cuyas mejillas aparecieron dos pequeños círculos rosados—. Un poquito tarde, ¿no te parece?

Decidí intervenir.

—¿Y si nos calmamos un poco? —dije, a modo de ensayo—. A Thierry creo que no le gustaría que discutiéramos. Da mal karma.

Ambos me miraron, y por un momento pensé que iba a recibir, pero luego Laurent hizo un gesto de resignación y dijo:

—Sí, es verdad, tienes razón. —Miró con dureza a Alice—. Creo que deberíamos aparcar nuestras diferencias por el bien de Thierry, ¿te parece?

Alice se encogió de hombros tan a la francesa que nadie hubiera dicho que no había nacido en el país. Después sacó su teléfono móvil.

El ambiente se enfrió un poco con la llegada de Benoît y Frédéric, ambos cabizbajos. Estaban claramente nerviosos. Darles cierto consuelo me sirvió para hacer algo. Habían cerrado la tienda, pero clientes preocupados habían pasado por allí para preguntar si era verdad, y varios periódicos habían llamado por teléfono. Por lo que pude ver, de este aspecto se ocupaba Alice. No paraba, de un lado para otro, hablando por el móvil, como si estar todo el tiempo ocupada pudiera cambiar las cosas. Yo me concentré en mirar el suelo; cada minuto que pasaba me hacía sentir menos optimista.

Y de repente allí estaba la cirujana, en la puerta, quitándose la mascarilla. Su expresión era inenarrable.

Claire cerró el puño en torno al brazo de la butaca. Había intentado llamar a Anna —sabía que algo iba mal, no podía ser otra cosa, lo había notado en su voz—, pero nadie cogía el teléfono. Se mordió el labio. Montserrat, su cuidadora, estaba tan contenta haciendo sus cosas, limpiando, ordenando los frascos de medicinas para cuando llegara más tarde la enfermera comunitaria. Montserrat era estupenda, pero Claire no quería iniciar una conversación con ella sobre su desazón, o sobre lo que pudiera estar ocurriendo.

Al conocer el diagnóstico, Claire había decidido no decírselo a nadie. No habría sabido explicar el motivo. De entrada, no quería que todo el mundo estuviera pendiente de ella; si algo no soportaba, eran las miradas de compasión. Le había pasado cuando su matrimonio se vino abajo, y también tras suspender la reválida. Era mucho más doloroso que la quimio. A Claire no se le escapaba que podía deberse a puro y estúpido orgullo, probablemente heredado de su padre, pero eso no añadía ni quitaba nada.

Además, ¿qué iba a hacer Richard, su ex marido?, ¿dejarlo todo y volver corriendo, rebobinar todos sus años juntos? Y los chicos tenían cosas que hacer. Cuando ya no pudo más y se vio obligada a decirles que tenía cáncer, todos se portaron de maravilla, pero ella había procurado minimizar cualquier dolor, cualquier molestia, para que no se preocuparan demasiado. Prefería con mucho disfrutar de las historias que le contaban de los niños y, a veces, de sus postales dibujadas a mano; cualquier excusa para salirse de sí misma, cualquier cosa que la ayudara a no pensar todo el tiempo «cáncer cáncer cáncer».

El proyecto Anna había sido lo mejor, en ese sentido. Claire se había autoconvencido de que solamente se trataba de ampliar la experiencia vital de la muchacha, de que viera un modo distinto de hacer las cosas, tal como ella misma había aprendido una vez de Madame Lagarde. Últimamente no guardaba sino recuerdos de la chica encantadora que había sido antaño (y ahora podía mirar atrás sin falsa modestia, porque, en efecto, había sido una chica encantadora). Su cuerpo, sin embargo, estaba pálido e hinchado por culpa de los esteroides y las medicinas fuertes. Empezaba a notar que las carnes le colgaban, que los dientes se le iban aflojando. Pero en aquel entonces, con diccisiete años, lozana y rubia, no es de extrañar que Thierry se sintiera atraído por ella, a pesar de que al principio le sorprendiera.

Cuando le instalaron la conexión a internet (bastante tarde; tenía la desagradable sensación de que, aun cuando llevaba muerto muchos años, su padre habría dicho que le parecía mal), buscó información sobre Thierry, lógicamente. Y lo había encontrado también en la prensa francesa, en libros de cocina, en guías de París. Le había sorprendido su corpulencia, aunque recordaba con agrado aquel apetito pantagruélico que tenía por todo: por la comida en general, el chocolate, el sexo, el vino, los cigarros puros... y por ella. Visto lo cual, no era una gran sorpresa que todo eso le hubiera pasado factura. Claro que ella había llevado una intachable vida de profesora, había cocinado siempre cosas saludables, mantenido el peso a raya, no había sido fumadora ni había bebido en exceso... y allí estaba ahora, en un hospital, con tubos saliendo de distintas partes de su cuerpo y sintiéndose más vieja que Matusalén, así que al final, qué más daba.

En muchas ocasiones se le había venido a la cabeza la idea de escribirle una carta breve; al fin y al cabo, sabía dónde localizarlo. Pero luego no se decidía. Era absurdo, se decía a sí misma; habían pasado muchos años, y no fue más que un amor loco que duró dos meses. Seguro que Thierry no se acordaba ya de ella; nada tan embarazoso como que alguien de quien te has olvidado por completo reaparezca de pronto en tu vida. Se lo imaginó rebuscando en sus recuerdos de antaño, tratando de ser amable; y, encima, para ella, ser consciente de lo mucho que había pensado en él durante toda su vida, tanto tiempo invertido en recordarlo. No, era una idea horrible... Hasta que Anna le proporcionó la excusa perfecta.

1972

Claire estaba tumbada en la cama, en su habitación de siempre, las paredes adornadas con ridículos pósters de caballos y de Davy Jones. Era el cuarto de una niña, y ahora no solo le resultaba estúpido a más no poder, sino que reafirmaba su sensación de que ya no pintaba nada en aquella casa.

Todo el viaje de vuelta se lo pasó llorando, primero en el tren, luego en el ferry, después en el otro tren, recordando la ferviente despedida de Thierry: no me olvides, no me abandones, vuelve, vuelve. Y ella así se lo había prometido, de corazón, pero no tenía dinero ni esperanzas ni tampoco idea de qué hacer con su vida, y ahora estaba atrapada en una habitación azul cielo con patitos en la repisa de la chimenea y una cenefa sobre la cama. Y, colgado en el armario ropero, un uniforme de colegiala.

La última noche, Madame Lagarde le había tomado las dos manos, sinceramente triste de verla partir; Arnaud y Claudette se le habían agarrado a las piernas.

—Espero que hayas sacado provecho de tu estancia aquí —dijo Madame, y Claire, con lágrimas en los ojos, le había jurado que sí, y que nunca podría agradecérselo lo bastante—. No quiero parecer condescendiente —continuó Madame—, es bonito tener amoríos cuando una es joven, pero habrá otros muchos, ¿entiendes? Conozco el dicho inglés, eso de que una golondrina no hace verano. Ahora tienes más confianza en ti misma, has aprendido muchas cosas en tu camino hacia ser una mujer adulta, de modo que atesora esos recuerdos pero no te aferres a París, ¿de acuerdo? Tienes tu propia vida, tu propia manera de hacer. Eres demasiado inteligente para estar ahí sin más, esperando las migas de otros, dependiendo de otras personas. ¿Entiendes lo que te digo?

Y Claire, totalmente desconsolada, había asentido y memorizado aquellas palabras, sabiendo que el consejo era bueno. ¡Ah, pero qué poco deseaba ella oír ese consejo! Le hubiera gustado que Madame Lagarde dijese algo como «No podemos prescindir de ti. Olvídate de la escuela, quédate a vivir con nosotros hasta que te cases con Thierry». De tan absurdo como era, solo pensarlo la hizo ruborizarse de vergüenza.

Su madre se había puesto contentísima de verla, pero Claire se sintió extraña entre sus brazos. ¿Cómo era posible que solo hubieran pasado dos meses? Claire era una persona nueva, una mujer independiente, que trabajaba, y que por las noches salía o no según le viniera en gana. ¿Cómo iba a concentrarse en cosas como el álgebra y las declinaciones de los verbos?

Su padre la había mirado de arriba abajo. Nunca había aceptado del todo que su niña se hiciera mayor, pese a que Claire había sido una adolescente de lo más obediente y respetuosa. El reverendo, aun con su escaso ojo clínico, vio que su hija estaba alejándose cada vez más de él.

—Espero que no habrás adquirido costumbres raras en esa ciudad —rezongó—. Los parisinos son gente de moral relajada.

—Claire es una buena chica —intervino su madre, acariciándole el pelo—. Estás preciosa, hija. Veo que Marie-Noelle ha cuidado muy bien de ti. Me ha escrito, ¿sabes?

—¿Ah, sí? —dijo Claire, asustada.

Su madre le sonrió con complicidad. Tenía claro que París había sido todo cuanto ella esperaba para su preciosa (pero un poco estirada) hija.

—Bah, no te preocupes. Parece ser que la familia está muy orgullosa de ella, Marcus.

—Menos mal —dijo el reverendo, ligeramente aplacado—. A ti no te gustaría ser un cero a la izquierda o un mero adorno, ¿verdad, Claire?

De regreso en tren, ya en Inglaterra, no había parado de llover. Después de la dorada luz de París derramándose sobre los viejos adoquines, los verdes parques y las grandes iglesias, el soso ladrillo rojo y la chapa ondulada de Kidinsborough, el pavimento chorreante del recién estrenado aparcamiento para coches y el centro comercial con sus carritos volcados la habían deprimido mucho. Claire no sabía qué estaba haciendo otra vez en el pueblo, y deseó tener una amiga íntima en quien confiarse.

Su madre había preparado carne picada con patatas para festejar su llegada, un plato que a Claire siempre le había gustado.

—Es que no tengo mucho apetito —se excusó—. Creo que iré a acostarme. Estoy muy cansada.

—Tu madre ha hecho una buena cena —dijo el reverendo—. Sería un pecado que se echara a perder.

De modo que Claire tuvo que sentarse a la mesa sin haberse cambiado la ropa aburrida que se había puesto para el viaje a principios del verano (ahora le quedaba corta de pierna y demasiado ceñida en el busto), y esforzarse por tragar las zanahorias hervidas más de la cuenta y las patatas pastelosas, tratando de no pensar en el Camembert servido en su cestita de madera, asado al horno con hierbas y acompañado de una escueta ensalada verde (la única ensalada que había visto Kidinsborough en los primeros años setenta consistía en un par de hojas de lechuga iceberg servidas con insípidos tomates cortados a cuartos y un poco de salsa vinagreta); o en los pollos rustidos que le compraban a un hombre que los vendía espetados, tan picante y salado que la grasa les iba resbalando por la barbilla; Thierry se había pasado la lengua para lamérsela, cosa que hizo reír a Claire como una loca. Habían rebañado el resto de los jugos con un pan blanco delicioso, recién salido del horno, y Thierry le había enseñado que para saber si un pan era realmente fresco había que escuchar el ruido que hacía al partirlo, y luego añadió: «Claro que, a mí, Pierre nunca me daría un pan de segundas.»

Ya casi no se acordaba de la chica que había sido en París. Y a medida que los días fueron haciéndose más cortos, empezó a sentirse más y más atrapada, atrapada en el cuerpo de una niña de quien se esperaba que hiciese lo que le mandaban.

Se levantaba temprano cada día para esperar al cartero. El reverendo no iba a entender las cartas de Thierry, pero su madre sí, y seguro que su padre captaría lo esencial, o pondría mala cara sin más. Claire le observaba, aterrada; no podía estar segura de que no interceptaría las cartas, pero el reverendo parecía ser el de siempre, irascible y refunfuñando por lo que leía en el periódico, quejándose de que Gran Bretaña iba de mal en peor y de que la gente de los sindicatos era mala, muy mala.

Eso mismo empezó a decir también desde su púlpito en la iglesia, cosa que no sentó especialmente bien a los parroquianos, que se aferraban con uñas y dientes a sus puestos de trabajo en la industria siderúrgica. El número de feligreses empezó a disminuir, y representantes de la diócesis aparecían en casa para hablar con él en susurros.

Pasaban los días, y a Claire le extrañaba cada vez más no recibir carta de Thierry. Había reanudado sus estudios; apenas se reconocía cuando se miraba en el espejo, ya no era aquella chica alegre y despreocupada que recorría el Bois de Boulogne, sino una adolescente huraña vestida con falda gris demasiado corta y camisa demasiado ceñida, una chica idéntica a todas las demás.

Apenas si prestaba atención en clase, salvo en la de francés; se dedicaba a redactar prolijas cartas a Thierry diciéndole lo mucho que lo añoraba y cuánto odiaba la vida en el pueblo, y que el verano siguiente se buscaría otro trabajo para poder ir a París y que esta vez nadie la haría volver, nadie en absoluto. Las enviaba a la dirección de la tienda, pero quién sabía dónde podía estar ahora Thierry, cuáles serían sus señas.

No recibió ninguna respuesta.

En noviembre se mudaron de casa.

Claire lloró, imploró, suplicó. No podía cambiar de dirección, les dijo. Recurrió a todos los ardides de la rebelión adolescente: dar portazos, volver tarde por las noches, estar de morros... pero no hubo manera. Las quejas contra su padre el reverendo iban en aumento; sus anticuados sermones, basados en la amenaza del infierno, habían pasado de moda. «Esos hippies», se lamentaba él, «lo han estropeado todo».

A resultas de ello, Claire fue a comprar una varita de incienso. Al reverendo casi le dio un ataque.

Tratando de convencerse de que esta vez llegaría a su destino, Claire escribió en su francés una última carta:

Chéri,
Mes parents horribles insistent que nous déménagemons. Je les detestes. Alors, si tu penses de moi du tout, s'il te plaît sauve-moi! Sauve-moi! Je suis à «The Pines, 14 Orchard Groove, Tillensley».
Si tu ne reponds pas, je comprendrais que tu ne m'aimes pas et je ne te contacterai encore.
Mon couer, mon amour, viens avec vitesse,

CLAIRE

Nada.

13

Yo creo que en la psique de los franceses hay algo que puede ser increíblemente útil. Ese arraigado sentido práctico —es muy raro que un francés se ponga histérico de entusiasmo o patético de infelicidad; no les parece necesario mostrarse risueños o tremendamente corteses si la ocasión no lo merece— hace que uno pueda sacar mucha información de la manera más fría.

Empezó Laurent.

—¿Cómo se encuentra?

Alice se volvió en redondo y, sin decir palabra, cerró el móvil. La doctora permanecía impasible y yo noté que el corazón se me aceleraba peligrosamente. Sentí repentinas ganas de cogerle la mano a Laurent y apretársela, por aquello de tener alguien al lado en un momento tan crítico. Miré su mano, grande y peluda, y vi que le temblaba.

—No está nada claro —dijo la doctora, cuya voz impecable resonó en la pequeña y sombría habitación—. Hemos operado, le hemos insertado stents. Pero su estado físico general... —El tono de voz ponía en evidencia que esto era un reproche—. Su estado general hace muy difícil prever cuál va a ser el resultado.

—Pero todavía vive —dijo Laurent, su rostro convertido en una mueca combinada de esperanza y terror.

Ella asintió como si tal cosa.

—Por supuesto —dijo—. Estará un rato inconsciente.

—Quiero verle —dijo Laurent.

La doctora asintió, y seguimos los cinco sus resonantes tacones por el reluciente suelo de linóleo hasta que ella se volvió.

—No demasiados —dijo. De inmediato Frédéric y Benoît se apartaron, lo mismo que yo. Pero Laurent, casi sin ser consciente de lo que hacía, me tiró de la manga.

—Tú vienes —dijo en voz baja. Luego, claro está, comprendí que lo único que quería era no estar solo con ella, con Alice, y con todas las cosas que pensaban pero no se habían dicho. Sin embargo, en aquel momento casi sentí que había sido elegida. Claro que también pensé que, si Thierry se moría, la culpa la iba a tener yo.

—Desde luego —dije, tratando de que la voz no delatara mi nerviosismo.

—¿Por qué ha de entrar ella? —preguntó en voz alta Alice, pero Laurent hizo caso omiso. Yo me limité a esquivarla.

La sala de recuperación estaba a media luz y las máquinas parecían intercambiar pitidos y susurrar entre ellas; miré a mi alrededor, no fuera que tropezase con algún cable o tubo. Thierry parecía un gigantesco huevo de Pascua encima de la cama. Vi, con gran tristeza, que le habían afeitado los bigotes para introducirle tubos en la nariz. Así tenía un aspecto muy raro, casi como injuriado.

Tenía la piel gris, absolutamente gris, un color turbio y espantoso que no podías mirar mucho rato seguido. Alice tosió y bajó la vista. Laurent, sin embargo, fijó la mirada en el contundente pecho de Thierry, que subía y bajaba despacio.

—Papa! —exclamó, acercándose a la cama con los brazos abiertos. Parecía un niño. La doctora chascó la lengua y él se echó atrás para no estropear nada, pero había lágrimas en sus ojos.

—Gracias —le dijo a la doctora.

—No me las dé todavía —respondió ella.

Tras advertirnos por enésima vez que no tocásemos nada

de nada, la doctora salió de la habitación y nos quedamos los tres —aquel terceto extraño como el que más— a solas con Thierry, la gran morsa varada. El silencio habría sido absoluto de no ser por los pitidos mecánicos y el siseo del respirador, que se abría y se cerraba como un acordeón viejo.

—Bueno —dijo Alice por fin; Laurent no la escuchaba; estaba sentado en el borde de una silla, mirando fijamente a Thierry—, así que esto es lo que hace falta para que vengas a ver a tu padre.

En ese momento me dieron ganas de partirle la crisma. Parecía que hubiera estado meditando hasta dar con lo más desagradable que pudiera decirle a Laurent. Él debió de fijarse en mi expresión, porque me dio unas palmaditas en el brazo.

—Tranquila, es su estilo de siempre —me confió en inglés, un detalle de inteligencia, ya que Alice siempre fingía haber olvidado por completo su lengua materna—. En realidad, no era a mi padre a quien procuraba evitar, sino a ti —le dijo en tono afable a Alice—. Oye, ¿qué tal si fumas aquí dentro y así contribuyes a que esté peor todavía? O también podrías incorporarlo en la cama y llevártelo a una de tus soirées, ¿no?

Alice volvió a ponerse lívida.

—No, mira —dijo—. Lo que haré es irme y organizar ese negocio del que tú no quieres saber nada. Con dos subnormales y esta lo que sea. Yo sola. Pero gracias de todos modos.

De repente me entró el pánico. No se me había ocurrido que a partir de ahora tendría que trabajar a las órdenes de Alice. ¡Cielos! Yo ni siquiera sabía bien qué estaba haciendo, y ahora me tocaría aguantar la desaprobadora mirada de aquella persona que me tenía tanta ojeriza.

—Si necesitaras ayuda, la pedirías, ¿no? —dijo Laurent.

Ni ella ni él estaban dispuestos a ceder terreno; aquello fue un momentáneo callejón sin salida.

Y también estaba cada vez más claro que ninguno de los dos quería ser el primero en marcharse, por si Thierry se despertaba. En la habitación hacía calor, y comprobé consternada que me estaba entrando mucho sueño. Seguro que había que llamar a montones de personas, pero ni ella ni él se saltaron la prohibición de tener el móvil encendido cerca de las máquinas y demás. Era como un tira y afloja entre los dos, y eso me sacó de mis casillas. Al final, dije:

—Voy a buscar café. ¿Alguien quiere?

Alice se levantó de un salto, sin duda enfadada consigo misma por no haber pensado en ello.

—Iré yo —dijo con brusquedad, sus dedos buscando ya el encendedor y el móvil dentro del bolso de Hermès—. Vuelvo enseguida.

En cuanto ella hubo salido y se perdió de vista por el largo pasillo, Laurent se dejó caer de nuevo en la silla y soltó un profundo suspiro. La cabeza le fue bajando hasta quedar al mismo nivel que la cama, y luego apoyó la frente en las sábanas. Me quedé mirando cómo le temblaban los hombros hasta que me di cuenta de que estaba llorando.

—Vamos, vamos —dije, frotándole un poco la espalda—. Thierry se pondrá bien, ya verás. Mírale bien, vivito y coleando en la cama.

Estaba diciendo sandeces, y era consciente de ello, solo intentaba tranquilizarlo de alguna manera. Por lo visto, funcionó. Laurent, sin levantar todavía la cabeza, me cogió la mano.

—Gracias —dijo, la cara pegada a las sábanas.

Yo le di más palmaditas.

—Tranquilo —dije—. Todo va a salir bien,

—No, nunca sale nada bien —dijo él.

Me arrodillé a su lado.

—Pues quizá sea un buen momento para que hagas las paces con tu padre, ¿no crees?

—¿Qué, antes de que se pase la pistola a la mano izquierda? —dijo Laurent, volviendo la cara hacia mí con una media sonrisa—. Sí, claro. Gracias.

—Mira, mucha gente no tiene la oportunidad de decir adiós, ¿sabes? De todos modos, estoy segura de que esto va a salir bien.

—¿Eres mi amuleto de la suerte o qué?

Sonreí. ¿Acaso ignoraba Laurent que yo era la persona con peor suerte del mundo?

—Como quieras —dije.

Laurent se incorporó, secándose los ojos. Después se pasó los dedos por el pelo.

—¿Estoy colorado? —me preguntó—. No quiero que la bruja sepa que he estado llorando.

—Igual se ablandaría un poco —dije yo—, viendo lo mucho que te preocupa tu padre.

—Alice no se ablanda ni que la dejes en agua caliente durante un mes —dijo él, de mal talante—. Yo creo que es de cuero viejo.

—Lo que pasa es que está muerta de miedo. La gente dice cosas raras cuando está muy preocupada.

—Ah, entonces es que ella está siempre preocupadísima.

—Ya, me parece que sí —concedí. Le di otra palmadita, antes de añadir—: Yo aprendo rápido. No he visto gran cosa todavía, pero estoy convencida de que Frédéric y Benoît se las apañarían. Creo que habría que seguir adelante con la tienda hasta que Thierry esté mejor. Seguro que le animará saber que hemos continuado adelante en su ausencia...

—O acabará de matarle, cuando se dé cuenta de que no es irreemplazable —dijo Laurent, con una sonrisa retorcida. Vi que había cogido la mano inerte de su padre; la de Thierry estaba más pálida e hinchada, pero por lo demás eran idénticas.

—Bueno, le diremos que evidentemente las cosas sin él no van tan bien —sugerí.

—No será necesario —dijo Laurent, irónico—. Él cree que todo es peor sin su intervención.

—Y quizá tenga razón.

En ese momento apareció Alice con una bandeja y tres tacitas de plástico llenas de un líquido negro. Le apreté el hombro a Laurent.

—Vuelvo a la tienda —dije—. Aquí no sirvo de gran cosa.

—De acuerdo —dijo Laurent—. Y ocúpate del teléfono, por favor.

—Por supuesto. Diré que él está...

—Di solamente que se va a poner bien —intervino Alice, en un tono que no toleraba discusión alguna—. Diles que volverá a ser el de siempre y que la tienda continúa y que todo queda como estaba.

Laurent probablemente habría dicho que lo único que le interesaba a Alice era preservar su inversión, pero yo no lo veía así. Me pareció que intentaba mantener a Thierry con vida por el mero hecho de afirmar que se iba a poner bien. Y debo reconocer que su fuerza de voluntad me dejó un poco impresionada.

Cuál no sería mi sorpresa cuando, al salir del hospital, vi que seguía haciendo un día espléndido. En el cielo flotaban pequeños jirones de nube y el sol de la tarde estival calentaba la espalda y el cuello de tenderos y turistas, todos ellos —me dije para mis adentros— felices y despreocupados.

En ese momento me percaté de que no sabía dónde estaba. Caminé un buen trecho y luego divisé la Torre Eiffel sobre mi hombro izquierdo; eso quería decir que me encontraba en la orilla izquierda del Sena y que debía cruzar el río otra vez. No había salido de la Île de la Cité. Estirando el cuello, alcancé a ver a lo lejos la silueta familiar de Notre-Dame, a mi derecha. Habría sido mucho más rápido tomar un taxi o el Métro —en París todo queda más lejos de lo que parece—, pero decidí que necesitaba andar para aclarar un poco mis ideas. Con mucha prudencia y vigilando el tráfico, crucé al otro lado. Los dedos de los pies me dolían otra vez. Quizá fuera la reacción al olor de los hospitales. O podía ser que el tiempo fuera a empeorar, aunque en ese momento no veía yo que las cosas pudieran ir todavía a peor. Aflojé el paso —en vez de andar deprisa como cualquier parisino ocupado, adopté el caminar pausado del turista— y seguí adelante procurando tener siempre Notre-Dame al alcance de la vista.

El edificio tenía algo especial. Yo sabía que siempre había sido un santuario, ya desde los tiempos en que la ciudad no era más que la isla y su iglesia. Y cómo no pensar en el Jorobado y en Esmeralda, o mirar las gárgolas sin estremecerse pensando que hubo un tiempo en que la gente creía ciegamente en ellas y que el infierno estaba a solo un paso, que significaba tormentos para toda la eternidad y que los monstruos tallados en la pared eran absolutamente reales y podían hacerte pedazos.

Mi familia no era especialmente religiosa, aunque en el instituto nos dieron unas cuantas clases de religión y durante un tiempo —que nadie me pregunte por qué— estuvo más o menos de moda ir a la iglesia. Quizá se veía como algo lógico en el momento, o tal vez fuera por estar a la altura de los chicos musulmanes, que rezaban a cada momento y eso los hacía más atractivos. En fin, el caso es que a mí me rondó esa idea hasta que hablé de ello con la señora Shawcourt, que era la única profe potable a quien podías preguntar acerca de cosas así. Ella torció un poco el gesto y me dijo simplemente: «Oh, no creas, yo he ido mucho a la iglesia. Muchísimo. Lo suficiente para tirar lo que me quede de vida.» Después de eso, se me pasaron bastante las ganas.

Pero allí, cerca de Notre-Dame, la sensación era distinta. Había una cola de gente esperando para entrar en el templo; muchos colegiales italianos con cara de aburrimiento, estudiantes norteamericanos hablando en voz muy alta, parejas de gente mayor —todos vestían exactamente igual— consultando sus guías turísticas. Pero en la cola vi también a personas diferentes; monjas, personas solas que no tenían pinta de estar de vacaciones en absoluto, el gesto muy serio. Y aquellas torres gemelas de la fachada daban al lugar un toque especial.

Al acercarme un poco más me di cuenta de que solo había que hacer cola si querías entrar en grupo o subir a ver las campanas y demás. Si solamente querías echar un vistazo al interior, podías entrar sin más. Aunque los pies me estaban matando y hacía un montón de horas que no comía nada y solo me apetecía tumbarme y descansar, me decidí y empecé a subir la escalinata.

Dentro era enorme. Olía ligeramente a flores y a algo más que supuse sería el incienso que según mi abuela utilizan los católicos; también olía a cera para suelos. Por los altavoces sonaba música de órgano, lo cual era un poco desconcertante. Las dimensiones del lugar te abrumaban. Y si me lo parecía a mí, que vivía en la época de los rascacielos y los reactores jumbo y los grandes cruceros, qué no debió de sentir la gente siglos atrás. Enormes frescos alusivos a la Pasión cubrían los muros en todo su intrincado detalle, y había un rosetón enorme de tonos rosados.

Aquí y allá, en los bancos, diminutas como hormigas en el entorno monumental, vi personas que cantaban o simplemente estaban allí sentadas meditando; yo no podía seguir adelante sin pagar la entrada y tampoco tenía un Dios al que rezar, e incluso de haberlo tenido, no me cabía en la cabeza que ese Dios se tomara un respiro de tanta matanza y tanta hambruna para ayudar a un hombre obeso y ya mayor a quien yo apenas conocía. Con todo, interiormente pronuncié una súplica: por favor, por favor. Nada más, solo eso: por favor.

Me sentí mejor después.

Habían colgado un letrero en la entrada —«FERMÉ CAUSE DE MALADIE»— y había gente por allí con gesto preocupado; sin duda había acudido especialmente al conocer la noticia. Llamé a la puerta con los nudillos. Se suponía que había una salida de incendios en la parte de atrás, pero como no sabía adónde daba, seguí insistiendo hasta que oí gritar a Frédéric:

—¡Está cerrado! ¡Lárguese!

—¡Soy yo! —chillé a mi vez.

La persiana subió de inmediato.

—Pero ¿por qué no has telefoneado? ¿Dónde te habías metido? —preguntó él a gritos.

—Porque mi teléfono no va —le expliqué—. Y en el hospital no encontraba ninguno.

—Vaya por Dios —refunfuñó—. Hemos estado aquí esperando. ¿Alguna novedad?

—No —respondí—, creo que no. Pero en este momento es bueno que no haya ninguna.

Frédéric resopló:

—No sé qué decirte.

Advertí que no se oía una mosca en la tienda.

—¿Cómo es que están apagadas las batidoras? —pregunté.

—Sin el chef no podemos seguir adelante, chérie. Imposible.

—¿Cómo que imposible? ¿Y eso a qué viene?, ¿es que estáis en huelga?

—No, pero es que sin él...

—O sea que lleváis trabajando aquí todos estos años y no sabéis cómo hace él las cosas...

Frédéric torció el gesto, enfadado.

—Vemos lo que hace, eso sí, pero una cosa es lo que haga él y otra lo que haríamos nosotros. El concheado no sale precisamente igual. Es como si comparas una pintada en la pared con la tela de un artista. No puede ser.

Yo estaba acostumbrada a trabajar en una fábrica, donde hasta un mono podía hacer el mismo tipo de chocolate día tras día gracias al proceso industrial, siempre y cuando recordara la secuencia de botones a pulsar. Claro que igual se decantaba por el de sabor a plátano, eso sí.

—Por supuesto que puede ser —insistí—. Benoît lleva aquí desde que era un bebé. Digo yo que podría hacerle ese favor a Thierry y seguir con la producción.

—No, es imposible —dijo, mirándome como si le estuviera explicando algo muy obvio a un niño especialmente lerdo—. No puede salir igual.

—Pues yo espero que sí —dije—, porque creo que Alice desea que esto continúe abierto. Si quieres decirle que no a ella, adelante, por mí...

Frédéric se puso pálido de golpe.

—Ella no puede querer eso —dijo.

—Te equivocas. Se lo he oído decir en el hospital.

—Pues será porque no lo entiende.

Yo en eso estaba más o menos de parte de Alice. Suponía que habría sueldos que pagar, el mío incluido (con suerte). Seguiría viniendo gente a la tienda. Thierry se ocupaba sobre todo del ajetreo y de las ventas. Frédéric y Benoît podían llevar a cabo las tareas del taller, de eso estaba casi segura. Y yo podría echarles una mano, pensé. Llevaba varias semanas viendo cómo lo hacían, ¿no? Y para este tipo de cosas tenía buen olfato.

Frédéric llamó a Benoît y, mascullando por lo bajo a una velocidad de vértigo (lo que me recordó una vez más hasta qué punto se esforzaba la gente para que yo entendiera algo), empezó a explicarle que se habían vuelto todos locos de remate. Benoît, como de costumbre, hizo poco más que soltar un gruñido, pero esta vez me pareció más contrariado que en otras ocasiones.

—Les anglais —fue su único comentario, lo cual evidentemente me indignó, pues quería decir que me metía en el mismo saco que Alice.

—Yo no he tenido nada que ver —protesté—. Hablad con Alice, ¿de acuerdo? ¿Necesitas que limpie algo?

Benoît negó con la cabeza.

—Está hecho —sentenció. Y luego añadió, en inglés—: Esto se acabó.

14

Me costó horrores subir la escalera. Solo deseaba entrar en el piso y dormir un poco. Dios mío, y tenía que llamar a Claire, por descontado; ni siquiera había pensado en eso. Bueno, pero antes tendría que cargar la batería del teléfono. Ya pensaría en ello después, quizás en cuanto me hubiera dado un baño.

Sami estaba en casa, claro. Sobre el bronceado torso, llevaba puesto un chal con flecos de color azul cobalto, y se había dado lápiz de ojos azul. No había duda de que me estaba esperando.

—¡¡Querida!! —exclamó—. Me he enterado de la noticia. Qué horror, qué horror. Ven, mira, tengo un poco de cognac. Va bien en estos casos.

En ese momento no me pareció una mala idea, a pesar de que yo apenas tenía una vaga idea de lo que era el cognac. A Sami le encantaba estar al corriente de todos los chismes.

—¡No se habla de otra cosa en todo París! ¿Y ahora dónde iremos a tomar chocolate caliente? ¡El famoso tenor Istoban Emerenovitz dice que solo canta aquí si le garantizan que hay chocolate de Thierry Girard! Ahora nos lo robarán los del Met de Nueva York y todo el mundo lo lamentará.

Yo no estaba muy segura de que el mundo fuera a lamentar algo así, pero esbocé una sonrisa, le dije que no se preocupara y que todo iba a salir bien. Qué curioso, que en solo unas cuantas horas yo me hubiera convertido en la fuente de información.

—Oye, ¿y tú estabas allí? —preguntó Sami, incapaz de reprimir su curiosidad—. Pobrecilla. ¿Ha sido muy espantoso?

Por primera vez desde la carrera hasta el hospital y todos los recuerdos que eso había suscitado, me dejé ir y rompí a llorar a mares.

—Mi pobre pajarillo —dijo Sami, dándome un abrazo extrañamente perfumado—. ¿Quieres que tu tío Sami te lleve a una fiesta? ¿Qué me dices? Mira, iremos a una fiesta y se lo cuentas a todo el mundo y así te sentirás mejor.

En ese momento era lo último que deseaba hacer. Se lo expliqué a Sami, el cual puso la misma cara de perro confuso que había puesto Frédéric al sugerir yo que imitáramos las recetas de Thierry. Pero al final Sami me dejó en paz.

Yo estaba prácticamente convencida de que Alice se saldría con la suya —era de esa clase de personas—, de modo que me esperaban unas cuantas semanas de mucho ajetreo. Mi único deseo era estar a la altura de las circunstancias.

1972

Aun completamente encerrada en sí misma cuando volvió a la escuela (la de siempre, pues se habían mudado pero no de barrio), a Claire no se le escapó por completo que algo pasaba con una de las chicas; al principio no supo decir qué era lo que había cambiado en Lorraine Hennessy, pero luego todo el mundo empezó a cuchichear y a murmurar y la pobre Lorraine ya no podía subirse del todo la cremallera de la falda; de modo que era eso: estaba embarazada, según los rumores, de un chico que había venido aquel verano a Kidinsborough con la feria ambulante y que la hizo girar demasiado fuerte en los *waltzers*.

Los tiempos en que a las mujeres «pecadoras» las enviaban a centros especiales habían quedado atrás, pero no tanto. Y eso que Lorraine había conseguido llegar a sexto... el curso a partir del cual, según rumores comúnmente aceptados, todo era cuesta abajo. La pobre Lorraine había caído de morros en la última valla, todo por un chico de mirada chispeante al que le faltaba un diente y llevaba las uñas sucias y una greñas larguísimas. Lorraine dejó la escuela en otoño; el resto de la gente siguió como si tal cosa.

Pero Claire, por supuesto, no se la quitaba de la cabeza. No pudo evitarlo, menos aún cuando el reverendo sacó el tema a colación durante la cena y cargó duramente contra las malas costumbres. Ella se imaginó llevando al hijo de Thierry, un auténtico querubín, risueño y gordito, las mejillas sonrosadas. Cada día, por si acaso, se miraba la barriga. Sí, habían tomado precauciones, desde luego, pero tal como había dicho el reverendo en uno de sus sermones más subidos de tono, los métodos anticonceptivos eran prácticamente inútiles; la única protección válida era la castidad, y el amor a Nuestro Señor Jesucristo.

Claire deseaba haber sido menos precavida. Y cuando se cruzó con Lorraine en la calle mayor —su madre, consciente de que podía haber por allí espías del reverendo, le metió prisa—, se detuvo para saludarla. No pudo evitarlo; se fijó en todos los detalles del cuerpo ahora modificado de Lorraine: los pechos con su recién adquirida redondez, el trasero prieto y alto... tan incomprensible que hubiera dentro un nuevo ser; la expresión temblorosa pero desafiante en su mirada.

—Que tengas suerte —le dijo Claire. En los dos minutos que llevaban paradas en la calle, ambas habían hecho caso omido de los transeúntes y sus comentarios en voz baja.

—Vale —dijo Lorraine, cuya madre, que la acompañaba en ese momento, parecía haber envejecido varios años de golpe. Lorraine no se veía orgullosa, pero su cuerpo (lozano y esplendoroso) sí. Claire fue la única chica del instituto que la envidió, que no se sumó a los cuchicheos disfrazados de preocupación por la embarazada. Si por ella hubiera sido, Claire habría salido pitando a tomar el ferry y se habría presentado de madrugada en la buhardilla de Thierry, y a él le habría encantado verla; oh, si es que todavía estaba allí y no se había mudado; y no es que ella no contemplara la posibilidad de que la recibiera confuso, contrariado incluso, de que pudiera haber, quién sabe, otra chica en su cama (ella sabía que no le faltaban pretendientes)... Pero no, seguro que se pondría en pie de un salto, su cara se iluminaría con aquella sonrisa suya, y luego su bigote le haría cosquillas en la barriga cuando él se la besara una y otra vez, y pasarían toda la noche despiertos, haciendo planes para el bebé, que sería el más lindo y el mejor alimentado de todo París, hasta que los primeros rayos de sol iluminaran los tejados de la rue de Rivoli y la sonrosada mañana convirtiera las calles blancas en un mar de flores con la promesa de un espléndido nuevo día por delante...

—Estás como distraída. —Era la señora Carr, la profesora de francés, que se había mostrado sorprendida por cómo había mejorado Claire su francés durante las vacaciones de verano y ahora la presionaba para que diera un paso más adelante; era inteligente, podía ir a la universidad, estudiar para traductora, viajar por el mundo... Pero ver que la chica se distraía tanto y mostraba tan poco interés la sacaba de quicio. Años más tarde, Claire se esmeraría especialmente con los niños que parecían estar en la luna. Los niños malos necesitaban que les pusieran límites y les dieran unas directrices; eso era sencillo. Más sencillo era todavía, lógicamente, con los niños motivados. Pero esos que tenían la cabeza a pájaros, que parecían estar muy lejos del aula, eran los más difíciles de tratar. El profesor nunca sabía qué diantres les pasaba.

Para la señora Carr, Claire era una frustración especial. Jamás había tenido una alumna que hablara tan bien el francés, pero la chica no se molestaba en hacer los deberes, a veces se saltaba la clase, y cuando estaba presente no parecía estarlo. La señora Carr intentó meterle en la cabeza la importancia de los exámenes de reválida, pero no parecía que eso hubiera surtido efecto, o al menos ninguno bueno. Podría haber sospechado que había algún chico —a esa edad muchas chicas prometedoras se echaban a perder; solo había que fijarse en Lorraine Hennessy—, pero Claire siempre había sido una muchacha sensata, su familia era muy religiosa... oh, vamos, para qué engañarse, esas eran siempre las peores.

Claire tenía sesenta y dos libras en su cuenta de ahorro de la Caja Postal, más que suficiente para llegar a Francia. El problema era cómo sacar el dinero; no podía hacer un reintegro hasta que no cumpliera los dieciocho, y aún faltaban cinco meses para ello. (Para Claire era como si faltaran cinco años; le parecía lejísimos.)

Pasaban los días y el tiempo se puso imposible; ni un rayo de sol, solo viento y lluvia, los niños siempre con la capucha del anorak subida, apenas si veían por dónde iban; eran como pequeños monstruos salidos de las tinieblas.

Claire sabía que estaba descuidando sus estudios, pero no conseguía recuperar el interés. El reverendo le gritaba y ella se quedaba allí tiesa sin chistar, pero sin escuchar tampoco. Esto no hacía sino enfurecer aún más a su padre, aunque Claire le había oído desgañitarse tantas veces en el púlpito que ya casi ni se enteraba. Cuando llegó el formulario de inscripción para la universidad, su madre lo guardó sin decir nada en el aparador; Claire no se molestó en mirarlo siquiera.

El peso que había ganado en París lo fue perdiendo, lo mismo que el bronceado de la piel. Empezaba a creer que su experiencia en Francia había sido solo un sueño, algo que había leído, una película. Ella no era aquella chica que correteaba por el Bois de Boulogne, que mezclaba aguacate con salsa picante, y se le ponían los ojos abiertos como platos de la inesperada acidez, cosa que hacía reír de buena gana a Thierry. Aquella Claire había pasado a la historia, y la de ahora parecía más joven aún que antes; pálida y frágil, protegiéndose del frío en los oscuros atardeceres, cruzando el pueblo como un alma en pena.

Sus amistades y la gente de su edad lo llevaban lo mejor posible, yendo de bares, bebiendo sidra en fiestas que montaban en casa de uno o de otro, dándose el lote (o algo más) en la zona del canal... Claire se encerraba en su cuarto y escribía un diario. Una mañana descubrió, casi escondido en el pequeño estanco del pueblo, el mismo tipo de Gauloises que fumaba Thierry, los del paquete azul. Con náuseas y ligeramente aterrada, se fue al bosque y encendió uno. El simple olor hizo que se echara a llorar, pero volvió otro día y luego otro y otro, para fumar pese al frío y el viento.

Años más tarde, Claire se dijo que de no haber sido la década de los setenta, probablemente el orientador de la escuela le habría dicho algo, o sus padres tal vez. No era nada raro, como pudo comprobar tras años de experiencia como profesora, toparse con un adolescente deprimido. Por regla general era una fase y nada más: problemas en casa, la incapacidad de comprender que los demás se sentían igual de incómodos y nerviosos en su piel y su sexualidad adolescentes. Claire era muy paciente y afable con aquellos chavales, las mangas siempre demasiado largas y los dedos agarrando los extremos, sus respuestas siempre un murmullo casi inaudible. Sabía lo que estaban pasando y lo importante que era para ellos. Y sabía asimismo que no debía permitir que eso los hiciera venirse abajo. Sus peores decepciones como profesora nunca fueron fracasos académicos, sino emocionales.

En su caso, todo el mundo dejó que se las apañara sola. Poco a poco, empezó a parecerle normal el mundo húmedo y gris, así como su sensación de estar separada por una gasa de aquel mundo y del resto de los seres humanos. Hasta que conoció a Richard.

15

Por un momento, al despertar la mañana siguiente, no pensé en nada; me sentía fresca después de haber dormido bien. El sol entraba por la puerta ventana y pintaba listas amarillas sobre mis sencillas sábanas blancas y la anticuada colcha azul.

Entonces me acordé, y el corazón se me fue a los pies. Dios mío. Me levanté de un salto y empecé a andar de acá para allá, sin saber qué debía hacer primero. Sí, tenía que hablar con Laurent, pero entonces recordé que no sabía su teléfono, boba de mí. Tal vez Sami lo tendría, pero Sami no iba a recuperarse de su farra hasta media tarde. Bien, vayamos por orden. Lavarse y vestirse. Café. Me puse la bata y salí de mi alcoba... y un poco más tropiezo con un guapísimo invitado que dormía en el sofá y parecía llevar unas alas de ángel. Me preparé un café solo, cargadísimo de azúcar, y me lo llevé al balcón. Ya estaba acostumbrada a aquel brebaje.

Contemplé París. A lo lejos, en la otra orilla del río, vi que llevaban unos caballos de la policía a hacer ejercicio. Un grupo de colegiales esperaba el bateau mouche en la parada. En la acera de enfrente, una mujer estaba recogiendo la colada que había colgado en un tendedero de polea. Nos sonreímos. Me pareció extraño que en alguna parte de la ciudad estuviera Thierry, conectado a unas máquinas y con unos tubos de plástico que entraban y salían de su corazón operado. Me pregunté si

Laurent seguiría en el hospital, cogiéndole la mano y cabeceando de puro cansancio. Sí, seguro que estaría allí. En cambio, Alice... Tuve el presentimiento de que luego la vería. Con esa desagradable perspectiva en mente, pasé a la lotería diaria de ver si había agua caliente o no. Y entonces me acordé; aún no había telefoneado a Claire. ¡Qué tonta! Miré el reloj; en Gran Bretaña eran las cinco. Claire estaría durmiendo todavía, con un poco de suerte. No podía molestarla. La llamaría más tarde, desde la tienda.

Me di un baño (el agua estaba tibia), miré una vez más a Cupido dormido —Sami solía ofrecer sofá a jóvenes artistas— y salí sin hacer ruido. Los dedos del pie, no, eso no. Siempre se me olvidaba. Se supone que debería decir, tal como me instruyeron en el hospital, «el sitio donde tenía los dedos», de lo contrario no sería capaz de librarme psicológicamente de ellos. En fin, el sitio ese me dolía un poco, pero no tanto como el día anterior. Tenía la sensación de que hoy iba a necesitar todas mis energías; no podía fallarme nada.

Claire estaba sentada junto a la ventana, mirando al exterior y a continuación la tele, y otra vez al exterior. No tenía ganas de hacer nada más. Había intentado dormir sin conseguirlo. Había estado a punto de llamar a Anna, pero al levantar el teléfono se había puesto muy nerviosa. Si eran malas noticias... ¿De qué podía tratarse? Anna le había hablado con pánico en la voz. Quizás era que se había extraviado, sí, debía de ser eso. Se habría perdido y por eso estaba preocupada. Pero entonces ¿por qué no había vuelto a llamar para decir que se encontraba bien? ¿Dónde podía estar? Claire no pensaba que pudiera soportarlo, si lo de mandar a Anna a París acababa siendo el segundo gran error de su vida. Respiró hondo y buscó con la mirada el cilindro de oxígeno. Oyó a Patsy, su nuera, tirando del cubo de la basura con ruedas en el camino particular. Era una mujer denodada, un verdadero salvavidas. Claire llevaba muy mal ser una carga para sus hijos y demás familia, pero ¿qué podía hacer? Lo peor de todo era cómo la miraban sus nietos. Patsy y Ricky tenían dos niñas, Cadence y Codie, y ella pensaba que a sus cincuenta y siete años tendría que haber estado jugando con ellas de rodillas en el suelo, a recortables, a contar historias graciosas, cantar canciones, hablarles de su papá cuando era pequeño.

Las niñas, en cambio, miraban totalmente horrorizadas aquel rostro feo, gris y avejentado y la máquina del oxígeno. No podía culparlas. Y luego Patsy les daba un codazo, enfadada, y las niñas sacaban los dibujos que habían hecho para la abuela y un pañuelo nuevo para que se pusiera en la cabeza, pero eran demasiado pequeñas para recordarla como otra cosa que una especie de bruja enferma, y eso a Claire le partía el corazón.

—¡Hola, mamá! —dijo Patsy abriendo la puerta con su propia llave. A Claire no le gustaba que su nuera la llamase «mamá» porque le hacía sentirse viejísima, pero ni soñando lo habría mencionado—. Voy a poner agua a hervir. Montserrat vendrá a darte un baño, ¿no? Estupendo. ¿Quieres que haga algo?

Claire miró el teléfono que tenía sobre el regazo. ¿Acaso había algo que hacer?, se preguntó.

Frédéric y Benoît parecían a punto de amotinarse, y ni siquiera fumaban como de costumbre. Levanté las cejas, pero enseguida comprendí lo que pasaba al ver la alargada y enjuta silueta de Alice, que estaba subiendo la persiana. Los chicos me saludaron con un gesto del brazo y yo hice otro tanto, pero cohibida; no sabía si me consideraban una enemiga o no.

—¿Cómo está Thierry? —le pregunté en inglés a Alice.

Ella se dignó mirarme de soslayo y luego dijo:

—Igual. Estable.

—Ah —dije—. Oh, bueno, al menos no ha empeorado —añadí después, boba de mí.

«Estable.» No me gustó mucho cómo sonaba, la verdad. Lo sabía por el tiempo que estuve ingresada. Lo peor era «crítico». Eso sí que era malo. «Recuperándose» era lo ideal, en estas situaciones, mientras que «estable» solo quería decir igual que ayer.

Y en el caso de Thierry significaba que su vida seguía en peligro. No me gustó nada.

—Mmm —fue todo lo que dijo Alice. Luego me pasó su teléfono—. Toma —dijo—. No para de sonar, y ahora mismo no quiero saber nada de llamadas.

Me quedé sin saber qué esperaba ella que hiciese. Estuve tentada de arrojarlo al río, pero lo que hice fue ponerlo en modo vibración y metérmelo en el bolsillo del delantal. El teléfono no paró de vibrar en todo el tiempo. Hice caso omiso.

Alice subió la última persiana y se volvió hacia nosotros.

—Bien. La tienda va a continuar como antes.

Frédéric levantó las manos.

—Pero eso no es posible, madame. Una orquesta no puede tocar sin su director. Una cocina no puede funcionar sin su chef. Nuestros productos no estarán a la altura esperada.

Alice se puso pálida.

—Es su deseo —dijo.

Frédéric y Benoît intercambiaron gestos de incredulidad tan evidentes que a ella sin duda no se le escaparon. Mordiéndose el labio con furia, se dirigió a mí.

—Anna, ¿tú sabes conchear?

Frédéric y Benoît me fulminaron con la mirada, pero me daba tanto miedo Alice que decidí responder: fue un error que a la postre resultaría fatídico.

—Oh, pues... sí, puedo intentarlo, pero...

—Muy bien. Te encargarás tú.

Benoît boqueó audiblemente.

—Pero ¿no sería mejor esperar hasta que...?

—Tonterías. El que no quiera trabajar aquí puede irse ahora mismo. Quien piense que esto no es lo que Thierry desearía, que vaya a hablarlo con él, pero no le aseguro que cuando vuelva haya un puesto de trabajo esperándole aquí. Soy la copropietaria de este negocio. Que nadie piense que soy tan blanda como él.

Eso no lo pensaba ninguno de nosotros.

—Si creyera —continuó— que eso mantendría el negocio en

marcha y la tienda abierta, me desharía de todos vosotros sin pensarlo dos veces, ¿está claro? Así que no me obliguéis.

Miramos los tres al suelo.

—Venga, adentro. Abrid la tienda. Haced lo de siempre. Anna se encarga de los sabores. Ojo, no la pifies. Yo voy a estar ocupadísima y no quiero tener preocupaciones extra porque alguien meta la pata.

Y dicho esto le lanzó las llaves a Benoît, se volvió sobre sus talones y se alejó con paso decidido sin darme tiempo a recordarle que yo tenía su teléfono móvil en el bolso.

No se pronunció una sola palabra mientras entrábamos en la penumbra de la tienda e íbamos hasta la parte del taller. La luz parpadeó antes de encenderse del todo. Benoît fue a encender la máquina de café, pero hizo solamente dos tazas, para él y para Frédéric.

Carraspeé.

—Lo siento —dije en voz queda.

—Si no estamos unidos no somos nada. —Frédéric me miró, enojado.

—No, si ya lo sé, pero creo que... puede que Alice tenga razón. Yo creo que Thierry preferiría que la tienda continuara a que nos fuéramos todos de vacaciones o algo así.

Benoît masculló algo totalmente incomprensible.

—No sé, yo creo que podemos intentarlo —añadí.

—¿Y que la reputación de la tienda se pierda para siempre? Los británicos nunca entenderéis esto de nosotros los franceses. Para vosotros todo es trabajar, trabajar y trabajar, abrir los domingos, esclavizar a familias enteras para que trabajen a las tres de la mañana en supermercados y que la gente abandone sus casas, la iglesia, los hijos para ir de compras en domingo.

—¿Los domingos tienen las tiendas abiertas? —preguntó Benoît, muy sorprendido.

—¡Sí! ¡Hacen trabajar a la gente en domingo! ¡Y no cierran al mediodía! Total, ¿para qué? ¿Para comprar tonterías made in

China?, ¿ropa barata que han cosido mujeres pobres de Malasia? ¿Para poder ir más a menudo al KFC y atiborrarse de pollo frito? Prefieren seis tabletas de chocolate malo a una de chocolate bueno. ¿Por qué? ¿Por qué seis cosas malas son mejor que una buena? No lo entiendo. Nosotros no somos así, tú y yo.

—Sí, todo eso ya lo sé —dije, notando que se me agolpaban las lágrimas—. Pero sigo pensando que deberíamos intentarlo. Tenemos que probar, ver si somos capaces de hacer algo tan bueno y con tanto amor y cariño como lo haría Thierry.

Se me quedaron mirando los dos.

—Además —continué—, me temo que no tenemos elección.

Al final me decidí por la menta, ya que era el más sencillo de todos los sabores. Frédéric y Benoît siguieron tomando café, mirándome fríamente mientras yo fregaba y limpiaba todas las cubas, barría el suelo y me ponía a reunir ingredientes.

—¿Voy a tener que hacerlo todo yo sola? —dije en un momento dado, colorada y sudando por el esfuerzo, cada vez más enfadada y más resentida y ya a punto de explotar.

—Ha sido cosa tuya —respondió Frédéric, y eso me puso aún más furiosa. Pero Benoît, en cambio, me sorprendió. Se levantó y salió a fumar un cigarrillo. Cuando volvió, traía consigo la mantequilla y la nata fresca. Yo casi me echo a llorar. Después de eso, Frédéric también colaboró un poquito, pero de mala gana, como si necesitara recordarnos que él solo estaba participando bajo coacción. No íbamos a tener tiempo suficiente, de modo que no podíamos poner el chocolate a cuajar; habría que someterlo a enfriamiento instantáneo. Esto era hacer chocolate sobre la marcha. Me lie con los cacharros, sudé profusamente y hasta solté unas pocas lágrimas, cuando no me salió bien el concheado.

Era un amasijo grumoso y feo, pero al final lo metimos en el frigorífico.

Y a eso de las 11.30, es decir media hora más tarde de la hora de apertura normal, las primeras piezas de chocolate salieron de sus moldes.

Nos las quedamos mirando los tres. Yo corté una con un cuchillo. La consistencia me pareció correcta; no era el chocolate perfecto, tal vez un poquitín achicletado.

—Bueno, a ver qué pasa —dije en inglés. Los otros dos fingían no tener demasiado interés. Cogí un trozo, cerré los ojos y me lo metí en la boca.

Bueno, pues nadie vomitó. Otras veces ha ido peor. Por ejemplo, cuando en Kidinsborough se nos coló leche en polvo en la mezcla y hubo que tirar veinte toneladas a la basura. Nos lo hicieron catar a todos a modo de control de calidad, para asegurarse de que no se repitiera nunca más. Este de ahora no estaba tan malo ni mucho menos.

Pero pasaba una cosa: no era exquisito. Le faltaba ese punto etéreo, ese derretirse en la boca del delicioso chocolate de Thierry. ¿Dónde estaba el error? Lo habíamos batido tal como había que hacerlo, el concheado igual, los ingredientes eran los mismos de siempre, todo fresquísimo. Pero ver cómo una persona crea algo y ponerte tú a hacerlo son dos cosas muy distintas. Algo faltaba. Era la diferencia entre el lienzo de un maestro y una acuarela de dominguero.

Hice una mueca. Los chicos pegaron un salto. ¡Se alegraban, los muy cerdos! Supongo que tenían pánico a que yo pudiera hacerlo muy bien.

—Está malísimo —dijo Frédéric, después de probarlo.

—Bueno, no exageres —dije yo.

Benoît se limitó a escupir su trozo en un pañuelo grande y bastante sucio. Yo puse los ojos en blanco.

—Venga, chicos. ¡Es la primera vez que lo hago!

—Esto no lo podemos vender —dijo Frédéric.

—¡No está tan mal! —insistí, y él se encogió de hombros dando a entender que si yo no veía lo malo que estaba, era inútil tratar de explicármelo.

En ese momento oímos el timbre de la puerta principal. Se nos paró a los tres el corazón. ¡Era Alice!

Entró marcando el paso sobre sus tacones. Para mi absoluta sorpresa, había dedicado ese rato a ir a la peluquería. Cuando llegó a mi altura, adelantó una mano reclamando su teléfono, y yo lo saqué del bolsillo de mi delantal. Vi que la última llamada era de Laurent y el corazón empezó a latirme más deprisa. ¿Habría novedades? ¿Estaría en el hospital? ¿De qué se trataba? Aprovechando un momento de distracción por parte de Alice, me envié el número a mí misma, por si acaso.

Alice mordisqueó un trocito del chocolate.

—Está bueno —dijo.

—¡De ninguna manera! —saltó Frédéric, pero ella le lanzó una mirada de advertencia.

—Salid ahí a venderlo —dijo—, o cancelo el almuerzo.

Sus palabras parecieron provocar terror e indignación en los dos hombres.

—Bien. Me marcho al hospital —dijo Alice.

—Esto... creo que ha llamado Laurent.

Alice torció el gesto mientras miraba la lista de llamadas recibidas.

—Pero del hospital no han telefoneado —dijo—, o sea que no será nada importante.

—¿No piensas devolverle la llamada? —dije, al ver que se guardaba el móvil en el bolso. Ella me miró sin comprender.

—Vamos, vamos. Abrid de una vez —dijo en inglés.

Había allí una muchedumbre más numerosa de lo que ya era habitual; la prensa se había hecho eco de la enfermedad de Thierry y eran muchas las personas que conocían su reputación como fabricante del mejor chocolate y estaban ansiosos por saber lo que ocurría, y recelosos también, supuse yo, acerca del control de calidad. Suspiré, hecha un manojo de nervios. Estaban a punto de averiguarlo.

Nadie dijo nada, claro está, aunque Frédéric no dejó de lanzarme significativas miradas desde el mostrador. La gente salía fuera, probaba un trozo. Si era la primera vez que venían, daba la impresión de que se asombraban, como diciendo a qué viene tanto bombo y platillo si esto sabe como cualquier marca de las que encuentras en el súper...

Pero si eran clientes habituales, la cosa era muchísimo peor. Probaban un poco con la punta de la lengua, como los polis de serie televisiva catando la cocaína recién requisada, y luego se miraban como confirmando sus peores temores, desechaban el resto y se largaban a toda prisa. Y, a todo esto, Frédéric poniendo aquella cara de «¿Lo ves? Ya te lo decía yo».

En la pausa para almorzar me busqué un sitio tranquilo —en la Île de la Cité eso era casi imposible— y lloré a moco tendido. Fue entonces cuando me acordé de la llamada que no había hecho aún.

—¿Claire?

—Ay, gracias a Dios. —Su voz sonó frágil, pero era evidente que se sentía aliviada. Yo me hubiera dado de bofetones por no haber llamado antes.

—Lo siento mucho —dije—. Me quedé sin batería, y luego ya era muy tarde.

—Pero ¿te encuentras bien?

—Eh... sí —dije.

—¿Qué ocurre?

—Thierry.

Claire lo comprendió entonces. Lo supo a pesar de todas las trivialidades sobre eso de que las heridas se curan con los años y que la gente va madurando y sigue adelante, todas esas cosas que le habían dicho alguna vez o había aprendido de otros y había asumido fingiendo durante años y más años que las creía a pies juntillas, a lo largo de su experiencia como madre de los hijos de otro hombre y del divorcio de otro hombre... A pesar de todo eso, por el modo en que su corazón brincó, podría haber sido ayer; los años dejaron de contar. Nada había cambiado, absolutamente nada.

—¿Qué le pasa? —preguntó, asiendo nerviosa el cilindro de oxígeno.

—Mamá, ¿va todo bien? —oí preguntar descuidadamente a Patsy desde la cocina.

—Sí, gracias.

—¿Quieres una taza de té?

Claire maneó la cabeza, molesta.

—Bueno, Anna —dijo—. ¿Qué? ¿De qué se trata?

Se le hizo un nudo en la garganta. Thierry no podía haber... no podía estar muerto. No, por Dios. Bueno, ella, Claire, sí que estaba medio muerta, pensó para sus adentros. Pero Thierry, tan lleno de vida como estaba...

—Ha tenido un ataque al corazón —dije, no queriendo irme por las ramas—. Está ingresado.

—¿Un ataque? ¿Muy grave?

—Sí.

—Oh, tanto chocolate, tanta mantequilla... —dijo—. ¿Y está... está... cielo santo...

—No lo sé, Claire. Le han operado, un bypass. Los médicos no saben si se recuperará.

—Pero me estás diciendo que le han operado, ¿no?

—Sí, pero es un poco difícil. —No sabía cómo decirlo—. Es que está tan gordo...

—¡Ah! ¡Oh! —exclamó Claire con voz temblorosa—. Pero vive todavía, ¿verdad?

—Sí, pero está gravemente enfermo.

Tras una pausa, Claire dijo:

—Me gustaría tanto verle...

No supe qué decir. ¿Podía Claire tomar un avión a París, si no daba tres pasos sin que le faltara el resuello? No, imposible. Me dio mucha pena.

—Quizá cuando se encuentre mejor, podría ir él a verte, ¿no? —dije—. Le convenceré.

—No. No le digas nada. Pero tenme al corriente, por favor.

—Pues claro. Te iré llamando.

—¿Y tú, Anna? —dijo de pronto—. ¿Qué tal estás? ¿Te gusta París?

Sonreí un poco mientras me enjugaba un goterón de rímel que se me había corrido. Decidí que por hoy no iba a ser portadora de más malas noticias.

—Bueno —dije—, han pasado muchas cosas.

—Tout va bien a part ça?

—Oui, a part ça.

Acababa de colgar cuando me di cuenta de que en el fondo esperaba que Claire fuera mi salvadora, haber podido contarle mis penas abiertamente; seguro que ella lo habría entendido, no en vano había sido joven estando en París. Yo no era una chica joven, como ella entonces, pero al fin y al cabo si estaba aquí era por Claire.

No me esperaba que la noticia fuera a afectarle tanto. Había pensado que se preocuparía, pero con el suficiente desapego. Cuando yo estaba convaleciente en el hospital, las tribulaciones de los demás me pasaban un poco por encima, era demasiado egoísta, demasiado introvertida como para prestar atención. Claire, en cambio, había reaccionado de manera muy diferente, como si Thierry fuera alguien a quien todavía conocía muy bien, íntimamente, como si la noticia acerca de alguien a quien no había visto en cuarenta años fuese de la mayor importancia para ella.

1972

Claire conocía de vista a Richard Shawcourt. Usaba unas gafas marrones de montura de concha que le daban un aspecto demasiado serio para ser un chico de instituto, y a veces llevaba un estuche de instrumento musical. Aquel día, en el bosque, lo llevaba.

Claire hacía novillos. Unos día se sentía triste, otros soñadora. Aquel día en cuestión se sentía rebelde. Durante el desayuno le había replicado varias veces a su madre (era preferible no contestar al reverendo si quería abandonar otra vez el hogar paterno) y había salido de allí hecha una furia, sin molestarse siquiera en mirar el correo. Había echado a andar en dirección a la escuela —aquella mañana tenía francés oral, que se le daba bien—, pero a mitad de camino había visto a una pandilla de chicas, entre ellas Rainie Collender, que no paraban de soltar risitas y de gritarse unas a otras y de reírse de Looby Mary, una compañera de curso grandota y torpe que siempre iba sola y no hablaba con nadie. Sin duda se estaban metiendo con ella de mala manera, pese a que Mary era claramente subnormal en el aspecto educativo; le preguntaban si tenía novio y a qué discoteca lo llevaría, y a Claire le revolvió el estómago toda aquella crueldad, tan típica y tan estúpida, de la vida escolar. Pensó qué habría hecho Thierry, y decidió que no lo habría aguantado puesto que su actitud hacia el mundo en general era siempre benévola.

Claire fue hacia el grupito.

—¿Qué os pasa? Parecéis niñas de párvulos —dijo, con voz sorprendentemente firme—. Dentro de nada termináis los estudios y aún vais de matonas...

—No te des tantos aires —le dijo Rainie Collender, que ya se teñía el pelo.

—Oh, si es la enchufada de la profe de francés —terció Minnie Evans, la compinche de Rainie. Todas se echaron a reír, pero Claire hizo caso omiso.

—¿Estás bien? —le preguntó a Looby Mary, y esta puso cara de desconcierto, como si no se hubiera enterado siquiera de que estaba siendo objeto de burla, y se alejó de allí.

El grupito de chicas se había apiñado otra vez, ahora hablaban con grandes aspavientos haciendo comentarios del tipo «Pues no sé quién se ha creído que es» o «Será que se considera mejor que las demás», y Claire puso los ojos en blanco, soltó un suspiro y tomó el camino del bosque.

—Vaya, ¿te da miedo venir al cole? —le gritó Rainie, pero Claire hizo oídos sordos.

Claire se sentó en una rama de su árbol favorito, en el bosquecillo de detrás de la escuela, y encendió uno de sus preciados Gauloises. Apenas tragó el humo, simplemente dejó que el aroma del tabaco la tranquilizara; de lo contrario la habría emprendido a puntapiés con cualquier árbol.

De repente oyó que alguien se acercaba, se bajó de la rama y apagó el pitillo, poniéndose a cubierto.

—Perdona —dijo Richard Shawcourt, con cara de sentirse más que incómodo, los pantalones ya demasiado cortos pese a que estaban empezando el curso—. No quería asustarte. Solo he venido para decirte que has hecho muy bien cantándoles las cuarenta, y para asegurarme de que ellas no te habían hecho nada. Yo nunca me atrevo a plantar cara a los matones por miedo a que me rompan las gafas.

Ella le miró de arriba abajo.

—Oye, ¿qué llevas en ese estuche? —dijo.

Fue peor de lo que yo me imaginaba. Cuando llegué, Frédéric y Alice estaban discutiendo a grito pelado en plena calle. El intercambio era tan rápido que no pude entender gran parte de lo que se gritaban, pero por la furia que despedían sus ojos cuando me vieron, no me cupo duda de que básicamente estaba relacionado conmigo y con mis presuntas flaquezas. Era evidente que Frédéric insistía en su idea de cerrar, una solución que Alice no estaba en modo alguno dispuesta a adoptar. Se me quedaron mirando los dos, a la expectativa.

Lo bueno de ese rinconcito de isla en medio de París era que había multitud de callejuelas por las que escabullirse. Es lo que hice yo, y acto seguido marqué el número que le había birlado a Alice de su móvil.

Contestó con voz grave y tensa:

—Allô?

—¿Laurent? —dije—. Soy yo, Anna.

Le oí expulsar el aire.

—Anna, estoy en el hospital. Acabo de salir a por un café, pero ahora no estoy para llamadas.

—No, ya sé, ya sé, perdona... ¿Cómo se encuentra?

Laurent suspiró antes de responder.

—Todo sigue igual. Las malditas máquinas me van a volver loco con sus pitidos. Y tengo que volver al trabajo, lo quiera o no. Me necesitan allí.

Las noticias no podían ser peores, porque yo necesitaba a Laurent, urgentemente.

Así se lo dije.

—Por favor, te necesito. Necesito que me eches una mano en la tienda. Yo sola no puedo hacerlo.

—¿Pero tú no habías trabajado antes con chocolate?

—Sí, pero ¿cómo quieres que lo haga igual que tu padre?

—Ya, claro —dijo él, un poco demasiado rápido para mi gusto.

—Necesito ayuda. La cosa se está poniendo fea. Ahora mismo Frédéric y Alice se están peleando.

—Bueno, Alice es capaz de pelearse con un perro muerto en pleno ayuntamiento —dijo Laurent. Supuse que sería algún dicho francés poco común, porque no me sonó de nada. Se quedó callado un rato—. Está bien —dijo después—. Me marcho ahora al trabajo y luego volveré aquí. ¿Puedes ir tú a verme al trabajo? Te daré unas cuantas ideas y ya está, ¿de acuerdo?

—Bien. ¿Dónde trabajas?

—En el Pritzer —dijo Laurent. Yo no había oído hablar de ese sitio, pero por el tono en que lo dijo, él debía de suponer que sí—. Ve por la entrada de atrás. Te espero allí a las tres.

—¿Qué le digo a Alice?

—Dile que vas a salvar la tienda de Thierry, y le dices también que se puede ir a mear en unas tijeras.

A mi francés le quedaba un trecho muy largo por delante.

Alice me miró desde lo alto de su larga nariz.

—Pero Thierry no debe saber nada. Él jamás permitiría que sus clientes probaran los mejunjes de Laurent. —Lo dijo como si hablara de un veneno letal.

—Sí, ya lo entiendo —dije—. Pero me parece que sería mejor si...

—¡Aquí lo que estamos haciendo es tiza! —intervino Frédéric, provocando. Había dejado de gritar, apenas un momento, al acercarme yo a ellos, pero tenía las orejas coloradas. De Benoît no había rastro—. ¡Es una farsa! ¡Un pecado mortal!

—Oye —dije yo—, ¿y si aflojáramos un poco? Tampoco está tan mal.

—Tan mal es como decir horroroso. Al menos para esta tienda —sentenció.

Vi que Alice se mordía el labio, reflexionando.

—Sea como sea —dijo al cabo—, la tienda debe seguir adelante. Tenemos facturas, compromisos; y precisamente ahora, cuando más trabajo hay... No, no podemos cerrar. —Se dirigió a Frédéric—. ¿Podrás vender el resto de lo que habéis hecho por la mañana?

Él se enderezó cuan alto era —un metro sesenta y cinco, o poco más— y dijo:

—Sí que puedo, pero no pienso hacerlo.

Alice puso los ojos en blanco.

—Está bien —dijo. Se volvió hacia mí—. Adelante. Y la próxima vez más vale que lo hagas bien, o comprobarás que la legislación francesa sobre protección social no contempla tu puesto de trabajo.

16

Averigüé que el Pritzer era un hotel muy pijo de la Place de la Concorde, cerca del Crillon. Era como un castillo de hermosa piedra amarilla, con pequeños balcones y baldaquines en todas las ventanas. En la entrada había dos conserjes vestidos de librea y sombrero de copa, cada cual junto a su arbusto recortado en forma de gallo. Una inmaculada alfombra roja descendía peldaño a peldaño hasta la acera, donde un hombre obeso con gafas de sol y una mujer muy menuda que parecía hecha de azúcar glas se apearon en ese momento de un inmenso automóvil negro. Se ignoraban el uno a al otra y viceversa. La mujer llevaba en brazos un perro chiquitín. Los conserjes acudieron rápidamente.

—Disculpen —dije, cuando hubieron terminado—. ¿Por dónde se entra a la cocina?

Detrás del hotel ya era otra cosa. La entrada posterior se encontraba en un callejón poblado de cubos de basura. El edificio, por la parte de atrás, era de ladrillo blanco, y junto a una sucia salida de emergencia había varios miembros del personal fumando con apremio, todos ellos luciendo delantal blanco y gorro alto. Me puse nerviosa, pero tomé aire y me metí dentro sin decir nada. Sentado a una mesa junto a una larga hilera de tarjetas de control de acceso había un hombre ya mayor con gorra de pico y blazer verde, y eso me hizo sentir un poco más cómoda pues me recordó a la fábrica donde yo había trabajado.

Le dije con quién quería hablar y el hombre hizo una llamada.

Frente a mí tenía un largo pasillo. En un lado grandes carritos repletos de ropa atendidos por mujeres con pichi blanco y negro; en el otro puertas de vaivén con mirillas circulares de cristal, que sin duda daban a las cocinas, y por una de las puertas vi salir a Laurent. Vestido de blanco tenía un aspecto imponente, y mientras se acercaba le oí dar una lista de instrucciones con voz autoritaria. No parecía muy complacido de verme, que digamos, cosa que no pude echarle en cara. Desde mi llegada a París, no le había causado más que problemas.

—Hola —dije, cohibida.

—Ven conmigo —dijo él—. ¿Puedes recogerte el pelo?

Me apreté el lazo de la cola de caballo, confiando en que bastara con eso. Él gruñó por lo bajo, le dijo gracias al conserje y con un gesto me indicó el dispensador mural de gel antibacterias que había junto a la puerta.

Yo nunca había estado en una cocina tan grande. Me detuve para mirar un momento a mi alrededor. Aquello era una verdadera colmena de actividad, hombres (pues casi todo el personal era masculino) yendo de un lado para otro a gran velocidad. La mayoría de ellos llevaba chaqueta blanca, pantalón azul a cuadros y zuecos, aunque algunos, como Laurent, llevaban el pantalón blanco y el nombre bordado en la pechera de la americana. Deduje que eso quería decir algo.

El nivel de ruido era indescriptible. Gente gritando en diferentes idiomas, barullo de cacharros de cocina; en un rincón cuatro jóvenes en camiseta llenando y vaciando máquinas lavaplatos de tamaño industrial, y dos con las manos metidas en cacerolas. A mi derecha, un chico que debía de tener unos dieciséis años estaba cortando hortalizas a velocidad de vértigo; casi no se le veía la mano.

A mi izquierda vi una larga fila de ensaladas perfectas sobre las cuales un hombre iba tirando pedacitos de pato rosa ya cocinado, todos los trozos idénticos y de un grosor absolutamente exacto. Un hombre algo mayor se le acercó y le dijo de mala manera que los estaba cortando demasiado gruesos, a lo que el joven, en vez de discutir, mantuvo la cabeza baja hasta que el otro dejó de reprenderle y luego reanudó su tarea, no sin antes disculparse.

Laurent vio que los miraba y esbozó una sonrisa.

—¿Nunca habías estado en una cocina en plena faena?

Negué con la cabeza; jamás había visto nada ni remotamente parecido. Me recordó a un aeropuerto; pero una vez que te acostumbrabas a las dimensiones, el ruido, la cantidad de gente atareada y algún que otro goterón de vapor, te dabas cuenta de que todo estaba muy bien organizado; era como un hormiguero, y no una cosa caótica como al principio me pareció.

Laurent me condujo hasta el fondo de la enorme sala, donde dos hombres estaban amasando pan. Tenían unos brazos descomunales y más que panaderos parecían mineros, o marinos. Enfrente de ellos había un hombre casi cómicamente gordo terminando unos pastelillos; su tamaño, el del hombre, parecía contradecir el de la tarea que se le había encomendado.

—Es como el laboratorio de un loco —dije.

—Me lo tomaré como un cumplido —dijo Laurent con brusquedad—. ¿Alguna otra novedad por ahí? Porque parece que eres la primera en enterarte de todo.

—Eso no es verdad —expuse—. Pero necesito que me hagas este favor.

Laurent comprobó uno de los cazos que estaba removiendo.

—Prueba esto —dijo.

Abrí la boca con ganas, y él sonrió.

—Eres una auténtica chocolatera. Muy bien, espera un momento.

Sopló un poco para enfriarlo.

—¿Qué es? —pregunté.

Laurent negó con la cabeza y luego me lo metió en la boca.

Mi primer impulso fue escupir. Sabía horrible, nada dulce. Era áspero, amargo, y tenía un extraño sabor cálido que no supe identificar. Laurent había levantado un dedo, conminándome a ser paciente.

—Es nuevo —me explicó—. Tienes que darle tiempo.

—Sabe a comida para gatos —dije, pero de repente percibí en

la lengua, y diseminándose por el paladar, todo el sabor del chocolate. Fue una sensación extraordinaria, intensa, y no se parecía a nada que yo hubiera probado antes. Al mismo tiempo era bastante horroroso, pero no bien lo hube terminado quise probar más enseguida.

—Uf, ¿se puede saber qué es? —dije, mirando después el cazo que contenía aquel misterio culinario.

—Chocolate al chile y tomate asado lento —dijo Laurent, ufano—. Si no utilizas los granos más amargos, te hace vomitar. Es muy difícil encontrarle el punto.

—Desde luego no tiene nada de dulce.

—Porque no lo es. Espera a ver lo que hago con el pato.

No quise ni pensarlo.

—¿Y a tu padre no le gustaban nada estas cosas?

—Él solo quiere hacerlo a su manera.

—¿Tú no?

—Bueno, mira, supongo que es preferible que padres e hijos trabajen por separado.

Un hombre bajo de estatura y bastante joven se le había acercado y estaba llevando bandejas de chocolate en proceso de endurecimiento a las cámaras frigoríficas. Laurent hizo una mueca y se miró el reloj.

—Alors, voy a tener que marcharme al hospital. ¿Qué es lo que querías de mí?

Le pasé un trozo del chocolate que yo había hecho. Él se lo llevó a la boca y lo paseó por dentro tal como hacía su padre. La cara que puso no pudo ser más elocuente.

—Vaya —dijo.

—La tienda necesita que me eches una mano —insistí—. Yo no puedo sola.

—He estado dándole vueltas, y creo que no podrá ser. He cambiado de opinión. No te ofendas, pero tú trabajabas en una fábrica de gran producción. Te faltan los genes, la experiencia correcta.

—Qué tontería —le espeté—. Lo que pasa es que llevo aquí solo unos días.

—Es inútil —dijo él.

Empezó a lavarse las manos, dejando a otro a cargo del cazo (yo no lo entendía; ¿cómo era posible que no hubiera ni una sola chica?), y el hombre continuó removiendo.

—Te necesitamos, Laurent —perseveré—. Yo no puedo hacerlo, de momento. No he tenido tiempo suficiente para ver cómo lo hacía tu padre. Pero te aseguro que aprendo muy rápido.

Laurent me miró y luego hizo un gesto abarcando la sala.

—¿Sabes el tiempo que he tardado en llegar a esto? —dijo—. ¿Sabes en cuántas cocinas he trabajado, cuántos gritos he tenido que soportar, cuánta mierda he tenido que aguantar de todo el mundo y la cantidad de comentarios que me hacen por ser hijo de mi padre? ¿Sabes cuánto he investigado, observado y aprendido? ¿Y tú pretendes que renuncie a todo eso y vuelva a la tienda y le ponga un poco de menta a un chocolate con leche? ¿En serio es eso lo que quieres de mí?

—No se trata de lo que quiera yo —le dije—. Es por la tienda. Es por tu padre.

Laurent se apartó el flequillo de un soplido.

—Vaya, qué interesante, porque la última vez que lo hablamos, él me dijo que no se me ocurriera poner el pie allí nunca más y que yo era una nulidad, que no había aprendido nada de nada.

Adelanté un brazo, pero no le toqué.

—Eso era antes.

—Pero si accedo a echar una mano, ¿me dejaréis hacer mi propio estilo, mis propias ideas? No, claro que no. Alice se empeñará en que todo se haga como siempre y me sentiré atrapado una vez más, como un esclavo de mi padre, que es lo que él ha deseado toda su vida. ¡Pues no pienso trabajar allí!

Si la gente no volvió la cabeza ante los gritos de Laurent fue debido al ajetreo y el ruido de la cocina. Yo, de todos modos, me puse colorada; no pude soportarlo. Bajé la cabeza para que él no viese lo furiosa que estaba. Pero Laurent lo notó igual y no cedió ni un ápice.

—Debo ir al hospital —dijo—. Y no puedo perder este empleo de ninguna manera. Al menos de momento. Es muy difícil conseguir un trabajo como este. Me lo he ganado a pulso, y ya he conseguido que me concedan más tiempo libre que a cualquiera de los otros empleados, por respeto gastronómico a mi padre.

—Lo comprendo —dije con voz monótona. Laurent me estaba acompañando hacia la salida y agarró el casco de motorista que tenía colgado de la pared.

—Él no quiere saber nada de lo mío —dijo—. Me lo dejó bien claro... Volveré para el turno de noche —le dijo al hombre que había en la puerta mientras fichaba.

Vio mi cara de infelicidad cuando salimos a la soleada tarde parisina.

—Mira —dijo—, tú prueba unas cuantas veces más. No es tan difícil lo que hace mi padre, en serio. Solo requiere un poco de práctica.

—Ya, pero como no tengo los genes...

—No los tienes para inventar —dijo—, pero hasta un mono acaba copiando cualquier receta.

Le asesiné con la mirada.

—Perdona, creo que he sido más grosero de lo que pretendía —se disculpó, creo que sinceramente.

—Bah, no sería la primera vez —dije.

—¿Necesitas que te lleve?

—No, gracias —dije, muy seria.

Nos quedamos mirándonos un segundo, ambos enfadados.

—Dale ánimos a tu padre de mi parte —dije yo al cabo—. Llama a la tienda para decir cómo sigue. El pobre Frédéric está que se sube por las paredes.

—No me extraña —dijo Laurent con una media sonrisa—. Pero a quien tienes que vigilar es a Benoît.

—Ya, bueno, gracias por los consejos —dije, sin ocultar mi sarcasmo.

Él montó en su Vespa y arrancó.

17

Las noches siguientes, con la tienda cerrada gracias a que, por fortuna, aquel era un fin de semana con puente, ya no fui a casa para nada. Me quedé a dormir en la tienda. Cociné, removí, experimenté, añadí, quité, hice el maldito concheado una vez y otra y otra... Intenté el pistacho —fue un desastre—, las violetas y la almendra. Todo lo que llevaba fruto seco acabó en fracaso total.

Y por fin, después de trabajar hasta dormirme literalmente de pie, di con la solución. Si me limitaba a solo un par de cosas —nada de nougatine, nada de caramelo, nada de esculpido, nada de chocolate bebible y nada de experimentos con chocolate negro (para el cual no tenía yo aún paladar)—, si lo hacía en plan sencillo —y quiero decir muy, pero muy sencillo— y con los ingredientes adecuados (Benoît los había puesto ya a mi disposiciòn), podía hacerlo. Bueno, no, qué va, no es que pudiera. Pero sí fui capaz de hacer los dos chocolates más sencillos de nuestro repertorio —naranja y menta—, cuyo sabor salió prácticamente idéntico, pero no del todo, al de los de Thierry. En cualquier caso lo bastante buenos para engañar a la mayoría de los turistas, que no eran gourmets sino clientes en busca de un souvenir.

Fundí y mezclé y vertí, y así una y otra vez, siempre con la radio puesta y tragando litros de café solo para mantenerme despierta. El lunes por la noche estaba tan agotada como no lo había estado en toda mi vida. Y a las tres de la mañana me sonó el teléfono.

—Allô?

—¡Vives! ¡Estás viva! ¡Ya puedo decir a la Interpol y a los bomberos que no pasa nada!

—¿Sami? —De repente caí en la cuenta de que no había dicho nada a nadie en todo el fin de semana—. ¿Eres tú? No habrás llamado de verdad a la Interpol, ¿eh?

Se rio.

—¿Dónde andas? ¿Por ahí descubriendo París? ¿En plena aventura erótica?

—Ejem —dije—. Eres un maleducado. —Miré a mi alrededor—. ¿Qué estás haciendo tú?

—Estamos en la fiesta que ha organizado el Cirque du Soleil. No veas cómo se ponen los gimnastas...

—Ah. Pues si tienes hambre podrías acercarte aquí. Me queda un montón de chocolate de prueba.

—Vraiment?

Y así fue como, al cabo de una media hora, me encontré bebiendo algo de lo más sospechoso de una botella que, dijo Sami, era pastis. Me recordó al chocolate de Laurent: la primera sensación, horrorosa, y casi al momento una delicia. Dado mi estado de agotamiento y a que apenas había comido nada, se me subió rapidísimamente a la cabeza mientras contemplaba a todos aquellos jovencitos —a cual más bello y de un género que no supe definir— lanzarse sobre el chocolate con un entusiasmo del que solo es capaz la gente que se cuelga boca abajo de una viga durante cuatro horas cada noche. Para cuando el sol empezó a asomar, ya casi no quedaba chocolate y la habitación estaba limpia y ordenada, y vi que ese día tampoco iba a poder dormir ni un rato.

El aroma del cigarrillo de Frédéric acercándose por la rue de Chanoinesse desperdigó a las hermosas criaturas circenses como si fuera un sueño. Al entrar, olisqueó con el gesto torcido.

—¿Cuánto hace que estás aquí? —me preguntó.

—No sé —dije—, quería aprovechar el puente para practicar.

Frédéric miró a su alrededor. Levantó una ceja y luego se aproximó a la bandeja que quedaba. Le observé nerviosa. A los jovencitos les había encantado mi chocolate, cómo no, pero a esa gente le encanta cualquier tipo de chocolate y a cualquier hora. El que contaba era Frédéric.

Echó un buen trago de una botella de agua Evian para aclararse el paladar y luego cogió un pedacito de la bandeja. Lo puso a la luz y deshizo un poco entre sus dedos para comprobar la consistencia. Finalmente se lo metió en la boca. Yo contuve el aliento. Había hecho todas las pruebas posibles y ese chocolate era... bien, para ser honesta, era lo máximo a lo que yo podía llegar. Esperé mientras él, a su vez, esperaba a que el chocolate se fundiera para revelar toda su intensidad y el sabor subyacente. En eso estábamos cuando me llevé un sobresalto al ver aparecer a Benoît y situarse junto a Frédéric para conocer el veredicto.

Y llegó el momento. Frédéric me miró. No estaba loco de contento. Yo no era un genio por descubrir. Pero me dedicó un pequeño y escueto asentimiento de cabeza.

—Creo que... creo que podemos tirar con esto —dijo con voz muy queda.

Agotada o no, logré que mi cara compusiera una gran sonrisa.

—Merci —dije, feliz.

Benoît cogió un trozo y se lo metió en la boca, y luego, sin venir a cuento y sin decirme nada, vino y me plantó un beso en cada mejilla.

—¿Es todo lo que tienes? —preguntó Frédéric.

—Sí. Me pareció mejor concentrarme en hacer bien una sola cosa.

—Buena idea. —Echó un vistazo a su móvil—. ¿Alice no te ha llamado?

Negué con la cabeza.

—¿Y Laurent?

—Me temo que Laurent no quiere saber nada de mí —dije, compungida.

—Pues nosotros aquí estamos, velando por el negocio —dijo Frédéric—. Lo lógico sería que nos tuvieran al corriente.

Yo, sin embargo, pensaba que si Thierry hubiera empeorado, sin duda ya nos lo habrían dicho, y a esa esperanza me aferraba. Fui a la parte delantera de la tienda para respirar un poco de aire fresco y lavarme la cara en el cuarto de baño. No había rastro de Alice.

—Bueno —dijo Frédéric—, ya nos preocuparemos cuando toque preocuparse. Lo importante es que hoy sí podemos abrir la tienda.

Y cuando volví del cuarto de baño, Benoît me había preparado una taza de café.

Claire miró a Patsy y le dijo:

—Patsy, he decidido que voy a hacer un viaje.

A la nuera se le puso cara de terror, como si su suegra hubiera enloquecido de repente, y Claire se preguntó si no lo habría interpretado como que deseaba hacer el largo viaje hacia la noche, o sea optar por el suicidio aistido o algo así. O tan solo un viaje, que no era lo mismo ni mucho menos.

Ricky le había escogido una película titulada *The Bucket List*. Era absolutamente espantosa —viejos con cáncer en el hospital, riendo como bobos— pero la idea le había calado.

—Hay una cosa que me gustaría hacer, antes de... antes de que sea demasiado tarde.

—Ay, no hables así —se apresuró a decir Patsy.

1972

La vida que llevaba Richard Shawcourt era muy diferente de la de Claire. Para empezar, vivía en una casa de propiedad; no era algo vinculado a la iglesia, sino una casa bonita y no adosada, aunque eso no intimidaba a Claire porque ya sabía algo de casas bonitas. Antes, ni siquiera se habría fijado en Richard, tan segura estaba de que eran muy diferentes; de hecho, se habría reído de él. Muy pocos chicos de su condición iban al instituto de Kidinsborough, por más que tocaran el clarinete. Claire se acordó de que él había empezado siendo muy poquita cosa, carne de matones, pero veía que se había convertido en un hombre hecho y derecho, dispuesto a cambiar de aires y mejorar, y que dejando aparte las gafas de montura fina tipo John Lennon, era un chico bastante guapo, con su ondulado cabello oscuro y sus robustas cejas. Bueno, no porque a ella le interesara, desde luego. Aquel día Richard la acompañó a casa y por el camino le preguntó sobre ella, a lo que Claire respondió con vaguedades. A partir de entonces, empezó a encontrárselo a cada momento y en todas partes.

Por Navidad llegó una postal de Madame Lagarde llena de novedades sobre sus hijos, y una profusa nota al pie diciendo lo mucho que la echaban de menos y expresando su esperanza de que Claire (la cual pensó, acertadamente, que se hacía hincapié especial en ese punto) estuviera concentrándose todo lo posible en sus estudios. No había mención alguna a Thierry.

Y así, cuando Richard le regaló un enorme ramo de rosas rojas y un pequeño broche con forma de rana y la llevó al baile de Navidad, ella dejó que la besara a placer en el gimnasio del instituto, rodeados de todas aquellas parejas que se manoseaban y se contoneaban, para que el mundo —y Thierry y Madame Lagarde y también Rainie Collender— supiese hasta qué punto a ella le daba absolutamente igual.

Fue Richard quien, a raíz de que ella suspendiera la reválida (salvo el francés), la consoló diciendo que todavía le quedaba intentar magisterio, y quien convenció —el bueno de Richard, que iba a entrar en la escuela de ingeniería de Leicester— al reverendo para que permitiera a Claire marcharse de casa. Fue con Richard con quien ella se acostó en la pequeña y moderna habitación de la residencia de estudiantes, que olía a Pot Noodle y a incienso y a hachís, dejándolo boquiabierto de excitación por su proeza, lo cual le confirmó a Claire que Thierry era especial, no había dos hombres como él. Y después de salir con varios de los jóvenes melenudos del campus, un tanto acomplejados con sus pantalones campana, siempre hablando de Herman Hesse y de Nixon en aquel tono tan cargante, ella se fue dando cuenta de que Richard era tan buena persona como el que más; un joven bondadoso y sensible, equilibrado y con dinero, y que tan poco sentido tenía amar a tu primer amor como pensar que acabarías casándote con Davy Jones.

Mucho tiempo después, cuando estaban tramitando ya el divorcio —tras el descalabro inicial y todo lo que supuso, habían procurado llevarlo de la manera más civilizada posible, esperando a que los dos chicos abandonaran el hogar y estuvieran bien instalados, sin rencor por parte de ella como por parte de él—, Richard, por una vez lejos de su natural pragmático, distante y organizado, le dijo: «En realidad nunca me quisiste, ¿verdad? Yo pensaba que eras increíble, diferente, misteriosa, pero ahora diría que todos esos años no era en mí en quien pensabas, sino en otro.»

Y había continuado diciendo: «En mi caso, Claire, yo he pasado veinticinco años con una mujer a la que amaba, con una mujer a la que amé con toda mi alma. Tú, en cambio... no sé en qué demonios has malgastado la vida.»

Claire había mostrado una sonrisa de circunstancias antes de firmar los papeles que le había enviado su abogado. Luego esperó a oír el familiar sonido del Rover de Richard doblando la esquina, y acto seguido se postró de rodillas y se vino abajo sin más, totalmente desencajada; se convirtió en un mar de lágrimas y mocos y sentimientos desbordados, empapando la buena alfombra que habían comprado juntos años atrás.

Aunque ella, a diferencia de otras personas, no creía que el cáncer fuese una suerte de fuerza malévola o de castigo que se cebaba en todo aquel que no era feliz, no pudo evitar pensar que si era algún espíritu oscuro, habría visto en ese día —y las muchas noches que le siguieron— una oportunidad ideal para infectar el alma de una mujer que lo estaba viendo todo absolutamente negro.

—¿Qué has querido decir con un viaje? —preguntó Patsy cuando vio que Claire hacía un gesto de disgusto y que no estaba de humor para que la disuadieran de nada; y que tampoco estaba hablando en broma.

Claire bajó la vista a su catéter y suspiró. Esto iba a ser realmente complicado e incómodo, y hasta peligroso. Los niños se iban a enfadar, y quizá también Anna, a quien ella, Claire, había enviado a París en un acto de egoísmo. Generaría gastos y problemas, tal vez para nada, y ella seguía siendo la que había sido siempre, en opinión del reverendo y de Richard y aparentemente de todo el mundo que la había conocido bien; una persona dura y egocéntrica con deseos indecorosos.

Inspiró hondo. A veces pensaba que se parecía mucho más al reverendo de lo que nadie había sospechado jamás.

—Quiero ver París por última vez —dijo.

Patsy frunció el entrecejo.

—¿Estás segura?

Patsy no sabía nada del pasado de Claire; ni siquiera Richard tenía demasiada idea. Claire se había cuidado de que no fueran nunca de vacaciones a Francia. De hecho, había empeorado a propósito su acento francés y nunca se sumaba a una conversación que versara sobre París, pese a que a menudo le preguntaban cosas acerca de la ciudad. Sabía que Richard adivinaría algo enseguida, y que el motivo de que hubiera sentido tanta atracción por ella al principio era el aire de indiferencia que Claire había adoptado a partir de aquel verano. De ahí que Patsy le hablara en plan paternalista, como si lo del viaje fuera un simple capricho.

—Sí, lo estoy —respondió Claire—. Yo me ocuparé de todo. Y tengo con qué pagarlo.

Así era. Por un lado, Richard había sido meticulosamente

justo; por otro, cobraba una buena pensión de maestra. Aparte de eso contaba con una renta vitalicia que no había tocado aún, lo cual, pensaba Claire, era una gran noticia tanto para la compañía de seguros como para el conjunto del país.

—Bueno, ahora puedes ir en el tren —dijo Patsy—. Ricky y yo lo tomamos cuando éramos novios. ¿Y sabes qué? A mí París no me gustó nada. La gente supermaleducada, siempre empujando y dando codazos, aparte de que todo era carísimo; y la comida, tampoco creo que haya para tanto. No saben hacer un curry decente, eso te lo puedo asegurar. ¡Y no veas si necesitas tomar un taxi!

Claire se sintió agotada. Patsy era un encanto de persona, pero era imposible explicarle por qué tomar un taxi precisamente en París era como una contradicción en los términos. Claro que igual había cambiado mucho; quizás habían construido en exceso, como había pasado en Kidinsborough con las nuevas galerías comerciales, que al cabo de cinco años se habían convertido en centro neurálgico para drogatas y camellos. O la zona peatonal, que los fines de semana se convertía en una exposición de vomitonas. Eran donde aparcaban las ambulancias.

Antiguamente había un tiovivo de los antiguos al pie de la Torre Eiffel. No giraba muy deprisa, crujía bastante y tenía música propia. A los niños les encantaba; cada cual tenía su caballo favorito y les gustaba mucho el segundo piso, al que se accedía por una estrecha escalera curva de hierro forjado, tamaño infantil, aunque arriba giraba todavía más lento que abajo. ¿Seguiría allí, aquel tiovivo?

—Bueno, pero yo quiero ir de todos modos.

—Déjame que hable con Eurostar. Seguro que tienen algo previsto para gente enferma.

—No pienso ir en tren —dijo Claire, al darse cuenta de lo que eso suponía—. Tengo que ir en el ferry.

—Pero se tarda mucho más, y para ti es más arriesgado —dijo Patsy—. No sé, yo creo que si te lo puedes permitir, deberías ir en primera.

Claire vio que Montserrat se acercaba por el camino particular e hizo un intento de saludarla con el brazo. El mero hecho de pensar en el viaje la estaba haciendo sentir mejor en general.

—No —dijo—. Iré en barco. Tengo amigos en París. Creo que me echarán una mano.

18

Por fortuna, Alice se mostró de lo más agradecida por todo. ¡Qué sinvergüenza! Sinceramente, conseguir sacarle una sonrisa era como hacer que comiera algo; toda su boca era zona de exclusión aérea.

—¿Está mejor? —preguntó, refiriéndose al chocolate.

—¿Y él, está mejor? —exigió saber Frédéric, que parecía dispuesto a retener todo el chocolate como rehén hasta saberlo.

A Alice se la veía muy chupada, bajo sus enormes gafas de sol.

—Pues... un poquito mejor —dijo—. En fin, que no está peor. Y parece que los stents se han fijado bien y eso... —Frunció el labio—. Va perdiendo un poquito de peso cada día. Pero... —apartó la vista—, maldita sea, ojalá se despertara y dijera alguna cosa.

El resumen no era muy halagüeño. Yo sabía un poco, de eso de despertarse en un hospital, y gracias al doctor Ed sabía que cuanto antes lo consiguieras, mucho mejor. Me entraron tentaciones de llamarle, al doctor Ed, y averiguar si esos aires de simpático que se daba eran pura fachada o no. Naturalmente no le llamé; seguro que ni siquiera se habría acordado de mí.

—¿Y qué ha dicho el médico? —pregunté.

—¿Qué pasa?, ¿es que entiendes de medicina? —me espetó Alice. Cada vez que yo la justificaba mentalmente por la tensión a que estaba sometida, ella se aprovechaba de mí y conseguía que mis magras reservas de respeto hacia ella menguaran todavía más.

—No —dije—, pero he estado mucho tiempo ingresada.

—¿Ah, sí? ¿Y eso? —preguntó ella. Los demás me estaban mirando también.

—Bah, no tiene importancia —me apresuré a decir. No me gustaba que la gente hablase de mi cómico accidente; para mí, desde luego, no había sido gracioso en absoluto.

Alice soltó un suspiro.

—La doctora no hace más que decir que hay que esperar, señora, hay que esperar; como si yo pudiera hacer algo aparte de eso. Y luego se marcha tan tranquila a almorzar. —Miró en derredor—. Bueno, en fin. Supongo que mientras consigáis que esto no sea una catástrofe, habrá que intentarlo.

No bien se hubo ido, Frédéric, que había recuperado casi por completo su carácter jovial y que compensaba el hechizo que Thierry ejercía sobre los clientes a base de coquetear con la clientela femenina, dijo:

—Es lo más amable que nos ha dicho desde que la conozco.

Yo, por el contrario, ya no aguantaba más. Que la prensa se hubiera hecho eco de la enfermedad de Thierry había provocado una mayor afluencia de clientes, e incluso cuando Frédéric les anunció que solo podían elegir entre naranja, menta o nada, todo el mundo pareció tomárselo como una aceptable manera francesa de decir las cosas.

Me dediqué a fregar y a limpiar y a cocinar y a mezclar —aunque debo decir que conté con la inconmensurable y silenciosa ayuda de Benoît allá en el invernadero—, y hacia las siete ya estaba para dejarme caer muerta en la cama. Pobre Sami, como se le hubiera ocurrido montar una fiesta de disfraces o algo, porque me lo cargaba allí mismo.

Fui la última en marcharme. Estaba metiendo la pesada llave de hierro en la reja —aquello más parecía la puerta de un ascensor de los antiguos— cuando oí el ruido de una moto que se acercaba. Al principio no presté atención —en el barrio había multitud de motocicletas—, pero luego oí que se detenía justo detrás de mí.

—Merde —dijo una voz cascajosa.

Volví la cabeza y allí estaba Laurent, con los ojos desorbitados. Me volví otra vez; estaba harta de él y de su estúpida pelotera con alguien que permanecía inconsciente en un hospital.

—¿Se han ido todos?

—Sí —respondí, en el tono más sarcástico posible—. Se han ido. Los importantes se han ido todos.

Pestañeó un par de veces mientras yo terminaba de cerrar.

—Vaya —dijo Laurent—. Es que... Thierry se ha despertado.

Me volví en redondo. A pesar de que estaba completamente exhausta y hecha unos zorros, y encima enfadada con Laurent, no pude evitarlo: mi cara se iluminó con una gran sonrisa.

—¿En serio?

—En serio. No habla mucho, pero insulta a todo el mundo y ha exigido que le den buñuelos.

—¡Ah, bueno! ¡Eso es estupendo!

—No estamos al final del túnel —dijo Laurent—. Al menos eso es lo que no para de repetir el médico, pero yo a él lo veo... mucho menos gris, ya no parece tanto un elefante moribundo.

—¿Él sabe que le llamas elefante moribundo?

—Pues no lo sé. He salido de ahí antes de que él me viera.

—¡No me lo puedo creer! —exclamé con rabia.

—Va en serio —dijo él—. Alice me estaba mirando en plan beligerante y él le decía que tenía hambre, y ella a él que de ahora en adelante iba a pasar hambre en cantidad, y como pintaba que se iba a armar gorda apenas dos minuos después de que él recobrara el conocimiento, me he dado cuenta de por qué hace tiempo decidí apartarme de ellos. —Hizo una pausa—. Te prometo que iré a verle mañana. No me sigas mirando como si fuera el lobo malo.

La verdad es que sí parecía un poco el lobo malo, cuando lo pensé, con su espesa mata de cabello negro y sus pobladas cejas y los dientes blanquísimos.

—¿Me lo prometes? —dije.

Él asintió.

—Además —dijo, mirando en derredor—, quería llegar aquí antes de que se marcharan todos. Lo del otro día me supo muy mal.

—Bien —dije, y empleé una expresión que en francés me gustaba mucho—. Estuviste desmedido.

—Sí, sí, ya lo sé. Por eso he venido. Es que estaba abrumado, con tantas cosas, ¿entiendes? Llevaba varias noches durmiendo en el hospital...

—O sea que venías a disculparte...

—No, qué va. He venido para enseñarte a hacer una cosa.

—Bueno, quién sabe, quizá todavía estoy a tiempo —dije.

Laurent torció el gesto.

—Alice ha traído un poco de ese chocolate a la menta que hiciste el otro día. A ella le ha parecido la mar de bien, y no, es espantoso. El resto del personal no se lo podía creer.

Era el chocolate de mi primer intento.

—¿Acostumbras a ser siempre tan grosero? —le pregunté.

—En absoluto. Simplemente pienso que no te diste cuenta de lo malo que era. En fin, por eso estoy aquí.

—Ya, pues llegas tarde —le dije.

Me miró arqueando las cejas.

—Lo dudo —dijo.

Pese a que estaba completamente agotada y que venía soñando con bañarme desde hacía casi veinte horas (y pensando en lo que le haría a Sami si resultaba que había consumido otra vez toda el agua caliente para quitarse el maquillaje), saqué la pesada llave del bolsillo de mi delantal.

—Está bien. Vamos —dije.

Dentro estaba todo en penumbra. Laurent miró a su alrededor con ojo experto mientras yo caminaba a tientas hacia el invernadero para encender la luz del fondo. No podíamos encender las de la fachada de la tienda, por si alguien pensaba que estaba abierto y empezaba a aporrear la persiana en plan zombie chocolateadicto.

Noté que Laurent no me seguía, y al darme la vuelta vi que se pasaba una mano por los rizos.

—Hacía... no sé cuánto hacía que no entraba aquí.

Levanté las cejas.

—Mucho tiempo —continuó él—. Años, quizá diez.

Hasta yo me sorprendí.

—¿No habías pisado la tienda en diez años?

De repente pareció que Laurent se ponía muy triste.

—Este olor... —dijo—. No ha cambiado nada. —Pasó la mano por el largo mostrador de madera, liso después de tantos años de uso—. No ha cambiado absolutamente nada —repitió asombrado—. ¿Sabes?, a veces por la calle me cruzo con alguien que va comiendo chocolate Girard; lo huelo a un kilómetro de distancia. No se parece al olor de ningún otro chocolate. Cada vez que lo noto, o que veo la bolsa de la tienda... es como recibir un puñetazo en la barriga.

Meneé la cabeza y decidí poner en marcha la máquina de café.

—Mira —le dije—, las familias se pelean por un montón de razones. La madre de mi amiga Cath no se habló con su hermana durante dieciséis años por un pañuelo de los veinticinco años de reinado de Isabel II que le habían robado. Pero cortar en seco por si hay que añadir especias o no al chocolate... —Reflexioné un poco más y añadí—: Puede que todas las peleas familiares sean una completa estupidez.

Laurent puso cara de ir a decir algo, pero me siguió hasta la trastienda. Le oí soltar una involuntaria exclamación de nostalgia; hasta yo me daba cuenta de que el invernadero no había cambiado nada en décadas.

—Cuando era un niño solía venir aquí muy a menudo —dijo, mientras aspiraba aquel maravilloso aroma a plantas y cacao; era como estar en una jungla de chocolate—. Recuerdo que Benoît me perseguía entre las cubas.

—Todavía sigue aquí.

—No me extraña. Mi padre es muy fiel a los empleados que nunca disienten.

Se acercó a uno de los bancos de trabajo y se dio impulso para sentarse encima.

—Bueno, venga —dijo, en plan desafiante. Yo estaba tan cansada, medio dormida y más que aturdida por todo lo que había pasado que pensé, apenas una fracción de segundo, que él me estaba pidiendo que me sentara allí también. Parecía sentirse muy a gusto, las largas piernas estiradas mientras contemplaba aquel espacio que le era tan familiar, y yo casi me vi avanzando hacia el banco para dejar que él me sentara en su regazo y después...

Pero entonces comprendí que lo que me estaba pidiendo era que le llevara el chocolate que había hecho por la mañana. Me puse colorada como un tomate y temí que mi cara me hubiera delatado, pero por suerte él no me estaba mirando. Encontré unos trozos de chocolate a la naranja que habíamos dejado aparte porque estaban mal envueltos. Laurent me miró con una sonrisa en los labios.

—Vamos, olvida esos nervios. ¿Dónde está lo último que has hecho? Te has esmerado cuanto has podido, ¿verdad?, y ahora te voy a echar una mano.

Por lo visto, pensaba que yo estaba nerviosa por el chocolate, cuando en realidad casi me había olvidado ya de él.

Puse un poco en una bandeja. Él cogió un pedazo y se lo llevó a la boca. Frédéric me había dado su visto bueno, pero era imposible que a Laurent le pareciera satisfactorio. Así y todo, había que intentarlo.

Laurent cerró los ojos. El silencio era absoluto; solo se oía el tictac del reloj de la pared y el suave murmullo del Métro bajo nuestros pies. Transcurrió lo que me parecieron siglos (aproveché para observarle bien; sus largas pestañas arrojando una sombra sobre sus pómulos, los rebeldes rizos de su cabeza, la barba crecida asaltando su larga quijada, los labios extrañamente gruesos para un hombre), y finalmente abrió los ojos y me miró de hito en hito. Había en su expresión algo diferente a la mezcla habitual de enfado y burla somera; algo peligrosamente parecido al respeto.

—¿Esto lo has hecho tú?

Asentí.

—¿Tú sola?

Asentí de nuevo.

Él desvió la vista.

—Ya sabes que no es... Bueno, que no es Girard.

Asentí una tercera vez.

—Pero... los he probado peores.

—«¿Los he probado peores?» ¿Y eso se supone que es un cumplido?

—Pues sí. Claro que lo es. Tienes... algo. No hay duda. Tienes algo.

Comió otro trocito.

—Bien, aquí lo que pasa en que falta la pimienta negra. Es necesario para resaltar las notas base. Y le sobra un poquitín de mantequilla, ¿vale? Esto no es para niños, ni para americanos. Ah, remueve un poco menos; lo has batido demasiado, y eso estropea los componentes.

Busqué un papel donde ir tomando nota de todo. Él dejó de masticar un momento y dijo:

—Pero, en conjunto, lo has hecho muy bien.

No quise confesarle que me había tirado casi todo el fin de semana para conseguirlo, pero él debió de ver que se me caían los párpados.

—Oye, vamos a dejarlo por ahora. En otro momento vendré y hablaremos de la menta, ¿de acuerdo? ¿Quieres que vayamos a comer algo? Yo estoy absolutamente supercansado, y creo que tú también.

Asentí agradecida, cómo no —otra larga sesión laboral nocturna, y tendrían que pasar a recogerme en una carretilla—, salí detrás de él, volví a cerrar la puerta principal y luego me dejé guiar por aquel laberinto de callejas en el que seguía sin saber orientarme. Al poco rato nos encontrábamos frente a otra más de aquellas puertas oscuras que surgían como por arte de magia aquí y allá. Lo sentí por los turistas que iban a los grandes restaurantes del Bois de Boulogne; ellos ni se enteraban de que existían estos locales tan coquetos; los parisinos no tenían el menor interés en compartirlos, eran muy celosos de su secreto. Así de duro podía ser París con el recién llegado. El sitio de marras solo se podía identificar gracias al champiñón que había sobre la entrada.

Laurent llamó a la puerta y un momento después apareció un hombre encorvado y ya mayor, con una servilleta echada al hombro. Se lo quedó mirando un segundo, dio un paso atrás.

—¿Laurent? —dijo, sin dar crédito a sus ojos.

—Sí, Salvatore, soy yo —dijo Laurent.

El hombre, que parecía a punto de echarse a llorar, le echó los brazos al cuello y lo besó tres veces en cada mejilla.

—He pensado... que Dios me perdone, he pensado que eras el fantasma de tu padre. Te pareces tanto...

—Sí, eso dicen.

—No te veíamos desde... —El hombre meneó la cabeza—. Ha pasado mucho tiempo, muchísimo.

—Sí, lo sé.

—Y ahora, al fin. Has venido para encargarte de la tienda. ¿Tu padre...?

—Se va recuperando —dijo Laurent con firmeza—. Yo solo le echo una mano.

El viejo me miró detenidamente.

—¿Es tu esposa?, ¿tu novia?

—No, no, qué va. Trabaja en la tienda. Bueno, signor, ¿puede prepararnos algo de comer?

—Pues claro, claro —dijo Salvatore. La vieja puerta daba a un pasadizo, y fue como entrar a un paraíso olfativo: champiñones friéndose en ajo y mantequilla, con pimienta blanca y otras cosas que no acerté a identificar.

Pero casi ni me enteré de aquellos aromas; estaba tan agotada y tan alterada que de repente me puse furiosa por el modo en que Laurent se había referido a mí. Sí, de acuerdo, yo sabía que simplemente «trabajaba en la tienda», nada más, pero después de todo lo que habíamos pasado juntos... ¿No podía haber tenido el detalle de decir que éramos amigos?

Comprendí, mientras cruzábamos un restaurante no más

grande que el salón de cualquier piso —y decorado también como si fuera un salón, con fotografías de familia y chismes varios, casi todas las mesas ocupadas por gente sumamente concentrada en el proceso de comer, mientras viejecitas serpenteaban entre las mesas portando platos y bandejas, toda una coreografía—, que si tenía que ser totalmente honesta conmigo misma, yo consideraba que éramos más que simples amigos; que si había de ser completamente honesta conmigo misma, a mí él me gustaba un poco. Imagino que era por el elevado nivel emocional de las circunstancias en que nos habíamos visto metidos, y porque el haber estado sola tanto tiempo había hecho que yo me fijara en el primer hombre disponible.

Pero el motivo de mi despertar tenía que ver también, y mucho, con París. Después del accidente, y del hospital, Kidinsborough me había parecido insoportablemente frío, gris, muerto. Me había dado cuenta de las similitudes entre Claire y yo, aun a pesar de la diferencia de edad. Ella también lo notó, y por eso me había enviado a París. Pero yo había olvidado qué era eso de vivir la vida; había olvidado qué era eso de gustarse dos personas. Raramente pasa porque uno de los dos piense que el otro es culpable de que tu padre esté ingresado y que encima se le dé fatal la cocina. Me mordí el labio; ¡pero qué tonta era, qué estúpida!

—¿Anna?

Él me estaba preguntando si quería vino tinto del que Salvatore nos había traído ya, no qué deseaba yo beber. Me encogí de hombros y Laurent me sirvió un vasito.

—Habrá que pedir el risotto, claro —dijo—. Marina, ¿lo hacéis como siempre?

La viejecita menuda reaccionó casi igual que Salvatore antes, solo que sus besos fueron más efusivos todavía. Yo apenas pude seguir lo que decía, pues hablaba en un francés con acento italiano, pero sí entendí el mensaje.

—Naturalmente que sí —dijo—. Para qué cambiar nada; si logras algo perfecto, ¿qué sentido tendría cambiarlo? Eso lo estropearía todo, ¡qué catástrofe!

Laurent arqueó una ceja mirándome, pero yo estaba demasiado abatida como para devolverle el gesto. Me limité a asentir con la cabeza: el cansancio estaba ganando claramente la batalla. Laurent intentó darme conversación, pero me sentía tan insegura que apenas si acerté a murmurar cuatro respuestas. Él acabó quedándose callado hasta que llegó la comida. Entonces cerró los ojos y olfateó; la fuente despedía un vapor inverosímilmente intenso y cargado de sabores, desde cebolla y crema de leche hasta caldo de carne y otras cosas.

—Esto lo comía yo de pequeño. Siempre que veníamos aquí, insitía en pedir este plato —dijo—. Cuando en la tienda habíamos tenido un buen día; o uno malo; o uno regular. Mi padre decía: «Todo el mundo a Salvatore», y nos sentábamos a esa mesa de allá —señaló la más grande, que estaba junto a la chimenea y tenía unas sillas desparejas—, o si hacía mucho calor, en la terraza... —Se interrumpió—. ¡Eh, Salvatore! ¿Todavía tenéis la terraza?

—¿Queréis trasladaros?

—Sí, sí. Aquí dentro hace un calor horrible, ¿no?

Salvatore se encogió de hombros —sin duda llevaba toda la vida metido allí dentro—, pero cogió los platos y Marina se llevó los vasos sin que tuviéramos tiempo de ayudarla y se metieron ambos por una puertecita en la que no había reparado antes. Laurent y yo los seguimos. Noté dolor en los dedos ausentes cuando empezamos a subir por una escueta escalera de caracol, hasta tres niveles por encima del restaurante, dejando atrás lo que sin duda era su piso particular. Finalmente llegamos a otra puerta, que daba al exterior.

Era más grande que mi balconcito; el viejo edificio se asomaba sobre el costado de la isla, de modo que estábamos aposentados justo encima del agua. Marina había traído una vela y la colocó en el centro de la solitaria mesa; aparte de las bombillas de colores que decoraban el balcón, no había más iluminación que esa, tan solo la oscuridad del río que discurría veloz y el resplandor urbano en la orilla izquierda, que parecía estar en otro mundo, muy lejos de nosotros, ajeno por completo a las piedras viejas de nuestra isla. La pared del edificio tenía hiedra, mal cortada, y era como estar en un cuento de hadas. Y habría sido un cuento de hadas, me dije a mí misma, si yo no me hubiera sentido tan absolutamente a disgusto por todo.

Entre risitas, Salvatore y Marina nos dejaron a solas con la botella de vino. Reinaba un extraño silencio. Lejos de los ruidos cotidianos del bullicioso París veraniego. Laurent no me hizo el menor caso durante unos cinco minutos, dedicado a comer con enorme apetito, evidente placer y asombrosa velocidad. Yo esperé un momento y luego, viendo que pasaba de mí, me puse a comer también.

Ni torturada lo habría confesado, pero resulta que jamás había probado el risotto. Sí había comido arroz a la cazuela, pero no se le parecía en nada. Yo creo que si lo hubiera dicho en casa, mis padres se me habrían quedado mirando, y luego papá habría dicho: «Bueno, quizá deberíamos probarlo», y mamá: «No, no, seguro que es muy difícil de hacer, me saldría mal, cariño, para mí es un poquito exótico», y habría preparado rápidamente unos bocaditos de pescado. Yo sabía cocinar un poco —rosbif, alguna tarta—, pero nunca se me habría ocurrido hacer un risotto. Y, tan pronto me llevé el tenedor a la boca, supe con certeza que jamás sería capaz de preparar algo semejante, que sería total y absolutamente inútil intentarlo, porque requería haber nacido en una familia que casi no hacía otra cosa que cocinar; requería años y años aprendiendo hasta el más pequeño detalle sobre el sutil equilibrio del vino y el parmesano y la cebolla translúcida y los champiñones precocinados en un gran horno con suelo y paredes de piedra de forma que salieran perfectamente hechos y un poquito crujientes y con aquel sabor que se te derretía en la boca, una cosa extraordinaria. Supe más adelante que los cogían cada semana frescos y silvestres en los campos de Versalles, junto a un pasto donde pacían las mejores vacas y de un auténtico bosque medieval, así que no había ni la más mínima oportunidad de tocarlos siquiera.

Probar aquel exquisito y extraordinario risotto me hizo comprender realmente por primera vez lo que pensaban Frédéric, Laurent y Thierry de su chocolate: que había una manera correcta y otra incorrecta, y punto. Yo, que había trabajado durante once años en Braders, tenía el paladar acostumbrado a la segunda división. Ahora, por fin, lo entendía.

—Oh —dije, después de unos cuantos bocados. Laurent había terminado ya su plato—. Pero cómo puedes comer así —le dije—. ¡No queda nada!

—Es verdad —dijo Laurent, mirando compungido su plato vacío—. No he podido evitarlo. Santo Dios, cómo lo echaba de menos.

Vi que miraba mi plato.

—Ni se te ocurra —le corté—. No pienso dejar ni un solo grano de arroz, y después voy a rebañar el plato con la lengua. Dos veces seguidas.

De repente, sonrió con ganas y llenó los dos vasos.

—¿Te gusta?

—Creo que es la cosa más buena que me he metido nunca en la boca.

Eso le hizo alzar las cejas. A mí me dio igual. Sabía qué opinión tenía él de mí, de modo que podía pasar de él y concentrarme, a partir de ahora, en disfrutar de lo que me había deparado mi vuelta a la vida. Convaleciendo en Kidinsborough, me había dado por echar cada vez más especias a la comida para ver si así sentía algo, desesperada por hacer que mis papilas gustativas reaccionaran, aunque fuera un poco. Salía una nueva modalidad de patatas fritas, un sabor tan exótico como idiota, y yo tenía que probarlo. Ahora me daba cuenta de que, como estrategia, había sido un fracaso, pues lo único que conseguía era aumentar unos centímetros mi talla de cintura y una ligera sensación de estupor.

Cogí un pedazo del estupendo pan que nos habían servido en una cestita y lo mojé en el jugo del risotto. Había tan poca luz que apenas si veía lo que estaba comiendo. Un bateau mouche pasaba allá abajo por el río; vi flashes de cámaras, gente haciendo fotos de la catedral; me temí que saldrían un poco borrosas y más bien decepcionantes.

Al mirar otra vez hacia arriba, me encontré con los ojos de Laurent.

—¿Qué?

—Nada —dijo.

—No te voy a dar.

—No, si no es eso. Me... me gusta ver comer a una chica. No conozco a muchas que coman de verdad.

Decidí no responderle: «Eso es porque sales con sílfides franchutas que no saben disfrutar de la vida», y opté por limpiarme la boca con una servilleta. Por lo visto me dejé algo, porque él me arrebató la servilleta para frotar un punto en el otro lado de mi boca, mirándome fijamente mientras lo hacía.

—Me gustan las chicas que tienen apetito —dijo.

Yo miré hacia el agua. En cualquier otra circunstancia, pensé, esto sería muy sexy. Pero si París estaba devolviendo mi espíritu a la vida, también estaba resucitando, aunque tardíamente, mis instintos naturales. Yo no era una solterona que trabajaba para su padre. Bueno, sé que lo era; pero me consideraba algo más.

—Es la frase más cursi que he oído en toda mi vida —dije, meneando la cabeza—. Aunque imagino que te debe de funcionar casi siempre.

—¡No era una frase estudiada! —protestó Laurent.

—Bueno, estoy segura de que con esas otras chicas sí que funciona —dije, como quien no quiere la cosa—. Ahora tengo que irme.

Me sentí bien por no arriesgar mi ego a cambio de un poquito de confort; por no entregarme a alguien cuya cara de vergüenza me imaginaba ya por la mañana, cuando regresara a su mundo de volátiles y flaquísimas modelos, que no representaban un problema en el asiento de atrás de su Vespa.

De repente vi que me miraba como si fuera la primera vez, y eso me dio la razón. Laurent buscaba un polvo rápido. En ese momento recordé que no le había visto dos veces con la misma chica.

—Es temprano —dije, mirándome el reloj—. ¿Te envío un mensaje con la dirección de Sami?

Laurent negó con la cabeza.

—No —dijo—. Estoy francamente cansado.

—Yo igual —dije, y me puse de pie.

Cuando nos marchábamos, Laurent cubierto de besos otra vez mientras le perdonaban la factura —«a condición de que la próxima vez traigas a tu padre»—, yo me detuve para hablar con Marina.

—Ha sido... ha sido maravilloso —dije—. Uno de los mejores platos que he comido nunca. Muchísimas gracias.

Me mostró una sonrisa de pura cortesía; debía de oír esas mismas palabras todas las noches.

—¿Cuidarás de Laurent? —me preguntó en un inglés de circunstancias.

—Oh, no soy yo quien debe cuidar de él —respondí, intentando que no se me notara el temblor en la voz. Ella meneó la cabeza.

—¿Sabes que es la primera vez que trae aquí una chica? —dijo.

19

El email llegó a la mañana siguiente, mientras yo me levantaba de la cama con dificultad. Había dormido diez horas seguidas, menos mal, pero o era insuficiente o era demasiado, no sé,
porque me sentía medio grogui. Sami estaba trajinando en la pequeña cocina.

—¿Qué es eso que llevas, Sami?

Él se miró.

—Ah, ¿esto?

—¡Sí, eso! ¡No me hagas mirarlo a estas horas!

Se había puesto un Speedo tamaño miniatura, ceñidísimo, de
un color turquesa subido; la cosa más repulsiva del mundo.

—Eso es porque no gozas lo suficiente —me dijo muy serio,
haciendo una pose cuan alto y delgado era—. Me marcho al Lido.

En el bajo vientre llevaba tatuada un águila enorme en actitud de alzar el vuelo, las patas apoyadas en la ingle. Supuse que
cuando estaba desnudo aquello parecería un nido y un gusano
colgando.

—Pues he tenido ofertas, ¿sabes? —mentí.

—Si quieres, te echo un polvo —dijo él con mucho despar-
pajo—. Soy muy poco exigente.

—Pues, mira, los muy poco exigentes están en el primer puesto de mi lista. Gracias, Sami. Considérame absolutamente em-
belesada.

—Lo que tú digas, pero ahora eres francesa, chérie; ¿no quieres vivir como los franceses?

—¿Acostándome con un gigante omnisexual que va por ahí luciendo pantaloncito?

—No, pasándotelo bien. Disfrutando del sexo en vez de preocuparte por si tu cuerpo no es la perfección absoluta.

—Vaya, gracias —dije, mientras me preguntaba si era materialmente posible que una persona con ocho dedos en los pies hiciera el amor sin preocuparse por no tener un cuerpo perfecto. Yo no estaba muy convencida de que mi partenaire no fuera a vomitarme encima.

—Tienes que superar tus complejos británicos, ¿entiendes? El mes pasado me acosté con una inglesa. O puede que fuera un inglés, no sé.

—Sami —le dije, harta del espectáculo—, haz el favor de vestirte. ¡No será porque no tengas qué ponerte!

—Me costó un pastón en combinados conseguir engatusarlo; sí, ahora que lo pienso, era un chico, seguro. Pero luego, como había bebido tanto, se quedó roque en el taxi.

—Pues, ya ves, de donde yo soy, a eso lo llamamos una noche estupenda —murmuré, al tiempo que miraba la hora. Necesitaba ponerme un vestido suelto. Vi el anticuadísimo portátil de Sami encima de la mesa; a veces, con mucha suerte, podíamos chupar wi-fi de uno del edificio que utilizaba el usuario «Françoisguitare». Fue en ese momento cuando vi que había un email de Claire. No tenía ni idea de que ella sabía manejarse con los ordenadores; me cuadraba más una carta al viejo estilo.

Querida Anna
Espero que estés bien.

(Me gustó el hecho de que se ciñera al estilo epistolar tradicional.)

He tomado una decisión; me gustaría muchísimo visitar París una vez más. Confío en que Thierry se esté recuperando. No tengo deseos de verle, pero sí me encantaría, ahora que todavía puedo, visitar mi querida Île de la Cité. Seguro que habrá cambiado mucho, pero yo también; todo ha cambiado. Alors, puede que incluso me anime a comer un poco de chocolate. Si me echaras una mano para organizarlo todo, no sabes cuánto te lo agradecería. Prefiero que no le digas nada a él; estoy convencida de que mi visita no le va a interesar demasiado.

A propósito, tus padres vinieron a verme. Fue un detalle por su parte. Tu madre me dijo que no te lo contara, pero se preocupa mucho por ti y por cómo lo estás llevando. Yo le dije que te conocía lo suficiente para pensar que lo estarías llevando muy bien.

Con mis mejores deseos,

CLAIRE

Me quedé mirando la pantalla.

—¿Buenas noticias? —preguntó Sami—. ¿Va a venir tu novio a darte un buen revolcón?

Lo asesiné con la mirada.

Buena o mala noticia, tuve la curiosa sensación de que esto iba a suponerme una enorme cantidad de trabajo. ¿Y por qué prefería Claire que no le dijese nada a Thierry? Algo importante debía de haber, eso seguro. Yo seguramente se lo diría; de todos modos tenía pensado ir a verle.

Y yo, todo este tiempo, creyendo que Claire era tan solo una vieja y aburrida profesora de francés...

El perro, *Nelson Eddy*, desfilaba con un aire chulesco por la rue de Chanoinesse. La mañana volvía a ser espléndida, con un cielo rosado y azul tal como se veía por las rendijas que los apiñados edificios dejaban en lo alto. Yo me había puesto un vestido muy liviano y enseguida noté que me sentaba mejor que otras veces. Aparte del risotto, hacía semanas que no me alimentaba como era debido. Pensé en inventarme una dieta exclusivamente a base de pequeñas dosis de chocolate y nada más; bien pensado, probablemente funcionaría. Cath había hecho el régimen de la pimienta y el jarabe de arce y todo fue bien hasta la hora de tomar combinados en Wenderspoons, cuando de pronto sufrió un mareo y se dio de cabeza contra la barra. Tuve un ataque de culpa por la cantidad de fruta y verduras que no estaba ingiriendo y decidí llegarme hasta el mercado y comprar unos cuantos melones de los chiquitos, esos tan dulces y de pulpa verdosa. En los puestos solían tener rodajas en frío para probar, y estaba riquísimo. Me pregunté si no habría manera de incorporarlos al chocolate. Supuse que Laurent lo sabría. Luego hice una mueca, al recordar la extraña cena del día anterior. Estaba visto que yo no le proporcionaba un gran consuelo, ahora que su padre estaba enfermo.

Pero también me puse a pensar en lo que había dicho Sami, que aquí en Francia el placer es para quien lo busca. No hubiera sido tan grave, pensé, terminarse aquel vino áspero, dejar que él me lamiera de los dedos los últimos restos de risotto, agarrarme fuerte a él de camino a casa en su moto y luego...

Como siempre, mi ensueño se hizo pedazos ante la idea de que de repente, al ver mi pie desfigurado, Laurent gritara: «¡Santo Dios! ¿Qué es esto?»

—Bonjour, bonjour! —Los chicos estaban muy amables esa mañana—. Oye, ¿crees que podrás repetirlo? —me preguntó Frédéric.

—Mi idea es ceñirme a la naranja. —Recité lo que Laurent me había dicho que hiciera. Él asintió con gesto serio.

—Ya, lo que pasa es que se hartarán de tanta naranja —dijo, sin saber que por mí yo no hubiera repetido nunca más.

Pero me puse a ello, esta vez removiendo con más suavidad, y añadí pimienta negra, recorté la cantidad de mantequilla y, en efecto, aunque un purista quizás habría detectado que no era auténtico chocolate Girard, quedó lo suficientemente bueno como para evitarme miradas mordaces por parte de todos.

Eso sí, Alice brillaba por su ausencia. Me pregunté qué podía significar; novedades, supuse. Si buenas o malas, eso ya era harina de otro costal.

Al mediodía les dije que me iba al hospital.

—¿Te llevarás una muestra del chocolate? —preguntó Frédéric, un tanto alarmado.

Me encogí de hombros. De hecho, había pensado hacerlo.

Frédéric puso una mano sobre la mía.

—No niego que hayas avanzado mucho, pero no es cuestión de que se asuste y quiera volver demasiado pronto a la tienda.

—¿Es que crees que saltará de la cama, horrorizado, y vendrá para acá con solo oler lo que yo he hecho? —dije, molesta.

—Hay que curarse en salud —respondió Frédéric—. Tú avísanos si está consciente, por favor. Es que... bueno, después de perder a mi padre, eso de los hospitales se me da muy mal.

—Descuida —dije.

En un mundo perfecto, yo habría evitado cruzarme tanto con Laurent como con Alice. Y, cosa rara, aquella mañana tuve suerte. El enorme edificio blanco del hospital situado detrás de la Place Jean-Paul-II estaba reluciente y silencioso cuando le dije a la recepcionista a quién quería ver y ella me dio instrucciones para llegar, atravesando multitud de pasillos, hasta una puerta con el apellido «Girard» escrito en rotulador en un pequeño tablón blanco. No vi a nadie más por allí, de modo que decidí llamar a la puerta, y al no obtener respuesta, la abrí lentamente.

Aquello ya no era cuidados intensivos; seguía pareciendo un lugar especial, pero no daba miedo. Vi el monitor cardíaco, con sus pitidos de costumbre, pero lo que había sobre la cama ya no estaba conectado a una mascarilla de oxígeno. Me pareció que dormía. Las cortinas estaban descorridas, y la vista desde la octava planta era fabulosa, con aquel sol resplandeciente, aunque en la habitación hacía fresco porque el aire acondicionado estaba puesto. Di la espalda a la ventana, medio cegada por el sol, y el cuerpo que yacía en la cama se movió.

—¿Claire?

Me llevé un buen susto.

—Hola —dije, en voz baja, casi avergonzada de los latidos de mi corazón. Pestañeé para librarme de la reverberación del sol y di unos pasos hacia la cama.

—Thierry...

Me estaba mirando y parecía confuso.

—¿Claire? Has venido...

—No soy Claire, Thierry. Soy Anna, ¿te acuerdas de mí? Anna.

Me acerqué un poco más. Su expresión seguía siendo de desconcierto. Estaba más flaco de cara. En solo cinco días ingresado, parecía haber perdido mucho peso.

Le di una palmadita en la mano.

—Anna —dijo.

Señaló la botella de agua que había junto a la cabecera. Le serví un vaso y le ayudé a beber. Cuando hubo terminado, parpadeó varias veces como si volviera en sí.

—¿Cómo te encuentras? —le pregunté—. ¿Quieres que vaya a buscar a alguien?

—Pensaba que eras Claire —dijo.

—Ya veo.

—Tú eres Anna —dijo al cabo de un momento—. Trabajas en la tienda.

Sentí un gran alivio al comprobar que no deliraba. Me había entrado pánico a que le diera un infarto o algo así.

—¡Sí! —dije—. Exacto.

Le vi fruncir el entrecejo.

—¿Qué tal marcha la tienda?

—Por eso no te preocupes de momento —dije, diplomática yo—. He hablado con Claire, ¿sabes?

Sus grandes ojos oscuros —ahora que estaba un poco más delgado, vi con mucha más claridad cuánto se parecían Laurent y él— y las largas pestañas le daban un cierto aire de indefensión, como si fuera un cachorro muy grande.

—¿Ah, sí? —dijo.

—Me ha dicho que... que quiere venir a París.

Su boca dibujó inmediatamente una gran sonrisa. Tenía los labios agrietados; le di más agua.

—¿Va a venir?

—¿Se puede saber qué demonios pasó entre tú y ella? —exploté, acordándome de lo furioso que se ponía Laurent, de la insistencia de Alice por ser lo más francesa posible, y del silencio de Claire.

Con bastante dificultad, Thierry se incorporó un poquito sobre los mullidos almohadones blancos.

—Ten cuidado —dije.

—Sí, ya sé —dijo—. Pero creo que me pondré mejor. ¿Sabes qué ha dicho la doctora? Dice que quiere que hoy camine un poco por ahí. ¡Que camine por ahí!

—Bueno, a ti te gusta caminar.

—Me gusta ir andando hasta una cafetería o a tomar el aperitivo —dijo Thierry—. Me gusta caminar y discutir y arreglar el mundo. Me gusta cruzar puentes y parques y caminar por los Champs-Élysées un sábado por la mañana para ver señoras guapas paseando perritos. No quiero ir arriba y abajo por los pasillos de un hospital en una bata con la que se me ve el trasero.

Asentí, solidaria.

—Te entiendo. He pasado por eso.

—¿De veras? —Me miró.

Y entonces, pese a que la situación era claramente peculiar, me quité el zapato.

Thierry miró el pie un momento. Y luego otra vez.

—Solo tienes... un, deux, trois...

—Exacto. Y ahí acaba la cuenta. A mí también me hicieron andar mucho.

—¿Qué te pasó?

—Pues algo parecido a lo que te pasó a ti —dije—. Una cosa.

Esto pareció gustarle. Asintió con la cabeza.

—¿Una cosa y ya está?

—Sí.

—Y después lo superaste.

Medité la respuesta.

—Se podría decir que sí. Ya no vuelves a ser el mismo. Pero digamos que, en general, sí.

Thierry asintió de nuevo.

—Si soy obediente y camino...

—Exacto.

Suspiró.

—Pero ¿sabes qué? —dijo—. He perdido ya siete kilos.

—Estupendo.

—Me gustaría estar guapo cuando vea a Claire —dijo con una sonrisa.

—Háblame de ella —insistí. Pero justo en ese momento, se abrió la puerta y apareció Alice con una tacita de café en la mano y un *Paris Match* en la otra. Llevaba puesta una impecable chaqueta azul marino, un pañuelo rojo estampado y un pantalón blanco muy ceñido. Como para participar en un concurso de a ver quién es la más francesa de todas.

Al verme sentada en la cama, se detuvo en seco. Por el amor de Dios, me dieron ganas de decirle (y en inglés), no, no estoy intentando hacer manitas con tu superobeso novio de sesenta tacos ingresado en el hospital a causa de un ataque al corazón, ¿vale?

—Oh, Anna —murmuró, en el tono en que uno diría (y, de hecho, así era a menudo en París): «Oh, una caca de perro en la calle.»

—Qué tal, Alice —dije yo—. Acabo de llegar; quería saber cómo se encontraba Thierry.

—¿Y por qué? —preguntó ella

No podía contestarle con sinceridad sin delatar a Claire.

—Frédéric y Benoît quieren saberlo —dije—. Y a Frédéric le dan pánico los hospitales.

Hizo un gesto desdeñoso.

—Pues diles que se va recuperando poco a poco. ¿Qué tal las ventas? Espero que no os estéis durmiendo...

—Déjame probar lo que haces —dijo Thierry.

—Mejor que no —me defendí—. Además, ahora sigues una dieta sin chocolate.

No estaba muy convencida de que Thierry no se levantaría de la cama y saldría disparado hacia la tienda en cuanto probara lo que yo había hecho.

Ambos me miraron.

—Será mejor que vuelva —dije, incómoda a más no poder.

—Vete, sí —dijo Alice, fingiendo que remetía las sábanas de la cama de Thierry. Él me miró con una graciosa expresión de súplica, y comprendí que mentar a Claire delante de Alice estaría tan mal visto como yo me imaginaba. Cogí el bolso y me dirigía ya hacia la puerta cuando Thierry dijo:

—¿Sabes algo de Laurent?

—Por Dios —exclamó Alice.

Me detuve. ¿Acaso Thierry no sabía que su hijo había estado velándolo noche tras noche junto a su cama?, ¿que hacía días que apenas pegaba ojo?, ¿que había abandonado su trabajo para ir a la tienda a echarme una mano? Era preciso que lo supiera.

—Él ha estado aquí, naturalmente —dije, y salí de la habitación.

Alice me dirigió una encendida mirada de odio, al tiempo que Thierry se incorporaba de golpe.

—Oui?

—Hablemos un momento fuera, Anna —dijo Alice en inglés. Salió detrás de mí—. ¿Es que no tienes compasión? ¿Cómo te atreves a interferir en mi familia? Laurent no ha vuelto a pisar el hospital desde que Thierry recuperó el conocimiento, y a saber cuándo volveremos a verle. Dar falsas esperanzas a una persona enferma es un crueldad. Mucho mejor que quede todo olvidado y que sigan como hasta ahora.

No pude evitar pensar que esto se iba convirtiendo en una pauta, que Thierry no viera a las personas que amaba.

—Le diré a Laurent que vuelva.

—Dile lo que te dé la gana, no va a funcionar —dijo Alice—. Mira, personalmente, si quieres conservar tu puesto de trabajo, más vale que no metas las narices en nuestros asuntos. Y te lo digo en plan amistoso.

Aquella mujer nunca decía nada en plan amistoso.

—Me marcho —dije.

—Gracias. Le diré a Thierry que te has equivocado. Gracias por venir al hospital; en adelante no creo que sea necesario.

Volvió adentro y cerró la puerta. Mirando hacia el final del largo pasillo, me pregunté, no por primera vez, si es que a mis treinta años todavía no había madurado del todo, si lo que pasaba era que el mundo adulto que me rodeaba estaba totalmente fuera de mi alcance intelectual. Eso me desconcertó no poco.

El miércoles cerramos temprano y pude ir a casa. Por extraño que parezca, cuando llegué no había nadie en el piso. Sami tenía el estreno de *La Bohème* en cuestión de días y yo le había prometido ir, aunque no estaba muy segura de poder aguantar la ópera; la encontraba un poco rimbombante. A mí me gustaba Coldplay.

Empecé a subir la escalera, tarareando. Una siestecita primero, y luego conectarme para ver si podía organizar el viaje de Claire. Había hablado con ella por teléfono saliendo del hospital y habíamos acordado que yo iría a buscarla a Inglaterra. El hecho de que Claire quisiese venir en ferry complicaba las cosas; tomar el tren en Londres era mil veces más cómodo que llevarla a ella hasta Dover, pero alguna solución encontraríamos.

—Mamá, tienes que darte cuenta de que no es justo. No me parece bien.

Claire volvió a mirar por la ventana. La enfermera acababa de cambiarle el vendaje y de darle un sedante suave, de modo que todo parecía resbalarle un poco. Ricky le estaba hablando. Su hijo le parecía guapísimo; todavía se sorprendía de que Richard y ella hubieran engendrado unos hijos tan guapos.

—Yo no puedo tomarme unas vacaciones (Ian tampoco), pero no lo digo ni siquiera por eso. Un viaje así... No sé, quizá dentro de un año, año y medio. Cuando hayas recuperado fuerzas y te sientas un poco mejor. Hacer la travesía del Canal en ferry, en tu estado, lo encuentro absurdo. De entrada ni siquiera podríamos asegurarte.

Ricky trabajaba en una agencia de seguros; a Richard le había parecido una alternativa estupenda, mientras que Claire, secretamente, se avergonzaba un poco de ello pese a que Ricky había sacado estupendas notas en los exámenes, había estudiado en una buena universidad, se había casado con una chica encantadora y toda su trayectoria no hacía sino hablar en favor de sus padres. Claire adoraba a sus hijos, pero se parecían tanto a Richard... A ella quizá le habría gustado tener una hija difícil, voluble, con ambiciones, una hija con quien discutir y pelearse y crear fuertes vínculos, o un hijo peculiar, apasionado, inteligente, que acabara en el CERN o diseñando cosas extrañísimas para internet, o siendo músico y siempre de gira. Ian era abogado, y un abogado de los buenos. Ambos eran personas cabales e íntegras, pilares de su comunidad. Una pena que, al nacer ellos, el reverendo les hubiera hecho tan poco caso, porque se habría sentido orgulloso de sus nietos. Tanto Ricky como Ian eran personas sumamente sensatas.

Claire le miró; se sentía un poco como en una nube.

—Además, estás justo en la mitad del tratamiento... No nos haces un favor a ninguno de nosotros. Aún estás un poco débil, eso me lo concederás, ¿no?

—Estoy débil para eso y para cualquier cosa —dijo ella.

—No hables así, mamá. ¡Solo tienes cincuenta y siete años!

—Sí, y un cáncer extendido por tres zonas distintas. Nada que ver con esos cincuentones que salen en la tele haciendo escalada o corriendo maratones, ¿verdad?

No había sido su intención replicarle así —de hecho, odiaba a la gente cortante, pero llevaba todo un año (ahora que lo pensaba, no un año, sino casi toda una vida) limitándose a hacer lo que los demás querían que hiciese, sin apartarse del camino marcado, a ser una buena chica y obedecer sin más. ¿Y a qué le había conducido eso? A estar la mitad del día sentada junto a una ventana, sus hijos enfadados con ella, y eso después de partirle el corazón a un hombre que era lo más decente del mundo.

—Es lo que deseo hacer —dijo, articulando bien las palabras para no parecer drogada, aunque fue consciente de que su tono de voz era el de alguien que trata de no parecer que lo está—. Mi amiga Anna me va a echar una mano.

—¿La que perdió un par de dedos de los pies? Recuerdo que salió en el periódico —dijo Ricky—. Pobre, no consiguió ni que le pagaran una indemnización. Qué tonta: debería haberlos denunciado.

—Yo creo que lo único que quería era olvidarse de todo —dijo Claire—. En fin, da igual. No voy a ser una carga para ti; no tendrás que hacer nada. Ella y yo nos ocuparemos de todo.

—Pero si no se trata de eso —objetó Ricky, que se había puesto blanco de repente—. No tiene nada que ver con eso, mamá. Se trata de que tu estado no empeore.

Ellos, pensó Claire, no podían saberlo porque estaban en buena forma física y eran jóvenes y solo tenían que pensar en un coche nuevo y en la hipoteca y adónde irían de vacaciones el año siguiente... Todos los seres humanos estaban condenados a muerte de antemano, pero la cosa cambiaba cuando la sentencia la veías escrita en un papel. Por mucho que intentaran fingir que habría nuevos tratamientos, nuevos métodos de curación (y más quimio, siempre más quimio), ella por dentro lo sabía. Sabía que quedaba poca arena en su reloj, que se acercaba la hora; que si había algo que deseaba hacer, tenía que darse prisa y hacerlo. A ellos les daba miedo perderla —qué diablos, la estaban «perdiendo» ya—, solo que todavía no habían asimilado esa idea. Ella, en cambio, sí.

Solo había una cosa que deseara hacer.

Ricky vio la cara que ponía y dijo:

—Se lo contaré a papá. —Fue como si estuviera hablando con Ian y los dos volvieran a ser niños.

—Me temo que poca cosa puede hacer ya —dijo Claire, encogiéndose de hombros.

Richard y ella se mostraban educados el uno con el otro, aunque Claire reconocía que a ella le costaba menos que a él. Por lo demás, le caía bien la nueva esposa de Richard, Anne-

Marie, lo mismo que la hija de esta. Anne-Marie, por su parte, veía con alivio que Claire no era una pesada que seguía llamando a Richard cada cinco minutos y poniendo a sus hijos en contra de ella. Le enviaba revistas sobre actores y actrices de series televisivas, un asunto que a Claire le traía sin cuidado, pese a que en momentos de depresión no le disgustaba mirar fotos de gente emperifollada o sumergirse en un mundo en el que adelgazar o engordar unos kilos se traducía en amores rotos o nuevos, no en quimioterapia y esteroides.

—Entonces llamaré a esa chica.

Claire arqueó las cejas. Intentar que Anna hiciese algo que no le apetecía hacer era, en el mejor de los casos, un interesante desafío.

—Como quieras.

Pensé que lo mejor era telefonear primero. Seguramente habría allí alguien que pudiera echar una mano. Me llevé el teléfono al balcón. La inexpresiva voz informática dijo que mi llamada a DownSouthNetRail era importante y que por favor continuara a la espera, mientras yo explicaba a mi vez que dudaba mucho de que fuera importante pues en ese caso tendrían a algún empleado contestando las llamadas, pero entonces recordé que estaba hablando con una máquina y me pregunté si lo que uno decía en tales situaciones lo escuchaba alguien, pero luego me imaginé que no, empecé a perder la paciencia, me puse hecha una fiera y acabé pensando que lo mejor era dejarlo para más tarde.

Luego pensé en Claire, en lo delgada y frágil que la había visto la última vez, y en Thierry y la gran sonrisa que había alterado su rostro no bien hubo pronunciado el nombre de su antigua amiga. Para mí era todo extraño. Yo nunca había sentido algo así por nadie. Bueno, Darr no estaba mal, pero qué sé yo. No creo que ver a Darr pudiera llegar a ser una prioridad para nadie, salvo que uno necesitara que le hicieran un enlucido más o menos decente. Suspiré, resignada a esperar.

«Su llamada es importante para nosotros...»

Qué raro que fuera tan importante, pensé mientras contemplaba la calle allá abajo, donde había ya gente al sol preparada para ir a tomar el aperitivo. El camarero empezaba a distribuir vasitos de Pernod por las desvencijadas mesitas de la terraza del bar que había enfrente, así como platitos con aceitunas y embutido; esos eran buenos clientes. Se trataba de un hombre y una mujer de mediana edad, y vi que conversaban muy animados. Me pregunté de qué estarían hablando. Qué bonito, pensé. Qué bonito llegar a esa edad y seguir con tu pareja y tener tantas cosas que comentar. A ver, cualquiera que se pare a mirar a mis padres pensaría eso mismo, solo que en realidad ellos estarían enfrascados en una pelea a muerte sobre si mi padre debía llevarse o no un chaquetón extra para ir a pescar. En el extranjero todo me parecía más exótico e interesante. Lo más seguro era que a aquella pareja no se lo pareciera en absoluto.

«Le rogamos que continúe a la espera...»

Las campanas de Notre-Dame dieron la hora: eran las tres de la tarde. Pensé en Laurent, que debía de estar aplicando sellador al chocolate para que no perdiera color y durara hasta los ultimísimos cafés de la noche en la pérgola del Pritzer, cada cuadradito con el emblema del hotel. ¿Se daba cuenta la gente?, pensé. ¿Se daban cuenta del esmero y la atención que requería ese chocolate que iban a consumir? Los franceses tal vez sí.

Me sentía inquieta, nerviosa, impaciente. Sé lo que habría dicho Sami: que necesitaba «un buen polvo». Pero es que no me apetecía. En la enorme y maravillosa y terrorífica ciudad en que me encontraba, yo quería hacer lo que todo el mundo, desde Thierry hasta Claire, pasando incluso por Alice: enamorarme.

—Hola, querida. Siento haberla hecho esperar.

Una voz femenina, por suerte del norte, el tono maternal; parecía lamentar sinceramente que el servicio fuera tan desastroso. Imagino que la culpa no era suya, claro.

Le expliqué la situación y ella se puso a tararear. Al cabo de un rato dijo:

—Bueno, pues tendrá que hacer transbordo en Crewe. O bien en Londres.

—Me parece que será mejor en Crewe, ¿no?

—Ya, pero... Es que nosotros no asumimos ninguna responsabilidad por llevar enfermos en el tren.

—Ella irá acompañada —dije, un poco a la buena de Dios—. Lo único que pido es si puede estar alguien allí cuando llegue el tren para asegurarnos de que sube al segundo tren, ¿de acuerdo? Para ella va a ser mucho ajetreo.

—¿Y no sería mejor que viajara en avión? —preguntó la mujer—. Están acostumbrados a llevar gente en silla de ruedas y todo eso.

—¡Pero ustedes son una empresa ferroviaria! —le solté, exasperada—. ¿Le dicen a todo el mundo que vaya en avión?

—No es necessario que me grite. Lo único que le estoy diciendo es que normalmente no aceptamos personas así. El departamento de seguridad no lo permitirá.

Solté un bufido, a la francesa, eso sí.

—¿Y no puede hacer nada? —dije—. Perdón, ¿cómo se llama?

—Aurelienne.

Era un nombre extrañísimo para ir pegado a una voz tan normal, tan segura de sí misma.

—¿En serio?

—Sí —dijo, ahora con más suavidad—. Es que mi padre era francés.

—Un nombre muy bonito.

—Gracias.

—Bien, pues seguro que lo va a entender

Y le conté toda la historia, el romance de Claire y Thierry, el hecho de que llevaran toda la vida esperando y de que estuvieran los dos muy enfermos y que su único deseo fuera reencontrarse en París. Admito que cargué un poco las tintas.

Ella se quedó un momento callada. Y luego:

—Qué bonito.

—Espero que lo sea —dije—. Si me ayuda.

Yo estaba lanzada, iba a por todas, segura de que le haría ver el lado romántico de la historia, segura de tocarle la fibra francesa.

—Saldrá en la prensa —mentí.

—Es que yo no... Nunca he estado en París, ¿sabe? —me confesó.

Me llevé una sorpresa enorme.

—Pero si es usted medio francesa...

—En realidad, es poco más que el nombre de pila. Mi padre abandonó a mi madre, y ella odia a los franceses.

—Ah.

—Imagino que a esa pareja que me dice le pasó igual.

—No. Tuvieron que separarse.

—Mmm —dijo Aurelienne.

—Y ahora desean estar juntos otra vez.

—Mmm.

—¿Me va a ayudar?

La respuesta no llegó enseguida.

—La verdad, no entiendo por qué su amiga no coge el avión.

Al final, con la tarjeta de crédito de Claire, reservé billetes de tren en primera clase para las dos, pensando que como mínimo el asiento le resultaría más cómodo, y que una vez en Crewe algún guardia se sentiría predispuesto a echarnos una mano para pasar el puente. Por lo demás, el precio era escandalosamente elevado. Supongo que Aurelienne tenía razón; con un poco de suerte, quizá podría convencer a Claire para hacer el viaje de vuelta en avión. Ni siquiera sabía si ella había pensado en eso. Me pregunté si tendría seguro médico. No, claro que no. La vida era cada vez más complicada. Puede que Sami llevara razón y que lo que yo necesitaba fuera algo realmente sencillo.

Como si me hubiera oído pensar, el teléfono sonó en ese momento.

—¿Allô?

—¿Dónde estabas? ¡Llevas horas comunicando!

—¿Por qué? ¿Qué pasa? ¿Ha ocurrido algo?

—No —dijo Laurent.

Pero igualmente el corazón me dio un vuelco.

Laurent se maldijo interiormente. Apenas se había fijado en la nueva empleada de la tienda; bueno, se había fijado al atacarlo ella en la calle, pero no muy bien. Le molestaba que hubiera congeniado tan rápido con su padre; aparte de eso, para él solo representaba una pequeña molestia en su itinerario habitual de trabajo, hotel, clubs nocturnos y darse la buena vida.

Pero el día anterior no había podido evitarlo: se sintió impresionado, impresionado profundamente. En primer lugar por el compromiso de ella con la tienda. Laurent sabía que esto de la gastronomía de altos vuelos requería una vocación temprana; sin embargo ella se había esforzado mucho por ayudar en la tienda, y por ayudar a su padre.

Y luego la cena. Volver a aquel local había sido una idea improvisada sobre la marcha, pero una vez que estuvieron instalados a la luz de la vela, él la había mirado detenidamente y se había dado cuenta de lo guapa que era, de sus agradables facciones, de sus redondos ojos azules y sus cejas robustas, de sus mullidos labios que la hacían parecer más joven de lo que era. Y de los generosos pechos que sobresalían por el escote de su bonito vestido estampado. Anna no se parecía en nada a las francesas escuálidas y de senos puntiagudos con las que acostumbraba salir, y no porque fuera en modo alguno menos atractiva, sino porque ella no se daba aires, no iba de nada en absoluto. No transmitía esas vibraciones de ser intocablemente bella o de una elegancia innata, como en el caso de las parisinas, incluso las menos agraciadas; y no era nada chic, eso desde luego. En cambio, sí era cautivadora y sexy, justamente porque no sabía —se daba cuenta ahora Laurent— hasta qué punto era sexy.

Justo en el momento en que él llegaba a esas conclusiones, ella lo había calado bien y le había dado a entender que le gustaba muy poco y que, por tanto, mejor que no se hiciera ilusiones con ella.

Y, si algo podía hacer que Laurent Thierry se interesara mucho por una mujer, era precisamente eso.

Miré el teléfono, sorprendida. No esperaba en absoluto tener noticias suyas.

—He estado muy ocupada —dije—. ¿Qué querías?

Laurent tuvo que improvisar una respuesta; en realidad, no sabía por qué me había llamado.

—¿Has visto a mi padre? —preguntó.

—Pues sí. —No me dio tiempo a pensar hasta qué punto era o no incorrecto dar esa respuesta. Alice me había advertido: aléjate de la familia. A ver, ¿le tenía yo tanto miedo a Alice? Después de pensarlo un instante, recordé que sí, mucho. Pero ya era tarde.

—¿De veras?

—Sí.

—¿Cómo estaba?

—Pues incorporado. Charlando. Risueño.

—¿Comía?

—Ja, ja, todavía no —dije—. Pero seguro que eso le pasará más pronto que tarde.

—Espero que no —dijo él con firmeza—. Como Alice permita que le ocurra esto otra vez, me la cargo.

—¿Piensas ir a verle? —pregunté, tras un breve silencio. Pensé que me respondería con una rápida y furiosa negativa, pero no fue así. Tardó un poco.

—Supongo que debería ir —dijo.

—¡Claro!

—¿Y si la toma conmigo?

—Pues aguantas como un buen chico y luego le das las gracias otra vez por haberte proporcionado las herramientas necesarias para montarte la vida por tu cuenta.

—Cosa que él no respeta.

—Sí, ya lo sé —dije—. La diferencia entre hacer chocolate artesanal de primera categoría en una tienda y hacerlo en un hotel es increíblemente grande. No entiendo cómo podéis soportarlo, ni tú ni él.

—¿Las inglesas sois todas tan sarcásticas?

—¿Los franceses sois todos tan tontos?

De repente, su tono de voz cambió.

—¿A ti te parezco tonto?

De fondo se oyó una alarma contra incendios; sonó tan cercana a lo que en ese momento ocurría en mi corazón, que casi me reí. El cielo estaba cambiando, unas sombras rosadas y violetas surcaban el azul y las calles empezaban a llenarse de gente joven, velomotores, bicicletas, gente que salía en busca de aventura, diversión o charla. Fue como ver fluir allá abajo un río de vida multicolor, mientras que yo seguía allí arriba, en mi buhardilla, observando a vista de pájaro lo que hacían otros.

—No —respondí.

—Podría ir a verte —dijo, ahora con voz absolutamente templada— y demostrarte que voy muy en serio.

No hubo coqueteo, no estaba tonteando conmigo. En mi vida había oído a un chico, o un hombre, hablarme de forma tan directa.

Miré a mi alrededor, esperando que Sami entrara de un momento a otro, vestido en plan ave de presa y listo para arrasar como cada noche. Él hacía su vida, rodeado de luces y de música. Claire hacía su vida también, empeñada ahora en este ridículo viaje. Yo tenía treinta años, me encontraba en el corazón de París, y un hombre tremendamente atractivo acababa de hacerme una oferta tremendamente atractiva.

¿Podía ganar tiempo, coquetear con Laurent, darle largas? Sí, podía. Supuse que él perdería interés en cuestión de minutos. Pero ¿tan importante era, en realidad, cuando desde el momento mismo de mi llegada había yo vivido muchas más experiencias de las que jamás habría podido imaginar? Me mordí el labio y luego pensé: al carajo.

—¿Cuándo? —le dije, y en mi tono de voz tampoco hubo el menor asomo de chanza.

20

Laurent tenía que trabajar unas horas todavía, lo cual me dio a mí tiempo suficiente para calentarme la cabeza, ser presa del pánico, cambiar de opinión cada dos segundos. Quizá debería salir a la calle, pensé. Esto era una locura. Sí, salir del piso, desconectar el teléfono, irme a pasear, esconderme durante unas horas.

Pero entonces él pensaría con razón que era una idiota, una cría. Y, de todos modos, ¿qué quería yo que pasase?

Telefoneé a Cath, pese a que ella seguramente me habría recomendado que me acostara con cualquier sin techo del Bois de Boulogne si pensaba que con eso iba a ganarme un polvo. Se puso a gritar de entusiasmo.

—¡Hace chocolate! Santo cielo, Anna. O sea que te pasarás el resto de tu vida comiendo chocolate del bueno y haciendo el amor. En París. ¡Cómo odio la peluquería! Hoy ha entrado una vieja pidiendo una permanente color morado. ¡No veas!

—La verdad es que no es tan sencillo —dije.

—¡Y a mí me lo cuentas! El color morado reacciona con la loción de la permanente, ¿entiendes? La mitad se le ha desprendido, y ya te imaginas que la pobre no es Beyoncé ni nada por el estilo.

—Entonces... —dije, tratando de volver al tema en cuestión. A todo esto, me estaba paseando arriba y abajo del pisito, cada vez más y más nerviosa—. ¿Qué me dices?, ¿debería o no?

Cath adoptó un tono más reflexivo.

—¿Es gilipollas, ese Laurent?

—No me lo parece —respondí—. Tiene problemas, diría yo.

—Ah. Lo digo porque los gilipollas suelen ser buenísimos en la cama; un tío con problemas, en cambio, puede que se te eche a llorar y tal.

—Estoy segura de que eso no lo va a hacer.

—¿Está bueno? —dijo Cath.

—Sí. —No lo dudé un instante—. Tiene mucha pinta de francés, pero en más corpulento.

—Mmm. ¿Y tiene, no sé, la nariz muy grande?

—¡Sí!

—Fantástico. Esos me encantan. —Se puso seria—. Mira, Anna, tú sabes que después de un fracaso lo mejor es intentarlo otra vez y cuanto antes, ¿no?

—Sí —dije, a regañadientes.

—Quiero decir, no vas a estar toda la vida sin eso, ¿verdad?

—Ya, supongo que no.

—Entonces dale una oportunidad. Por cierto, Darr ha estado dando la lata preguntando que cuándo ibas a volver.

—No me lo creo —dije—. ¿Es que se ha hartado ya de todas las solteronas?

—Eso parece.

Comparado con Darr, Laurent me pareció todavía más atractivo.

—Vale, pues me lanzo —dije.

—Así me gusta —dijo Cath—. Oye, guárdame alguna francesita. Me he tirado a todos los tíos más o menos guapos de por aquí, y no hay ni uno que valga la pena.

Sami fue más al grano todavía cuando regresó con un baúl lleno de disfraces. Debo reconocer que a veces trabajaba.

—Ay —dijo, con un suspiro—. Así seguro que no te comes un rosco.

—¿Qué? —dije. Me había puesto un top y una falda negros; no es que fuera un conjunto muy sexy pero sí de lo mejor que había en mi pequeña maleta. Estaba demasiado nerviosa para ir de compras. Probablemente me quedaría lo primero que me llamara la atención, aunque fueran unas botas hasta la rodilla y una minifalda elástica.

—Te has vestido como para ir a trabajar a la Bourse —dijo Sami—. No en plan seductor.

—Es que no soy una seductora —respondí.

Sami arqueó una ceja esmeradamente depilada.

—Pues algo tendrás —dijo—, porque hace semanas que no veo a Laurent por el bar Buddha.

—Será porque tiene a su padre ingresado, ¿no te parece?

—Puede —admitió Sami. Y después de mirarme de arriba abajo, se metió rápidamente en su habitación.

—¡No pienso ponerme tu bañadorcito! —grité.

—Tú tranquila —me dijo, desde dentro. Volvió a salir al cabo de cinco minutos. Aparte de un montón de ropa, traía rulos y unas tenazas de alisar—. Bueno, ahora deja que trabaje.

—Oye, no. Ni se te ocurra dejarme hecha un adefesio. Si me vas a pintar como si fuera una guarra...

—Ay, la inglesita, que se me asusta —dijo Sami—. Yo no hago esas cosas que dices. Solo voy a asegurarme de que te veas lo mejor posible. Quiero que te diviertas, nada más.

—No eres el único —me lamenté en voz alta—. Lo cual me pone las cosas más difíciles.

Sami eligió una bonita blusa gitana de tonos rojos.

—De la escena del desván —explicó—. ¿Tienes algún sujetador rojo?

Tenía, pero no lo había traído a París. Bueno, de hecho hacía meses que no me lo ponía; y era de los buenos.

—No importa, rosa quedará bien —dijo—. Incluso mejor, creo. Más de putilla. Bien, ¿cómo estamos de vello?

Me había depilado las piernas en el cuarto de baño, deseando haber tenido a mano a Cath; ella me lo habría hecho con cera y en casa. Después de depilármelas, había visto lo horrorosamente blanca que tenía la piel. De haber estado en Kidinsborough habría ido un rato al sol UVA, pero por lo visto aquí no se estilaba. Supongo que porque las francesas tenían todas ese tono de piel perfecto, un poco aceitunado, y no les hacía falta UVA. Me entró otra vez el pánico; ¿y si Laurent se decepcionaba, o algo peor, al ver mi piel tan blanca y encima irregular?

—Creo que me tomaré algo —le dije a Sami.

—No lo hagas. —Me sorprendió su reacción—. Es peor. No disfrutarás tanto.

—Ni tanto ni nada de nada, a menos que reúna el coraje necesario.

Sus grandes ojos negros me miraron con afecto.

—Cariño —dijo—. Cariño, es placer y nada más. Es felicidad. Como con el chocolate, ¿entiendes? No es para que luego te sientas culpable, o triste, o avergonzada. Es para disfrutarlo. Fíjate en mí; el mundo entero intentó hacerme sentir vergüenza. Pues no pudo.

Le miré bien. Llevaba una boa de color violeta subido alrededor del cuello y los ojos pintados de azul como siempre. No se me había ocurrido pensar que Sami pudiera ser valiente, la idea que tenía de él era de que estaba como un cencerro. Sin embargo, ahora...

—Está bien —dije.

Me puso la blusa roja delante. Era preciosa y hacía juego con mis tejanos tobilleros; de esa forma no parecería que iba muy puesta (y me sería más cómodo montar en la Vespa de Laurent), tendría un aspecto juvenil, fresco y despreocupado.

—Yo añadiría un pañuelo, pero... —Hizo un mohín.

—Con pañuelo me siento como la Thatcher —dije yo.

—Es verdad, las inglesas no pueden llevar pañuelo. Bueno, salvo la reina. Ella es magnifique.

Sami cogió un estuche grande, bastante manoseado, me hizo sentar y se puso a ello; con una mano me aplicaba el maquillaje, y a cada momento se iba de un salto hasta el balcón a dar una calada al cigarrillo que había dejado allí encendido.

—Conseguirás que huela toda a humo —me quejé.

—A un francés eso le parece supersexy —dijo él con pillería.

Por fin, terminada la faena, dejó que me mirara en el espejo, y a mí se me escapó una sonrisita. El resultado era sorprendente. Sami había domado mis rebeldes rizos hasta convertirlos en dóciles tirabuzones, a saber cómo, y sujetado luego mis cabellos con un clip de plata, pasado de moda, para dar a mi habitual aspecto despeinado un estilo años veinte muy francés. En la cara apenas había hecho más que pintarme los labios de un rojo idéntico al de la blusa.

—¡Jolín! —exclamé—. Aquí no sé si te has pasado.

—Qué va —dijo él, medio distraído—. Vas a ver como querrá despintártelos a besos nada más verte.

Me puse de pie.

—Por cierto —añadió Sami—, no sé por qué llevas siempre esas sandalias. —Yo no dije nada—. ¿Qué más tienes?

—Unas Converse.

—No sé... Qué más.

—Unas bailarinas.

—A ver, enséñamelas.

Fui a buscarlas.

Era uno de los pares de zapatos más bonitos que había comprado nunca. Fue poco antes del accidente. Eran planos, de color azul marino, con un lacito de un azul más claro y el forro a rayas, y no se parecían nada a lo que se ve normalmente en Kidinsborough, donde para salir todas se ponen tacones, o bien unas deportivas. Yo ni siquiera sabía con qué me las iba a poner. Para ir de pubs o discotecas no servían, porque se habrían echado a perder, y encima todo el mundo me estaría hablando diez centímetros por encima de lo normal. Tampoco para caminar eran prácticas; al menor aguacero ya las podría tirar. Y para ir al trabajo, o a un concierto, tampoco me servían.

Pero eran tan bonitos, aquellos zapatos... La mujer que me los vendió hizo que los metieran en una bolsa de tela antes de guardarlos en su caja y envolverlos después en papel de seda a rayas, y añadió una preciosa pegatina *vintage*, y yo me los llevé a casa y los guardé en mi viejo armario mientras pensaba en una imaginaria fiesta al aire libre a la que me invitarían el día menos pensado...

Pero luego sufrí el accidente y ahí terminó la cosa. No me los había puesto nunca porque no protegían suficientemente el pie, e incluso podía resbalar.

Sami se los quedó mirando.

—Sí. Ponte esas bailarinas —dijo—. Son monas. Parecerás una actriz de los años cincuenta paseando por la Croisette.

Puse los ojos en blanco.

—Voy a mi cuarto —dije.

—¿Y por qué no te los pones aquí?

Entonces se me ocurrió que quizá no sería tan grave practicar un poco, enseñar el pie delante de un hombre. Así que tomé asiento y me quité la sandalia.

Al principio Sami no se fijó, pero luego agrandó los ojos.

—¡Caray! —dijo.

—Ya. —¿Me acostumbraría alguna vez a ver aquella línea diagonal en que se había convertido el espacio donde antes estaban mis dos dedos perdidos, y los pequeños muñones rojizos?—. Ya lo sé, es espantoso.

—Querida —dijo Sami, dándome una palmadita en el hombro—. Mi niña.

—Cuando lo vea él, seguro que vomita —dije yo.

—Bobadas, seguro que apenas lo nota —dijo Sami, mirando una vez más mi pie con aire de preocupación—. Es decir, a menos que sea un fetichista de esos, ya sabes. En todo caso, no un fetichista de pies. Ahora bien, si le ponen las amputaciones, lo tienes en el bote... Venga, cariño, no llores.

No pude evitarlo. Estaba muy sensible, muy nerviosa, y me bastó aquello para soltar un mar de lágrimas.

—¡Basta! Se te va a correr el maquillaje invisible y de un momento para otro serás mucho más visible —dijo Sami, mientras yo seguía llorando a moco tendido. Para eso soy muy poco discreta—. Venga, está bien. Te voy a preparar un martini. Pero uno pequeñito, ¿eh?

Lo que para él era un martini «pequeñito» para mí era una

piscina, pero se lo agradecí. Fuimos a sentarnos al balcón y contemplamos el crepúsculo —yo en pleno ataque de nervios—, y Sami fue tan amable como para escuchar toda la historia. En los momentos adecuados, meneó la cabeza.

—Mira —dijo cuando hube terminado—, al final no fue mala cosa, porque gracias a eso estás en París.

—¿Me estás diciendo que valió la pena perder dos dedos del pie para venir aquí? —dije, incrédula.

Sami pareció meditarlo.

—Yo perdí a toda mi familia —dijo.

—Estarían muy orgullosos de ti —le dije. Y era sincera.

Se echó a reír.

—Estarían orgullosos de un buen contable que viviera en Argel y tuviera varias esposas y montañas de hijos y un patio de propiedad, ¿vale? No de esto.

—Ah, pues yo sí estoy orgullosa de ti. —Choqué mi vaso con el suyo.

—Tú ni siquiera tienes huevos para irte a la cama con un tío —dijo Sami, pero bromeaba, y chocó él también su vaso con el mío.

Justo en ese momento sonó el timbre de abajo.

—¡Madre mía! —grité, y al levantarme de un salto me tiré por encima el resto del martini. Fantástico, ahora apestaría como si hubiera estado empinando el codo toda la tarde.

—¡Ponte los zapatos! —gritó Sami.

—Sí, sí, ya voy. —Agarré el bolso. No estaba segura de si quedaba práctico o «zorril» meter dentro unas bragas de repuesto y un cepillo de dientes, así que guardé ambas cosas en un discreto compartimiento con cremallera—. J'arrive —dije por el interfono.

Antes de abrir la puerta del piso para salir, volví la cabeza y allí estaba Sami, de pie en el balcón, a contraluz, terminándose el martini y contemplando sus parisinos dominios como si estuviera decidiendo en qué arrondissement sembrar el pánico esa noche.

—Gracias —le dije.

—De rien —respondió con una gran sonrisa—. Venga, disfruta, o te juro que te presento a un fetichista de amputaciones.

—Ya me voy, ya me voy —dije.

Noté, más que verlo, que se abría la puerta de la primera planta. Era la mujer mayor que se había enfadado tanto al llamar yo equivocadamente al timbre de su casa. ¿Es que no salía nunca?

—Bonsoir —dije, en plan valiente, tratando de darme a mí misma una confianza que no tenía en absoluto, pero no hubo respuesta y la puerta se cerró otra vez, dejándome a oscuras y turbada. Me quité de encima aquella sensación y salí por fin a la calle.

Laurent estaba allí de pie, esperando. Llevaba un atuendo informal pero que parecía caro, tejanos y una camisa amarillo suave. No sonrió al verme; lo que hizo fue contemplarme como si me viera por primera vez y me encontrara atractiva. Me costó no ponerme colorada.

—Estás guapa —fue su veredicto.

—Gracias —dije, deseando en el fondo que él estuviera tan nervioso como yo. No parecía que fuera su caso.

—¿Tienes hambre?

Hambre no tenía. Creo que me habría gustado coger una turca cuanto antes mejor, pero eso no iba a ayudar mucho. Aquí no se trataba de chupársela a Dave Hempson en el Ford Sierra de su madre. Negué con la cabeza.

—Bueno, ¿damos un paseo, entonces? Me he pasado el día encorvado sobre los fogones.

Las bailarinas no me causaron ningún problema. Eran unos zapatos livianos pero se ajustaban perfectamente a mis pies —incluida la puntera del maltrecho pie izquierdo—, y era como caminar flotando. Cruzamos el Pont Neuf y tomamos la dirección del Louvre. Justo en ese momento se encendieron una tras otra las viejas farolas de hierro forjado, así como la larga cadena de bombillas de colores que seguía el curso del Sena, brillando en el crepúsculo vespertino.

—Me encanta esta hora —dijo Laurent—. Los oficinistas se han ido a sus casas en el extrarradio, los excursionistas han vuelto a..., bueno no sé dónde se meten los excursionistas.

Era verdad. Entre el olor a tubo de escape, a plantas en cestas colgantes y a ajo chisporroteando en las sartenes de un millar de restaurantes, reinaba una sensación expectante ante el inicio de la noche. Charlando de comida y de esto y lo otro, pisé mal y estuve a punto de tropezar. Laurent me ofreció el codo sin pensarlo dos veces, y yo me apoyé en él. Pasamos bajo una enorme arcada de piedra y no pude evitar quedarme boquiabierta; conocía el edificio, lo había visto en foto, claro está, pero no había estado nunca; nos encontrábamos en la Place du Louvre. La enorme pirámide de cristal —y otra que había un poquito más lejos— resplandecía de luces plateadas, como si hubiera llegado del espacio exterior y hubiera aterrizado en el siglo XVIII.

—¿A que es bonita? —dijo Laurent. Era tarde y, naturalmente, el museo llevaba horas cerrado; solo había unas cuantas personas aquí y allá, sacando fotos de las fuentes y del edificio. Fue casi como tener para nosotros solos todo aquel entorno. En lo alto empezaban a salir las estrellas.

—Cuando veo esto, me siento orgulloso.

—Bueno, yo diría que eres bastante orgulloso en general —le dije, en plan de broma.

Laurent se encogió de hombros y negó con la cabeza.

—¿Y qué clase de persona eres, si no?

—Alguien entregado por completo a su trabajo —respondió—. Es lo que más me preocupa. Y, sí, estoy orgulloso de mi trabajo. Quiero que el resultado sea lo mejor de lo mejor. Porque, si no, ¿qué sentido tendría?

Asentí.

—¿Tú opinas igual? —me preguntó.

Medité la respuesta. Creía entender ya, tras un tiempo en París, ese deseo de alcanzar la excelencia, de vivir siempre persiguiendo no lo bueno sino lo mejor. Pero había comprobado también el precio que algunos pagaban por ello: padre e hijo sin hablarse, Thierry enfermo del corazón, Alice siempre amargada y ansiosa.

—Lo único que he deseado en mi vida ha sido ser feliz —dije en voz queda. A veces podía parecer una aspiración muy poco elevada. Laurent me miró de reojo.

—¿En serio?

Le miré, intrigada, y luego volví la cabeza para contemplar la estupenda vista que se desplegaba ante nosotros. Eché a andar con los brazos extendidos hacia la pirámide.

—Yo creo que en París se puede ser feliz —dije.

—¡Cuidado! —gritó Laurent—. ¡Vas a disparar las alarmas! Pensarán que has venido a robar la *Mona Lisa*.

—¿De verdad? —Me eché atrás con miedo.

—Bueno, no —dijo él—. Pero me agrada ver cómo te asustas.

Me volví hacia él.

—Sí —dijo—, se te pone la boca como una O muy grande y los ojos también. Me gusta.

Y entonces, como si hubiera perdido el hilo, cubrió la escasa distancia que nos separaba, me estrechó entre sus brazos y me besó con fuerza bajo la luz de los reflectores. Noté el resplandor de una linterna cuando un guardia de seguridad nos enfocó brevemente, pero ya estaba entregada a sus ávidos labios, a la mano con que él me empujaba hacia sí por la nuca. No pensé en nada más.

Claire tenía dudas sobre el equipaje. Era verano, sí, pero dijo que últimamente siempre tenía frío. Como una niña pequeña que necesitara llevar siempre consigo una manta. Ricky e Ian no pensaban ayudarla —estaban de morros con ella—, y tampoco a Montserrat le seducía el plan de viajar a París. Anna le había enviado horarios de tren por email, sin indicar cuándo iba a volver para ir a buscarla. Naturalmente, tenía trabajo; era demasiado pedir, quizá.

Sin quizá; era mucho pedir. Y ella, Claire, era una mujer testaruda y egoísta. Pero aun así...

Subió lentamente la escalera y abrió la puerta del armario. Era tarde, no podía dormir. Cada vez le costaba más dormir cuando tocaba hacerlo. De día le entraba sueño a cada momento, pero por las noches no podía pegar ojo. Se había tomado los analgésicos, que normalmente la dejaban grogui, pero hoy se sentía inquieta, con más ganas de moverse que en mucho tiempo. Estaba medio convencida de que la perspectiva del viaje le estaba dando nuevas energías, nuevas fuerzas. Eso la empujó a seguir adelante. Ese día no había nadie más durmiendo en casa como ocurría durante la quimio. Estaba sola. Se suponía que se iba recuperando en previsión de una nueva visita al quirófano. En cambio, allí estaba haciendo el equipaje para marcharse al extranjero. Solo de pensarlo se puso a temblar de excitación.

La enfermedad te envejecía de golpe. La madre de Patsy era mayor que Claire, sesenta y dos años muy bien llevados. Se había inyectado botox, se había blanqueado los dientes, hacía aerobic en la piscina y cuidaba de los niños dos días por semana, cuando Patsy trabajaba como mánager de Recursos Humanos en el servicio carcelario. Era, de hecho, ni más ni menos que la clase de abuela que a Claire le habría gustado ser, salvo que en vez de ir al cine y repartir golosinas, Claire los habría llevado a ver exposiciones, a bibliotecas y restaurantes. Les habría hablado de política y de su lugar en el mundo y jamás habría permitido que pensasen que el mundo terminaba en Kidinsborough. En opinión de la madre de Patsy, Claire era una esnob redomada. Tal vez fuera así, pensó Claire.

Allí estaban, uno al lado del otro. El vestido de color crema a rayas y el verde con estampado floral, ambos un tanto descoloridos dentro de sus bolsas con cremallera. De haber tenido una hija, ¿le habrían gustado estas prendas?, se preguntó Claire. Hechas con tanto esmero, y *vintage*. Pero de pronto se le ocurrió que, como había perdido tanto peso con la enfermedad, seguramente le sentarían bien. La idea era tan siniestra que le dio risa. Encorvada y vestida como una chiquilla... Pestañeó, ya no tan segura de querer hacer las maletas. Al lado de sus vestidos de París estaba su traje de novia. No había sido capaz de tirarlo. Mirarlo ahora la hizo sentir tremendamente culpable al recordar lo nerviosa que le había hecho poner la modista de Kidinsborough, tan poco diestra con los alfileres, nada que ver con las eficientes muchachas de Marie-France.

Claire le había dicho a su madre que eligiera ella el vestido. Era un traje de novia de lo más recargado, con una cola de nailon y manga larga y un cuello alto con volantes, para que los feligreses más mayores del reverendo no se escandalizaran.

Richard le gustaba de verdad. Era bueno, y un viernes tomó el coche desde la universidad para ir a verlos; la madre de Claire quedó impresionada, y otro tanto el reverendo cuando vio que Richard era muy educado y le llamaba «señor». Fueron a cenar y él les contó los planes que tenía de montar un negocio y de animarla a ella a trabajar más, cosa que Claire había hecho, aprobando por los pelos en la escuela de magisterio; él se puso muy contento y al cabo de tres años le pidió, muy nervioso, que se casara con él, y ella estaba esforzándose todo lo posible por llevar una vida normal y olvidarse de París, y así un día se despertó comprobando que la cosa funcionaba, que la gran grieta se había cerrado por fin y que, en realidad, casarse con Richard y tener una bonita casa y una vida agradable y, tal vez, mudarse un día a otro sitio sería bastante divertido.

Y, cosa rara, resultó que, de entrada lo fue. Fue divertido. Cuando los chicos eran pequeños, los cargaban en el Austin Metro y se iban a Cornualles o a Devon, a pasar las vacaciones lejos de la lluvia, comiendo patatas fritas en el paseo marítimo, y después se habían mudado a una casa adosada —Richard había abierto su negocio en el pueblo, de modo que el sueño de Claire de abandonar Kidinsborough no se hizo realidad—, los chicos iban a clase de música, jugaban al fútbol, tenían amigos del cole, montaban fiestas de cumpleaños y todo era tan bonito como uno podría soñar, y si alguna vez Claire pensó: «Ah, ¿y ya está? ¿Es eso todo?», bueno, mucha gente pensaba así, sobre todo mujeres con hijos a finales de los setenta, profesores a principios de los ochenta. Claire lo atribuyó a un hastío normal.

Después, cuando los chicos fueron al colegio, Richard había tenido un lío con una chica de su oficina que lo dejó con tal sentimiento de culpabilidad que Claire no creyó ni por un segundo que el placer obtenido hubiera estado a la altura de las consecuencias. La noche en que se lo confesó, Richard temblaba de pies a cabeza, empapado en sudor, hecho una pena. Ella estaba preparando una ensalada de *corned beef*, a pesar de que lo odiaba. A los chicos, sin embargo, les encantaba, y desde hacía veinte años ella les ponía *corned beef* en la mesa un viernes de cada tres. El recuerdo dominante de aquella noche en que Richard lloró y le imploró perdón, aparte de sudar, fue una curiosa sensación de alivio por no tener que comerlo nunca más.

Fue al mirarla, desesperado por obtener su perdón, cuando Richard lo comprendió; él esperaba que hiciera lo normal, o incluso que le entrara un ataque de celos y le rasgara la camisa o la emprendiera a tijeretazos con sus pantalones y su americana. Poco a poco se dio cuenta de que en realidad a Claire no le importaba tanto que él hubiera tenido una aventura amorosa, porque en el fondo no estaba enamorada de él, no lo había estado nunca. Y ahí fue cuando Richard montó en cólera.

Claire pasó los dedos por el vestido. Por supuesto que le había amado, pero a su manera. Claro que eso no era suficiente, o no lo es en un matrimonio. De todos modos había tenido suerte; él había sido escrupulosamente justo a la hora del reparto de bienes; siempre mantuvo su amor y su atención hacia los hijos. Muchas amigas de Claire no habían tenido esa suerte. Muchas amigas suyas que se habían casado en pleno apogeo de un amor incondicional y arrebatado —uña y carne con sus futuros cónyuges— habían terminado odiando a sus parejas respectivas para volverse personas amargadas, personas mucho más infelices que

Richard y ella tras la separación. Era evidente que Thierry y ella, con sus marcadas diferencias de clase y de cultura, quizás habrían terminado a patadas el uno con el otro y echando a perder a sus hijos en el caso de haberlos tenido, mientras que Ricky e Ian eran dos jóvenes muy equilibrados. Además, tal como estaba ahora el mundo, ¿cómo no pensar que el mejor sistema para llevar adelante un matrimonio era la camaradería, un compañerismo sostenible y sensato?

Aun así, la invadió la tristeza al tocar el vestido. No se le podían pedir cuentas al corazón humano. Claire suspiró. Quizás fuera mejor echar un vistazo al cajón de los pañuelos. Sus amistades le habían regalado toda una serie de alegres pañuelos con los que ocultar la calva. Ella los detestaba desde el primero hasta el último. Detestaba fingir que veía la vida de color de rosa cuando solamente tenía ganas de vomitar. Eso sí, se habían portado muy bien con ella. A la gente le gustaba que los enfermos estuvieran alegres; así se sentían menos incómodos en su presencia y se asustaban menos. En fin, metería unos cuantos en la maleta.

Tocó, una última vez, la bastilla del vestido verde estampado con diminutas margaritas. Alors, pensó. Siempre que se le venía Thierry a la cabeza, pensaba en francés, como si añadiera un nivel más de dificultad al código que protegía sus más íntimos secretos. Que los protegía ¿de quién?, ¿de su padre? Pero si el reverendo nunca había hablado otra cosa que inglés...

Alors. A Thierry le iba a dar algo cuando la viera. Bueno, por lo visto él también había cambiado un poquito. Además, ¿importaba eso?

Nos separamos. Él me sonrió con absoluta naturalidad. No pude evitarlo; hubo algo extraordinariamente bonito en el hecho de que a él le importara un pimiento que alguien pudiera ver lo que hacíamos. Ahora tenía una expresión casi lobuna.

—Ven conmigo —dijo.

Yo sonreí. Me parecía un poquito tarde para ponerme en plan

coqueto, teniendo en cuenta que llevaba un sujetador rosa y tal. Pero el corazón me latía con furia, en parte por la excitación y en parte por los nervios.

—Mejor que no —dije—. Me estás convirtiendo en una agente doble.

Se echó a reír.

—Necesito una agente doble —dijo—. No, borra eso. Te necesito a ti.

Cogió mi mano con la suya, enorme. Me costaba creer que aquellos gruesos dedos pudieran hacer cosas tan deliciosas con azúcar y cacao y mantequilla.

—Venga, te hago una carrera hasta la moto —dijo.

Era tarde y las calles estaban casi desiertas, pues la gente se iba a cenar al Marais o más al norte.

—No puedo correr —me excusé. La verdad es que no lo había intentado todavía.

—Claro que puedes. —Me miró muy serio—. Puede que se te bambolee todo un poco, pero a mí me gusta.

Le saqué la lengua.

—Preparados... listos...

—¡No!

—¡Ya!

Salimos disparados. Las finas suelas de mis bailarinas crujieron sobre el pavimento de la Place du Louvre. Hacía tanto tiempo... La brisa nocturna me daba en la cara, mis cabellos ondeaban a mi espalda. Laurent era veloz, tratándose de un hombre tan corpulento, y se le veía muy joven; de vez en cuando volvía la cabeza y se reía de mí, y el viento le metía los rizos en los ojos.

—J'arrive!» —grité, pobre de mí, redoblando mis esfuerzos. Estaba casi sin resuello de tanto correr, de correr al límite mismo de mi capacidad, y eso me hizo sentir liberada. Hasta entonces no me había percatado de cuánto lo añoraba; ni siquiera recordaba haber corrido alguna vez. Había renunciado a mi juventud, a correr con sandalias de verano. Ahora, en cambio, mis brazos se elevaron al cielo de pura y simple euforia.

Cuando llegábamos ya al puente, intenté dar un salto arriesgado. Me lancé al aire y, en un abrir y cerrar de ojos, comprendí que no lo iba a conseguir. Mi pie maltrecho no tenía la suficiente flexibilidad, sobre ese lado mi equilibrio era precario. Caí de mala manera sobre los escalones, sobre el costado izquierdo, las piernas dobladas, y mi pie izquierdo chocó fuertemente contra la dura piedra.

Me quedé hecha un guiñapo en el suelo y los ojos se me llenaron de lágrimas, muy a mi pesar. El dolor fue indescriptible, no os lo podéis imaginar siquiera.

Laurent se volvió al instante, en su cara un gesto de preocupación. Acudió presto en mi ayuda mientras otro transeúnte se detenía para ver si yo estaba bien.

Parpadeé varias veces, tratando de acompasar la respiración y de no ponerme a lloriquear como un bebé.

—Merde —dije—. ¡Qué daño!

Laurent se agachó a mi lado, y justo en ese momento me percaté de que, con la fuerza del impacto, el zapato de ese lado habia ido a parar medio metro más allá; estaba manchado de sangre.

—Mon Dieu! —exclamó. Yo me llevé la mano a la boca. El pobre Laurent pensaba que me había roto los dedos en la caída. Me miré el pie; no tenía buena pinta, todo rasguñado por los adoquines.

—No, no, tranquilo —musité, maldiciéndome interiormente por ser algo así como un monstruo de feria. Intenté levantarme por mis propios medios; Laurent se había quedado patidifuso, pero entonces reaccionó. Cuando me cogió del brazo, sin embargo, lo hizo con evidente indecisión—. No es nada... un... un accidente que tuve —murmuré, colorada como un tomate. Quise que se me tragara la tierra. Todo cuanto había temido que pasara, todas mis preocupaciones por ser un bicho raro, alguien que no podía gustarle a nadie, parecían haberse hecho realidad.

—Sí, por supuesto —dijo él, y sin poder evitarlo me miró despacio de arriba abajo, como si quisiera comprobar qué otras partes de mi anatomía habían sido afectadas. Fue exactamente como si me abofeteara.

—Es que... me amputaron unos dedos —añadí.

Laurent recuperó ligeramente el color.

—Perdona, creo que me he asustado mucho.

—Sí, lo entiendo. Es un poco raro —dije. Todo lo malo que podía pasar estaba pasando.

—No, no, tranquila.

¡Cómo iba a estar tranquila! De repente me sentí claramente a disgusto conmigo misma, no podía ser la clase de chica europea despreocupada que había intentado ser. Había aterrizado, literalmente, y de qué mala manera.

Por fin, Laurent me sonrió un poco, nervioso.

—Oye, ¿quieres venir a casa y me lo cuentas todo?

Pero el beso extraordinario e inolvidable de hacía unos minutos se había evaporado; ahora él se sentía incómodo, y yo allí manchada de sangre. Se dio cuenta de que estaba un poco aturdida.

—¿Te encuentras bien? ¿Qué quieres que haga? —Me rodeó con un brazo.

—¿Puedes acompañarme a casa? —dije, apoyándome en su tórax, acogedoramente ancho—. No te preocupes. Es que... es que mañana tengo que ir al trabajo.

—De acuerdo, vamos. No puedes ir a la pata coja.

De repente me entró pánico al pensar que se ofrecería a llevarme en brazos, pero echamos a andar recostados el uno en el otro como dos borrachos, diciendo esa clase de tonterías que uno suele decir cuando acaba de besar a alguien y los besos, por alguna razón (por ejemplo, un pie en mal estado), han quedado súbitamente descartados. Menos mal que Laurent no me preguntó cómo me había ocurrido el accidente.

Al llegar a mi portal intenté separarme de él lo más rápido posible.

—¿Te ayudo a subir la escalera? —dijo él, galante.

—No, no, tranquilo. Me ha encantado verte —dije, y fue como si hubiera sacado la frase de una serie dramática de televisión.

Laurent pestañeó, y acto seguido, como si hubiera estado intentando decidirse sobre algo, se inclinó hacia mí y me besó muy suavemente en los labios.

—Otro día quizá te apetece contármelo —dijo. Y acto seguido dio media vuelta y se alejó hacia lo oscuro. Me quedé escuchando hasta oír cómo arrancaba la Vespa y luego entré en el edificio y di por fin rienda suelta a mis lágrimas.

Ni siquiera me molesté en prender la luz cuando subí cojeando la escalera hasta el sexto piso, sin dejar de sollozar y sin que me importara que pudieran oírme. Me pareció que alguien abría una puerta, pero no volví la cabeza para comprobarlo.

Encontré a Sami inspeccionándose frente al espejo y supuse que no había estado haciendo otra cosa desde que yo me había marchado.

—Chérie!! —exclamó al verme—. Chérie...

Vio la cara que traía, el destrozo que las lágrimas estaban haciendo en su perfecto maquillaje.

—¿Qué ha pasado? —preguntó.

—Que me ha visto el pie y ha alucinado. No le culpo, la verdad.

—¿No se te ha ocurrido prevenirle, o algo?

—¿Qué le iba a decir?, ¿que soy espantosamente deforme?

—¡Sí!

—Pues no. Me he caído y se me ha salido el zapato.

Sami se golpeó la frente con la palma de la mano, fue a la pequeña cocina y volvió poco después con un recipiente lleno de agua caliente, un paño de cocina y un vaso largo lleno de un líquido semitransparente con tres aceitunas dentro.

—Dry martini —dijo—. Es la única manera.

Mientras él depositaba mi pie con cuidado en el recipiente, yo tomé un trago y casi me atraganté. El brebaje tardó casi cinco segundos en llegar a mi torrente sanguíneo.

—Caray, esto sí que funciona —dije, notando cómo el calorcillo se extendía por todo mi cuerpo—. Es como una medicina.

—Lo es. Y yo soy el médico.

Conseguí sonreír un poco, pero al momento estaba llorando otra vez.

—Con este pie nadie me va a querer —dije.

—Qué tontería. Has estado a punto de hacértelo con un tío buenísimo. Las chicas persiguen a Laurent. Tiene un aire misterioso, ¿verdad?

Solté un bufido.

—Yo no le veo nada de misterioso. Siempre está un poco ceñudo, eso sí. Bueno, a ratos. Después se anima y... sí, es un tipo interesante.

Sami suspiró.

—Claro. Será que tú le gustas porque no te has dejado impresionar...

—Al revés, es a él a quien no le impresiono yo —dije, compungida—. ¿Por qué no podría gustarle a todo el mundo y así luego elegir a los que más me gustaran?

—Oh, sí —dijo Sami—. Eso es privilegio de las grandes bellezas. En fin, ya que estás arreglada, ven conmigo.

—¿Adónde?

—Te gustará, seguro. Es un ensayo.

—Justo lo que necesito, un ensayo. No, espera —dije (el martini me estaba haciendo efecto)—. Se suponía que Laurent iba a ser mi ensayo general, ¿no?, para ver si así vivía un poco la vida y tal. Pues la he jodido.

—No importa —dijo él, contemplándose satisfecho una vez más en el espejo. Luego se puso un chaleco plateado y un pañuelo rosa a juego con el ceñidísimo pantalón.

—Madre mía —dije.

—Tranquila, querida —replicó Sami—, nadie va a pensar que tú y yo estamos liados.

Bajé detrás de Sami a la calle, e inmediatamente lo perdí de vista; ¿es que los parisinos utilizaban las calles alguna vez? Parecía que hubiera calles para los turistas y atajos para los demás. Seguí la dirección que él había tomado, hacia la parte de atrás del edificio —no sin sorpresa, descubrí que había allí un jardín abandonado—, y luego vi que cruzaba una avenida hasta el Pont

Saint-Michel. Otra vez juntos, me hizo entrar en un edificio que parecía albergar una emisora de radio y bajar luego unos escalones junto a una puerta lateral —un commissionaire que estaba ojeando *France Soir* nos franqueó el paso con un movimiento de cabeza— que daba a lo que era sin duda un estudio de grabación y espacio teatral. Asientos de terciopelo rojo, paredes gruesas, alfombras mullidas y un escenario grande, que estaba en penumbra. Había seis o siete personas junto al escenario, dos de ellas fumaban. Alguien reconoció a Sami desde allí, y Sami agitó exageradamente el brazo a modo de saludo.

—Anna está infelizmente enamorada —proclamó a los cuatro vientos, y los presentes prorrumpieron en murmullos solidarios y se sentaron con nosotros en medio.

Sobre el escenario, un hombre de aspecto nervioso, melena gris y bastón estaba hablando por un *walkie-talkie*. Después golpeó el suelo dos veces seguidas con el bastón, se volvió sobre sus talones y le gritó a alguien que estaba arriba del todo en una pequeña cabina pobremente iluminada. Al momento empezó a sonar por los altavoces una envolvente música de vals. El volumen me sobresaltó. De repente el escenario quedó iluminado como si hubiera miles de velas de palpitante llama y de bastidores empezaron a salir personajes; por la izquierda, hombres; por la derecha, mujeres. Los hombres vestían americana abrochada, las mujeres miriñaque, y todos tenían la cara pálida. Parecían salidos de otro siglo. Los dos grupos se fundieron con lo que me pareció un movimiento perfecto, las mujeres entregándose a los brazos de los hombres, y empezaron a bailar. Fue sublime poder estar tan cerca de ellos y de sus evoluciones; parecían flotar con la música, y las faldas hacían frufrú cuando ellos levantaban a sus parejas como si fueran plumas. Luego, la música cambió un poco, se hizo más lenta, pero los bailarines, en cambio, aceleraron cada vez más sus piruetas. Me pareció imposible que nadie chocara con nadie mientras iban de acá para allá; estaba totalmente maravillada.

—Non non non non non!

El hombre de la melena gris estaba golpeando el suelo con su bastón.

—¡Esto es insoportable! Otra vez, pero hacedlo bien.

La música cesó y los bailarines se quedaron en pie formando una fila; aun así, me seguían pareciendo tan etéreos como antes, personajes salidos de un sueño.

—Es repugnante —insistía el del bastón—. Parecéis vacas pisoteando un prado.

—Son buenísimos —le comenté yo en voz baja a Sami. Él negó con la cabeza.

—Han estado ensayando otra cosa todo el día, porque son del Ballet Nationale de París, y ahora están cansados. Pero, qué quieres, de algo tienen que comer. Esto será nuestra escena del baile en *La Bohème*.

—¿La gente que hace ballet clásico no está bien pagada? —pregunté, muy sorprendida. La música empezó de nuevo y los bailarines retomaron sus posiciones en el escenario. No pude evitar fijarme en la perfección de sus movimientos, ya fuera un brazo extendido, ya una pierna vuelta hacia el exterior. Había visto bailarines en la típica representación navideña, en Inglaterra, pero aquello nada que ver con lo de aquí. Las chicas eran increíblemente menudas, parecían frágiles pajarillos, los delicados huesos visibles bajo la piel. Era casi preocupante. Viéndolas saltar sobre sus puntas, me pregunté si no tendría yo alguna ventaja gracias a mi puntera izquierda semichata.

Mientras los veía evolucionar otra vez, completamente hechizada, empecé a percibir las minúsculas diferencias de ritmo entre unos y otros que tal vez mermaban la perfección de su ejecución, y que convertían al coreógrafo en un histérico. Los bailarines, como reclutas asustados, no contestaban ni hacían otra cosa más que obedecer sumisamente sus instrucciones. Finalmente la música cobró fuerza por última vez y hasta el portero que nos había dejado entrar y que estaba barriendo ahora al fondo de la sala, se detuvo para verlos girar y flotar y volar por los aires en gloriosa coreografía; no parecían dieciséis individuos sino una sola masa que girara sobre sí misma. Se me ocurrió entonces que, visto desde arriba, debía de ser también un extraordinario espectáculo.

Todo el mundo lo percibió, la armonía y el júbilo se contagiaron mientras el grupo ejecutaba sus pasos, girando más y más deprisa conforme la música se ralentizaba, hasta que las amplias faldas no fueron más que una mancha en movimiento y los hombres se pasaban a las chicas de uno a otro y ya no sabías quién era quién. Fue algo deslumbrante. El hombre de cabellos grises los dejó completar el número sin interrumpir otra vez; el cierre fue ejecutado a la perfección, casi no se les oyó siquiera, y acto seguido abandonaron todos el escenario con tal celeridad que casi pareció un truco de magia.

Aunque éramos solo ocho personas, aplaudimos a rabiar. Los bailarines volvieron al escenario, acalorados y contentos, y se felicitaron entre ellos. Sami tenía razón; era exactamente lo que yo necesitaba para distraerme de mis problemas.

—¡Muy bien! ¡A cenar! —gritó, congregando a todos los presentes—. Iremos al Criterion. A ellos no les importará.

Miré la hora. Eran casi las doce de la noche y a mí me esperaba un día muy ajetreado.

—Yo no voy a ir —dije, y en ese momento reparé en que una de las bailarinas se quitaba las zapatillas; tenía sangre en los dedos. Era una chica bellísima, pero aquel pie tenía una pinta horrenda, todo durezas y callos y bultos, los dedos deformes y muy apretados entre sí. No pude apartar la mirada, hasta que vi que ella se daba cuenta de que la estaba observando y tuve que mirar para otro lado.

—Ya lo sé —dijo, con una sonrisa—. Repugnante, ¿verdad?

—Igual que el mío —dije, sintiéndome repentinamente contenta de estar incluida, de alguna manera, en aquel grupo de seres ultraterrenos—. Mira.

Le enseñé mi pie izquierdo. Aún tenía un poco de sangre en los zapatos.

—Santo Dios —exclamó ella—. Bueno, y quién quiere llevar zapatos de tacón, ¿eh?

Nos sonreímos. Calculé que la chica medía menos de un metro cincuenta y cinco.

—Es verdad —dije.

Me acerqué a Sami y le di un beso.

—Buenas noches —dije—. Y muchas gracias.

Sami me besó en la mejilla.

—No te preocupes, chérie. Todo irá bien.

—Gracias —le dije otra vez.

21

En las semanas que siguieron, las colas frente a la tienda fueron menguando a ojos vistas. A mí me entró el pánico. Frédéric trató de persuadirme de que en agosto eso era normal; París se quedaba vacío y muchos comercios cerraban. (De hecho, nosotros íbamos a cerrar quince días a final de mes.) Yo no sabía qué iba a hacer; volver a casa, quizá, para ver a mis padres. También podía invitarlos a que vinieran ellos, pero tendrían que reservar habitación en un hotel, y a mi madre todo el jaleo le iba a suponer un enorme quebradero de cabeza. Si conseguía hablar con Thierry, que seguía ingresado en el hospital —estaba visto que los franceses llevaban esto de la sanidad de otra manera—, entonces podría fijar la fecha exacta para la venida de Claire. Yo pensaba que cuanto antes mejor, aunque era consciente de que ella pasaba de estar más o menos bien a estar peor de un día para otro. No iba a ser fácil programarlo todo.

La llamé una noche.

—Hola.

—¡Anna!

Intenté calibrar el tono con que había pronunciado mi nombre y me pareció que le faltaba un poco el aire, no demasiado.

—¿Has estado corriendo?

—Ja, ja, muy graciosa. ¿Cómo va ese acento francés?

Sonreí para mis adentros. Lo cierto es que la gente ya casi no se dirigía a mí en inglés, como ocurría al principio; al parecer, casi todos los parisinos hablan inglés la mar de bien y les encanta lucirse con los oriundos de las Islas, con lo cual acaban desdeñando tus esfuerzos con el francés. Pero en las últimas dos semanas o así, como cada vez pasaba más ratos en la parte comercial de la tienda, esto había cambiado considerablemente. Yo nunca iba a ser como Alice, que casi podía pasar por nativa. Toda yo, desde el pelo hasta los zapatos, era de un británico exagerado, pero la gente ya no cambiaba al inglés nada más verme; es más, en general ya no trataban de hablar más despacio en consideración a mí. Me lo tomé como el mayor de los cumplidos (aunque tuviera que hacerles repetir a cada momento lo que me decían).

—Superbien. Merci, madame —dije, en plan descarado. Casi la noté sonreír al otro lado de la línea telefónica.

—He escrito a Thierry —me soltó de pronto—. Le he dicho que voy. Contigo, naturalmente. El día trece de agosto. Como la tienda está cerrada, supongo que a ti te irá bien, ¿no?

—Perfecto, sí. —Quise pensar que Thierry ya tendría el alta para entonces.

—¿Y él...? Mira, es que me gustaría que Thierry viniera a buscarme a Calais.

Se me ocurrió que antes que eso Alice le dejaría escalar el Everest sin oxígeno, pero me lo guardé.

—Vale —dije, un tanto a la defensiva—. Acaba de pasar por una intervención importante. No sé, me preocupas un poco tú, el equipaje y todo eso... Bueno, creo que yo puedo ayudarte, pero dudo de que él pueda ir a Calais.

Claire soltó un bufido.

—¡Vaya! Nadie quiere que viaje. Nadie en absoluto. Todo el mundo piensa que intentas matarme.

—¡Yo sí quiero que vengas! ¡Voy a ir a buscarte! ¡Te he comprado los billetes! Lo que no sé es si puedo hacer milagros.

Por un momento me pregunté si no tendrían razón los demás, pero me quité rápidamente la idea de la cabeza. Si yo alguna vez me pusiera enferma, enferma de verdad —bueno, imagino que antes o después a todos nos toca pasar por eso—, si estuviera gravemente enferma y hubiese algo que deseara hacer con toda el alma, creo que me gustaría que alguien me echara una mano aunque todo el mundo lo considerara una estupidez. No, lo que era una estupidez, a mi modo de ver, era el cáncer. La cosa más estúpida del mundo, pero yo no tenía nada que ver en eso.

Claire se tranquilizó al instante.

—Perdona. Me he puesto un poco nerviosa. Tú no te preocupes. He dejado... en fin, si algo me pasara, tú estarás totalmente libre de culpa.

—Ah, bueno —dije, no muy segura de qué pensar al respecto.

Laurent no había vuelto a decir nada más y eso me tenía un tanto molesta, aunque al mismo tiempo me alegraba de no haberme acostado con él, ya que, presumiblemente, el final habría sido el mismo y eso me habría hecho muy infeliz, dejando aparte a Sami y su espíritu libertario.

Como, por otra parte, Alice me había dicho que no metiera las narices en su familia, era muy difícil saber cómo se encontraba Thierry y qué sabía él exactamente de los planes de Claire. Alice se pasaba por la tienda tres días a la semana y cuando veía el total de la caja arrugaba la nariz, pero no había modo de sonsacarla respecto al estado de Thierry. Lo único que pude sacar en claro fue que continuaba en el hospital, porque, como dijo Frédéric, si lo dejaban salir ni que fuera un minuto, volvería a la tienda incluso con el gota a gota enchufado.

22

Claire estaba a punto. Dispuesta a todo. La casa había quedado perfectamente limpia y ordenada. Su oncólogo, al principio, se había enfadado con ella; como todos los médicos, suponía Claire, esperaba del paciente gratitud y obediencia ciegas —bien pensado, se dijo después, como cualquier otro ser humano—; pero al final se había hecho a la idea, habían programado para más adelante la nueva tanda de quimioterapia y le había recetado un analgésico fortísimo para un caso de emergencia. Le advirtió por activa y por pasiva que en Francia no iba a estar asegurada y que la tarjeta sanitaria europea no le serviría de nada, habida cuenta que ya estaba enferma, y que eso podía causarle grandes complicaciones. Viendo que ella apenas le prestaba atención, el oncólogo había sonreído antes de desearle lo mejor, rememorando aquella vez en el Folies Bergère, siendo él todavía un joven estudiante de medicina, una de las noches más memorables de su vida. Ella le devolvió la sonrisa; París le tocaba la fibra a mucha gente.

Tenía la maleta preparada. Sus dos hijos habían pasado para despedirse; suspiros, quejas, mucho rogarle que cambiara de opinión, pero naturalmente había sido inútil. Hacía más de un año que Claire no tenía tanto color en las mejillas.

Tomar el tren de regreso a Gran Bretaña fue toda una revelación. No podía creer lo nerviosa y ansiosa que me había sentido al viajar a Francia, y la añoranza que sentía todavía. En aquel momento pensé que sería todo un desastre y que me echarían por impostora, o que me tiraría tres meses sentada en una habitación de alquiler sin hablar con nadie porque todo el mundo me trataría a patadas y yo no sería capaz de hablar un mínimo de francés.

Antes de subir habría pensado que, hecho el cálculo, las cosas malas superaban a las cosas buenas. La enfermedad de Thierry, mi muy improbable idilio con Laurent; mi torpeza a la hora de aprender a hacer una o dos clases de un chocolate que no había más que empezado a saber apreciar del todo.

Pero una vez en el tren, oliendo el espantoso aroma falso del expendedor de chocolate caliente —cosa que nunca me había molestado anteriormente— y observando a las rollizas chicas inglesas luciendo ropa vistosa, con sus grandes pechos y su sonrisa pronta y un vasito de gin-tonic en la mano, me di cuenta de que había cambiado; me sentía más cómoda y más segura de mí misma que nunca (no solo a raíz del accidente sino también que antes). De acuerdo, no podía decirse que hubiera tomado París por asalto, pero tenía amigos, conservaba el empleo, había comido cosas exquisitas... Acaricié mi sencillo vestido gris claro de Galeries Lafayette; tres meses antes no me habría fijado siquiera en él, y sin embargo me parecía que me sentaba de maravilla. Escuché los avisos relativos a seguridad sintiéndome a gusto en ambos idiomas, y saqué mi revista para leer un rato. Me sentía feliz de volver a casa, pero sabía que volver de nuevo a Francia me haría feliz también.

No había llamado a Laurent por muchas razones, la primera y principal que yo era la mujer más cobarde del mundo, alguien que detestaba abordar los problemas de frente, pero sí le había enviado un email para decirle cuándo llegaríamos a París y expresar mi deseo de que Claire pudiera ver a Thierry. Con esto último quería dejar claro que confiaba en que Laurent sabría suavizar la situación con respecto a Alice, pero no quise decirlo con estas palabras.

En fin, el caso es que decidí quitarme de la cabeza cualquier idea estúpida acerca del idiota de Laurent. En un acto de rebeldía contra lo que él o cualquier ciudadano francés pudieran pensar, fui derecha al bufé, pedí una bolsa grande de patatas Walker (queso y cebolla) y me las comí directamente de la bolsa, a la vista de todos, algo que ningún ciudadano francés que yo hubiera conocido hasta entonces habría hecho jamás. Para que aprendan, pensé.

Fue verme, mi madre, y echarse a llorar. Ya sé que eso debería haberme hecho feliz; es bonito que te quieran, claro está, y sé que soy afortunada, pero, qué queréis que os diga, era «mamá». Además, me fastidió la cosa subliminal de que ella estuviera absolutamente convencida de que su hija no podía abandonar el hogar sin que la devoraran los cocodrilos o la secuestraran para trata de blancas. Fue un poco insultante, la verdad, que mi madre llorara de alivio al comprobar que la inútil de su hija había sobrevivido a un viaje al país extranjero más cercano a Kidinsborough (bueno, sin contar Liverpool. ¡Ja, ja, ja!, es broma).

Todo esto me lo callé, claro, contenta de estar en casa. Papá, siempre tan jovial, me dio una palmadita en la espalda mientras mamá me tenía presa de su abrazo.

—Hola, pequeña —dijo.

—Hola, papi.

Noté un pequeño nudo en la garganta, lo cual era ridículo pues solo había estado fuera dos meses y pico. Pero yo no era como aquella chica de mi clase, Jules, que se fue a no sé qué universidad muy lejos del pueblo y luego estuvo trabajando en Estados Unidos y viajó muchísimo. Yo no había sido así en mi vida.

Contemplé el pueblo con mirada crítica desde el interior del coche. Había abierto otra casa de empeños. Había cerrado otra cafetería. Qué despacio caminaban todos. Me pregunté, casi de manera abstracta, si no me estaría volviendo esnob. Pero no, no era eso. Si había que creer lo que decían los periódicos (de todas formas, yo apenas entendía nada), el Reino Unido iba bien, mientras que Francia estaba casi en las últimas. Claro que no parecía ese el caso si comparabas una calle de Kidinsborough con, pongamos, la rue de Rivoli.

Pero eso tampoco era justo. En Francia debía de haber cantidad de lúgubres poblaciones antiguamente industriales, con sus vías férreas herrumbrosas y sus ensordecedores camiones. Vi que una mujer le chillaba a su carrito. Llevaba dos camisetas, ambas mugrientas, aunque ninguna le cubría mucho más allá de los michelines. Llevaba el carrito lleno de bolsas de plástico enormes a través de cuyo plástico fino se transparentaban las bolsas de patatas fritas tamaño familiar.

Di un respingo. Sí, me estaba convirtiendo en una esnob.

—¡Anna! ¿Es que te has vuelto una esnob total y absoluta?

Era Cath al teléfono. ¡Cuánto me alegré de oír su voz!

—¡Sí! —respondí—. ¡No puedo evitarlo! Y no sé qué hacer. Soy una especie de persona horrible.

—Horribles lo son todos, en Francia —afirmó Cath con la autoridad que le confería el haber recibido calabazas de un operario del ferry durante un viaje del cole a Francia en 1995—. Eso lo sabe todo quisque. Comen perro y qué sé yo.

—Los franceses no comen perro —dije yo, enfadada—. ¿Quién te ha contado eso?

—Perro, caballo, algo por el estilo.

—Mmm.

—Ay, Señor. Entonces es cierto. ¿Comen caballo, los gabachos?

—A ver, tú comes vaca, ¿no? Pues no le veo mucha diferencia.

—Dios Todopoderoso, esto es absolutamente repugnante. ¿Comiste caballo? Espero que no te haya dado por llevar boina y camiseta a rayas.

Empecé a sentirme un poquitín menos esnob.

—Arréglate, que salimos —dijo Cath.

Qué bien volver a casa.

Cath entró sin más en mi cuarto armada con secador de pelo y tenacillas para rizar. Al verme, se detuvo en seco.

—¿Qué? —dije.

—No sé —dijo ella. Mi aspecto no parecía gustarle. Cath llevaba una mecha de color bermellón en lo alto de la cabeza; me hizo pensar en un vampiro bastante alegre—. Te veo... diferente.

—Seré porque no estoy en cama vomitando sangre y llorando.

—Ya, incluso después de lo que te pasó.

—Bueno, no estoy sin trabajo y llorando por las mañanas.

Cath negó con la cabeza.

—Es algo más...

Abrió su maletín de estilista y extrajo dos botellas de WKD.

—Oye, Cath, que tenemos treinta tacos —le recordé—. No hace falta que escondas el alcohol para entrar en casa. Mi padre nos prepararía un martini bianco, si se lo pidiéramos bien.

—Pero así sabe mejor —dijo ella—. ¿Puedo fumar si saco el humo por la ventana?

—Sí —dije, poniendo los ojos en blanco.

Cath encendió uno, se subió a mi cama y me miró de arriba abajo.

—Has adelgazado. —Sonó como una acusación.

De hecho, había perdido bastantes kilos estando en el hospital, kilos que había vuelto a ganar quedándome todo el día en casa deprimida y alimentándome de KFC en versión ultrapicante. Las últimas semanas habían sido de tanto ajetreo que ni siquiera me había fijado, cosa que, debo decir, era atípica en mí. Es cierto que los tejanos me iban más holgados, pero seguía considerándome más gorda que cualquier parisina; eran todas tan menudas... Quién sabe, quizá iba por el buen camino.

—Estás flaca a lo franchute —dijo Cath—. ¿Ahora fumas y solo comes ancas de rana y estofado de perro?

—Caballo —dije.

—¡Lo sabía! —Las cejas de mi amiga se habrían arqueado de no ser porque le hicieron una chapuza con el botox, que encima no necesitaba para nada—. Es él, ¿verdad? —preguntó—. El hombre que hace chocolate.

—No. —Tomé un sorbo de la bebida azul. ¿Siempre había sido tan vomitiva? Ya no me acordaba—. Resulta que me vio el pie y alucinó tanto que echó a correr.

A Cath pareció afectarle mi respuesta.

—¿Lo dices en serio? —preguntó en voz más baja.

—No pasa nada. —Eché otro trago. Me supo igual de mal, pero decidí perseverar—. No tiene importancia.

—Qué tío más borde —dijo ella.

—Oh, si la culpa no fue suya, en realidad... El zapato me salió disparado y él pensó que los dedos habían salido disparados también.

Cath no dijo nada durante un segundo o dos, y de pronto las dos reventamos a reír.

—¡Menudo idiota! —exclamó, recuperando el resuello—. Menos mal que no te cepillaste el pelo; el muy memo habría pensado que te arrancabas la cara.

El alcohol se nos estaba subiendo a la cabeza, supongo, porque esto también nos pareció graciosísimo, y entonces caí en la cuenta de que, si bien había vivido nuevas experiencias y aprendido cantidad de cosas, hacía siglos que no me reía tan a gusto.

Fuimos a parar a Faces, cómo no, y allí encontré a gente que no veía desde hacía una eternidad; todo el mundo estuvo la mar de amable, nos invitaron a copas, felicitaron a Cath por salir indemne de una acusación de hurto (ella puso cara de no haber roto nunca un plato y fingió no estar en absoluto sorprendida), y vi a un montón de chicos con los que habíamos coincidido en el instituto, y fue muy gracioso porque los casados estaban gordísimos y con cara de agotamiento, mientras que los no casados se daban muchos aires y fardaban de sus coches respectivos, y unas cuantas copas más tarde ya todo nos hacía reír como locas e incluso acabé dándome medio lote con el bueno de Darr por aquello de los viejos tiempos; ya que él estaba allí, ¿no?, además tenía que practicar un poco, pero enseguida me di cuenta de que no le llegaba a Laurent ni a la altura del zapato, así que pasé de todo y luego Cath y yo nos volvimos a casa cogidas del brazo cantando a grito pelado una de Robbie Williams. Justo lo que yo necesitaba.

Pero seguía sintiéndome extraña. Como si me hubiera asomado a un universo que no era el mío, como si estuviera jugando a ser una chica de Kidinsborough en vez de serlo de verdad. Porque lo era, ¿no? Sí, claro que lo era.

Fue un detalle por parte de Claire no telefonear hasta la tarde del día siguiente.

En realidad, fue una bendición. Yo estaba apoltronada frente al hogar de gas mirando la tele —mi madre había grabado montones de reality shows; le gusta todo lo que acaba en plan empalagoso— y comiendo tostadas con Marmite (nadie se lo creía cuando expliqué que los franceses no habían oído hablar siquiera del pan tostado y que comían esas cosas indigestas y supercrujientes ya preparadas), y los chicos me prestaron parte de su arsenal de patatas fritas, que fue su manera de decir que se alegraban de verme; mi padre apenas dijo esta boca es mía, se limitó a asomar la cabeza de vez en cuando y sonreír un poco. Yo ya ni me acordaba de lo agradable que era estar en casa, como también me había olvidado de que al día siguiente mamá y yo estaríamos tirándonos los trastos por la cabeza y a mí me tocaría ir a pedir trabajo en la tienda de todo a cien...

Por otra parte, tenía ciertas promesas que cumplir. En cuanto vi la silla de ruedas, supe que aquello iba a ser más duro de lo que había previsto. Fue... bueno, casi superior a mí.

—Ya —dijo Claire—. A mí tampoco me gusta.

—Es que es tan...

Claire estaba sentada en el sofá y ambas contemplamos aquel

enorme armatoste proporcionado por la Seguridad Social, una silla de ruedas que ambas conocíamos bien de ir de acá para allá por los pasillos del hospital, ya fuese al quirófano o al departamento de extracción de sangre, donde los celadores siempre tenían una palabra alegre a flor de labios. Pero ahora estábamos ella y yo solas.

—Estoy segura de que sabré plegarla —dije, pero no lo veía nada claro. Yo mido menos de un metro sesenta y mi equilibrio era un poquito precario.

—La gente será muy amable —dijo Claire con firmeza.

La miré. Había adelgazado todavía más; se le notaban los huesos de la cara, como a aquellos bailarines de la ópera. Bajo la piel asomaban venas azules, salvo en los brazos, donde de tanto pinchazo habían quedado casi invisibles. Se suponía que había dejado la quimio a fin de reponerse lo suficiente como para que la operaran otra vez. Ella insistió en eso, pero a mí no me pareció que estuviera mejor en absoluto.

Para andar por casa no utilizaba pañuelo ni turbante; eso me permitió examinarle la cabeza. La tenía cubierta de una especie de plumón, como si fuera un patito.

—Supongo que Cath podría hacer algo —le dije, pero Claire no sonrió. Advertí que no quería alejarse mucho del gota a gota, lo que por regla general quería decir que tenía dolores.

—¿Cómo te encuentras? —pregunté, pese a saber que eso era algo que ella tenía que aguantar noventa veces al día.

—Pues, mira, estaría un poquito mejor si no se empeñaran todos en decirme que no vaya a París —respondió, en un tono que en ella era casi de enfado; Claire nunca contestaba mal, ni siquiera cuando yo demostraba mi torpeza para el subjuntivo (un tiempo verbal de lo más idiota que los franceses emplean únicamente para gritar cosas a la gente).

—No te preocupes —dije, con vigor renovado—. Seduciremos a todos los empleados del ferrocarril, desde aquí hasta la Gare du Nord.

Esta vez sí logré hacerla sonreír un poco. Vi que se llevaba una mano al cuello.

—Parece que él... que le agrada la perspectiva de que yo vaya.

—Ya lo sé —dije—. Fue la primera vez que le vi sonreír después del ataque.

No le comenté nada de Alice ni de Laurent. Me ocuparía de ello más adelante.

Miré la maleta grande que Patsy había preparado a regañadientes. Dentro había un cilindro de oxígeno que tendríamos que declarar en la aduana. A mí me daba terror, no solo el aparato sino que llegara el momento de tener que utilizarlo. ¿Y si no nos dejaban pasar? En parte, pensé, mejor así. Luego podríamos decir que lo habíamos intentado todo, y Claire y Thierry podrían hablar por Skype como personas sensatas y yo volver a la tienda para seguir ayudando mientras él estuviera convaleciente, después de lo cual, bueno, supongo que volvería a casa, me buscaría un piso con Cath y ya pensaría qué hacer después. Eso ya llegaría. Pero por ahora... cada cosa a su tiempo.

—Yo solo tengo una bolsa pequeña —dije, aunque mi madre me había cargado de beicon y queso cheddar y de otras cosas que me había oído decir que no era fácil conseguir en París. La idea de tener que hacer transbordo en Londres me tenía aterrorizada; yo no conocía bien la ciudad, aparte de que Londres no era fácil de recorrer a pie como París, pero de eso también me preocuparía llegado el momento.

Partíamos el martes por la mañana. El domingo almorcé en casa con mis padres, charlé un rato con mis hermanos, vi a Cath e intenté convencerla para que viniera a visitarme a París —suponía que Sami y ella iban a congeniar, aunque no hablaran la misma lengua—, pero ella se mostró insólitamente precavida.

—No sé —dijo—, creo que París no es para mí.

Estábamos paseando junto al canal; era el lunes por la noche y no teníamos plan concreto. Menos mal que no hacía frío.

—Seguro que te encantaría —le dije—. Cada noche hay alguna fiesta y champán a porrillo; es una ciudad preciosa y yo vivo en el piso alto de una casa que da miedo de vieja.

Cath me miró con gesto triste.

—Eres muy valiente, Anna, desde luego que sí —dijo—. Todos piensan que eres la tranquila, pero no es así en absoluto.

—No digas bobadas. Fuiste tú la que se lanzó vestida al canal aquella Nochevieja. Pensé que te matabas.

Cath meneó la cabeza.

—Mira, una cosa es este pueblo y otra... No, Anna. Para mí es como si me propusieras ir a la selva amazónica. Mi sitio está en este pueblo, y eso incluye el carro de la compra tirado en el canal y a Gav y a mi madre y todo lo demás. Tú eres distinta.

—Qué tontería.

—En serio. La valiente eres tú.

Nos tomamos del brazo y volvimos caminando a casa.

A las siete de la mañana mi padre estaba ya en el coche frente a la casa de Claire. El día había amanecido repentinamente frío y papá estaba de muy mal humor. Nuestro tren no salía hasta las ocho y veinte, pero yo había decidido tomar las cosas con tiempo, y menos mal, porque nos estaba costando horrores meter la silla de ruedas plegada en el maletero, y yo pensando si esto no sería un desastre y si transcurrida la primera media hora de viaje no sería un buen momento para mandarlo todo al cuerno.

Papá se apeó del coche para ayudarme mientras Claire aguardaba en el asiento del copiloto, el cinturón casi plano sobre su cuerpo, tan delgada estaba ahora. Yo había cerrado la casa con llave; todo estaba inmaculado, la nevera vacía (eso me descolocó un poco; a fin de cuentas Claire iba a volver dentro de tres días, pero no me apetecía discutir, otra vez, con Patsy).

Claire miró por el retrovisor cómo papá y yo maldecíamos y sudábamos tratando de meter la silla de ruedas, primero desmontando la parte de atrás, pero no había manera. A ese paso íbamos a llegar muy justos a la estación. Y el tren de Londres salía del andén que estaba más lejos. El pánico empezó a apoderarse de mí.

—¿Seguro que sabes lo que haces, hija? —dijo en voz baja mi padre. Yo solo pude responderle de una manera:

—No tengo la menor idea, papá.

Me dio una de sus palmaditas, que era lo mejor que podía hacer. De todos modos, aquello no auguraba nada bueno.

De repente vi venir por la calle desierta un coche muy grande y muy silencioso. En Kidinsborough no se ven coches así con frecuencia; parecía un Range Rover de esos enormes, era todo negro y reluciente. Se detuvo a nuestra altura y un hombre de aspecto distinguido se apeó por el lado donde estábamos nosotros. Llevaba una elegante americana de tweed.

Claire se quedó sin respiración al verle, y luego, muy despacio, abrió la puerta delantera y consiguió salir ella sola del coche sujetándose con cuidado.

—¿Richard?

Ni en un millón de años habría esperado que apareciese por allí. Se lo quedó mirando, completamente estupefacta.

—Richard —dijo de nuevo.

A veces le daba la impresión de que su ex marido no había cambiado apenas, que seguía siendo aquel chico del estuche de clarinete y las gafas de cristales gruesos. Las gafas seguían siendo de montura de concha; como a Claire siempre le habían gustado, él continuaba fiel a ese estilo. Conservaba todo su pelo, y tener una nueva esposa y una hijastra parecía haber contribuido a que no engordara. Ella todavía recordaba lo mucho que le gustaba a él; Richard nunca la había bajado de ese pedestal. De hecho, ese había sido el problema. No, se corrigió Claire. El problema había sido ella. Ella había sido siempre el problema.

—¿Qué haces aquí? Me marcho, ¿sabes? Está bien que los chicos se preocupen, pero creo que esto es algo que yo debo...

—No —la interrumpió Richard, levantando una mano—. He venido a echar una mano.

Yo no tenía ni idea de quién era el tipo —para ser medio viejales, había que reconocer que era guapo—, pero enseguida até cabos. Me quedé mirando su tanque, el Range Rover.

—Puedo llevarte en el mío —dijo él—. Y así no tendréis que subir y bajar del tren.

Pensé en el dinero que Claire había invertido en billetes de primera clase. No dije nada.

—Estupendo —dije, en cambio, más que aliviada. La silla de ruedas plegada cupo sin problemas en la trasera del todoterreno, y luego ayudé a Claire a poner el pie en el estribo para subir al coche. Yo jamás había montado en nada tan lujoso.

Papá se quedó mirando, un tanto alicaído. Me supo mal por él.

—Nos va bien que Richard haya venido —le dije.

Papá contempló su viejo Peugeot.

—A mí me gusta tu coche —continué—. Este es de locos. Destruirá el planeta y a todos sus habitantes... ¡Anda!, ¡lleva una tele en el asiento de atrás!

—Así que te marchas de nuevo —dijo papá, tras sonreír un poco triste.

—Por poco tiempo. —Esta vez me había vuelto a poner el uniforme parisino; no quería tirarme dos días en pijama y una poco aconsejable minifalda fosforescente, como la primera vez.

—Tu madre piensa lo contrario —dijo papá—. Cree que te vas para siempre.

—No seas tonto —dije, pero la voz se me quebró un poco—. Esto siempre será mi casa.

Papá me dio un abrazo.

—Aquí siempre tendrás tu casa, que no significa exactamente lo mismo. En fin, hija, ya tienes treinta años. Creo que es hora de que te organices tu propia vida, ¿no?

Me sentí como una cría, instalada en el asiento de atrás, pero no me importó. En un pequeño estante había montones de DVD —supuse que para los nietos— y Richard se ofreció a ponerme uno.

En el hospital, Claire apenas había hablado de su ex; eso sí, los hijos se portaron muy bien yendo a verla a menudo, y era evidente que debían de parecerse al padre. Entendí que la historia estaba acabada y que mantenían una relación amistosa, pero no tenía la menor idea sobre el motivo de la ruptura. Decidí que lo mejor era encasquetarme los auriculares y que se apañaran ellos a su gusto.

Claire miró brevemente a Anna y sonrió al ver que estaba totalmente absorta en la película, como una cría. Claire sentía dolor en las articulaciones, como si tuviera la gripe, y hacía rato que le rondaba una jaqueca. Pero, por suerte, no le había dado por vomitar.

Richard le había preguntado por qué no tomaba el Eurostar, pero ella había insistido en que quería ir en barco una vez más. No le gustaba la expresión «poner cierre», pero ella lo consideraba importante.

Estuvieron charlando a intervalos, sobre todo de los hijos. Fue curioso que en pocos momentos retomaran las viejas costumbres. Claire le miró la mano apoyada en el cambio de marchas. Richard siempre había sido buen conductor; se lo tomaba en serio, se enfadaba si ella abollaba un poco el coche y le hacía un arañazo. Cosas que en su día habían importado mucho.

Una vez que llegaron a los largos tramos de la autopista, en esos momentos casi vacía pues no era hora punta, Richard puso el automático y se recostó un poco en el asiento. Claire oyó que le crujían las rodillas; no era ella la única que tenía achaques.

—Bueno —dijo él—, entonces quienquiera que fuese (tú pensabas que yo no sabía nada), se trata de él, ¿no? —Claire asintió. Richard meneó la cabeza—. Ha pasado muchísimo tiempo, como para mantener la llama encendida, ¿no crees?

—Mira, yo... Lo único que sé es que ya es demasiado tarde. —Claire bajó la vista. Le parecía que siempre era más fácil hablar dentro de un coche; no tenías que mirar al otro a la cara.

—¿Sabes qué es lo que desearía? —dijo Richard, las manos apoyadas en el volante—. Desearía haberte llamado la atención cuando te ponías distante y pensativa, justo después de habernos conocido, en vez de creer que eras una especie de hada mística; o no haber tenido tanto miedo de perderte. Ojalá hubiera dicho «¿Quién es él?», y te hubiera dejado ir. Estoy seguro de que al cabo de un año o así, esa llama se habría extinguido.

—Es probable —dijo Claire.

—Y podrías haber vuelto a Gran Bretaña y sentirte contenta de tenerme a mí.

—Siempre estuve contenta de tenerte —dijo Claire.

Él volvió la cabeza, como para asegurarse de que no estaba siendo sarcástica. Unas gotas de lluvia salpicaron el parabrisas.

—Ya —dijo Richard—, pues demasiado tarde.

—Sé que quieres que pida disculpas, pero no puedo. Subimos a dos chicos estupendos. Pasamos veinte años juntos. Es más de lo que mucha gente ha conseguido. Yo no pretendía hacerte infeliz, Richard.

—Lo sé. Y yo no debería haber hecho lo que hice.

Ella se encogió de hombros; eso era agua pasada.

—Los chicos me cuentan poco... bueno, lo que no sé es hasta qué punto les cuentas tú. Eres tan cerrada, Claire...

Parecía que su enfado iba a poder con él, pero logró dominarse mientras se desviaba para adelantar a un camión que se bamboleaba en el carril central escupiendo agua por las cadenas.

—Quiero decir si...

—¿Si la cosa es grave?

Richard asintió en silencio, como si no se atreviera a pronunciar las palabras en voz alta.

Claire volvió la cabeza y le miró. Llevaba ya un tiempo conviviendo con eso, razón por la cual había vuelto con tanto ahínco a sus recuerdos.

—Bien, pues se ha extendido otra vez —dijo en voz queda. Fue el único sonido en el interior del coche, aparte del ligero zumbido de los auriculares de Anna y el susurro metronómico de los limpiaparabrisas—. Por eso me vuelve a crecer el pelo. Les dije a los chicos que estoy descansando, pero no. Hemos... hemos aplazado la próxima tanda de quimioterapia.

—Dios mío —exclamó Richard.

—Ya. No te creerías cuánto he tenido que pelear para que

me dieran esto. —Abrió la palma de la mano; había en ella un frasquito de diamorfina—. Chisss —dijo, casi sonriendo.

—Pero, no sé, yo... yo te veo como siempre; bueno, un poco más delgada.

—Digamos que tengo días mejores y días peores. Ahora mismo me encuentro un poco mejor. Creo que es porque mi cuerpo se alegra de ahorrarse más quimio. Lo que ignoro es cuánto durará la buena racha.

—¿Qué te han dicho?

Claire parodió el tono ponderado de su oncólogo:

—Bien, señora Shawcourt, yo diría que no muchos meses.

Richard dejó escapar el aire a través de los labios. Sonó como un silbido. Y luego dijo una palabra que Claire no le había oído pronunciar jamás:

—Hostia.

23

Laurent miró el email que le enviaba Anna y lo volvió a leer. Era absurdo, no tenía ningún sentido. Su padre, Thierry, acababa de volver a casa (se había enterado de casualidad), pero iba a estar a dieta estricta y bajo control de movimientos durante al menos tres meses. Alice no iba a querer saber absolutamente nada, eso por descontado. Y él, Laurent, estaba atado de pies y manos; aunque su padre consintiera en mirarle a la cara, él tenía un montón de trabajo y el aspecto logístico sería muy complicado. Todo por aquella mujer...

Y eso que ahora estaba vieja, y enferma, según había podido saber. En fin, cuando llegaran las dos a París, él intentaría organizar algo. Sí, sería lo mejor.

Pensó en Anna y, de repente, le pareció que todo el plan era un cosa muy propia de ella, eso de apuntarse a algo tan descabellado por ayudar a una mujer mayor. No se lo había pensado dos veces, como tampoco cuando decidió ir a ver a su padre, o cuando intentó hacer lo posible para que la tienda siguiera adelante, o cuando...

Se maldijo una vez más por asustarse de aquella manera al verle el pie. La había herido por algo que ella, obviamente, no podía evitar, y Laurent se odiaba por ello. Anna no se parecía en nada a las parisinas que él conocía, todas tan curtidas en mil batallas. Tampoco era chic ni flaca; no conocía los sitios buenos de la ciudad ni sabía vestirse bien. Era un poco fofa y blanda y...

De repente tuvo una revelación: Anna sabía siempre lo que había que hacer, así de sencillo. Por eso era distinta. Él no; él era un idiota y un cobarde que se echaba atrás tan pronto se le presentaban dificultades. La necesitaba.

Sintió unas tremendas ganas de que Anna estuviera ya en París. Volvió a leer el email. «Mañana.» En menos de veinticuatro horas estaría de vuelta. Clicó en «responder al remitente», pero se dio cuenta de que no sabía cómo expresar lo que quería decir. No sabía lo que quería decirle ni lo que iba a hacer. Contempló la página en blanco y luego cerró la ventana del navegador e hizo lo que siempre hacía cuando una situación le superaba: ir al trabajo.

Cuando me desperté, no tenía ni idea de dónde me encontraba. Fuera, llovía. Estaba estirada en un asiento trasero tan cómodo que era casi como estar en un sofá de piel. Levanté la cabeza. Habíamos parado en una estación de servicio. Claire dormía en el asiento de delante.

Richard volvió al coche. Tenía los ojos enrojecidos y se frotaba un poco la nariz; no quise molestarle. Aparte de que no le conocía de nada, claro está. Hice un gesto para que no despertara a Claire y él fue al maletero, sacó una manta —naturalmente era la clase de persona que lleva mantas en el coche— y tapó a Claire procurando no despertarla.

Yo sonreí a Richard; él me devolvió la sonrisa.

—Te he traído un sándwich —dijo en voz baja—. Como no sé lo que te gusta, he pedido uno de cada.

—¡Estupendo! ¿Puedo coger el de jamón y tomate?

Me lo pasó junto con una botella de agua con gas y una barrita de chocolate Braders.

—Lo siento —dijo—. No sabía si eres de las que come toneladas de estas cosas o si eras casi alérgica.

Montó en el coche y lo puso en marcha procurando hacerlo con suavidad.

—Si no la quieres, yo igual me la como.

—No pasa nada —dije, mirando el familiar envoltorio tirando a marrón.

Los de la fábrica me habían enviado (además de numerosas cartas exonerándose de cualquier responsabilidad en el accidente) una cesta enorme llena de productos Braders mientras convalecía en el hospital. Desde entonces, no había sido capaz de mirarlos siquiera cuando los veía en algún quiosco.

—Creo que es la hora —dije, pero Richard ya estaba poniendo el intermitente para incorporarse a la autopista.

Levanté una esquina del envoltorio de la chocolatina y aspiré el aroma tal como me había enseñado Thierry, con cuidado y a fondo. De repente, me sentí transportada a la fábrica con Kyle y Shaz, fichando al entrar y haciendo horas extra por Pascua; recordé la visita de la duquesa de Cambridge aquella vez en que todo el mundo se volvió loco de excitación, y eso me hizo sentir como un bicho raro que no rendía lo que se esperaba de él.

De pronto, descubrí con entusiasmo que notaba también otros olores; podía individualizarlos mentalmente. El olor a aceite vegetal; la minúscula nota de aditivos que solíamos disimular echando más azúcar; el grado del azúcar; la debilidad de los granos de cacao. Fue emocionante darme cuenta de que, si quería, podría hacer un chocolate como aquel. Parpadeé varias veces. Frédéric habría arrojado la barrita lejos de él como si fuera una serpiente, de eso no me cupo la menor duda. Cerré los ojos y pegué un mordisco.

Y, qué curioso, aunque yo sabía que la barrita estaba hecha de la forma más barata posible para vender grandes cantidades; aunque sabía que nada tenía que ver con los productos de alta gama y gran pureza que hacíamos en Le Chapeau Chocolat, que estaba hecha pensando en paladares poco exigentes y diseñada para no sorprender, en vez de para que fuera deliciosa... ¡estaba exquisita! Se fundió en mi lengua en el momento adecuado, llenándome la boca de un sabor dulce y cremoso pese a que yo sabía la cantidad de nata que llevaba dentro (cero), y se desprendió en blandos pedazos masticables. Una experiencia gloriosa, por qué no decirlo. Desconocía qué efecto habría podido tener en alguien que no hubiera nacido o se hubiera criado con ese sabor, pero a mí me pareció buen chocolate británico, acogedor y hogareño, y deseé que Richard hubiera traído toda una montaña de chocolatinas y guardármelas debajo de la cama en París para cuando tuviera necesidad.

—Mmm —dije en voz baja.

Richard sonrió desde el volante.

—Es como tener a los chicos de vuelta en casa —comentó, sin la menor malicia.

El indicador anunciaba que estábamos a menos de cien millas de Dover.

Miré el cielo con suspicacia. ¿Qué tan mal tiempo tenía que hacer para que la compañía decidiera que el ferry no iba a zarpar? Nuestros billetes eran para última hora de la tarde, y yo había pensado buscar un hotel barato junto a la terminal una vez en Francia y hacer el último tramo al día siguiente, cuando hubiéramos descansado un poco.

Pero ahora los planes habían cambiado. Teníamos billetes de tren, pero yo no sabía qué pensaba hacer Richard. ¿Acaso llevarnos en coche hasta París? No quería preguntárselo —me había dado cuenta ya de que era un hombre muy educado—, por si se sentía obligado a hacerlo. Podía ser que ni siquiera llevara encima el pasaporte. Decidí que lo mejor era estarme callada y esperar.

Claire no se despertó hasta después de pasar el control de pasaportes. Pensé que los funcionarios quizá pondrían mala cara y me harían despertarla, pero no pareció que les importara gran cosa y nos dejaron pasar sin más. Richard se había apeado para comprar el billete de ferry para el coche, con tal rapidez y eficiencia que yo casi ni me enteré; cuando quise darle las gracias y ofrecerle dinero, él lo desdeñó con un gesto de la mano.

—Si Claire te paga, el dinero será mío de todos modos —dijo, pero de buena manera. A ambos nos preocupaba verla dormida.

Claire me había garantizado que su médico confiaba en ella en cuanto a medicarse durante tres días, pero ahora no lo veía yo tan claro.

Richard la llamó flojito mientras conducía el coche por la rampa del ferry. El barco estaba lleno de gente de vacaciones, los coches repletos de gorras para el sol y sillas y tiendas de campaña y bicicletas y niños armando barullo, nerviosos por ponerse a corretear por el barco. Pensé que el tren tal vez fuera más conveniente, pero estaba claro que para los críos era mucho más divertido el barco.

Claire hizo un gesto con la cabeza y se movió un poco. Richard le tocó un brazo cuando nos indicaron una plaza en la cubierta inferior. Luego apagó el motor del coche.

—Claire —dijo.

Ella llevaba tiempo dándole la lata, y él le decía, no seas ridícula, a la Torre Eiffel solo quieren subir los turistas; bueno, decía ella, yo soy una turista, y él, no, tú no eres una turista, eres una musa, y eso era la cosa más emocionante que alguien le había dicho en toda su vida. Total, que le había saltado encima, rodeándole la cintura con las piernas, y él había estallado en una de sus risas estentóreas para finalmente acceder, de modo que un caluroso día, cuando el resto de los mortales estaba almorzando debidamente, como la gente normal, según dijo él —era de una absoluta rigidez con respecto a sus ágapes, como casi todas las personas que ella había conocido en París—, la había llevado por la nueva línea del Métro hasta la base misma del coloso de metal y habían hecho un poco de cola, muertos de calor, Thierry enjugándose el sudor de la frente con un pañuelo grande.

—Me encanta —dijo ella.

—Es para cajas de bombones —rezongó Thierry.

—Pues deberías ponerlo en las cajas de bombones —dijo Claire.

Thierry la había mirado mal, y por fin subieron al ascensor, que los lanzó hacia arriba —inclinados, por supuesto— como un cohete, y ella temblaba de excitación mientras superaban una planta tras otra, première, deuxième, troisième... Su felicidad no iba a ser completa hasta llegar a lo más alto, supuso él, y sonrió al verla tan entusiasmada.

Aunque allá abajo la ciudad estaba quieta y recalentada, en lo alto de la torre soplaban rachas de un viento fresco. Thierry se quitó la chaqueta y se la puso a ella sobre los hombros, pero ella dijo que no; quería sentir la brisa, después del calor de la ciudad. Sus cabellos le golpeaban los hombros y entonces se volvió y sonrió a Thierry, el cual, con insólita presencia de ánimo, logró sacar su Leica y hacerle una foto; ella separó los labios —de un rojo oscuro, el mismo color que usaba Madame Lagarde y que ella había adoptado— en una gran sonrisa al tiempo que intentaba sujetar sobre la cabeza su amplio sombrero de paja. Al ir después hacia el otro lado para contemplar el río y los llanos, el viento los había azotado de firme y el sombrero había salido volando para perderse de vista al compás de las corrientes térmicas.

—¡Nooooo! —gritó Claire, tendiendo los brazos, y luego se había vuelto hacia Thierry, desternillándose de risa una vez más.

—¡Sombrerito, sombrerito! ¡Yo te salvaré! —gritó Thierry, fingiendo encaramarse a la balaustrada de hierro, pero un guardia se acercó enseguida y le dijo muy serio que hiciera el favor de bajarse inmediatamente.

—Te compraré sombreros —le aseguró Thierry a Claire cuando por fin bajaron tras cansarse de mirar en todas direcciones y de examinar los instrumentos del señor Eiffel—. Te voy a comprar todos los sombreros que tengan en Galeries Lafayette y tú te quedas los que te gusten; el resto, los traemos un día aquí y que el viento se los lleve. Y ojalá que quien encuentre tu sombrero sea tan feliz como lo somos tú y yo.

Ella le había besado largamente mientras bajaban en el ascensor (el ascensorista miró para otro lado). La Tour Eiffel podía causar ese efecto en las personas.

Desde aquel día, las cajas de regalo de Le Chapeau Chocolat llevaban una pequeña marca en la esquina: un diminuto y discreto sombrero.

—¡Claire! —Claire notó que alguien le sacudía el hombro y al abrir los ojos vio a Richard y Anna, que la miraban con ansiedad.

—Uf —exclamó Richard.

—Todo bien —dijo Claire. Tenía la boca seca, un efecto secundario de la medicación. Por suerte, Anna le estaba ofreciendo ya la botella. Qué encanto de chica. Intentó agradecérselo con una sonrisa, pero los labios agrietados le dolieron—. Una pequeña siesta —dijo. Al ir a tragar, parte del agua le resbaló por la garganta, y se dio cuenta de que estaba muy rígida por haber dormido en el coche. Ignoraba si iba a poder moverse de allí. Le dolía todo. Anna la secó y luego la ayudó con la botella. Era un bidón de esos con tetilla, como los biberones. Claire se preguntó por qué en inglés lo llamaban *sports bottle* (frasco deportivo) cuando estaban claramente pensados para bebés e inválidos.

De repente, el enorme motor del ferry se puso en marcha. La cubierta, que ya se balanceaba, empezó a moverse y a trepidar. Claire miró a su alrededor y no pudo evitar acordarse del *Herald of Free Enterprise* y lo terrible que debió de ser aquello. Por los altavoces una voz anunció en inglés y en francés que las condiciones atmosféricas aconsejaban a los pasajeros abandonar la cubierta para automóviles y permanecer en el interior del barco, pues la previsión era de mar picada. En ese momento Claire cayó por fin en la cuenta de dónde estaba.

—Quiero subir a cubierta —declaró.

—Hay un salón —dijo Richard, con gesto peocupado. Había un ascensor para sillas de ruedas, pero el barco se movía tanto que Richard no estaba nada seguro de poder sacar la silla de la trasera del coche sin que se le escapara de las manos. No quedaba ya ningún otro pasajero, todo el mundo había subido por las escalinatas pintadas de colores para ir hacia el interior del buque.

—No —insistió Claire—. Arriba. Quiero ir arriba.

Al ver que Anna y Richard se miraban, casi rompió a llorar de frustración. Su cuerpo, aquel cuerpo estúpido y derrengado que se negaba a hacer lo que ella quería que hiciese.

Claire tenía un aspecto horrible. Apenas si podía beber de un bidón. Había que subir por una escalera pero no se me ocurría cómo íbamos a hacer semejante cosa. Rodeé el gigantesco Rover y casi no alcancé a abrir el portón trasero; el barco se bamboleaba de mala manera. Yo no subía a un ferry desde los trece años, aquella excursión con mi amiga Cath, pero no nos habíamos enterado de nada porque estuvimos todo el trayecto cantando canciones de Oasis.

Mientras intentaba entender cómo se abría el portón, noté que Richard me miraba. Le miré yo a mi vez y él se encogió de hombros, fue por la parte del copiloto, le quitó a Claire el cinturón de seguridad, y como si fuera una niña (me di cuenta de que no debía de pesar mucho más que una niña) la tomó en brazos. Me adelanté para coger la manta.

—¡Richard! —protestó ella, y se le notó dolor en la voz, pero creo que los tres sabíamos que no había una manera mejor. Con mucho cuidado, Richard empezó a subir los escalones.

—¿Todo bien por ahí abajo, señor? —oímos preguntar a un alegre marinero, y Richard respondió diciendo que no quería sacar la silla de ruedas, a lo que el marino dijo—: Si necesitan que les eche una mano, me avisan.

Me entraron ganas de viajar con esa compañía y solo esa durante el resto de mis días.

En la parte de arriba todo era bullicio y animación, parecía una vieja terminal de aeropuerto. Tiendas, bares, duty-free, y una zona de diversión que estaba ya repleta de niños chillando y aporreando las maquinitas. Me llegó olor a patatas fritas y miré hacia el amplio salón lleno de asientos, los reclinables ocupados ya por los pasajeros habituales, que sabían de qué iba el percal. Varias personas nos miraron con curiosidad, pero no hicimos caso y nos abrimos camino hasta el rincón más tranquilo que pudimos encontrar. Una vez allí, Richard depositó a Claire con cuidado, fingiendo luego que no estaba sin resuello.

—¿Queréis que os traiga una taza de café? —dije.

Alice estaba de pie en el portal, cruzada de brazos, cuando Laurent llegó. Detrás de ella se veía a varias enfermeras privadas yendo y viniendo por el parquet muy encerado. Un jarrón con orquídeas en el rincón.

—No está —dijo Alice.

—Venga ya —dijo Laurent—. Mira, no hace falta que me dirija la palabra, pero deja que eso lo decida él.

—No —dijo Alice, tajante—. Además, él no quiere hablar contigo.

—Está bien. Conduciré y tendré la boca cerrada.

—No.

—Sí —dijo Thierry, saliendo de la antesala, donde había una lumbre encendida pese a que hacía calor. Llevaba puesto un batín descomunalmente grande. Laurent habría podido sonreír, de no haber estado tan enfadado.

Alice los miró alternativamente, tensando los dedos, sus pómulos tirantes y un poco colorados ya.

De súbito, tanto ella como Laurent desviaron la vista hacia el plato donde solían dejar las llaves junto a la puerta. Sin pensarlo dos veces, Laurent alargó el brazo y se apoderó de ellas. Alice compuso un gesto de terror. Laurent, igualmente horrorizado por lo que acababa de hacer, retrocedió hacia la furgoneta. Y Thierry salió también.

—¡No! —gritó Alice, pero ya era tarde. No pudo hacer más que quedarse mirando cómo se alejaban en la furgoneta, y luego soltó un taco por lo bajo. En inglés.

Cuando volví con los cafés, vi que Richard y Claire estaban discutiendo. Me fijé en que ella no se había movido de sitio todavía. Busqué el bálsamo de tigre en su boquitín (recordé que en el hospital a ella le gustaba mucho) y sin decir nada empecé a darle masaje en los hombros. Apenas si tenía un poquito de músculo, el resto era hueso. Verle aquel copete de plumón —se le había resbalado el pañuelo de la cabeza— me dio ganas de llorar.

—No pienso llevarte ahí arriba —dijo Richard. Por los ojos de buey se veía subir y bajar las olas; había en el aire un ligero deje a vómito, como si algunos de los pasajeros hubieran sufrido ya los efectos del mar agitado. El agua tenía un tono entre verde y negro, y a cada momento la lluvia y el oleaje salpicaban los cristales. Aunque el trecho a recorrer entre costa y costa era muy corto —¡había gente que lo hacía a nado!—, más parecía que estuviéramos en mitad del océano.

—Necesito el aire fresco —suplicó Claire, apenas audible la voz. Vi que había tomado un poco más de su medicina, aunque parecía estar en plenitud de facultades mentales. Me pregunté qué podía hacer contra el horrendo tumor que se extendía por todo su cuerpo, llenándolo de negrura, vaciándolo por momentos. Su semblante, sin embargo, no estaba descompuesto; casi era hermosa todavía.

—No me parece bien —dijo Richard—. Tú quieres volver a ver a los chicos, ¿no? Y a Cadence y Codie.

—Pues naturalmente que quiero —dijo Claire— Hay... hay unas cuantas cosas que deseo ver otra vez, sí. —Apretó las mandíbulas.

—Cogerás una pulmonía.

—He sufrido cosas peores. Y sigo en ello.

Richard se llevó dos dedos al puente de la nariz y frotó con furia.

—No tenías que haber venido —añadió ella, aprovechando la momentánea ventaja—. Yo no te lo pedí. Anna y yo nos habríamos apañado bien solas.

Procuré volverme invisible y no señalar lo evidente: que gracias a Richard las cosas habían sido mil veces más sencillas y que de no ser por él seguramente estaríamos aún en la estación de Crewes, o quién sabe si de vuelta en casa.

Richard se miró el reloj.

—Muy bien —dijo—. Cuando estemos llegando a Calais, pero no antes, ¿de acuerdo?

Claire asintió. Richard sacó su móvil y se alejó rápidamente, antes de que ella pudiera seguir fastidiándole.

Yo me puse a darle masaje a Claire en las cejas y las muñecas.

—¿Te duele mucho? —pregunté, notando que ella se encogía.

—No importa —respondió, y me pregunté si se sentía igual que yo, asustada y lamentando en parte haber emprendido este viaje.

Tres cuartos de hora más tarde, después de acompañar yo a Claire al servicio y de hacer lo que buenamente pudimos entre el bamboleo del barco, Richard compareció otra vez con comida, pero a ninguna de las dos nos apetecía tomar nada. El temporal no amainaba, y hasta los niños que se iban de vacaciones estaban mucho más silenciosos.

—¿Sigues decidida? —preguntó Richard con aspereza.

—Sí —respondió Claire, muy digna—. Y me parece que podré caminar.

La medicación y el masaje habían aflojado su musculatura; con gran dificultad y cuidado consiguió levantarse de la silla; Richard y yo la tomamos cada cual de un brazo y salimos, muy lentamente, del salón para ir hacia los escalones que había a popa.

Había allí un marinero, de pie, y le explicamos que teníamos deseos de subir a cubierta. Él nos miró y dijo que fuéramos con cuidado, que solo tenía órdenes de no dejar subir a niños.

Nada más franquear la puerta basculante, una vez arriba, el viento estuvo a punto de lanzarnos por la borda. Era extraordinariamente fuerte, y allá en lo alto había unas nubes negras. Chillaban gaviotas persiguiendo el barco en busca de restos de comida humana. La estela del ferry dibujaba una larga línea de espuma, que se sumaba a la del oleaje.

Nos volvimos para mirar hacia proa, y Richard soltó un silbido por lo bajo.

Justo enfrente teníamos las playas y acantilados de Calais, la pequeña ciudad vieja encaramada a la colina, y allí el cielo estaba despejado, como si alguien hubiera trazado una línea en el cielo entre Inglaterra y Francia. Sobre Calais apenas había una nube, y el último sol de la tarde iluminaba la ciudad y sus alrededores.

—Lo has hecho adrede —murmuró Richard, pero Claire no le escuchaba. Estaba andando derecho, ella sola, una mano apoyada en la baranda pero por lo demás bien. No había nadie más en cubierta. Pasó entre las boyas y los botes salvavidas hasta llegar a la proa misma del barco.

—Ma belle France —la oí decir mientras corría hacia ella.

Estuvimos un rato donde ya no se podía avanzar más; el viento estaba aflojando y había dejado de llover. Poco a poco fuimos acercándonos a la costa y al puerto donde atracaba el ferry, y justo en la punta misma del muelle más alejado vimos dos siluetas, una de pie, la otra encorvada en una silla de ruedas. Yo tenía buena vista y fui la primera en distinguirlas

—Mira —le dije a Claire, tomándole la mano para señalar en aquella dirección, como si fuera una niña—. Mira, allí.

24

Cuando el sistema de megafonía anunció que todo el mundo debía volver a sus vehículos, Richard nos abrió la puerta del salón para que pasásemos.

—Tenéis que ir por ahí —dijo, señalando una cola de pasajeros con sus mochilas y bicicletas.

—No te entiendo —dije.

Richard meneó la cabeza.

—Yo ya... Yo he llegado hasta donde podía llegar. —Comprendí entonces que Richard debía de haber visto a las dos personas que esperaban en el muelle—. No pasa nada —añadió, al ver la cara que ponía—. Ellos saben que vuelvo para casa.

Me di cuenta de que, en tan corto espacio de tiempo, yo le había adjudicado mentalmente el papel de adulto del grupo.

El ferry avanzaba a paso de tortuga, maniobrando para arrimarse al muelle.

—Voy a por la silla y el equipaje —dijo Richard—. No os preocupéis.

Desapareció escaleras abajo con el semblante serio y colmado de tristeza. Vi que colocaban una larga rampa a fin de que descendieran los pasajeros de a pie. Había una garita para el control de pasaportes, atendida por un hombre acalorado y huraño. Yo aún no daba crédito a la diferencia de clima; era como si una línea de puntos, como en un mapa, hubiera separado el Reino

Unido del resto del continente europeo. El sol y respirar aire fresco nos hicieron olvidar el olor a fritos, a perfume y a moqueta húmeda del ferry.

—Ay —dijo Claire—, creo que necesito sentarme.

Claire todavía no podía creer que Richard hubiera hecho tanto por ella. Montó la silla de ruedas como si se hubiera dedicado a eso toda la vida, y no a diseñar juntas de carga.

—Gracias —dijo Claire, sintiéndose a la vez débil y nerviosísima. Había sido incapaz de probar bocado aun sabiendo que eso no le convenía, pero detestaba vomitar y no poder limpiarse sola después. El cáncer, aparte de todo lo demás, era una enfermedad repugnante. Más de una vez había deseado tener algo que fuese un poquito más romántico, la tisis, por ejemplo, como en *La Bohème*, y morirse con elegancia tendida en un sofá después de toser un ratito contra un pañuelo, en vez de aquel coñazo de los vómitos y las diarreas y la calvicie. Su corazón, sin embargo, palpitaba. Ya no tenía la vista de otros años y no había reconocido a las dos siluetas en el embarcadero, aunque Anna se había puesto a dar saltitos y a gritar de contento. Podía ser que Thierry también estuviera cegato; eso no vendría mal, en cierto modo. Forzó la vista mientras el barco se vaciaba rápidamente, pero el sol era demasiado fuerte todavía y la deslumbraba.

De repente, oyó un leve crujido y vio que Richard estaba en cuclillas a su lado y la miraba a los ojos. Claire comprobó que de cerca seguía viendo bien. Richard no estaba muy diferente de cuando se habían conocido en el instituto; el pelo rebelde, las gafas. Sonrió. Él no; él le tomó una mano.

—Yo me quedo aquí —dijo en voz queda.

Ella asintió en silencio, comprendiendo lo que Richard sentía en ese momento.

—Gracias —dijo, desde el fondo de su alma.

—Bah, no ha sido nada —dijo él.

A Claire le molestó que él no entendiera lo que había querido decir.

—No me refería a eso. Gracias. Gracias por todo. Gracias por obligarme a ir a la escuela de magisterio, por apartarme del reverendo y por casarte conmigo aunque sabías que yo realmente no... Y por esos dos chicos maravillosos y por hacerme sentir segura.

—Hubiera preferido hacerte feliz —dijo él, mientras los ojos se le llenaban de lágrimas. Claire no le había visto llorar desde aquella noche horrenda en que le había confesado su aventura.

—Creo que... —dijo Claire—. No, me parece que fui demasiado tonta para entenderlo, pero creo que fui feliz. Tonta, boba, la cabeza a pájaros...

Se sonrieron; fue una sonrisa de largo entendimiento mutuo. Luego, ambos miraron hacia la costa francesa. A Claire le sobrevino un recuerdo... Los chicos debían de ser muy pequeños y estaban en una playa enorme, a primera hora, no había casi nadie salvo gente paseando perros, pero Ian siempre se levantaba tempranísimo, aunque estuvieran de vacaciones. Los chicos, que iban ya en bañador, se lanzaron de cabeza al agua y empezaron a chillar como cerditos al comprobar lo helada que estaba. Y en vez de reírse de ellos, o de hacer caso omiso, Richard había visto que estaban pasándolo mal y se había zambullido también en el agua mortalmente fría y había agarrado a los niños, cada uno bajo un brazo y los había hecho girar a su alrededor hasta que se acostumbraron al frío y pudieron empezar a salpicarse entre carcajadas. Habían salido del agua morados, con los dientes castañeteando, y ella los había envuelto enseguida con toallas y le había puesto a Richard café del termo que llevaban y él había dicho que jamás había bebido algo tan bueno en toda su vida.

¿Cómo podía haber olvidado tantas cosas bonitas?

—Pero ha sido una vida feliz. Llena de momentos felices. De veras, Richard. Ojalá hubiera sabido valorarlo en su momento...

Richard atrajo hacia sí la cabeza de Claire, y ella percibió un aroma de muchos años atrás.

—Bueno, mi vida, bueno —dijo él, acariciando aquel rastrojo que cubría su cuero cabelludo, y ella comprendió lo que quería decir con eso, que era la despedida, y pegó su mejilla a la de Richard, salpicada ya de barba de una noche entera, y así permanecieron hasta que la tripulación empezó a subir con un gesto de disculpa; también Anna observaba a la pareja con cierta preocupación, pero eso carecía de importancia, y luego cogió con firmeza la mano de Richard y le dijo hasta pronto, y él torció el gesto y no contestó. Uno de los guapos marineros jóvenes les ayudó a bajar la silla de ruedas por la rampa. Anna se ocupó de la maleta y Claire hizo un intento de volver la cabeza, pero tenía el cuello rígido, y el sol era tan fuerte que dudó de que hubiera podido distinguir nada en la oscuridad del gran navío. Además, conocía a Richard y no era de los que se quedaban a esperar. Dejaron atrás la rampa y hubieron de pasar el control de pasaportes; Anna conducía ahora la silla de ruedas y vio que junto a la caseta del muelle había dos personas esperando; Claire, por su parte, notó que el corazón empezaba a latirle con un ímpetu que a su oncólogo le habría hecho fruncir el ceño.

Claire se equivocaba con respecto a Richard. Sí se quedó esperando, hasta que se perdieron de vista más allá de la verja de la terminal. Vio cómo los felices y bronceados turistas de vuelta de sus vacaciones empezaban a subir al ferry. Vio cómo soltaban las amarras, y el barco se puso en movimiento otra vez y él se quedó en cubierta mirando cómo la costa francesa se perdía en la distancia hasta desvanecerse en la oscuridad de la noche inminente.

Montó en su coche y llegó a casa a las dos de la madrugada, todo el trayecto bajo la lluvia. Y sonrió al ver los emparedados de rosbif con mostaza que le había dejado Anne-Marie. Después se instaló en la sala de estar y empezó a beber hasta emborracharse, no por primera vez en su vida, pero casi.

25

De buenas a primeras, Claire se llevó un susto creyendo que quien estaba allí delante era Thierry. Excepto el bigote, porque no llevaba, todo lo demás era igual: el pelo espeso y rizado, los ojos chispeantes...

Pero entonces comprendió que debía tratarse de Laurent. Anna le había hablado de él, y, en efecto, era extraordinariamente atractivo. Quiso mirarla de reojo, para ver qué cara ponía ella, pero sabía... sí, sabía que a quien tenía que mirar era a la persona que estaba justo enfrente.

Tuvo que reprimir un respingo. Era Thierry, por supuesto, pero su aspecto era tan... estaba tan desmejorado... Dadas las circunstancias, resultaba casi irónico. La cara la tenía gris, la piel toda arrugada, como si perteneciera a otra cabeza. Prendido de la silla de ruedas llevaba un cilindro de oxígeno.

El bigote, sin embargo, le estaba creciendo otra vez, y sus ojos negros eran los mismos bajo las cejas pobladas.

Él se la quedó mirando también, largo y tendido, horrorizado —dedujo Claire con el corazón encogido— ante su aspecto de ahora. Ella alargó el brazo y le cogió la mano a Anna, con fuerza.

De repente, Thierry soltó una carcajada. Y en ese instante, Claire se acordó de su pícara mirada, del contagioso sonido de su risa, y sonrió. Era imposible no hacerlo.

—¡Fíjate! ¡Menudo par! —exclamó Thierry—. ¡Somos los últimos asnos a punto de matadero, Claire! ¡Los dos peores!

A duras penas, y mientras su hijo le ofrecía el brazo con una expresión recelosa, Thierry se puso de pie, tambaleándose ligeramente. Claire se fijó en el pantalón de hilo de color claro y en la camisa rosa pálido. Él siempre tan elegante.

Por no ser menos, ella le ofreció el brazo a Anna y se puso dolorosamente en pie. Avanzó hacia él, y Thierry la rodeó con sus brazos.

—¡Mi pajarillo! —exclamó—. ¡Eres aún más menuda de lo que eras entonces!

—Pues tú no —dijo Claire, la cara pegada a su camisa. De repente notó en el brazo que desaparecía la presión, y al volver la cabeza vio que Anna corría hacia Laurent, le echaba los brazos al cuello y le besaba.

Thierry miró a Claire, arqueando aquel par de cejas que ella tan bien conocía.

—La vida continúa —dijo él con su estentórea voz, y Claire se echó a reír de felicidad y tuvo que sentarse de nuevo en su silla de ruedas.

Fue superior a mí, no pude evitarlo. Había creído que Laurent se portaba mal con su padre, como haría un niño malcriado. Y no; le había subestimado sin comprender que él lo haría, claro que sí, que modificaría todos sus planes, que se ocuparía de Alice —oh, cielos, Alice, de eso ya me preocuparía yo más tarde— y de los temibles médicos franceses. Era prácticamente un secuestro. Me sentí abrumada, por decir poco. Y emocionada también, pensé después. No podía creer que Richard y Claire se hubieran divorciado; si yo tuviera un hombre decente y apuesto que me cuidara de esa manera, pensé..., pero no lo tenía, de modo que era inútil darle vueltas.

Aparte de eso, la guapura de Laurent, aquella boca que pedía besos a gritos, su mata de pelo ensortijado... Tuve que reconocerlo. Laurent no era una aventura, como Sami había creído ver. No era un romance veraniego, un rollo sobre el que bromear luego con Cath. Él me miró con una media sonrisa, y así me dio a entender, más claro que si me lo hubiera dado por escrito, que lo sentía mucho y que esa era su manera de hacer las paces. Y de un momento para otro, bajo el último sol, me olvidé por completo de Claire y Thierry, lo olvidé todo excepto las ganas locas que tenía de besarle.

Cuando por fin recuperé el juicio y me aparté, acalorada y jadeando casi, Laurent sonrió y dijo:

—Bueno, yo también me alegro de verte.

Luego abracé a Thierry, le aconsejé que se protegiera del sol y le pregunté qué sentía al ver de nuevo a Claire, y a él se le iluminó la cara y dijo que ella todavía era hermosa; Claire se ruborizó como una niña y dijo que no era verdad y Tierry dijo, bueno, pero te va mejor que a mí, y Claire se rio y dijo que en efecto así era, y yo le pregunté a Thierry si su hijo le había secuestrado y él sorbió por la nariz y respondió que sí y que debíamos evitar a la policía. Laurent no pareció sentirse muy cómodo.

Yo sugerí que, si pensábamos volver a París, lo mejor sería ponerse en camino —el sol se estaba poniendo—, pero Thierry desdeñó la idea y dijo que en todo caso habría que comer algo antes y que sabía de un sitio estupendo; yo me reí de que tanto a padre como a hijo les horrorizara la idea de quedarse sin cenar.

Calais no era el paraíso, francamente. Abundaban los hipermercados donde vendían tabaco y alcohol barato, y hoteles con tarifas semanales reducidas, pero Laurent nos llevó hasta la furgoneta blanca de Chapeau Chocolat y ayudó a su padre y a Claire a montar en el asiento delantero (a mí me tocó de carabina en el asiento de atrás) y enseguida nos desviamos de la autopista para meternos en un laberinto de carreteras secundarias flanqueadas de verdor hasta que llegamos a una pequeña casa de campo donde nadie hubiera pensado que habría un restaurante.

Laurent entró con toda confianza. Un hombre gordo fue a su encuentro y se puso a mascullar con un acento del norte, muy cerrado; yo apenas cacé unas cuantas palabras, pero enseguida me quedó claro que Laurent acababa de soltarle algo como «¿es que no sabe quién soy?» e insistía en que sirvieran al famoso chocolatier, tal como habrían hecho con un futbolista famoso o una estrella del rock en Inglaterra. Después, cuando Laurent bajó a Claire del coche, ella pronunció un breve «oh» como si hubiera reconocido el lugar.

El hombre se deshizo en cuidados y aspavientos con sus añosos visitantes. A mí me preocupaba Claire, estaba muy frágil y no había comido apenas nada en todo el día, pero en el diminuto restaurante —estaba hasta los topes de gente; el camarero había sacado y limpiado mesas y sillas nuevas y nos había puesto a la sombra de un castaño— pedí para ella un bisque de langosta y le quité los zapatos para que pudiera tocar la hierba con los pies descalzos. Cerca de allí había un prado con vacas que se habían alejado del pasto y la hierba estaba repleta de amapolas, inevitables en el norte de Francia y en Bélgica, y a nuestro alrededor zumbaban tristes las abejas, recordándonos que el otoño estaba ya a la vuelta de la esquina. Thierry pidió caracoles, y cuando parecía que iba a pedir un segundo entrante, Laurent le lanzó una mirada y su padre tuvo que aguantarse. Hubo un medicinal vasito de vino tinto para los cuatro.

La conversación, al principio, no fue fácil; ¿por dónde empieza uno después de cuarenta años? Eso sí, Claire dio buena cuenta de su sopa. Yo tomé lo mismo y estaba riquísima; después, una dorada que un par de meses atrás no me habría atrevido a pedir siquiera, acompañada de champiñones frescos de la zona. Con razón el local estaba tan lleno.

—Bueno —dijo ella, dejando la cuchara—, ¿adónde te fuiste? Yo te escribí varias veces a la tienda y nunca me llegó respuesta.

Thierry dejó de limpiarse la mantequilla al ajo de sus caracoles. Solo con aquel plato, todos los esfuerzos de Alice quedaban en nada.

—A Beirut —dijo, como quien va a la vuelta de la esquina.

—¿Beirut? Pero yo pensé que... pensé que solo ibais a desfilar un par de veces por la Place de la Concorde. ¿Te llamaron a filas?

—Naturalmente —dijo Thierry, medio enfadado—. Llamaron a filas a todo el mundo.

Claire se llevó una mano a la boca.

—¿Estuviste en Beirut?

—Pues claro —dijo Thierry—. Hubo un levantamiento. ¿No salió en la prensa de tu país?

Claire se había pasado todo aquel año en el séptimo cielo y centrada únicamente en sí misma. ¡Cómo iba a leer los periódicos!

—No me enteré —dijo—. Creí que estabas en París.

—Yo llevaba el diario metido en el bolsillo en el momento de despedirnos —dijo Thierry.

—Vinimos a este restaurante —dijo Claire con voz frágil, acariciando la hierba con la planta de los pies.

—Así es.

—Y me hiciste probar la merluza.

—Dentro de un minuto te la haré probar otra vez.

Ella sonrió un poco.

—Pero ni una sola carta...

—Bueno, a mí se me da mal escribir... Pero Madame Lagarde tenía tu dirección... Escribí desde el desierto, en el Líbano. ¿No te las mandó ella?

De repente, Claire se acordó de lo que le había dicho aquella elegante mujer: «Atesora estos recuerdos, pero no te aferres a París.»

—Pensé que era cosa de mi padre —dijo, un susurro apenas.

—Y yo pensé que habías vuelto a Inglaterra y te habías casado... y que tenías hijos.

—Y yo que tú habías conocido a otra —dijo Claire.

De pronto, todo el mundo miró a Laurent y se puso a hacer cálculos. Laurent dijo algo por lo bajo y se levantó de la mesa.

Empezaba a preocuparme que el cansancio y tantas emociones pudieran pasarle factura a Claire. Hubiera preferido verla ya acostada y dormida, pero ella era una persona muy testaruda.

—Ah —dijo.

—Oui —dijo Thierry.

Casi solté un taco. Con razón Laurent estaba tan molesto con su padre... y con razón su piel tenía un tono aceitunado.

—Yo no... no podía quedarme —dijo Thierry—. Era soldado. Y luego dejé de serlo, pero era muy joven y tenía un negocio que atender.

Claire y yo le mirábamos. Me dio cierta pena; tan joven entonces, dejando preñada y deshonrada a una chica del lugar...

—Pero mandé a buscarlo —se apresuró a decir.

—A mí no mandaste a buscarme —se lamentó Claire con gesto compungido.

—¿Él te ha perdonado? —pregunté yo.

—Lo dudo —dijo Thierry.

La conversación se interrumpió. El dueño había venido a recoger los platos, la merluza había llegado y desaparecido y teníamos sobre la mesa café y licores. Yo estaba intentando explicar que nosotros no habíamos pedido eso cuando el hombre dejó sobre el tapete una bandeja de bombones Chapeau.

Abrimos todos los ojos como platos.

—¿Y esto de dónde ha salido? —dijo Thierry. El envío de productos Chapeau Chocolat salía carísimo (ya se encargaba Alice de que fuera así), y a Thierry no le gustaba mucho hacer encargos de particulares. Para que el chocolate durara más, era necesario reducir la cantidad de nata y añadir un toque de conservante, cosa que él detestaba.

—Tengo guardados unos cuantos —dijo el hombre—. Para mis clientes más especiales. Y ustedes lo son, sin duda alguna.

Después insistió en que le hiciéramos una foto junto a Thierry. Varios clientes se acercaron para curiosear, y al ver de quién se trataba, se deshicieron también en elogios hasta que el dueño tuvo que abrir toda la caja, no sin antes hacerle prometer a Thierry que le enviaría otra y que le firmaría una copia de la foto.

Cuando por fin se hubo calmado todo, Thierry volvió su rostro afable y avejentado hacia Claire.

—Ya ves —dijo—. Es para lo único que sirvo. Para el chocolate. ¿Entiendes lo que quiero decir?

Ella asintió con la cabeza y posó una mano en el brazo de él.

—Yo para lo único que servía era para ti —dijo bajito—. Y tampoco me hizo un gran favor.

Thierry puso su manaza encima de la menuda y amoratada de ella y la dejó allí mientras los grillos empezaban a alborotar y en el cielo asomaban una por una las enormes estrellas.

Salí fuera en busca de Laurent. Lo encontré terminando de fumarse un purito negro junto a unos árboles. Los insectos habían salido todos a la vez.

—Perdona —dijo al verme—. Es un mal hábito, lo sé.

—No me importa —le dije, de corazón. En la cálida noche estival, el humo tenía un punto exótico—. La verdad es que me gusta.

Silencio.

—Bueno, ya lo sabes —dijo él, un momento después.

—Tu padre era muy joven.

—Sí, y mi madre también. —Miró hacia la mesa donde estaban Claire y Thierry—. Está muy enferma, ¿no? —preguntó.

Me sentí culpable de repente por haberme ausentado.

—Sí —dije—. Y más vale que vaya a ver cómo está.

Laurent adelantó una mano y me acarició la cara.

—A ti te gusta arreglar cosas —dijo con suavidad—. ¿Crees que yo tengo arreglo, Anna Tron?

26

Yo hubiera preferido que nos quedáramos a pasar allí la noche, pero Thierry había prometido volver a casa y Laurent estaba nervioso por ponerse en marcha. A mí lo que más me preocupaba era Claire. Le noté la respiración frágil e irregular, aparte de que llevaba muchas horas despierta. También Thierry estaba agotado. Laurent y yo nos miramos inquietos al montar en la furgoneta y colocarlos el uno apoyado en el otro. Claire se administró otra dosis de morfina; yo la observé con cierta intranquilidad, preguntándome cuánto era «demasiado», pero luego deseché esa idea. Mientras Laurent aceleraba por la carretera, Thierry y Claire se acomodaron, la cabeza de ella bajo el brazo de él, como si hubiera dormido así cada noche durante cuarenta años.

Nadie habló. Tuve la sensación de que si decía algo sería para meter la pata. Laurent iba muy concentrado en conducir, y la furgoneta volaba. Le miré con el rabillo del ojo pensando en el motivo de que no pudiera hablar todavía con su padre, pero luego me quité la idea de la cabeza.

Decidí tratar de disfrutar del hecho mismo de que hubieran venido a buscarnos; de la expresión de Claire en el muelle; del beso que Laurent y yo nos habíamos dado. Me toqué un momento la boca. Qué bien besaba él. Aquellos labios carnosos. ¿Cómo no me había fijado antes...? Él probablemente, pensé, tenía un acento peculiar que yo no había detectado porque mi francés no era tan bueno como para eso, igual que un norteamericano es incapaz de distinguir entre un escocés y un irlandés. Y, ahora que lo pensaba, también Sami debía de hablar diferente. Qué curioso que yo no me hubiera dado cuenta, atribuyendo todo cuanto encontraba en París al mero hecho de lo foráneo, sin pararme a pensar que en eso también hay grados y matices.

Miré sus relucientes rizos negros a la escasa luz del salpicadero mientras recorríamos la autopista a gran velocidad. Él no estaba pendiente más que del volante y la carretera, y me sentí tan a salvo en aquellas manos que probablemente eché yo también una cabezada.

Las luces del extrarradio de París me despertaron al iluminar el parabrisas. Me desperecé, incómoda. Había reservado habitación para Claire en un hotel bonito no lejos de mi piso, y prácticamente la llevamos allí en brazos. Me aseguré de que estaba tranquila y que respiraba, pero lo cierto es que apenas si se movía. Iba a tener que quedarme con ella. La habitación era pequeña. Me senté a su lado en una silla y Claire inclinó la cabeza.

—No te preocupes por mí —dijo, casi sin voz.

—No me preocupo. Todo va a ir bien —le dije, dándole una palmadita en la mano. Ella negó con la cabeza.

—No tienes por qué quedarte —dijo—. Ya has hecho suficiente. Vete a dormir.

—Ni hablar —dije yo.

Ella sonrió.

—Por el amor de Dios, Anna. Prometo no morirme esta noche, ¿de acuerdo? Ahora, haz lo que te dice tu profesora y ve a descansar un poco. Tengo muchas cosas que hacer en los próximos días y si me estás rondando todo el rato como una abeja, no me vas ayudar nada.

—Oye, yo no soy ninguna abeja.

—¡Fuera!

Me puse de pie sin saber muy bien a qué atenerme, hasta que vi que se dormía; a juzgar por la respiración acompasada, era un sueño normal. Estuve un rato mirándola y entonces oí una voz, apenas un hilo:

—Haz el favor de no mirarme más —dijo.

Salí de la habitación con la idea de volver en unas horas.

Alice estaba esperando frente a la tienda, en mitad de la calle, y parecía total y absolutamente furiosa. Laurent y yo nos apeamos de la furgoneta, ambos agotados a más no poder, y ella montó sin dirigirnos la palabra, puso el motor en marcha y aceleró.

—Se le pasará —murmuró Laurent.

—¿Es que le robaste la furgoneta?

—Le envié un sms disculpándome. No pasará nada, estoy seguro.

—Mmm.

Recorrimos la desierta calle adoquinada hasta la primera esquina. En el pisito, arriba, vi que había luz. Cielos, pensé, Sami ha montado otra fiesta. Era justo lo que yo menos deseaba en ese momento.

—Bien —le dije a Laurent—, buenas noches. —Me pregunté si me dejarían dormir.

—Buenas noches —dijo él. Echó a andar y, de pronto, se detuvo. Reinaba el silencio; solo se oía, lejos, música de calipso, supuse que procedente del piso de Sami—. No —le oí decir a Laurent, como si hablara consigo mismo—. No, no, no, no. —Entonces me abrazó y volvió a besarme, un beso largo y profundo, y no sé cómo todo mi cansancio se evaporó y una sensación embriagadora, sensual, se apoderó de mis miembros—. Ven conmigo —dijo—. Por favor. No quiero estar solo esta noche. Ven.

—Tengo que volver —dije yo, medio riendo. Era tardísimo—. He de ir a ver cómo está Claire, y mañana tengo que ir al trabajo.

—Entonces no vale la pena que duermas —bromeó él, desafiante. Este Laurent era más como el que yo conocía. Noté que se me subían los colores. No pude evitar acordarme de que las últimas personas que me habían visto desnuda eran unos ciento cincuenta estudiantes de medicina, una veintena de enfermeras temporales, mi madre y, en una incómoda ocasión durante la convalecencia, mi padre. Había pasado mucho tiempo, demasiado.

—Monta —dijo Laurent, poniendo en marcha la Vespa.

La sensación fue muy diferente de la del primer día en que Laurent me llevó a casa, estando yo perdida y confusa. Fue un visto y no visto mientras dejábamos atrás a los turistas de la Place de la Concorde y los grandes hoteles —rutilantes como transatlánticos en la noche cálida—, música de orquesta saliendo de sus ventanas abiertas. Me arrimé a él y lo olí a través de su camisa, aquel olor intenso y cálido, mejor que cualquier perfume. Pusimos rumbo al norte, hacia Montmartre, donde nos habíamos conocido, y las avenidas iban estrechándose y perdiendo bullicio hasta que la Vespa empezó a saltar sobre callejuelas de adoquines y yo tuve que agarrarme más fuerte aún para no perder el equilibrio en las esquinas, donde ya sabía cómo inclinarme.

El corazón me latía muy deprisa, el contacto con él llenaba todos mis sentidos. En más de una ocasión, Laurent apartó una mano del manillar para acariciarme la rodilla y tranquilizarme, y cada vez que lo hizo me emocioné. No quise ceder al pánico; solo íbamos a hacer el amor. Yo antes lo hacía muy a menudo; bueno, vale, lo hacía con Darr y después de haberme bebido unos shandies, pero ahora era diferente. Habíamos tomado un poco de vino, sí, pero yo estaba más que sobria, mucho más que cuando me había acostado con alguien por primera vez, y ninguno de ellos me había gustado tanto como ahora Laurent. Mi cerebro era un torbellino de pensamientos; apenas si me fijé en la feria, todavía iluminada, ni en las bombillas colgadas entre farola y farola.

Si Laurent se imaginaba lo que yo tenía en la cabeza, no hizo ningún comentario. Nos metimos por una callejuela que en realidad no era exactamente una calle sino una pequeña plaza triangular con un banco en el medio. Los edificios no eran los típicos de pisos de los barrios importantes; eran viejos, de una piedra gris que hacía juego con el adoquinado. Parecía que los hubieran trasplantado de una parte de Francia totalmente distinta. En muchas de las fachadas crecía hiedra y solo había balcón en la planta superior. Después de dejar la moto, Laurent me llevó hacia un edificio que tenía una puerta grande pintada de un rojo vivo justo en medio.

—Esto no es un piso —dije, suspicaz—, ¿dónde estamos?

Él puso una cara un poco rara mientras sacaba un juego de llaves antiguas.

—Nunca traigo a nadie —dijo—. Bienvenida, o eso espero, mi tímida mademoiselle inglesa.

Y entonces me guiñó el ojo para demostrar que no estaba tan nervioso. Hizo girar la llave en su cerradura y me abrió la puerta.

Me encontré en un vestíbulo normal que daba a una enorme sala de recepción con paneles que no habrían desentonado en Hampton Court, a lo que se sumaba una enorme araña de luz con velas a intervalos irregulares. Estábamos en la parte de atrás, lejos de la plaza, y toda la pared posterior era de cristal. Fuera había un jardín a diferentes niveles; la iluminación permitía ver sus inmaculados arriates y sus hileras de hierbas y hortalizas separadas por senderos de gravilla. Al mirar hacia la derecha, vi otra pared de cristal y al otro lado una gran cocina con material de acero inoxidable, todo de aspecto muy profesional.

—¡Caramba! —exclamé, sin saber qué otra cosa decir.

Una escalera de peldaños flotantes partía del vestíbulo, supuse que hacia los pisos superiores. Una de las paredes de la enorme estancia estaba forrada de libros; en otra se veía una gran chimenea, en cuyo hogar había ahora una fuente de cristal con limones.

—¿Y por qué no vienes nunca? —dije. Mi voz resonó en la habitación—. Si yo viviera aquí, creo que no saldría para nada.

Mi comentario pareció abochornarlo ligeramente.

—Ya —dijo—. Es mi... bueno, una cosa muy mía.

—No entiendo. Pero si tú vas por ahí con una Vespa tirada...

—Lo sé. Es que apenas gasto. Todo es para la casa.

Le miré, medio sonriendo.

—¿No te la ha comprado tu padre?

—Yo no quiero ni un céntimo de mi padre —respondió él, enfadado.

—Pues es preciosa.

—¿Tú de tus padres aceptarías una casa?

—Mira —dije, tras pensarlo un poco—, creo que a mi padre nada le haría tan feliz como poder comprarme una casa.

Laurent dio un respingo.

—Bueno, él me ofreció...

—¡Ajá! —exclamé, victoriosa—. O sea que tampoco es tan malo.

—Yo estaba tan orgulloso... —dijo, como si se encontrara muy lejos—. Quería demostrarle que podía hacerlo igual de bien; no, mejor.

Le di una palmadita en el hombro.

—Te voy a decir una cosa que no te va a gustar nada, pero sois muy parecidos.

Laurent amagó una sonrisa y me hizo pasar a la cocina. Cosa rara en un hombre —al menos, hasta donde llegaba mi experiencia—, en la nevera había un poco de todo: mantequilla, quesos, huevos, verduras. Tomé mentalmente nota de no invitarlo nunca al pisito de Sami. Laurent sacó una botella de champán. Me reanimé de inmediato.

—Cuando mi padre vino a París desde Lot-et-Garonne, estuvo viviendo en una habitación, en un desván sin agua caliente ni calefacción —me explicó Laurent—. Durante el invierno, para dormir, se ponía todas las prendas de ropa que tenía a mano. Y salió adelante: he escuchado la historia un millón de veces, normalmente de boca de Alice. —Soltó un resoplido.

—Ya entiendo. O sea que a ti te tocaba hacer lo mismo.

Laurent asintió en silencio. Después sonrió.

—¿Estoy diciendo idioteces?

Me encogí de hombros.

—La casa es preciosa —dije.

—¡Gracias! —Se le iluminó la cara.

De pie como estaba ahora, iluminado por la nevera todavía abierta, con los reflectores del jardín dibujando reflejos en sus cabellos ensortijados, y la sombra de sus largas pestañas sobre los pómulos, me pareció la cosa más formidable que había visto en mi vida.

Fui hacia él, le besé, y él me devolvió el beso sin un ápice de la indolencia que había mostrado antes, todo ardor y compromiso. Fue un beso al mismo tiempo feroz y fantástico.

—Oye, ¿y si dejamos de hablar de tu padre? —dije cuando por fin paramos.

Él puso la botella de champán sobre la encimera.

—Te voy a subir en brazos —dijo, agarrándome por la cintura. Yo miré la botella—. Vaya, ¿es que mi inglesita piensa que necesita emborracharse para disfrutar conmigo? —rio.

No supe dónde esconderme, de pura vergüenza.

—Bueno, tanto como emborracharme, no —musité—. Pero no me vendría mal un poco de valor.

Laurent cogió mis manos con fuerza y me miró de hito en hito.

—Tú, guapísima Anna, vas a subir conmigo ahora mismo. Y vamos a hacer el amor, si es que te apetece, y vas a estar absolutamente sobria y vas a gozar de principio a fin. Oui o non?

Oh, Dios mío.

Estaba saliendo el sol. La luz entraba por los visillos de tono claro y se derramaba sobre la cama, donde yo yacía en brazos de Laurent. Él dormía, pero yo no había podido pegar ojo y me sentía como flotando, sin saber muy bien lo que era real y lo que era sueño. Me volví para besar sus cabellos. Al final, él me había acariciado suavemente los dedos de los pies. Había acariciado mi cuerpo suavemente de un extremo al otro. Luego nos habíamos puesto en plan menos suave. Mucho menos suave.

—Oh, Anna —murmuró el gigante semidormido.

—Tengo que irme —susurré.

—No, por favor.

Un brazo enorme y peludo me rodeó, atrapándome.

—He de trabajar —protesté.

—¡Cielos, y yo también! —dijo, incorporándose de pronto y buscando el reloj—. Dije que iría temprano.

—Pero no tanto, supongo.

—Nunca has trabajado en un hotel, ¿verdad?

—Pues no —respondí. Él sonrió y me dio un beso.

—Por la mañana eres todavía más seductora —dijo—. Mi amor, quédate un ratito.

—¿No dices que ibas al trabajo? Además, no puedo. Estoy preocupada por Claire. Anoche no debí dejarla sola.

—Estaba feliz y dormida —protestó Laurent—. ¿Y no te alegras de haber hecho lo que hicimos?

Le devolví la sonrisa, notando que me ruborizaba otra vez. Él me tomó la cara con su mano.

—Me encanta cuando te pones colorada —dijo.

—Calla —dije.

Cuando cogí la ropa, me inquietó pensar que llevaba lo mismo desde que había salido de Kidinsborough; necesitaba darme un baño cuanto antes. Me dispuse a marcharme pese a que no lo deseaba. Tenía la sensación de estar navegando por un mar de felicidad.

—Ay, Dios, hoy no sé cómo voy a poder trabajar —dije, medio riendo—. Seré peor aún que un día normal.

—Tú concéntrate; todo irá bien.

—Bueno. —Le miré—. Hay algo de lo que no me has hablado.

—Hay montones de cosas de las que no te he hablado. —Sonrió—. Creo que ahora tendremos tiempo para conocernos mejor.

—Ojalá. Pero, Laurent, ¿y tu madre? ¿A ella no le gustaría saber algo de Thierry?, ¿no le gustaría verle?

No bien lo hube dicho, supe a ciencia cierta que había cometido un gran error; la expresión le cambió de golpe.

—Perdona —dije en voz baja—. En otra ocasión, quizá.

—Esto es...

Pensé en el hombre a quien había visto por la ciudad, tan apuesto y encantador, siempre alegre.

—¿Voy demasiado rápido? —dije. Él respondió inmediatamente que no, y lo repitió varias veces, pero yo tenía que marcharme. Una vez que estuve fuera, al pasar junto a su moto, me entraron ganas de darle un puntapié.

27

Claire estaba soñando. Soñaba que estaba en París y que la luz que le daba en la cara, reflejo de los edificios de piedra blanca, era la que solo veía cuando estaba en aquella ciudad. Se sentía más liviana que el aire; en el sueño podía moverse con absoluta libertad. ¿Por qué había pensado que estaba enferma? Se encontraba bien, no estaba enferma en absoluto, los médicos se habían equivocado. Qué tontos, los médicos, ¿no veían que estaba tan sana que hasta podía volar?

De repente, incluso soñando, comprendió que no podía volar, naturalmente, y poco a poco empezó a flotar hasta la superficie con una sensación de frustración que le dejó la boca como ceniza; seguía atrapada en aquel cuerpo corroído de negrura, inservible y vergonzoso. Todas las mañanas era igual; salir de un sueño para acabar en lo duro de un nuevo día batallando con la realidad.

Pestañeó dos veces. Algo había cambiado, sin embargo. Era la luz. Con una oleada de felicidad, recordó que se hallaba en París. Lo habían conseguido.

Alguien llamó a la puerta y apareció Anna con dos tacitas de café que había comprado en el vestíbulo y entre los dientes una bolsa de cruasanes recién hechos, todavía calientes. Anna esbozó una sonrisa —parecía agotada, se fijó Claire, pero bastante bien—, se acercó a la ventana y descorrió la gruesa cortina. En la ventana había una jardinera de rosas blancas, y la vista abarcaba hasta la Torre Eiffel. Era una delicia.

—No está mal, ¿eh? —dijo Anna dejando los cafés. Le dio un beso a Claire en la mejilla—. Buenos días. ¿Cómo te encuentras?

—Pues, ya ves —dijo Claire, encogiéndose de hombros; parecía sorprendida—, no he pasado mala noche.

Por lo general se despertaba tres o cuatro veces, a menudo con sensación de ahogo.

Anna la ayudó a ir al lavabo y a vestirse. Se disculpó por presentarse tan temprano; no sabía cuándo se despertaría Claire y había preferido ir sobre seguro. Cuando ella se marchó a la tienda, Claire se quedó con una sonrisa en los labios. Qué chica tan entregada, pensó. No se había equivocado con ella. Le irían bien las cosas.

Se sentó a leer un *Paris Match* cortesía del hotel junto a la ventana que Anna había abierto, y por primera vez en cuarenta años escuchó los sonidos de París al despertarse, mientras tomaba sorbitos de aquel café fuerte y mordisqueaba un cruasán notando cómo el sol calentaba sus doloridos huesos.

Era el primer día después de la pausa y llegué antes que Frédéric y que Benoît, cosa rara. Claro que ellos debían de haber dormido más que yo. Estuve paseando un rato por delante de la tienda —las llaves las tenía Frédéric—, deseando poder hacer algo con las manos, como fumar.

La primera en llegar fue la furgoneta. Maldije en voz baja. Ahora tendría que enfrentarme yo sola a Alice.

Casi se cayó del asiento al bajar. Por una vez, no iba inmaculadamente maquillada. Llevaba la ropa del día anterior y el pelo recogido en una cola de caballo. Su aspecto era muy diferente del habitual; de hecho, casi no la reconocí.

—¿Alice? —dije.

Me miró. Llevaba el rímel corrido. Su estado era patético.

—¿Te encuentras bien? —pregunté, alarmada.

Por primera vez desde que nos conocíamos, me respondió en inglés.

—No —dijo, estremeciéndose toda ella, y cubrió la distancia a la carrera para ir a sentarse en el escalón de la entrada. Acto seguido, empezó a sollozar de mala manera.

—¿Qué te pasa? —dije, francamente asustada—. ¿Le ha ocurrido algo a Thierry? ¿El viaje le ha hecho daño?

Incapaz de hablar, se limitó a negar con la cabeza.

—No es eso, no... Está mejor —dijo con acritud, casi escupiendo las palabras. Y luego levantó la cabeza y me miró con verdadero odio.

—¿Cómo puedes...? ¿Cómo has podido apartarlo de mí? —dijo, y rompió a llorar a mares.

—¿Qué quieres decir? —Yo estaba desconcertada. Porque no podía estar hablando de Laurent, ¿verdad? No, supuse que no. Habría sido absurdo. No obstante, me puse colorada una vez más. Maldita sea, ese tontaina siempre conseguía ponerme en evidencia.

—Mi Thierry —dijo ella, como si yo fuera una tonta de capirote—. Te llevaste a mi hombre, a mi pareja, le tendiste una trampa con no sé qué fantasías de su pasado, como si yo ni siquiera existiese... Es increíble, ¿cómo coño voy a competir yo con eso?

Su acento inglés era curioso, mucho menos pijo, más como de Essex si acaso. Vi que se frotaba los ojos con furia.

—Pues muchas gracias, joder. Yo solo soy la que ha mantenido esto en marcha, la que ha llevado los libros, la que ha tenido contentos a los proveedores, la que ha procurado que nadie le molestara para que él pudiera concentrarse en hacer lo que se le da mejor... y así me lo agradecéis.

Parpadeé varias veces. Era verdad, Alice tenía toda la razón del mundo. Yo no había tenido en cuenta sus sentimientos, salvo para intentar no toparme con ella. Ahora bien, yo no intentaba usurpar su puesto en absoluto, solo intentaba ayudar a otra persona. No supe cómo explicárselo.

—Lo siento —dije, no muy segura de que sirviera para algo—.

No pretendía... —Me arrodillé a su lado—. ¿Tú sabes lo enferma que está?

Alice levantó la vista.

—Thierry me dijo que estaba enferma, pero está contentísimo de verla, es como un niño. Ha estado haciendo los ejercicios de fisioterapia, y eso que le dijo al médico que no pensaba hacerlos de ninguna de las maneras. Ha comido vegetariano y no para de hacer planes... Hacía mucho tiempo que no lo veía tan lleno de vida. —Me miró de nuevo—. Thierry me va a abandonar.

—Claro que no, Alice —dije, en el fondo pensando que si lo hacía, sería sobre todo por estar ella siempre de tan mal humor—. Escucha —le dije, sentándome a su lado en el bordillo—. Tú sabes tan bien como yo que Thierry es un optimista, ¿verdad?

Eso la hizo reír, un poquitín al menos.

—Se podría decir que sí —concedió.

—No le gusta hacer frente a las dificultades de la vida.

—Desde luego. Como su condenada tripa, por ejemplo.

—Tienes que saber una cosa —dije—. Claire está muy enferma. Enferma de verdad. No debería haber hecho este viaje. Debería estar en un hospital. —La realidad me dio en plena cara—. No. —Claire no había dicho nada; el verdadero estado de salud era cosa entre ella y su médico. Pero luego me di cuenta de que lo que yo estaba diciendo era verdad, y asimilé toda la enormidad de mis palabras—. No —repetí—, no debería estar en el hospital, sino en una residencia.

Miré a Alice para ver si ella comprendía todo el significado de mi mensaje, aunque me lo estuviera diciendo a mí misma tanto como a ella.

—Alice, lo de venir aquí es... es la última cosa que ella va a hacer en la vida. ¿Te das cuenta? Después volverá a Inglaterra y... —Me mordí el labio—. Y se morirá.

Alice abrió mucho los ojos.

—¿En serio?

—Sí —dije.

—Dios mío. —Se quedó callada, pensando sin duda en que

había estado a punto de perder a Thierry hacía muy poco—. Él no me lo había dicho.

—Puede que no lo sepa —dije—. Claire procura no hablar de eso.

—Y aunque lo supiera, haría como que no pasa nada —dijo, y ambas sonreímos.

Estuvimos un rato más allí sentadas hasta que vimos aparecer la mole de Benoît enfilando la calle.

—En fin —dije yo.

—Que los deje a su aire, ¿no? —dijo Alice—. ¿Es lo que tratas de decirme? Alice, píratelas.

—Sí, más o menos. Pero por poco tiempo. Él te pertenece, creo yo. ¿No piensas igual?

Alice sonrió a medias.

—Bueno, dudo que nadie más pudiera aguantarle.

Eso me hizo sonreír. Alice echó a andar hacia la furgoneta y dijo en voz alta:

—Por cierto, eso vale también para su hijo.

Fingí que no la había oído.

En esas llegó Frédéric. Tiró el cigarrillo que estaba fumando y le acarició la cabeza al perro *Nelson Eddy*.

—Bonjour —dijo—. ¿Lista para una jornada laboral completa?

Miré cómo subía la persiana metálica.

—Desde luego —respondí.

28

Hacia las ocho ya estaba medio aturdida de cansancio. Habíamos tenido que tirar dos bandejas de chocolate a la naranja porque me había pasado con la nata y parecía yogur de chocolate. Benoît no paraba de murmurar y Frédéric parecía muy nervioso y me preguntó qué había dicho Alice; yo no se lo repetí. Por alguna razón había prometido informarme sobre avellanas durante las vacaciones; naturalmente, no lo había hecho, y era un poco tarde para empezar, con el tout París pendiente de que hoy abríamos otra vez. Me puse a tostar las avellanas con muy pocas esperanzas; Frédéric metía la mano de vez en cuando para retirar una que estaba verde, y en una de esas me asusté y di un golpe a la segunda cuba, que empezó a borbotear y a escupir chocolate por todo el suelo; cómo no, yo patiné y el recuerdo de mi accidente fue tan vívido que rompí a llorar. Frédéric hizo lo que estuvo en su mano por consolarme, pero me di cuenta de que la situación no hacía sino ponerle más nervioso todavía, mientras que Benoît murmuraba cosas como que qué pintaba allí una mujer y que esto tenía que pasar tarde o temprano. De repente, oí un ruido fuerte en la techumbre del invernadero.

Los tres nos asustamos. ¡Alguien estaba allí subido! La sombra parecía dominarnos desde arriba, una masa siniestra que amenazaba con aplastarnos.

—Merde! —dijo Frédéric, corriendo hasta el fregadero para

coger el cuchillo enorme que utilizábamos para cortar las hierbas.

—¿Quién hay ahí? —grité con voz temblorosa. Nadie respondió. Me alegré de que hubiera dos hombres conmigo. Fuimos hacia la ventana. Una forma oscura, voluminosa, siniestra, estaba allí colgada y, de repente, la vimos saltar al patio que había al otro lado. En menos de dos segundos, Benoît había abierto la puerta de atrás y estábamos los tres encima del intruso.

—¡Aaah! ¡Uuuh! ¡Basta! ¡Quietos! —gritaba la cosa, y entonces vi que era Laurent.

—¡Parad! Quietos todos —dije.

—Otra vez atacándome, no me lo puedo creer —dijo Laurent, sacudiéndose la ropa.

—Pues procura no colarte en nuestro taller —contesté, enfadada y sin resuello—. ¿Se puede saber qué hacías ahí subido?

Por suerte, los otros dos no se chivaron de lo que acababa de pasarme. Laurent me miró un momento y luego bajó la vista al suelo.

—Vaya —dijo—. Lo siento. Y siento lo de anoche. Me bloqueé. Estuvo mal por mi parte.

—Empiezo a acostumbrarme a tus rarezas —dije, sin la menor alegría.

—Ya lo sé. —De repente, pasó al inglés—. Me cuesta, Anna... Hago lo que puedo.

—Y yo hago lo que puedo para que me enchironen por daños corporales —dije yo, pero creo que no entendió el chiste.

—Frédéric, ¿podrías traernos dos cafés, por favor? —dijo.

Y Frédéric, hay que ver, obedeció sin quejarse. Benoît, siempre rezongando, fue a limpiar el suelo del taller. Tirité un poco; hacía frío fuera, en el pequeño patio donde no daba el sol. Le dimos las gracias a Frédéric cuando nos trajo los cáfes. Yo miré la hora, un tanto preocupada. Laurent empezó a hablar, despacio:

—Me crie en Beirut. A mi padre lo enviaron allí porque esperaban que hubiera problemas. Y los hubo.

—Oh, vaya —dije.

—Bueno —me cortó, un tanto insolente—, la verdad es que Beirut es un sitio precioso. Playas, esquí, la comida... oh, la comida.

Miré al frente y decidí dejar que hablara él.

—Papá estuvo destinado allí durante todo el conflicto bélico. La vida... la vida era muy dura.

Me pareció que perdía el hilo.

—¿Tu madre...?

Laurent negó con la cabeza.

—¿Te imaginas cómo la trató su familia cuando se enteraron de que estaba preñada de un soldado francés?

—No, ni idea.

—Mi abuela se dedicaba a robar cosas. Por la noche, ¿entiendes? Para que nadie la viera. Nos traía comida.

—Entonces ellos no...

—¿Si mi padre se ofreció a casarse con ella? No, qué va. Él tenía ideas muy diferentes a ese respecto. Fíjate que incluso le habló de Claire...

Me mordí el labio. Qué desconsideración, incluso viniendo de Thierry.

—¿Y qué pasó cuando llegaste tú?

—Nos envió dinero —dijo Laurent—. Y cuando cumplí los siete, vino a buscarnos y estuvimos un tiempo en Francia. Él ya había conocido a Alice.

—¿Qué tal se portó ella contigo?

Laurent resopló.

—Mi madre era mucho más guapa. Desde el primer momento, Alice se mostró muy insegura; hizo como que yo no existía.

—¿Cómo es que ellos no tuvieron hijos? —quise saber.

—Qué sé yo. Porque ella es una bruja, quizá.

—Alice no es mala persona —dije. Cada vez entendía mejor lo difícil que debía de haber sido para Alice agarrarse a un hombre tan empecinado y tan egocéntrico—. ¿Y qué te pareció?

—¿París? Increíble —dijo Laurent—. Madre mía, era todo tan limpio, tan bonito... Las casas enormes, las calles, ¡y nadie se volvió para mirar a mi madre una vez que se quitó el pañuelo de la cabeza! Fue como si se sintiera libre de nuevo, a diferencia de en casa, donde todo el mundo sabía que estaba marcada.

—Parece una mujer increíble —dije.

—Lo fue —asintió él con vehemencia—. Se lo montó de puta madre ella sola.

—¿Queríais quedaros aquí?

—No podía ser. Ellos no estaban casados. Mi madre no podía instalarse por las buenas. Por otra parte, en el Líbano las cosas estaban fatal, pero al fin y al cabo era nuestra casa. Tenía allí a su madre.

—¿Qué te pareció Thierry?

—Era estupendo ser el centro de su atención, aportar nueva luz a su mundo, aunque eso no ocurría a menudo. Me enseñó todo lo referente a su trabajo, y a mí me interesó mucho, ¿sabes...?

Asentí con la cabeza.

—A él le gustó, y durante un tiempo fui como el muñeco que estaba siempre a su lado. Luego volvimos a casa, y pareció que se olvidaba otra vez de nosotros.

—Escribir cartas no es su fuerte, creo.

—Los hombres como él... —dijo Laurent—. Son como el sol, ¿vale? El resto de los mortales tiene que girar a su alrededor. Lo mismo ocurre con los grandes chefs, los directores de orquesta, los jugadores de tenis. Ellos son la luz.

Me pareció que no había acritud en su voz. Le miré. Era como si hubiera aceptado por fin a su padre. Él vio que le observaba.

—¿Has llorado? —preguntó. Yo asentí con la cabeza—. ¿Te he hecho llorar yo? —Asentí de nuevo, no quería decir que era el ojo. Además, era cierto que él me había hecho entrar ganas de llorar.

—Dios mío —exclamó—. Soy un desastre, el hombre más egoísta del mundo. No quiero ser como él, Anna. —Me atrajo hacia sí y me abrazó con fuerza; yo pegué la cabeza a su clavícula—. No quiero hacerte llorar nunca más —me susurró al oído.

—Demasiado tarde —dije yo, haciendo un ruidito como si

sorbiera por la nariz, agarrada a él como si no pensara dejarlo marchar hasta que me besara otra vez. De pronto, llamaron con los nudillos a la ventana. Frédéric parecía casi angustiado; en cambio Benoît, cosa rara, me pareció que sonreía.

—¡Clientes! —estaba diciendo Frédéric.

—¡Bien! —Laurent se puso en pie de un salto—. ¡A trabajar!

—Un momento —le dije—. Solo... ¿y tu madre?

—Tumor cerebral —respondió brevemente—. Yo tenía quince años. Mi padre corrió con todos los gastos del hospital; quería que viniera a París, pero ella prefirió no entrometerse. Después él me hizo venir, me buscó un puesto de aprendiz, empecé a trabajar en esto. Y ya no he querido hacer otra cosa desde entonces.

—Pero no a su manera.

—No —dijo Laurent—. Se sentía culpable, y yo era un adolescente que necesitaba un chivo expiatorio. Thierry me ofreció montarme una casa, algo que no hizo con mi madre. Ella se pasó toda la vida en aquella mierda de bloque de pisos.

—Entonces ¿es por eso que no aceptaste su dinero?

Laurent se quedó callado.

—Estoy segura de que tú no le arruinaste la vida —dije—. Estoy segura de que la hiciste muy feliz.

—Fue lo que ella dijo. Lo cual no quita que siga odiando los putos hospitales. Pero creo que ya casi he perdonado a mi padre. —Me sujetó por las caderas y me miró fijo—. No sé qué es lo que tienes, Anna Tron —dijo—. Cuando estás a mi lado me siento tranquilo y feliz, y cuando no estás, me siento fatal. No sé a qué se debe.

No respondí enseguida. Tenía treinta años y había pronunciado las palabras, pero nunca tan desde dentro y con tanta sinceridad como lo hice a continuación; ni siquiera a Darr, Dios bendiga su granujienta alma.

—Es porque te quiero —dije. Normalmente no habría sido yo la primera en decir eso, pero, uf, estaba tan cansada, aparte de muy sensible y medio borracha... Y me di cuenta de que le amaba muchísimo, a pesar de que tenía mal genio, a pesar de que era un gruñón, a pesar de que a veces se burlaba de mí. Pensé que quizás estaba enamorada de él desde el momento en que subí por primera vez a su moto.

—Ah —dijo Laurent, boquiabierto—. Sí. Sí, debe de ser eso. Será que te quiero. Supongo que estamos enamorados. Claro. ¡Claro! —Se dio una palmada en la frente—. ¡Cómo es posible que no se me haya ocurrido pensarlo!

Entonces me rodeó con sus brazos mientras Frédéric gritaba una y otra vez «¡Clientes!» por la ventana del invernadero, y Laurent solo dejó de besarme el tiempo necesario para gritarle: «¡Estamos enamorados!»

Y entonces comprendí otra cosa. Fue como si alguien apagara una radio que yo no sabía que había estado encendida. La comezón, el dolor, el cosquilleo, toda sensación en los dedos del pie que ya no estaban donde habían estado se desvaneció como por arte de magia. Y me sentí total y absolutamente entera.

Thierry estaba ajustándose la corbata frente al espejo. Por primera vez en muchos años parecía tener espacio en el cuello de la camisa. Alice se le acercó por detrás y le alisó los hombros.

—Bah, no me muevas.

—Vale —dijo ella, apartando la vista—. No te moveré.

Thierry la miró. Había dormido muy bien y se había despertado mejor que nunca en muchos años. Le fastidiaba profundamente encontrarse tan bien a cambio de beber menos vino y comer menos pasteles.

—Alice —dijo, suavizando la voz—. Tú sabes que he amado a tres mujeres en mi vida. Una de ellas murió, la otra morirá pronto y la tercera eres tú. Así que, por favor, no te enfades hoy conmigo.

Alice volvió a acercársele por detrás e introdujo los dedos por los cabellos de él, todavía abundantes y espesos.

—No quiero perderte —dijo.

—Descuida —dijo Thierry—. No me vas a perder. Lo prometo. —Se volvió despacio. Ella pudo ver la fea cicatriz por entre la camisa sin abotonar—. He hecho tantas... bueno, no, no he hecho muchas cosas en mi vida. Chocolate, básicamente, y pensaba que eso era suficiente.

Alice pestañeó con fuerza.

—No he cuidado de mis juguetes como un buen chico —añadió él, con una sonrisa tristona—. ¿Crees que puedo compensarte ahora?

Alice pensó en los años que había pasado enamorada de él pese a que estaba gordo y añoso, incluso cuando hubo de renunciar a tener hijos porque estaban los dos demasiado ocupados, y viendo también la relación de él con su propio hijo, que de pequeño lo adoraba como a un héroe. Alice sabía que ciertas personas estaban destinadas a sacrificarse más.

—Sí —dijo, y le besó en la frente.

—Pero también tengo que...

—Lo sé, tienes que hacer esto.

Alice lo llevó en coche al hotel tal como Thierry le pedía, para ver a la mujer a quien no había olvidado nunca, aquella inglesa delgada que tanto había influido en sus gustos... pero Alice no se quedó.

Yo solo le había visto trabajar en las cocinas del hotel. Consciente de mi puesto, me senté aparte para no estorbar, cruzados los brazos sobre mi pecho como si custodiara un preciado secreto. Él, sin embargo, se movía por el taller con absoluta confianza, probablemente mejor que en cualquier otra parte; había jugado allí de niño. Echó un vistazo a las plantas alineadas junto a la pared mientras ponía las cubas en movimiento, descascarilló a más velocidad que nadie que yo hubiera visto, concheó como el artista que era, sus movimientos dotados de la misma gracilidad que los de su padre; luego cogió la remesa del día anterior, añadió nata, cató, le puso un poco más... Fue al armario, sacó el molinillo de la pimienta y luego arrancó todos los limones que había en el limonero. Nosotros no los habíamos utilizado, Frédéric decía que eran para hacer nougatine. Laurent los cortó en pedazos irregulares y luego fue hasta la mantequera, exprimió, volvió a catar.

—Es la única manera —dijo.

Bueno, supongo que la única manera para él. Yo no habría sabido qué sabor esperar de eso. Imaginé que ya lo aprendería. Laurent añadió un poco más de jugo y luego agarró la maceta del cilantro.

—M'sieur! —protestó Benoît, pero ya era tarde. Laurent desmenuzó las hojas y las tiró a la mezcla.

—Eso pinta que va a ser repugnante —declaré.

—Tranquila —dijo Laurent con una sonrisita—, necesitas tiempo para ser gourmet. —Volvió a probar e hizo una mueca—. Pues tienes razón. Es repugnante. La clave está en el equilibrio. Sin equilibrio, el resultado es espantoso. Pero con equilibrio, uno puede hacer lo que quiera. —Volvió la cabeza y me miró—. Cuando te pasó lo de los dedos, ¿mantenías bien el equilibrio?

—No —respondí.

—Pero ahora puedes hacer de todo, ¿verdad? Buscaste la manera de compensarlo y de ir mejorando.

—Supongo que sí —dije, encogiéndome de hombros.

—Bien. Pues aquí igual; yo este chocolate lo aguanto.

—No sé si la metáfora es muy coherente —le dije, sonriendo, pero me hizo callar y siguió trabajando.

Al cabo de un rato, probó la mezcla por última vez e inmediatamente hizo que las palas dejasen de girar.

Yo abrí la boca, obediente.

—Así me gusta —dijo Laurent. Y tras dejar que se enfriara una gota, la depositó sobre mi lengua.

Yo me esperaba algo rarísimo y horroroso. No lo era. La esencia misma del chocolate se había intensificado gracias a la pimienta, que aportaba un deje oscuro, pero luego empezabas a notar un destello sublime y ligero de acidez. Era limpio, era delicioso; era de vicio total.

—Necesito más, y que sea pronto —dije.

—¡Bien! —exclamó Laurent—. Es lo que quería. —Probó un poco también él—. Sí, ni más ni menos. Perfecto. Soy un genio.

—¿Me enseñarás a hacerlo?

Él me miró de arriba abajo.

—Hace dos meses te habría dicho que no. Ahora te creo capaz de cualquier cosa.

Frédéric interrumpió nuestro beso para decir que estaba a punto de armarse un escándalo en la cola que esperaba fuera de la tienda y si queríamos que llamara ya a la Bastille. La gente que se había quedado en París sabía que abríamos hoy otra vez, y corría el rumor de que Thierry estaba recuperado y haría acto de presencia; yo sabía que los del hotel iban a pedir un taxi para él y para Claire, pero no estaba segura de la hora. Me sentí fugazmente preocupada, pero luego recordé que Claire me había aconsejado ocuparme de mis cosas y dejarla tranquila. Seguro que estarían bien.

Frédéric colocó rápidamente el chocolate en los estantes para enfriar mientras Laurent se ponía con una remesa de menta y anís amargo. Yo empecé a limpiar y luego, sintiendo curiosidad, fui a ver qué tal se estaba vendiendo el chocolate al limón.

La primera persona en probarlo fue uno de nuestros clientes habituales, Monsieur Beausier. Era menudo y bastante delgado, para la cantidad de chocolate que se metía en el cuerpo. Tal vez fuera su dieta básica. Dio un mordisco y los ojos se le abrieron de par en par.

—Mon Dieu —dijo—. ¿Thierry ha vuelto a la cocina? —Se volvió hacia el resto de la cola y empezó a repatir trocitos para que la gente lo catara—. Prueben, prueben —decía—. ¡Quiero más! —le gritó a Frédéric, y este enarcó las cejas y soltó un suspiro teatral. La gente de la cola que lo había probado se deshacían en comentarios elogiosos y empezaron a hacer pedidos grandes.

Yo le dije a Laurent:

—Me temo que ahí fuera va a haber disturbios.

Se enderezó. Parecía nervioso y contentísimo a la vez.

—¿Por qué lo dices?, ¿no les ha gustado nada?

—Qué va. ¡Les encanta!

—¿En serio?

—Y tan en serio —dije—. Vamos, mi amor, tú sabes que puedes.

—Pero en la cocina de mi padre... —murmuró él, apartándose un mechón de los ojos.

—Sí, en la cocina de tu padre. Tú también eres maravilloso.

Laurent sonrió, y en ese instante sentí inmenso amor por él y una repentina oleada de cariño hacia mi propio padre, que me quería independientemente de lo que hiciera o cómo lo hiciera. Él no era una celebridad ni un genio de nada ni tenía fama mundial. Salvo para mí.

—Venga, ponte a hacer un poco más —dije, pero Laurent no fue capaz de seguir; tenía que ir a verlo con sus propios ojos.

La gente estaba todavía en la tienda, no se dispersaban, contándose unos a otros lo bueno que estaba el chocolate. Y, naturalmente, dada la aglomeración, había acudido más gente a ver qué pasaba y se había sumado a la cola. Apenas quedaba nada de la primera remesa de chocolate.

Monsieur Beausier, que conocía a Thierry de años, abrió mucho los ojos al ver a Laurent. Pero el resto de la muchedumbre estaba ahora pendiente del lujoso automóvil que acababa de llegar.

A Claire le pareció que Thierry estaba ya más restablecido que cuando le había visto el día anterior. Iba muy bien vestido y llevaba un gran ramo de flores cuando llamó a la puerta. Supuso que así iba a ser; él se iría recuperando y poniéndose fuerte mientras que ella iría de mal en peor. Esa mañana había tenido un violento ataque de tos en el cuarto de baño y sabía que su oncólogo la habría hecho ingresar de inmediato. Por momentos, Claire se desanimó e incluso llegó a desear que se la llevaran en una ambulancia y la cuidaran profesionales; dejarse administrar un sedante y que le limpiaran los pulmones, que drenaran todo lo que hubiera que drenar para que pudiera sentirse más cómoda...

Pero si algo tenía claro era que la próxima vez que la ingresaran, ya no saldría viva del hospital. Era su única y última oportunidad. Haciendo acopio de todo su valor, temblando de pies a cabeza, consiguió introducir en los lóbulos de sus orejas los diminutos pendientes de esmeralda.

No quería tomar demasiada morfina esta vez; la ayudaba, sí, pero todo se volvía un poco borroso, era como caminar en un sueño de algodones donde nada tenía demasiada importancia. Pero lo de ahora era importante, y mucho, para ella. Era solo un día más. Por lo tanto, quería estar despejada, aunque eso entrañara que en cualquier momento sus huesos pudieran desmenuzarse o que todo su cuerpo se redujera a una pelota y se inmolara, como había visto en una película sobre la guerra nuclear.

Había bebido más agua e intentado arreglarse lo mejor posible. Pero vio que no era capaz de salir del cuarto de baño para ir al dormitorio.

Maldiciendo de una manera que a muchos de sus antiguos alumnos les habría sorprendido, Claire se arrastró muy despacio por el suelo.

—¿Cómo estás? —dijo él, cubriéndola de besos—. A mí me han ordenado caminar y hacer ejercicio, o sea que he ido andando hasta el ascensor para verte.

Claire sonrió.

—¿Puedes acompañarme a dar una vuelta? —preguntó Thierry.

—No. Hoy no.

—Vaya, qué pena. Siempre me gustó pasear contigo.

—Y a mí contigo —dijo Claire—. Pero he pedido té. Venga, cuéntamelo todo.

—Pero tú también —insistió Thierry—. Y después te llevo a la tienda.

—Me gustaría mucho. Sí, eso me encantaría.

Comprendí después que en el taxi no había espacio suficiente para una silla de ruedas y que el hotel había tenido que pedir un coche más grande. Y lo cierto es que casi tenía pinta de limusina.

Cuando Thierry se apeó del coche negro, la gente prorrumpió en aplausos. Tenía un aspecto muy mejorado respecto al del día anterior, no digamos ya del que tenía en el hospital, e hizo un movimiento con la mano a modo de saludo colectivo. Alguien empezó a sacar fotos.

Y de pronto padre e hijo se vieron frente a frente. Thierry se detuvo en seco. Yo vi claramente en la expresión de Laurent una mezcla de temor y nervios y orgullo desafiante; le conocía ya así de bien. Entonces alguien le pasó a Thierry un trocito del chocolate. Con suma lentitud Thierry se lo puso sobre la lengua, lo dejó allí y cerró la boca. En la rue de Chanoinesse se hizo el silencio. Los otros comerciantes habían salido de sus tiendas para ver qué pasaba.

Thierry masticó con parsimonia y gesto reflexivo. Luego dejó la boca quieta y asintió una sola vez con un movimiento seco de la cabeza.

—Mon fils —dijo sin más, y abrió los brazos. Laurent corrió hacia él como un niño.

Ayudé a Claire a bajar del coche y sentarse en la silla de ruedas, que apenas si cupo al pasar por la puerta de la tienda. Fuimos hacia la zona de taller y el invernadero. Laurent se puso con el nuevo chocolate otra vez y preparó también uno al limón. Thierry, que no le quitaba ojo de encima, comentó, al ver a Laurent empuñar el molinillo de pimienta, que le iba a dar otro infarto, pero por lo demás se mantuvo al margen. Claire se quedó sentada junto a las plantas y yo le hice un par de fotos. Ella conocía de sobra el lugar, así que le pregunté si lo encontraba cambiado.

—No. Todo está igual —dijo—. Benoît, a ti te recuerdo de jovencito. —Benoît se limitó a gruñir—. Entonces también era así —me confió Claire en voz baja.

Thierry se acercó al fregadero para lavarse las manos.

—Te voy a preparar una medicina —le dijo a Claire.

—Qué bien. Me gustaría mucho —dijo ella, radiante.

Me quedé observando, fascinada, cómo Thierry cogía una batidora, que en sus manos enormes se veía ridículamente diminuta, y una poêle metálica y empezaba a trabajar a fuego lento, añadiendo gotitas de brandy y de esencia de vainilla y probando. Vi que Laurent le miraba a hurtadillas.

Cuando estuvo listo, y después de calentarlo y servirlo en un gran tazón de barro, un poco astillado, Thierry cogió un cuchillo diminuto y de una barra de chocolate normal cortó unas volutas perfectas para decorar la espuma de encima. Se lo presentaron a Claire como si fuera en bandeja de plata.

—¡Es el mismo tazón! —exclamó ella con deleite.

—Guardo todo lo que me recuerda a ti. Cuando volví del ejército... ah, yo había cambiado. La vida había cambiado. Todo era más complicado, todo menos libre y... en fin. Me gustó conservar algunas cosas para el recuerdo.

Miré cómo Claire bebía, cómo cerraba brevemente los ojos. En verano no servíamos chocolate caliente, pero me constaba lo legendario que era porque mucha gente seguía hablándome de ello.

—Oh —exclamó Claire, y sé que sonará raro, pero lo cierto es que me pareció ligeramente reanimada después de tomarlo; tenía más color en las mejillas, un nuevo brillo en los ojos. Y se bebió el tazón entero con evidente placer, la primera vez en casi un año que la veía tomar algo, sólido o líquido, con verdadero apetito.

—¿Has hecho todo este viaje para tomar chocolate caliente? —le pregunté, y ella sonrió un poco.

—En gran parte, sí.

Thierry, que estaba escuchando, sonrió a placer.

—Todavía sé hacerlo —dijo con petulancia.

—Naturalmente.

Thierry tiró los últimos posos al tazón y ella se los terminó con pena.

—Te preparo otro.

—Mañana, antes de que me marche —dijo Claire.

Miré a Thierry, el cual había asentido sin empeñarse en que ella se quedara más tiempo. Eso quería decir, sin duda, que Claire se lo había contado todo.

—Bueno, Anna —me dijo Claire—. Quisiera ver dónde vives.

—¿Sí? —dije yo, preguntándome a qué personaje de la farándula tendría hoy Sami en casa—. Mejor que no. Son muchos escalones. Además, es solo un pisito muy pequeño, un trastero en realidad.

—He venido aquí para verte y me gustaría —insistió Claire, en aquel tono de «haz los deberes», de modo que me situé detrás de la silla de ruedas y la empujé hacia la calle adoquinada, dejando que los chicos se ocuparan de la cola cada vez más larga de clientes.

No tardamos mucho, aunque subir y bajar bordillos con la silla fue bastante penoso. París no es una ciudad pensada para sillas de ruedas. Como de costumbre, el vestíbulo estaba totalmente a oscuras. Claire echó un vistazo a la descolorida lista de timbres.

—No he puesto mi nombre —dije—, porque solo voy a estar una temporadita.

Ella me dedicó una de sus penetrantes miradas.

—¿En serio? —dijo.

—Bueno, no sé —respondí, un tanto incómoda, bajando la vista.

—Ten cuidado con los Girard —dijo.

Abrí la pesada puerta del edificio. Claire podía andar si se colgaba de mi brazo.

—Ojalá yo... ojalá hubiera conservado a mi Girard —añadió.

Busqué el interruptor, pulsé con fuerza y empezamos a subir, muy despacio. Oí que la misteriosa puerta del primer rellano se abría como de costumbre. Oh, no, pensé. Otra vez esa vieja latosa. Lo último que quería era que saliera al rellano y empezara a meterse conmigo porque los compinches de Sami no cerraban bien el portal y por la música que no dejaba de sonar a horas intempestivas.

Subimos la escalera a paso de tortuga. La puerta de la vieja se abrió un poco y rechinó. Claire se detuvo en seco. Y antes de que la luz se apagara, pude ver a la mujer; era increíblemente vieja, el pelo blanco, el cuerpo encorvado.

—¿Claire? —dijo, apenas sin voz.

El piso de Madame Lagarde conservaba todavía buena parte del mobiliario de cuando su familia era propietaria de todo el edificio. La decoración era muy recargada, quizá demasiado para el espacio habitable. Con todo, estaba impecablemente limpio y había cosas de mucho valor, como la gruesa alfombra persa de la amplia sala de estar. Tenían incluso criada. La chica nos invitó a tomar asiento y nos trajo té con limón en tazas de porcelana fina.

Claire y Madame Lagarde se quedaron mirándose.

—No sabía nada —dijo la anciana.

—Claro, ¿cómo lo iba a saber? Thierry mencionó la dirección.

—Sí, bueno... Yo siempre quise ayudarle.

Claire finalmente se volvió hacia mí.

—Anna, te presento a Marie-Noelle Lagarde. Yo también viví aquí la primera vez que vine a París.

—¿En la buhardilla?

—Sí, pero entonces era todo una misma casa.

—Antes de los socialistas —dijo Madame Lagarde con una mueca—. Nos divorciamos, claro. En aquella época estaba bastante de moda.

—¿Y Arnaud y Claudette?

—Están bien los dos. Claudette vive cerca y se pasa a menudo por aquí; sus hijos se portan de maravilla conmigo. Arnaud está en Perpignan, poniéndose moreno.

Claire sonrió.

—Eran unos niños encantadores.

—Es verdad —dijo Madame Lagarde—. Y te tenían mucho cariño.

Se produjo un breve silencio.

—Con... con Thierry...

Madame Lagarde bajó la cabeza.

—Te pido disculpas. Lo siento de veras. Creí que era un simple amorío que se esfumaría en cuestión de semanas, y que era lo mejor para vosotros dos. Tu madre opinaba lo mismo.

—¿Mi madre?

—Sí —dijo Madame Lagarde—. La echo mucho de menos, ¿sabes? Nos carteamos hasta que ella murió.

—¿Mi madre le dijo que podía coger las cartas de Thierry?

—Cuando estuvo fuera, en el ejército, yo fui su lista de correos. Ambas pensamos que era lo mejor. Y luego, bueno, el divorcio; mi vida no estaba para amoríos en esa época.

—Y yo echándole las culpas a mi padre todo ese tiempo...

Madame Lagarde sonrió.

—Nunca subestimes el poder de la mujer. Lo siento. Creí que obraba bien.

Claire meneó la cabeza.

—Me puse tan triste...

—También él —dijo Madame Lagarde—. Y luego, cuando volvió de Beirut... Ay, Claire. No le habrías reconocido. Había cambiado mucho. Incluso un cocinero ve cosas que no debería ver. Como siempre, él le echó alegría a la vida, pero la procesión iba por dentro. No era feliz.

—Entiendo —dijo Claire.

—Y luego, naturalmente, tú te casaste y tu madre se puso muy contenta. Le gustaba mucho Richard, ¿sabes?

—Sí, lo sé. Él la mimaba todo el tiempo, la llevaba a tomar el té por ahí, le compraba cosas. —Claire sonrió al recordarlo—. Yo pensé que era un pelota, aunque ahora que lo dice, creo que simplemente se portaba lo mejor posible. Richard es un hombre muy bondadoso.

—Es lo que dijo tu madre.

Nos terminamos el té y las dos se abrazaron.

—Veo que no estás bien, ¿eh? —comentó Madame Lagarde. Me pareció una persona muy sincera y directa. Me cayó bien.

—Así es —dijo Claire.

—Y yo soy muy vieja.

—Ya.

—¿Cuándo te marchas?

—Mañana.

Se detuvieron junto a la puerta.

—Bueno —dijo la anciana—. Hasta la otra vida.

—Eso espero —dijo Claire, y yo me aparté un poco mientras se daban un último abrazo.

Claire no estaba segura de poder llegar hasta el piso de arriba. Madame la había invitado a ver los espantosos garajes que habían construido después de que vendieran el jardín —algo que sin duda no había superado—, y eso le había supuesto ya un esfuerzo extra. Pero no quería defraudar a Anna ni preocuparla. Thierry pensaba llevarla al día siguiente a la Torre Eiffel, y Claire se dijo que ya decidiría una vez que estuvieran allí. Ahora lo único que deseaba era tomar suficiente morfina en el cuarto de baño para resisitir la próxima media hora. Y luego media más. Y así sucesivamente.

—¡Saludos!

El piso entero estaba cubierto de telas diversas y Sami tenía los ojos desorbitados y la boca llena de alfileres. Un joven bajo y obeso estaba allí de pie con una gran faja de esmoquin alrededor de la cintura.

—¡Esto estará listo enseguida!

El joven se miró el reloj con cara de pocos amigos.

—Quedan cinco horas para el ensayo general.

—¡Mierda! —dijo Sami—. Querida, ¿te queda Dexedrina por ahí?

—Sí —dije—, por supuesto que me queda Dexedrina.

Estaba tan metido en su tarea que tardó un par de segundos en captar el sarcasmo en mi voz. Luego reaccionó y se disculpó ante Claire.

—Lo siento, es que esta noche es el gran ensayo general. Pero todo irá a pedir de boca.

—¡Ay! —exclamó el hombre. Sami le había pinchado.

—¿Vais a venir?

—Mmm —dije yo.

—¡Vendréis! ¡Viva! ¡Todos a la ópera!

—Bueno, no sé si...

—¿Que no lo sabes? Están todas las localidades agotadas desde hace meses. Asistirá el presidente, el príncipe de Mónaco, el todo París... y vosotras podréis ver el preestreno totalmente gratis.

—¿Qué ópera es? —intervino Claire.

—*La Bohème* —dijo el joven—. Yo hago el papel de Marcelo, y ya debería estar calentando la voz

—¡Oh! —dijo Claire, y luego me miró a mí—. Esa ópera me encanta.

Yo no había ido a la ópera en mi vida; solo me sabía aquella canción del fútbol. De repente el joven, que era el individuo menos atractivo que yo hubiera visto jamás, abrió la boca.

Hasta Sami se quedó tieso. El sonido que salió de su garganta era tan rico y espeso como el chocolate de Thierry; se derretía como en un sueño. Cantó apenas un fragmento —yo ni siquiera entendí la letra—, pero su timbre de voz llegó hasta las vigas de la casa. Vi que el semblante de Claire adquiría una expresión de serenidad.

—De acuerdo —dije—. Iremos. —Me volví hacia Claire—. Si te ves capaz...

—Pero si pudieras llevarme al hotel para que duerma un poquito —dijo ella—. Es lo que más deseo en estos momentos.

29

Thierry y Laurent se reunieron con nosotras en el vestíbulo, ambos vestidos con esmoquin y pajarita, el de Thierry le bailaba un poco en el cuello, mientras que el de Laurent se notaba que era alquilado pero le sentaba de maravilla. «Es solo un ensayo», les había dicho yo, pero me encantó verlos tan guapos. Claire llevaba puesto un vestido cruzado gris, muy sencillo, que casi conseguía hacer pasar por chic su terrible adelgazamiento. Yo llevaba puesto un regalo de Claire, una sorpresa absoluta. En la habitación del hotel, ella estaba nerviosa, pero dijo que seguramente ahora me sentaría bien (por su manera de expresarlo, supuse que yo había adelgazado un poco), y que era antiguo pero podía pasar por *vintage*; y que si no me gustaba que no me hiciera problema, ella ya no estaba muy al tanto de modas.

Y cuando vi el vestido, no solo me gustó, sino que me encantó; era de un verde suave precioso y en el dobladillo llevaba estampadas unas margaritas diminutas. Pensé que quizás era demasiado juvenil para mí —al fin y al cabo tenía treinta años, no era una cría—, pero tanto el corte como la forma eran muy sofisticados y la verdad es que me sentaba perfecto, aparte de lucir mi suave bronceado. Jamás me había probado un vestido tan bonito, y por la cara de Claire comprendí que ella también pensaba que me quedaba bien.

Ni la propia Claire sabía por qué había decidido traer consigo el vestido verde... hasta que vio a Anna, tan lozana y enamorada y feliz. De haber sido una persona con tendencia a tenerse en mucha estima, Claire se habría sentido orgullosa de haber sido ella quien la envió a París.

La siesta le había hecho bien, pero no demasiado. Seguía sin poder retener la comida; había fingido que almorzaba mientras Anna estaba fuera. Tampoco fue al baño en todo el día. «Si no puedes», le había dicho el médico, «es una señal clara. Al hospital. Rápido. Sin más historias.» Ella le había dicho que sí.

Y ahora era consciente de que iba a durar muy poco. Qué extraño; era como si su cuerpo estuviera diciendo «no puedo más», como una caldera vieja, un coche, poquito a poco, ahora una pieza y luego otra, apagándose de una manera discreta.

Se volvió para mirar a Anna. El vestido le sentaba bien, pero su cara irradiaba tanta felicidad que seguro que hasta un saco de arpillera le habría quedado precioso. Anna era preciosa.

Claire me pidió que la maquillara. Le puse un poco de rímel en las pestañas de bebé que tenía y le pinté los labios de un tono rosa claro. Luego nos miramos las dos en el espejo.

—Supongo que no se puede hacer más —dijo, y nos dimos un abrazo.

A Laurent se le iluminó la cara al verme. Thierry se quedó boquiabierto mirando a Claire de un modo que me hizo pensar que ya conocía el vestido. Pedí a un empleado del hotel que nos hiciera una foto con mi móvil, y Laurent estaba sosteniendo a Claire en vilo y haciéndome cosquillas a mí, y nos echamos a reír los tres en el momento en que se disparaba el flash.

Había un gentío enorme y todo el mundo iba arregladísimo pero de una manera que parecía querer dar a entender que ellos eran profesionales de la música interesados únicamente en el arte y no en fruslerías. A nosotros nos dio igual. Sami nos había conseguido buenas localidades en mitad de la platea a fuerza de colocar encima un rollo enorme de tela color turquesa, y Thierry insistió en traer emparedados y una botella de champán en una pequeña nevera portátil. Yo le miré de mala manera y le dije que Alice le mataría, pero él sonrió diciendo que la ocasión era única y descorchó la botella en el momento en que la orquesta terminaba de afinar y las luces empezaron a apagarse.

Yo pensé: me voy a aburrir como una ostra. No entenderé nada y todo el mundo verá que soy una tonta integral, Anna Trent de Kidinsborough, estudiante mediocre que habla francés como una vaca ibérica, y que encima le gusta Coldplay.

Pero cuando el director apareció y, sin ceremonia —nadie aplaudió; esto era un ensayo—, levantó las manos y todos aquellos músicos que yo podía ver allí mismo, tan cerca, empezaron a tocar con sus violines y demás... bueno, no me lo podía creer. Ni raro ni aburrido: era una maravilla. Y cuando el telón subió, me quedé boquiabierta. En una buhardilla sin apenas muebles igual que la mía, y con cara de pasar frío, había dos hombres. Uno era el mequetrefe que yo había conocido en el piso. Había también una vista de París con sus titilantes luces y sus chimeneas echando humo, y del otro lado de la ventana (no tengo ni idea de cómo lo hacían) estaba nevando. Una puesta en escena exquisita. Y entonces los dos se lanzaron a cantar y me sentí como transportada. Sami me había contado la historia una noche, mientras cosía, pero no me fue necesario saberla al ver cómo aquellos dos hombres ateridos de frío quemaban sus libros, y luego el que era más alto y más guapo conocía a la bella Mimi. Mimi llevaba un vestido gastado y con remiendos, pero le sentaba de fábula, y cantaba sus desventuras con una voz tan potente que subió hasta las vigas mismas del teatro.

Laurent no apartó la mano de mi pierna en todo el tiempo mientras yo seguía la escena y la música completamente traspuesta. Miré de reojo a Claire. Tenía los ojos semiabiertos, la cabeza recostada en el hombro de Thierry, que la rodeaba con un brazo. Se me hizo un nudo en la garganta al ver la mala cara que ponía.

—¿Te encuentras bien? —pregunté en voz baja.

—Sí, querida —dijo ella.

—Mañana te llevo a casa. Richard irá a recogerte y te llevará con tus hijos.

Ella asintió otra vez.

—Sí —dijo—. Soy tan feliz... —Me apretó la mano. Vi que Thierry le susurraba algo al oído.

Claire apenas si podía distinguir los personajes sobre el escenario. Los dos chicos... sus chicos... ah, ¿dónde estarían ahora? Tenía tantas ganas de verlos. Los añoraba muchísimo: el olor a fresco de sus cabellos; la postura cuando dormían espatarrados en sus literas, un brazo por aquí y otro por allá; y cuando se abrazaban a ella... Thierry le dijo: «No te marches», y ella sonrió y le dijo: «Mis hijos me esperan, y también alguien a quien debería haber querido mejor.»

Thierry le dio un beso en la coronilla casi calva.

—A mí no podrías haberme querido mejor.

—No, es verdad.

No hubo intermedio ni pausa; los cantantes empalmaron una escena con otra. Yo lo prefería así; cualquier interrupción habría podido romper el hechizo. Aunque aquellas personas estaban cantando, yo sentía que estaba allí con ellas, en el baile, que era perfecto; con las vendedoras callejeras; y al final, cuando Rodolfo depositaba con cuidado a Mimi en el diván y la besaba repetidas veces, se me saltaron las lágrimas. Laurent me dijo en voz baja el nombre del aria, «Che gelida manina», y el corazón me dio un vuelco, luego otro más, y entonces volví la cabeza y al momento, antes de que la orquesta quedara en silencio y de que todo el reparto mirara asombrado hacia nosotros y de que Sami viniera corriendo de entre bastidores, su largo pañuelo turquesa ondeando como una estela, antes de la ambulancia y las luces y la sirena, yo lo supe, lo supe sin más, todos lo supimos.

Epílogo

El anciano, que sin duda había sido muy apuesto de joven, un poco más grueso ahora pero con un bigote tan exuberante como antaño, se abrió paso con su bastón hasta el inicio de la cola. Era alto, iba muy bien vestido, y como la mayoría de los que allí esperaban eran extranjeros, no franceses, la gente se rindió a sus aires de superioridad y le dejó pasar para que comprara el billete de subida.

En el ascensor permaneció con las manos unidas a la espalda. El otoño estaba siendo precioso. Las hojas, tras el verano, tenían tonos tostados o rojos, y a la vuelta de las vacaciones todo París se había enterado de que el gran Thierry Girard tenía ahora un socio —nada menos que su hijo— y que no se dormía en los laureles sino que estaba produciendo un chocolate absolutamente de primera y con grandes sorpresas. Desde hacía un mes se hablaba mucho del chocolate a la ostra, una creación de Laurent. Y puesto que Laurent trabajaba en estrecha colaboración con Anna, que había resultado ser un verdadero hallazgo —se los veía muy felices juntos, discutiendo afectuosamente sobre sabores, dándose a probar el uno al otro algún nuevo invento—, Thierry ya no sentía la necesidad de ir tan a menudo a la tienda y tenía más tiempo para dar paseos y para estar con Alice, que ahora, viendo el futuro financiero garantizado, se mostraba menos histérica sin dejar por ello de vigilar siempre la dieta de Thierry. Thierry comprendía lo cerca que había estado de perderlo todo, todo lo de bueno que había en su vida. Le quedaban unos años —bueno, suponiendo que no sufriera algún accidente—, años que Claire no pudo disfrutar, y Thierry pensaba que se los debía a ella.

Una vez arriba, salió del ascensor dirigiéndose hacia la izquierda (sabía que casi todo el mundo iría hacia la derecha) hasta encarar el lado este, desde donde se veían las torres de Notre-Dame y la isla, su pequeño refugio en medio de la gran ciudad. Desde aquella altura, apenas si se notaban el movimiento, el tráfico y el ruido, todo el minúsculo ajetreo humano, cada parisino llevando dentro de sí una gran dosis de felicidad y de tristeza, amores perdidos, amores encontrados.

Soplaba un viento casi otoñal, y Thierry se alegró de llevar puesto el fular rosa que Alice le había comprado.

Abrió la caja de Galeries Lafayette. Su intención había sido regalársela a Claire precisamente allí, en lo alto de la torre. No había habido tiempo para ello. No habían tenido tiempo de... En fin. Ahora era mejor no pensar en esas cosas.

Sacó de su envoltorio el flamante sombrero de paja, lo sostuvo en alto, por encima de la valla protectora, y lo soltó. El viento se lo llevó rápidamente en volandas y Thierry vio cómo bailaba en el aire y salvaba las chimeneas, las torres de las iglesias; cómo iba dando vueltas de campana, la cinta aleteando sin cesar, hasta que se perdió de vista en las alturas de aquel cielo azul.

Agradecimientos

Gracias de corazón a Ali Gunn, Rebecca Saunders, Manpreet Grewal, Hannah Green, Emma Williams, Charlie King, Jo Whickham, David Shelley, Ursula MacKenzie, Daniel Mallory, Sarah McFadden, Jo Dickinson, el equipo de diseño, el equipo de ventas y del primero al último en Little, Brown y Gunn Media, que tanto ahínco han puesto en estos libros. Me considero muy, pero que muy afortunada.

Mi gratitud especial para Sarah Tonner y Alison Lake, quienes, a través del poder mágico de Twitter, me ayudaron a entender las implicaciones físicas y psicológicas de una herida como la de Anna. Gracias a Patisserie Zambetti, que prácticamente me dejó alquilar una zona de trabajo por el precio de un café y bollo con pasas. Les suplico que continúen con su estupenda política de no tener Wi-Fi. Y gracias a Headline y al propio John Whaite (ganador de *The Great British Bake Off 2012*; cuánto me gusta ese programa) por autorizarme a utilizar su receta. Se puede encontrar en su libro *John Whaite Bakes... Recipes for Every Day and Every Mood*, que saldrá en abril.

Gracias a Moyes, Manby y Jewell, maravillosas compañeras en París; y a mis amigos y mi familia, gracias como siempre por estar ahí y consumir mis experimentos, los que salen mal y los otros. Gracias especiales a mi querido señor B, en concreto por los numerosos y complicados miércoles. Y a Wallace, Michael-

Francis y Tiny Little James Bond, porque sé que os gusta leer vuestros nombres en algún libro. Y también porque vosotros los sois todo.

Para terminar, gracias a los muchos lectores que me han escrito unas líneas, han hecho una tarta, me han enviado un foto graciosa por Facebook o un emoticono simpático por Twitter. No sabéis lo maravilloso que es tener noticias vuestras y el bien que eso me hace (según mi marido, no me hace bien sino que me «vuelve insoportable»). Podéis contactar conmigo a través de www.facebook.com/thatwriterjennycolgan, o en @jennycolgan. En mi página web, mejor que no; soy un desastre para eso.

Bon appétit! Vaya, siempre había querido poner eso en un libro. ¡Viva!

Nota de la autora

Todas las recetas de este libro, con la excepción de la trenza de chocolate y nueces (¡aunque me muero de ganas de probarla!) las he verificado y probado personalmente.

J. C.

Aquí van algunas de mis recetas de chocolate preferidas. Van desde lo muy, muy sencillo, hasta una trenza de chocolate con nueces.

MAGDALENAS DE CHOCOLATE CON KRISPIES

Digo yo que por algo hay que empezar, y esta receta es perfecta para los chavales y la recuerdo como algo muy sabroso.

100 g de chocolate fundido; negro o blanco, al gusto de cada cual
60 g de mantequilla
3 cucharadas de melaza
90 g de Krispies (arroz inflado)

Derretir muy lentamente el chocolate —aunque se supone que hay que hacerlo al baño maría, yo normalmente lo hago en el microondas, solo 10 segundos cada vez, y removiendo todo el rato— y luego añadir la mantequilla asegurándose de que quede también completamente derretida. Incorporar la melaza y los Krispies a la mezcla. Se le puede añadir también malvaviscos de los más pequeños, y rizando el rizo incluso uvas pasas (a ver, yo creo que hay tiempo y lugar para las pasas, pero personalmente creo que aquí no pegan).

Repartir en moldes de papel y dejar enfriar.

TARTA DE CHOCOLATE NO ME FALLES

Es sin duda alguna la tarta de chocolate más fácil del mundo. Cuando veáis la receta, arrugaréis la nariz y pensaréis: hmm, ¿aceite vegetal?, pero os prometo que así queda la mar de mullida y deliciosa. Se puede hacer de un momento para otro, cosa siempre a tener en cuenta, y los ingredientes ni siquiera han de ser exactos.

4 huevos
200 g de azúcar blanca refinada
40 g de cacao en polvo
120 ml de aceite vegetal
250 g de harina
4 cucharadas de levadura en polvo
½ cuharada de sal
1 taza de café (espresso o simplemente muy cargado)
Ralladura de 1 o 2 naranjas
1 cucharada de extracto de vainilla

Precalentar el horno a 180 °C. Forrar un molde; yo para esta receta utilizo uno rectangular, de los de hornear pan, queda bonito y pulcro.

Batir juntos los huevos, el azúcar, el café y el cacao en polvo e ir añadiendo poco a poco el aceite; después incorporar la harina, la levadura y la sal sin dejar de remover. Por último, añadir la ralladura y el extracto de vainilla. Verterlo en el molde y hornear durante 40 minutos; pero ojo, porque puede quedar muy líquido. En mi caso tuve que dejarlo un ratito más. ¡Está de rechupete!

BIZCOCHO DE GALLETAS DE CHOCOLATE

Esto se lo inventó mi amigo Jim, y yo me enganché totalmente. Es un pastel que me encanta. Gracias, Jim. (NB: La factura por las clases para adelgazar se la pasáis a él, ¡a mí no!)

200 g de mantequilla sin sal
150 ml de melaza (2 cucharadas muy generosas)
225 g de chocolate de calidad
200 g de galletas digestivas, chafadas al buen tuntún
200 g de galletas Rich Tea, chafadas igual
125 g de frutos secos (nueces, nueces del Brasil, almendras), optativo
125 g de fruta variada (sultanas, albaricoques, cerezas), optativo
1 barrita Crunchie de Cadbury's

Forrar un molde redondo de 15 cm o bien uno para pan de ½ kilo con capa doble de papel parafinado. Yo utilizo un molde de los de silicona, que no hace falta forrar.

Fundir muy despacio la mantequilla, la melaza y el chocolate, en un cazo a fuego lento. El cazo tiene que ser lo bastante grande para que quepan las galletas chafadas y lo demás. Añadir las galletas, la fruta, los frutos secos y el Crunchie. Remover bien.

Trasladar al molde preparado. Colocar la tapa asegurándose de presionar bien para que no se formen burbujas. Dejar que se enfríe y se endurezca. Eso supone un par de horas en el frigorífico o unos 45 minutos en el congelador. Cuanto más rato se deje, mucho mejor. De un día para otro está más rico todavía. Envolver bien con papel encerado y guardar en la nevera.

BROWNIES CON CAFÉ Y CHIPS DE CHOCOLATE

No podía faltar una receta de brownies, y esta es ideal.

450 g de harina blanca
1 cucharada de sal
1 cucharada de levadura en polvo
¼ de cucharada de bicarbonato
60 g de café molido
220 g de mantequilla
450 g de azúcar moreno
220 g de chips (pepitas) de chocolate
3 huevos ligeramente batidos

Precalentar el horno a 180 °C. En un recipiente mediano, mezclar la harina, la sal, la levadura, el bicarbonato y el café. Al baño maría o bien, con cuidado, en el microondas, derretir la mantequilla, el azúcar y la mitad de los chips, removiendo para que combinen bien. Dejar enfriar un rato, incorporar la mezcla seca y remover. Añadir los huevos. Verter en un cazo sin engrasar. Finalmente, esparcir por encima el resto de los chips.

Hornear a altura media hasta que la masa se encoja por los costados, unos 25 o 30 min. Dejar que se enfríe y meter en la nevera hasta que esté muy fría. Retirar y cortar en cuadrados. Se pueden comer así o a temperatura ambiente. Salen 24 brownies.

EL MEJOR CHOCOLATE CALIENTE DE LA HISTORIA

Perfecto para niños cansados en un día de mucho frío. Me temo que no puedo especificar cuántos malvaviscos son necesarios; más o menos el doble de lo que uno piense de entrada.

125 g de crema de leche
125 g de leche
100 g de chocolate negro de la mejor calidad

Pellizco de canela
Malvaviscos

Primero calentar un poco la crema de leche y la leche juntas, ¡pero que no hiervan! ¡Ojo con las salpicaduras! En fin, que hay que hacerlo con sumo cuidado. Fundir después el chocolate negro e incorporarlo lentamente a la mezcla láctea. Servir con una pizca de canela por encima y los malvaviscos. Cuando tengo invitados adultos, yo le añado un chorrito de Drambuie o de Lagavulin.

LA TARTA DE QUESO DE MAMÁ

La mamá de mi amiga Lauren hace una tarta de queso al chocolate buenísima. He aquí la receta:

50 g de mantequilla
10-12 galletas digestivas
1 cucharada de miel o melaza
5-6 huevos a temperatura ambiente
320 g de azúcar blanca refinada
500 g de queso Philadelphia al chocolate
2 cucharadas de harina blanca
1-2 cucharadas de extracto de vainilla
500 g de cerezas en sirope
2 cucharadas de maizena

Precalentar el horno a 150°C. Fundir la mantequilla en una sartén mediana. Reducir las galletas a migas en un robot de cocina e incorporar a la mantequilla junto con la miel o melaza. Engrasar un molde alto y distruibir la mezcla por toda la base. Hornear durante 10 minutos y dejar enfriar.

Separar los huevos. Batir las yemas hasta que estén espesas y pálidas. Poco a poco incorporar 220 g del azúcar y batir, añadir el queso, la harina y la vainilla. Debe quedar uniforme y fino. Batir las claras hasta que queden tiesas pero no secas, incorporar a la mezcla de las yemas con una cuchara metálica, verter sobre la base de galleta y hornear durante 70 minutos. Apagar el horno y dejar la tarta de queso dentro durante una hora más. Meter en la nevera.

Escurrir las cerezas y reservar el jugo. Añadirle agua hasta completar 120 ml. Combinar con el resto del azúcar y la maizena en un cazo y calentar, removiendo todo el tiempo, hasta que se espese. Darle un hervor de 1 minuto. Apartar del fuego, añadir las cerezas, enfriar. Distribuir sobre la tarta de queso y poner en frío.

MERENGUE DE CHOCOLATE

Huy, esta receta es fenomenal, y además no lleva harina, lo cual es bueno para personas con intolerancias alimentarias. Está riquísimo y crujiente por la parte de arriba (o la de abajo, según le guste a uno presentarlo), y la parte del medio queda viscosa.

1 chorrito de café solo, muy cargado
2-3 cucharadas de brandy/licor a elegir (la ginebra combina de muerte con el chocolate)
350 g de buen chocolate negro
4 huevos grandes
100 g de mantequilla sin sal, a temperatura ambiente, en pequeños dados.
Pellizco de sal (al chocolate siempre le viene bien un poco de sal)
200 g de azúcar blanca refinada
Más chocolate para rallar por encima, si os va eso

Precalentar el horno a 180 °C. Engrasar un molde desmontable de 20 cm y forrar el fondo con papel de horno.

Verter el café y el brandy sobre el chocolate, desmenuzar en un cuenco refractario y derretirlo todo —ya sea en el microondas o en un cazo con agua a punto de hervir— hasta que quede uniforme y satinado. Dejar enfriar.

Batir las yemas con la mantequilla hasta conseguir una mezcla cremosa y luego añadir la mezcla del chocolate ya fría. Batir otra vez.

En otro cuenco, muy limpio, montar las claras y la sal a punto de nieve e ir incorporando el azúcar en pequeñas cantidades, sin dejar de batir, hasta que quede un bonito merengue satinado.

Incorporar el merengue, una tercera parte cada vez, a la mezcla de chocolate y luego pasarlo todo al molde y alisarlo bien. Hornear durante unos 40 minutos. Lo que se busca es que la parte de arriba quede un poquito agrietada, mientras que la parte del centro debe ser blanda pero sin llegar a líquida.

Apagar el horno y dejar el merengue dentro para que termine de hacerse. Esto llevará aproximadamente 1 hora. Sacar y dejar que se enfríe del todo, y luego volcar pasando un cuchillo por todo el costado del molde para que se separe de las paredes. Se puede volcar sobre una fuente si se desea la base crujiente, o bien pasarlo tal cual si lo que se prefiere crujiente es la parte de arriba. Rallar chocolate por encima en el caso de que se desee más decoración. A mí me está bien tal cual.

GALLETAS CON CHIPS DE CHOCOLATE

Tan deliciosas como fáciles de hacer.

250 g de harina sin tamizar
1 cucharada de bicarbonato
Pellizco de sal
125 g de mantequilla ablandada
90 g de azúcar granulado
90 g de azúcar moreno bien compacto
1 cucharada de extracto de vainilla
2 huevos
150 g de chips (pepitas) de chocolate semidulces
125 g de frutos secos machacados

Precalentar el horno a 190 °C. En un recipiente pequeño combinar la harina con el bicarbonato y la sal y reservar. En un recipiente grande combinar la mantequilla, los azúcares y la vainilla; batir hasta que quede cremoso. Añadir los huevos ya batidos. Poco a poco ir echando la mezcla de harina; debe quedar todo bien mezclado. Añadir los chips y los frutos secos removiendo para que se repartan bien. Meter el bol en la nevera y dejar una hora o así. Luego, hacer galletitas con la mezcla y disponerlas sobre una bandeja de horno. Hornear entre 8 y 10 minutos.

MOUSSE DE CHOCOLATE

No me cortaré de decir que la primera vez que hice esto y me salió maravillosamente bien, me dio un subidón importante. Tenía a cenar en casa a una persona que cocina de maravilla, de modo que me vi obligada a fingir que estaba completamente convencida de que iba a salir perfecto. En fin, el caso es que he vuelto a hacer mousse varias veces más y parece algo a prueba de fallos y siempre da el pego; solo hace falta un poquito de tiempo. Admite, además, un toque de alcohol; con Grand Marnier está deliciosa.

25 g de mantequilla
200 g de chocolate, mitad blanco y mitad negro.
240 ml de agua
3 yemas de huevo
25 g de azúcar blanca refinada
200 g de nata montada

Fundir la mantequilla y el chocolate con 60 ml de agua (yo lo hago muy despacio y con muchísimo cuidado en el microondas, mirando cada 10 segundos, pero se puede hacer al baño maría). Batir las yemas, el azúcar y el resto del agua sobre un fuego lento y montar la nata si no está ya montada.

Combinar todos los ingredientes y meter en la nevera durante 3 o 4 horas.

CHERRY RIPE

Mi marido es de Nueva Zelanda, y allí esta barrita de chocolate con cereza es como un tesoro nacional, de modo que intenté hacerla para el ANZAC Day* y me salió francamente bien. Bueno, o eso creo yo; no me había vuelto de espaldas y la bandeja ya estaba vacía... Este tipo de chuche que se puede partir en trozos es estupendo para fiestas, tanto de adultos como de niños.

175 g de harina con levadura
2 cucharadas de cacao en polvo
100 g de azúcar blanca refinada
½ cucharada de levadura en polvo
100 g de mantequilla
50 ml de leche
600 g de cerezas glacé
125 g de leche condensada
150 g de coco rallado
1 cucharada de extracto de vainilla
150 g de chocolate negro

Precalentar el horno a 180 °C. Engrasar y forrar un molde cuadrado.

Mezclar la harina, el cacao, el azúcar, la levadura, la mantequilla y la leche y hornear entre 15 y 20 minutos. Agregar las cerezas, la leche condensada, el coco y la vainilla y extender sobre la base una vez enfriada. Cubrir con chocolate fundido y, si es posible, dejar que cuaje.

* En Australia y Nueva Zelanda, día festivo para conmemorar la batalla de Galípoli (Turquía), en la que las fuerzas armadas australianas y neozelandesas (ANZAC) sufrieron cuantiosas bajas. *(N. del T.)*

BIZCOCHO CON MALTESERS

Lo mejor de esta sencillísima receta es que el resultado tiene un aspecto extraordinario y muy elaborado. Aviso, es un pastel de tamaño considerable, para grandes ocasiones; en los cumpleaños funciona de maravilla.

250 g de harina (con levadura) tamizada
150 g de azúcar extrafino tamizado
150 g de mantequilla
4 huevos
50 g de cacao en polvo
125 ml de nata agria
1 cucharada de levadura en polvo
Pellizco de sal
½ cucharada de esencia de vainilla

PARA EL GLASEADO:
500 g de azúcar blanca refinada
100 g de cacao en polvo
250 g de mantequilla
½ cucharada de esencia de vainilla
Leche para humedecer la mezcla si sale demasiado compacta
Maltesers, para decorar

Precalentar el horno a 180 °C. Engrasar y forrar dos moldes (que sean del mismo tamaño).

Mezclar los ingredientes del bizcocho hasta que quede todo uniforme. Hornear entre 20 y 30 minutos, o hasta que un palillo salga seco.

Batir los ingredientes del glaseado y extender sobre las capas medias del bizcocho (una vez enfriado) y toda la parte superior.

Decorar con cuatro bolsas de Maltesers (no, mejor cinco, por si os coméis una por el camino). Hasta una persona tan patosa como yo puede formar líneas rectas con estas bolitas, y cuando está listo parece que lo hayas comprado en una pastelería de lujo. ¡Viva!

TRENZA DE CHOCOLATE Y PACANAS

Me hace mucha ilusión que John Whaite, el ganador de *The Great British Bake Off 2012* (conste que eran todos buenísimos; a mi hijo de cinco años lo disfracé de James Morton por Halloween), nos haya dado permiso para incluir su receta. A mí me encanta ese programa, *The Great British Bake Off*, y lo sigo religiosamente. A veces me atrevo con algunas de las recetas (las que no son muy difíciles, con la «tarta cielo e infierno» no me atrevería), y como cualquier persona en su sano juicio venero a Mary Berry como la reina que a todas luces es.

La trenza de chocolate es espléndida, deliciosa y se sale un poquito de lo normal, perfecta para cuando se necesita algo ligeramente diferente.

PARA 1 TRENZA DE 35 CENTÍMETROS:
500 g de pasta hojaldrada comprada en tienda
Harina para espolvorear
3 rebanadas de pan blanco compacto
200 g de nueces (pacanas)
75 de mantequilla sin sal
150 g de azucar moscovado light
75 g de chips de chocolate
1 huevo para el glaseado
1 cucharada de azúcar glas para espolvorear

UTENSILIOS:
Robot de cocina

Precalentar el horno a 200 °C. Enharinar la superficie de trabajo y formar con el hojaldre un rectángulo de 25 × 35 cm. Colocar el hojaldre en una fuente de horno previamente forrada con papel encerado; esto hará más fácil trabajar el hojaldre, y así no será necesario pasarlo a la fuente de horno. Reresvar para después.

Trirurar el pan en el robot de cocina hasta convertirlo en migas y echar estas en un recipiente grande; triturar las nueces en el robot hasta que queden también desmenuzadas. Incorporarlas al recipiente con las migas.

Meter la mantequilla y el azúcar en el robot de cocina y triturar hasta que la mantequilla esté bien repartida en el azúcar. Agregar las migas, las nueces y la leche, y con la máquina formar un masa pegajosa. Debe tener la consistencia de una masa pastelera.

Colocar la fuente de horno con el hojaldre delante de uno, de manera que los lados cortos estén arriba y abajo, es decir, en vertical, no apaisada. Con el relleno, formar una salchicha y colocarla en el centro mismo del hojaldre. A cada lado de la salchicha deben quedar uno 10 cm de hojaldre sin cubrir. Una vez repartido todo el relleno, espolvorearlo con los chips y luego hundirlos ligeramente en el hojaldre, pero con cuidado de no extender el relleno.

Utilizando un cuchillo bien afilado o un cortapizzas, cortar por los lados del relleno formando tiras de hojaldre de 1 cm y al mismo tiempo ir separándolas del relleno. El resultado debería ser una hilera de relleno de la que salen muchas pequeñas tiras de hojaldre. O sea, una especie de ciempiés, solo que un ciempiés muy sabroso.

Batir los huevos y decorar con ellos los bordes de las tiras, ya sea con un pincel o con los dedos. Para hacer la trenza, coger la primera tira de un lado —es decir, la tira más alejada de nosotros— y doblarla más o menos en diagonal sobre el relleno de forma que se junte con la segunda tira del lado opuesto. (Quizá sea necesario estirar un poquito la tira para que llegue.) Una vez en la posición deseada, presionarla ligeramente a fin de que no vuelva para atrás. Repetir la operación con la primera tira del otro lado y luego con las segundas, terceras, cuartas tiras, etc., hasta que queden todas bien trenzadas alrededor del relleno.